物色

时镜 著

上

湖南文艺出版社

目录

第一卷 **歧路**

第二卷 扫地僧

第三卷

金飞贼

第四卷　来日方长

第一卷

歧路

第一章
相看两厌

"一份最新的《猎头圈》杂志，谢谢。"

繁华的街心十字路口旁是一座小小的报亭，各色报纸杂志摆得满满当当，缩在里面看新闻的售货员抬起头来，就看见一张被蛤蟆镜遮住大半的脸。下颌尖尖，皮肤细白。尽管戴着墨镜，也能透过那薄薄的茶色镜片看见里面精致清透的一双眼。

林蔻蔻一个小时前刚下飞机，还没来得及换衣服，只穿了一身宽松的白色运动装，自然微卷的长发垂落到肩头，站立在上海繁华的街头，置身于打扮时髦的人群中，难免显得过于悠闲，以至于有些格格不入。她浑身上下没一件首饰，只有右手细瘦的手腕上，松松地挂着一串十二颗的奇楠香佛珠。

比起那些有大牌明星作为封面所以被摆在最外面的杂志，《猎头圈》这种行业专业类的杂志，只能放在报亭无人问津的右侧角落，售货员起身来找了片刻才将其递到她手中。一册定价22块。林蔻蔻扫码付账。

旁边走过来两个穿西装的男人，站在报亭前面要了一份《财经周刊》，就骂骂咧咧地聊上了。

"当初忽悠我们买股票，牛皮吹得震天响，才买没半年已经跌得妈不认。恒裕这种烂公司，就应该挖个坑赶紧埋了！"

"别说了，我也套在里面呢。"

"他们十点钟还有发布会要开，说有重大决定要宣布！"

"不是吧，开什么玩笑？管理层都乱成一锅粥，开过两场发布会了，开一次股价跌停一次，现在还开，嫌股价不够低吗？不行，我得赶紧把恒裕的股票都抛了，等十点他们开完发布会，天知道还剩几毛！"

…………

恒裕是一家科技公司，主要研发智能家电，刚上市时红红火火，算得上北京中关村一员新贵。然而两年过去，公司管理混乱，产品发售也并未获得预期的市场反馈，恒裕股价一跌再跌，股民们自然怨声载道。

现在他们还要开发布会？不用想都知道，不可能有什么好消息。按以往的经验来看，大概率还要出一轮新的昏招，让股价再跌一波。就算是一名失了智的"韭菜"都能做出判断：趁发布会还没开，赶紧在十点前把股票卖了，才能避免更大的损失。

然而，林蔻蔻站在边上听完他们的对话，忽地抬眸透过茶色的镜片打量了二人一眼，竟然道："别急着抛。"

那两人都愣了一下："什么？"

林蔻蔻淡淡道："会后悔的。"

"后悔？"其中一个人差点笑出声，觉得她简直有病，"都跌成这样了，不抛我才要后悔呢，你懂炒股吗？"

林蔻蔻心想，炒股她是不太懂……不过跟路人也没什么好争的。她并不辩驳，只是笑笑，低着头付完账，便把那本《猎头圈》杂志往胳膊下一夹，到路边招手打了辆车离去。

六分钟后，恒裕科技发布会召开。老总吴敏开口宣布的第一件事便震惊了全场媒体，并随着实时新闻推送传遍全网——恒裕科技将更换CEO（首席执行官）！隐退已久的前富豪榜知名企业家周信荣宣布重出江湖，加盟恒裕！

"××，真的假的？"

看见手机上的新闻推送时，报亭边那两人齐齐瞪圆眼睛，"优美"的语言直接从嘴里喷了出来。

"周信荣不都出家好几年了？！"

"恒裕竟然有本事说动周信荣，把他从庙里挖出来，这算是抓住救命稻草了啊，早知道我昨天就不把股票卖掉了！"

同一时间，某大厦高层一间宽敞的办公室里，歧路猎头的合伙人孙克诚盯着电视屏幕上的发布会画面，悔恨不已。他看着看着，忽然道："等等，老裴，周信荣之前在哪个庙出家来着？"

裴恕坐在对面的沙发上玩纸牌。作为这家猎头公司的另一位合伙人，他看上去比孙克诚要年轻很多，轮廓清冷，深灰色的瞳孔本呈现出一种静谧感，却因那过于优越的眉骨而显得眼神有几分锋利。他的手指漂亮而修长，从纸牌间穿梭而过，没有因为孙克诚的话停顿片刻。他甚至连头都没抬："清泉寺。"

孙克诚一听，眉头顿时皱了起来："这座寺庙最近在我们圈子里的存在感是不是有点太强了？"

这是第几次听说这座寺庙了？

清泉寺地处北省，因为距离国内某几所高校很近，文化底蕴深厚，这些年来成了对生活失去念想的高才生、创业失败的企业家或者一些离退休高管避世出家的首选之地。

然而，八个月前，因研究佛学入迷而放弃工作，在清泉寺出家的某互联网技术大牛，忽然宣布还俗创业，涉足共享经济领域，轻轻松松就拿了上亿的天使投资；六个月前，"清北"多名在清泉寺修行的高才生还俗，被航天研究院聘为高级工程师，投身国家航天工业建设；三个月前，新闻报道清泉寺出家僧人数量锐减，禅修班大量学员退学，疑因僧人想去隔壁道观当道士而引发寺内纠纷……

现在又来个周信荣？

孙克诚回想一番，顿觉喉头哽了口血："偶尔有人还俗也就罢了，可这三天两头地有人出来，简直成了高级人才输送中心。怎么，这年头和尚庙都要跟咱们抢饭碗了？"

裴恕眼皮都懒得抬一下："可能是这两年经济形势不好，庙里日子也不好过。"

孙克诚无语："你还能再敷衍一点吗？"

裴恕挑眉："不然你想怎么聊？"

孙克诚走了过来，坐在他右首，试探着开口："你觉不觉得，这风格有点眼熟？"

裴恕搭在纸牌上的食指忽然停住。

孙克诚观察他的表情，不免心跳加速，壮着胆子继续道："恒裕要更换掌舵人，几个月前曾找过各大猎头公司帮他们物色人选，但现在这个周信荣，却不是我们任何一家的手笔。走别人不会走的路，挖别人想不到的人，危急关头挽狂澜，保密工作还做得如此到位，没有任何人提前听到风声……"

裴恕打断他："你想说什么？"

孙克诚目光灼灼："你知道我想说什么。"

深灰色的瞳孔犹如夜色里蕴蓄着浪涛的深海，裴恕眼角微微跳了一下，终于完全放下纸牌，抬眸盯着孙克诚，久久没有说话。

孙克诚道："除了她，我想不出别人了。"

很显然，裴恕知道他说的是谁。但这个人让他有些反感，甚至连想起来都忍不住皱眉。他唇角浮出了一抹讥笑，无情地提醒孙克诚："你忘了，她被航向开除后，签了一年的竞业协议。"

没错，航向猎头部前总监，林蔻蔻。

猎头这行，一向被戏称为"人贩子"。只不过人贩子买卖的是人口，他们买卖的是人才。客户公司有需要的人才，他们就去寻找，以此来赚取金额不菲的猎头费。说得有格调一点叫"猎头顾问"，说得接地气一点叫"人才中介"。

然而二八定律普遍存在。越是高端的人才越是稀有，也就越难寻访，越难说服。真正出色的猎头，既要是一个优秀的狙击手，能精准定位最合适的那个人，也得是一个专业的谈判家，能说服这个人加入客户的公司。林蔻蔻便是其中的佼佼者。

她入行六年，操作过的职位无数，大半年薪都在三百万以上。早年作为个人猎头入行，单打独斗；后来加盟航向猎头，带着航向从一家寂寂无闻的小作坊，一跃成为能与四大猎企抗衡的大公司。

连续三年，登上《猎头圈》杂志排行榜；连续两年，获得 RECC（招聘联盟）猎头大会"金飞贼"奖；无数候选人在被她挖到客户公司后，称她为慧眼伯乐；多家行业巨擘、跨国企业，聘她为御用猎头……

可以说，这是一个对整个行业都有统治力的女人。混这行的当时要没听说过她，就像是游上海不知道有外滩，爬泰山没到过玉皇顶。只是谁也没想到，航向去年竟然一脚把林蔻蔻踹了，开除也就算了，还让她签下了为期一年的竞业协议。

消息一出，震惊了整个圈子。人们一时不知道到底是航向疯了，还是林蔻蔻疯了——那可是整整一年的竞业协议。在协议期内，不能挖原公司的墙脚，不能带走任何下属和客户资源；不能加入其他猎头公司，也不能创办自己的公司，甚至被禁止从事猎头这个职业。

所以这一年来，林蔻蔻销声匿迹。别说猎头这行，就是其他行业也完全没有听说过她的消息，整个人仿佛人间蒸发了。

孙克诚至今都觉得不可思议："航向怎么说也是她一手带起来的吧，结果忘恩负义，一点情面都不留，连竞业协议这种缺德玩意儿都拿得出来。林蔻蔻这么有心气一人，竟然还签了，你说他们到底怎么闹成这样的？"

裴恕和林蔻蔻属于"王不见王"。两人虽然都蜚声业内，但从来没有真正见过面。不过圈子就这么大，难免有好几次间接交上手，竞争同一个职位，抢夺同一个候选人，各有胜负，梁子早就结得深了，说是死对头也不为过。所以提起林蔻蔻，裴恕没什么好脸色。

裴恕冷漠道："以利而合，必因利而分。何况林蔻蔻那种嚣张德行，'HR（人力资源）公敌'的绰号臭名昭著，都不是一天两天的事了，混不下去被航向一脚踹了，不是理所当然吗？"

孙克诚纳闷："你跟林蔻蔻也没见过面，为什么这么讨厌她？"

裴恕斜睨他："讨厌一个人需要理由？"

孙克诚顿时语塞，看了看裴恕，欲言又止。

裴恕瞧见，不大耐烦："有话就说。"

孙克诚拿起手机，翻出日历，小心翼翼地开口："林蔻蔻被开除，是去年四月二十八日，到今天，刚好一年竞业期结束……"

裴恕突地笑了："你想挖她来我们这儿？"

孙克诚试图与他交涉："我们公司跟航向斗了这么多年，林蔻蔻被航向开除，肯定跟航向结仇了啊，敌人的敌人就是朋友，所以我想——"

"你不想。"裴恕打断了他，直接道，"孙克诚，我告诉你，这家公司，有我没她，有她没我！"

孙克诚："……"

你跟林蔻蔻到底有什么仇怨啊！

他瞬间有种想哭的冲动："祖宗，咱就一点商量的余地都没有吗？"

裴恕审视着他的表情，突然意识到，事情好像不太妙。

"你给她发邀请了？"

但情况比他猜测的还要离谱一层。

孙克诚喉咙发干，弱弱地举起手机："不只，她刚刚已经到我们楼下了……"

裴恕："……"

春日上海，梧桐也飞絮。出租车停在大厦楼下时，林蔻蔻正好把那本《猎头圈》杂志翻完，于是下车来，给孙克诚发去一条信息，然后抬头看向这栋大厦。

玻璃外墙高耸入云，旋转门里进出的都是衣冠整肃的都市精英。黄浦江，陆家嘴，寸土寸金的地段。就连圈内出名的四大猎头公司，都不敢选在这么贵的地方办公，然而歧路敢。

这家小到连二十人都没有的猎头公司，是业内一朵奇葩。他们只做高端人才猎聘，不接年薪百万以下的职位；在职的猎头顾问虽然不多，但每年创造的业绩堪比二三百人规模的一流猎头公司；曾有不少机构对他们青睐有加，开出高价想对他们进行融资收购，然而都被无情拒之门外……

林蔻蔻对这家公司印象极为深刻。因为在她供职航向的那些年里，歧路猎头堪称最大的一块绊脚石。

航向接触过的客户，歧路会去争；航向接触过的候选人，歧路会去抢；航向涉足过的行业，歧路也会立刻跟进，分一杯羹。最开始，林蔻蔻还以为这只是巧合。时间一久就发现，歧路完全是恶意针对航向，铁了心要跟他们对着干！

尤其是歧路的那位合伙人——裴恕，每每想起这名字，她都觉得如鲠在喉。姓裴名恕，然而人不如其名。裴恕的风格做派，和"恕"字根本搭不上半点关系。

此人是出了名地记仇。

曾有一位候选人拿到客户公司开出的offer（录取通知书）后放他鸽子，没有入职，裴恕直接将他拉入黑名单，导致半个上海的HR都将这名候选人拒之门外；林蔻蔻抢他一个单，他必然双倍回敬；就连猎头协会的理事一次发言不慎，误判歧路所走的高端猎聘路线发展前景不好，都被裴恕记在小本本上，完全不顾忌对方的身份，每回媒体采访，必然冷嘲热讽，将其拉出来鞭尸……

认钱不认人，有仇加倍报。

这就是裴恕，一位在《猎头圈》杂志榜上有名的猎头，率领着歧路不到二十人的精英团队，纵横猎场，所向披靡，算得上一号风云人物。然而林蔻蔻与此人相看两厌。

严格来说，两人从未见过面，但同在上海，高端猎聘领域就这么大，大家间接交手较量的时候实在太多，彼此性情风格又大相径庭，所以仇早结得深了。业内甚至有过一个传闻，说裴恕放过话，有她林蔻蔻在的地方，裴恕都不去。林蔻蔻唯一清楚的，是他们从来不曾出现在同一个公共场合，不管是猎协举办的活动，还是朋友们私下攒的局。所以现在，林蔻蔻很好奇——孙克诚邀请她去歧路，裴恕知道吗？

一条新消息进来，她低头看向手机。

正好是孙克诚回复了："稍等！很快下来接你。"

林蔻蔻回了一个字："好。"

然而回完之后，她想了想，却并没有在楼下等待，而是一收手机，经由楼下大堂确认过预约，直接进了电梯。她想自己去看看，歧路究竟是怎样一家公司。

离开航向时，林蔻蔻签了一年的竞业协议。如今竞业期一结束，许多老牌猎头公司，包括四大在内，都掐着时间给她递来了橄榄枝，甚至提前好几个月就有人想招揽她。各类邀请早已塞满邮箱。但第一眼就吸引了她注意力的，只有歧路的那一封。有什么能比昔日死对头的拉拢更令人感兴趣呢？

电梯直上三十九楼，整个一层都是歧路的。林蔻蔻刚出电梯就看见了前面墙上的"歧路猎头"字样。

左侧敞开的大门里，前台低声打着电话，结束后抬起头来看见她，扬起笑容问了一句："您好，请问有什么需要？"

林蔻蔻报了预约。前台确认后，立刻主动带她前往会议室，只是路上没忍住偷偷多看了她好几眼，仿佛想穿透她那副遮了大半张脸的墨镜，看清楚她到底长什么样。

林蔻蔻不由得有些好笑：离开行业一年，刚回上海，怎么感觉自己都成了稀有生物，值得人这么关注了吗？

她跟着前台进了歧路。看得出这家公司一点也不差钱，装修设计极有格调，大小会议室很多，都用玻璃墙，通透之余，更给人一种极其现代的锋利感，一如他们公司留给外界的印象。

只是林蔻蔻没想到，才走到半道上，还没到会议室呢，就见前面一间办公室的门被人用力推开，一名身材颀长的年轻男人满脸不耐烦地走了出来，另一名年纪稍大些的男性火急火燎地跟在后面。

"人家都在楼下了，你别这样啊。"孙克诚简直想给这祖宗跪下了，"我这也是为了公司的长远发展，你人都没见过，万一接触过后发现没那么讨厌呢？"

裴恕头也不回："没有万一。"

孙克诚拉住他的手继续劝："公司就咱俩合伙，她来了对你没有任何影响，说不准还能帮你赚更多的钱……"

裴恕根本不听，径直往前走。

外头就是办公区域。他手下的两员得力大将，孟之行和叶湘，一男一女，都是公司资深猎头顾问，早在外面等半天了，一见他出来连忙跟了上来，到了走廊里。

孟之行拿着一份合作书，小声道："中广集团发来的合作邀请……"

裴恕只扫了第一页某行字一眼，漠然答复："预付给不到30%以上的单不做，让他们滚。"

叶湘立刻递补，低声询问："金城律所那个职位，候选人对客户公司提供的薪酬不太满意……"

裴恕脚步没停，声音冰冷："三条腿的王八少见，两条腿的候选人还不好找吗？换人。"

不假思索，语速极快，仿佛多说一秒，都是在浪费他的生命和金钱。孟之行、叶湘两人一听就知道，今天老大吃了炸药，绝不能触霉头，问完就赶紧溜之大吉，话都不敢多讲半句。

林蔻蔻远远看见，听得虽不太真切，但细细的长眉已没忍住一挑。就算没见过面，单凭这专断独裁的风格，她也能判断出对方的身份了——除了裴恕，还能有谁？

他一身剪裁合体的烟灰色西装，腰部收窄，两条腿修长笔直，线条优越。乍看上去带着几分贵气的风流，然而那一张好看的脸上却是快快的，满是拒人于千里之外的漠然，眼角眉梢都是倦怠，唇角还挂了点冰冷的讥讽。

一张要死的厌世脸。

一副难搞的祖宗样。

林蔻蔻对这人的第一印象着实一言难尽。

孟之行、叶湘早已溜了，可孙克诚却不能。他走在裴恕后面，苦口婆心："你一直想搞的是航向，可林蔻蔻不是早就离开航向了吗？现在正是我们团结一切可团结的力量的好机会啊。"

裴恕道："搞航向我一个人就够了，不需要别人来掺和。"

孙克诚头都大了："可我这邀请都发出去了，你们有什么恩怨不能化干戈为玉帛呢？"

"是什么恩怨你别管。"裴恕终于停下脚步，回过头，跟孙克诚下了通牒，"总之她如果要来，那我走，咱俩直接散伙。"

孙克诚顿时哽住，一句话都说不出来。整个办公室外面一片寂静。前台小姐停在走廊上，听见这番对话，都不敢再往前走半步。

唯有林蔻蔻，片刻静默后，突然笑出声来，竟是悠悠然开口："居然还有这种好事？"

裴恕听见声音，眉头顿时一皱。孙克诚也是一愣。两人齐齐转过头来，这才看见站在拐角处的林蔻蔻。

孙克诚跟林蔻蔻见过两面，都是在一些比较大型的活动上，且只限于见面，并未有过深交。而她这一年的变化实在太大，还戴了副大墨镜，他一时有些惊疑，都不太敢确认。裴恕看见她，目光却是瞬间冷了。显然，他虽然没跟林蔻蔻见过面，却比孙克诚更了解她，只看那一截尖尖的下颌，就已经知道她的身份。

裴恕狭长的眼缝里流泻过一缕暗光，盯着她，重复了她方才说的某个词："好事？"

林蔻蔻随手摘了墨镜，便露出那张过于漂亮的脸来。她站在原地，不无挑衅地冲裴恕扯开唇角："我来你走，不刚好吗？位置也挪出来了。这两年我攒下点小钱，正好可以入股，跟孙先生合伙。"

裴恕："……"

孙克诚惊呆了，手指着林蔻蔻，半天说不出话来："你，你……"

林蔻蔻微微一笑，伸出手跟他握了一下，只道："没等您下来接，我自己先上来了，孙先生应该不介意吧？"

她手腕上挂着的那串奇楠香佛珠轻轻晃了晃。裴恕不经意间看见，慢慢皱起了眉。

第二章
晚樱开了

　　办公室门关了起来，林蔻蔻与裴恕相对而坐，面前各放了一杯刚沏上的茶。孙克诚就夹在两人中间，左看看，右看看，第一次在自己的地盘上感到如坐针毡。

　　裴恕又捡起桌上那副纸牌玩。

　　林蔻蔻则端起面前的茶杯，貌似好奇地看向他："怎么，刚才裴大顾问不是说要走？"

　　"忽然间腿脚不太好，又走不动了。"裴恕眯起了眼睛，扯开唇角，以一个似笑非笑的神情回应她，"何况林顾问的大名我们已经久仰了，今天难得光临，裴某怎么也得给贵客一点面子才是。毕竟老孙这人笨嘴拙舌，心盲眼瞎，我怕他招待不好。"

　　他话说到这里，便斜了孙克诚一眼。孙克诚不敢反驳。

　　林蔻蔻对这二人的关系于是有了大概的了解：据传歧路这家公司由二人合伙，孙克诚负责公司管理，裴恕则掌管业务。乍听上去，感觉孙克诚是皇帝，裴恕是将军。然而现在看起来，分明裴恕才是这个皇帝，孙克诚大约是个太监总管的定位。

　　她笑了一笑："早就听说裴顾问性情与常人不同，我还不信，今天一见才知道名不虚传。"

　　裴恕也不是嘴上能饶人的，慢吞吞回敬："我也听人说林顾问不走寻常路，风格很不一般，现在看，这种说法还是太谦虚了。"

　　两人隔着一张茶桌对望。乍听上去都是客气话，仔细品品火药味儿简直能冲上天。

孙克诚一看这场面，头都大了，挤出一抹笑容来试图补救："喀，林顾问别介意，他这人说话一向如此，我们还是来谈谈正事吧。一年前航向出那事的时候，我们可太惊讶了，当时就想给你发邀请来着。可听说你签了一年竞业协议，我们都掐着日子算，就等这一年过去呢。你今天能来，我们可太高兴了。"

林蔻蔻客气了一句："能收到歧路的邀请，我也很荣幸。"

裴恕心道一声虚伪。

他向来讲究效率，懒得应付这种场面上的寒暄，直接道："行了，我看还是别浪费时间了，说点正经的吧。林顾问在业内什么名气什么能力，我们都清楚。前阵子我就听说了一点风声，四大猎头公司都想挖你过去，在你竞业期结束前很久就在联系你了。所以我很好奇，我们这种小公司，凭什么能让林顾问舍弃四大抛出的橄榄枝，今天坐到了这里？"

说实话，孙克诚对此也有困惑。虽然他不管公司业务方面的事，但谁看见林蔻蔻这种对整个行业都有统治力的人能不心动呢？所以就算知道自家公司有个祖宗视林蔻蔻为死对头，他也没忍住，发去了一封邀请信。本以为会石沉大海，毕竟歧路就算在业内独树一帜，又哪里能真正跟四大猎头公司相比呢？可谁能想到，没过几天，林蔻蔻竟然回复他了。孙克诚当时都觉得自己在做梦。

林蔻蔻此刻却很平淡："我听说歧路福利好，上下班时间很自由，比较适合我这种长时间没工作的'复健'人员。"

孙克诚想趁机介绍两句，可惜裴恕没给他机会："假话。以你的本事，到哪家不是被人供起来？就算去四大，你一个月不去公司，估计也没人管你。"

林蔻蔻看他一眼，改口道："歧路只做年薪三百万以上的职位，从来不碰小单，在业内定位比较高，我很感兴趣。"

裴恕冷笑："你在离开航向之前做的职位，有50%都是千万级别的，歧路的定位再高也高不过你吧？林顾问，能给个不那么敷衍的理由吗？"

林蔻蔻想，这理由的确敷衍了一点。她沉吟片刻，问："如果我说，加入歧路这样规模不大的公司，然后发展起来，更能彰显我的能力呢？"

裴恕笑了："那你应该自己开一家公司。"

林蔻蔻一听，也没忍住笑了。

只有孙克诚，突然感到一头雾水：这有什么好笑的？

林蔻蔻把茶杯放回桌上，看向裴恕："裴顾问，有没有人跟你说过，你这人说话挺讨厌的？"

"挺多的，谢谢夸奖。"裴恕这人脸皮向来不薄，就算被人指着鼻子骂也是面不改色，"所以能告诉我们真正的理由了吗？"

孙克诚看向林蔻蔻。

这一次，她沉默了一会儿才道："以前你们歧路最喜欢针对航向，处处都要对着干……"

裴恕盯着她没说话。

孙克诚却是吓了一跳，生怕她对歧路有什么偏见，连忙解释："不不，我们两家不过是业务上有一些小小的摩擦……"

然而裴恕打断他："是又怎样？"

他仍旧看着她，目光非但没收敛，反而变得越发锋利，像是一把刀，想要划破她平静的外表，看穿她提出这个问题的用意。

林蔻蔻与他对视。孙克诚总算意识到了什么，不再说话。办公室里，一时安静。

杯中的茶叶被水充分浸泡后舒展开了嫩芽，因为不再有水流的扰动，慢慢沉底。一副纸牌零散地摊在桌上。

林蔻蔻低垂着眼帘，过了许久才慢慢笑起来。这一刻，透过整面落地窗的天光照入她瞳孔深处，竟也显出一种逼人的锋芒。

裴恕触及她的目光，仿佛是被烫了，搭在沙发扶手上的无名指没忍住颤了一颤，然后才听见她平淡如水的声音："听说你们公司，拒绝一切融资收购？"

一瞬间，孙克诚什么都明白了：果然不是空穴来风，林蔻蔻离开航向，竟真像传言中那样，是理念之争！

航向的掌舵人叫施定青，也算业内响当当的一号女强人，对猎头业务可能不在行，但精通管理，长袖善舞。她在创办航向后，便凭着自己与林蔻蔻匪浅的交情，拉林蔻蔻入伙，将"做国内最好的猎头公司"作为航向的目标。在过去的一段时间里，她们也的确对得起这个目标。要不是因为歧路经常跟航向对着干，拖他们的后腿，只怕凭林蔻蔻的本事，早已经带着手下一票猛将，把航向推到与四大猎头公司比肩的地位，变"四大"为"五大"了。只是谁也没想到，就在去年，施定青竟然接受了量子集团开价十个亿的全资收购，把航向整个卖掉！

这时航向的管理层并未变动，按理说对林蔻蔻也没有太大影响。可坏就坏在，量子集团收购航向也有自己的目的。它是一家正在高速发展的公司，人才缺口极大。之所以收购航向，为的就是将航向的猎头部门打散重组，抽取其中的精英，进入隶属于集团人事部门的"高级人才招聘小组"，简称"高招组"。其实就相当于要让航向的猎头转去量子集团当HR，单独负责集团的招聘。

可但凡行内混的，谁不知道林蔻蔻是出了名地厌恶HR？对这个职业，她似乎有天然的偏见。在早年没进航向，自己单打独斗当"野猎头"时，她就因为面对HR时过于不配合的嚣张态度，引得大半个上海的HR联合起来对她进行"封杀"。虽然此举后来并未成功，甚至可以说一败涂地，可从此以后，林蔻蔻便有了一个响彻业内的名号——"HR公敌"。

所以不用想也知道，在量子集团筹建高招组决议下达的当天，林蔻蔻便带头反对，第一个站出来不服从决议。

航向那一票猎头，十个有八个都是她带出来的，自然唯她马首是瞻，一同反对。这可不就捅了马蜂窝？第二天林蔻蔻就被开除了，从此销声匿迹一年。

孙克诚回忆到这儿，突然意识到：也许，林蔻蔻今天来不是随便谈谈，而是真的想加盟歧路！他心跳都快了不少，回头去看裴恕。

裴恕是何等聪明的人，岂能听不出深浅？只是出乎意料，他竟没有趁机嘲讽眼前这位曾被他视作眼中钉、肉中刺的死对头，而是静默地打量着对方，没有要说话的意思。

孙克诚立马转向林蔻蔻："绝对保真，童叟无欺！我们公司在反抗强权、拒绝融资方面，有着远超同行的丰富斗争经验！曾经有人带着八亿的投资企划书来，结果刚进办公室，就被我们裴顾问打破了脑袋……"

裴恕听到这里，眼角都抽搐了一下，咬牙道："我说过多少次了，是他自己没站稳磕到了桌角上！"

孙克诚只当没听见，完全无视他："总而言之，在这一点上面，我们歧路绝对是一家值得信任的公司，我可以拿裴顾问的命担保！"

裴恕："???"

林蔻蔻一时大为震撼，竟不知该说些什么。

孙克诚却是两眼都在放光，口若悬河，把歧路的情况都给她介绍了一圈。裴恕坐在边上，全程一张嘲讽脸。

末了，总算说得差不多了，孙克诚非常真诚地发出了邀请："真的，到我们公司来，保管你一天当猎头，一辈子都是猎头，谁也别想诓你去当什么HR，而且我们还跟航向对着干。如果航向想当国内第一的猎头公司，我们就当把第一干掉的那家公司！林顾问，你觉得怎么样？"

"我觉得……"林蔻蔻一时竟不知道该说什么。一是从来没遇到过这么能说的人，自己全程处于被轰炸的状态；二是作为航向前猎头总监，坐在这里听着昔日的对手公司拉拢自己，并且发表了一番要干掉航向的豪言，心里多少有种难言的微妙与复杂。

她想了一会儿才道："我回去会好好考虑一下的。"

竟然没当场答应。

孙克诚多少有些失落，但紧接着又热情洋溢地笑起来："那我们就等答复了。"

林蔻蔻点了点头，起身与他握手道别。裴恕又看见她腕上那串佛珠。

林蔻蔻跟孙克诚握完手后，看了裴恕一眼，心想自己不待见对方，对方也不太待见自己，就没必要握什么手了，对方应该也不想。然而裴恕竟然主动向她伸出了手。林蔻蔻不由得一愣。

裴恕一只手插着兜，一只手保持着伸向她的姿势，深灰色的瞳孔注视着她，竟笑着道："怎么，我不配？"

不得不说，这人长得实在好看过头了。尽管性格差得离谱，可这一笑，活脱脱妖孽再世。林蔻蔻相信，他面前站的如果是万千少女，这会儿恐怕早为了他赴汤蹈火，寻死觅活。只可惜……她不是。

林蔻蔻表情冷淡，伸出手去同他一握，只道："裴顾问说笑了。"

两只手掌触碰。她碰过茶杯的掌心温热，裴恕修长的五指却是冰凉。他顺势垂眸，终于看清了她腕上这串珠子。一串十二颗，每一颗都是打磨光滑的沉香木材质，在最大的那颗母珠上隐约刻着几个小小的字，下面缀着几颗小小的弟子珠。

于是在她即将抽回手的那一刻，裴恕目光一闪，忽然问了一句："周信荣从清泉寺还俗，加盟恒裕，是你的手笔吗？"

林蔻蔻瞬间抬眸看他。两人的手在半空中保持着交握的状态，谁也没动。

过了片刻，她才淡淡一笑，提醒道："恒裕的 case（案例）最起码也是上个月的事了，我竞业协议今天才刚到期呢。"

裴恕眉梢一挑："是吗？"

林蔻蔻也不回答，只是笑着收回了手，不置可否。

离开时，孙克诚亲自送了林蔻蔻。只是才回到办公室，一关上门，他就没忍住困惑："难道这次恒裕挖到周信荣，背后真不是她？"

裴恕已经坐回了沙发上，把两条腿一架，只道："她敢说，你也敢信。"

孙克诚道："那竞业协议……"

裴恕耷着眼帘笑："如果她一不收钱，二不签合同，就算天天在庙里给人介绍工作，航向又逮得住什么证据，拿什么告她？告她免费指导还俗，醉心慈善事业？"

孙克诚愣了一下，没反应过来："庙里？"

裴恕看他一眼："说你心盲眼瞎，真不算污蔑。"

孙克诚后知后觉，仔细回想了一下，才猛地一惊："她手上那串！你的意思是……"

裴恕点了点头。

孙克诚算了算："清泉寺这一年来的动静，可不少啊。"

猎头这行，吃的就是人脉。

当初林蔻蔻被开除，签下竞业协议的时候，不少人曾对她的未来表示过担忧：再厉害的猎头，一年不接触行业，业务能力生疏是其次，最重要的是手上原本热的人脉，大概率会随着时间冷却。就算她一年后回来，又能挽回几分？就连孙克诚也不是没有过这方面的担忧。可如果清泉寺这一年的动静都跟她有关……

孙克诚不由得倒吸一口冷气："'曲线救国'，这一手玩得实在是高啊。"

裴恕若有所思，没接话。

孙克诚突然开始发愁："如果是这样，她手上的人脉根本就没有断过，连周信荣这种大佬都说挖就挖，你说她会来我们公司吗？"

裴恕道："会。"

"你怎么能肯定？"孙克诚下意识地反问，可紧接着就是一愣，"等等，你不反对她来了？"

裴恕抬眸扫了他一眼，径直起身往外走，头也不回地道："公司管理一向你说了算，我反对有用吗？"

当然有用。但这话孙克诚没敢说出来，于是用了一种难以形容的微妙眼神，目送他推门出去。

从大厦出来，站在外头春日的阳光里，林蔻蔻忍不住回头看了一眼，脑海里浮现出刚才在歧路时的种种。尤其是裴恕。同行里能仅靠一面就给她留下如此深刻印象的，可以说是寥寥无几了。

她垂眸看向自己的手腕，那一串奇楠香佛珠最大的母珠侧面，刻着两个不大的小字：清泉。一般人是很难注意到的。可那位裴顾问，第一是故意与她握手，第二是拿恒裕和周信荣的 case 来问她，想必是猜得差不多了。如此敏锐的观察力……

林蔻蔻微微眯缝了双眼，露出难得感兴趣的神情来：该说不愧是跟她唱了这么多年对台戏的死对头吗？

正自思索间，揣在衣兜里的手机振动了一下。林蔻蔻拿起来解锁屏幕，一长串消息便接连轰炸过来。

赵舍得：下飞机了吗？

赵舍得：快快快快回我消息！

赵舍得：今天专门从酒吧里拿了一瓶好酒，就等着给你接风呢，到哪儿啦？

赵舍得：理理我嘛。

紧接着便是三连发的大哭表情包攻击，大水直漫金山寺。

林蔻蔻一看，头都大了。当猎头的时候她什么难搞的 case 都能摆平，可私底下遇到这种卖萌耍赖样样精通的混世魔王，实在是一点办法也没有。

她无奈地打字回消息："在中心大厦，还没打车。"

赵舍得那边秒回："中心大厦，怎么去那边了？算了，你别打车了，站那儿别动，我马上来接你，十分钟！"

毕竟是家里有矿的富二代，住得近。

林蔻蔻真就只在楼下等了十分钟不到，就看见赵舍得顶着一头挑染了深绿的齐肩短发，开着她那辆黄色法拉利停在她面前，向她潇洒地一招手："上车。"

这架势，不知道的还以为大少爷泡妞呢。

林蔻蔻一笑，拉开车门坐在了副驾驶位置，并且非常惜命地系上了安全带。

赵舍得一张白生生的瓜子脸，猫眼自带几分妩媚，说起话来却是大大咧咧，看见她那么怕死，便翻了白眼："我现在车技早练出来了，你去山上住了一年，怎么胆子都变小了？"

林蔻蔻满心复杂："当初敢坐你车，是我无知者无畏。"

赵舍得不满："士别三日，当刮目相看！"

林蔻蔻幽幽道："不，我只相信江山易改，本性难移。"

赵舍得："……"

林蔻蔻假装没看见她控诉的眼神，把旁边车窗打开，任由大道上喧嚣的风吹过自己脸颊，只道："还开酒吧？"

赵舍得耸肩："开着呢，老样子。你又不是不知道，黄浦江边上寸土寸金的地儿，每个月赚的钱都不够付租金的。咱吧，能活下去，主要还是靠啃老。"

她一向是有自知之明的，从来不去学别的富二代搞什么投资、学什么管理，早在学校里跟林蔻蔻睡上下铺的时候，她就已经知道自己不是那块料了，索性躺平，当一条混吃等死的快乐咸鱼。

林蔻蔻多少有点佩服她这种心态："你亲爸也是真想得开。"

"想不开又能怎么办呢？指望我还不如指望我妈怀二胎。"赵舍得瞥了她一眼，"你呢，回来有什么打算？刚下飞机不来找我，却跑去中心大厦……"

林蔻蔻对着这位多年的好友，倒是没有什么保留，坦言道："去一家公司看了看，可能会考虑加入。"事实上也考虑得差不多了。

赵舍得一听却很惊讶："我以为你这次回来会单干，自己开一家公司。"

林蔻蔻低垂着眼帘，淡淡道："可以，但没有必要。"

说这话时，她唇边挂着一点若有若无的微笑，竟有种春风般的和煦，瞳孔深处又仿佛蕴蓄着什么，给人一种不太好揣度的感觉。赵舍得瞥见，忽然忍不住想：这一年，林蔻蔻是怎么熬过去的？

在自己的巅峰期，突然被人打落谷底，甚至被迫离开了一整年。外界也会有一些奚落，毕竟成王败寇，输了就是输了。她是被航向开除的那个，一朝倒霉，就给了人非议的话柄，仿佛她这个人就此盖棺论定了一般。

赵舍得永远不会忘记，那一天，她接到林蔻蔻的电话去接她。按着导航过去，才发现是一个十字路口。那会儿下着雨，春日里也带点料峭。路上行人没几个，来往车辆稀少。林蔻蔻就一个人站在人行道边上，高跟鞋的鞋面上全是水，穿着件灰绿的西服外套，但已经被打湿了大半。润了雨水的长卷发被风吹起，几滴水凝在她浓长的眼睫毛上，就那么坠着，也不掉下来。

路口的红绿灯熄了又亮。她就站在那里，也不去哪里。

赵舍得把车停到她边上，叫了她一声，她才撩起眼帘看过来。那几滴水于是跟着一颤，从她眼睫上掉落下来，混进地面那脏污的雨水中，不见了痕迹。

认识林蔻蔻那么多年，她第一次在她脸上看到那样消沉的神情。有些事情她都不敢多问。所以此刻，赵舍得着实斟酌了一番用词才开口："我记得航向当时有不少人说想跟你一起走，你去新公司，会把他们都挖过去吗？"

提到航向，林蔻蔻有片刻的静默，然后才道："施定青对我不仁，我却不能对她不义。当初签竞业协议的时候我就说过，不会带走他们的人。何况一年过去，大家现在是什么想法都不好说。我还是一个人来得简单轻松些，以后的事以后再说吧。"

赵舍得下意识地问："那贺闯呢？"

林蔻蔻突然沉默。

这个名字，瞬间开启了过往的记忆，一张年轻的脸庞浮现在她脑海里。

那是一年前的今天，她签完协议从公司里出来，就看见了他。贺闯在门外等了她很久。一看到她，还没等她说话，他便先开了口："你去哪儿我就去哪儿，我跟你一块儿走。"

二十四五岁的年轻人，正是最张扬的时候，仿佛就算有千难万险在面前，也无法阻挡他。轮廓俊朗、眉眼锋利，和初见时的他竟没什么两样。那时林蔻蔻忍不住想：所有人或多或少都变了，只有贺闯，好像还是当年那个愣头青，喜恶分明，爱恨浓烈，一点也不藏着。

那一刻，她甚至有些动容，有一种想要像以往一样伸出手来摸摸他脑袋的冲动。可下一刻，这种冲动就被她压了回去。林蔻蔻冲他笑了一下，声音里却难掩疲惫，只淡淡道："傻子，我不值得，回去吧。"

贺闯顿时就愣住了。她能看到先前那种笃定的神情在他眼角眉梢渐渐凝固，终于慢慢转化为一种不安，仿佛有某种可能发生了，而他也能猜到。

贺闯似乎在颤抖，眼眶都红了："你——"

林蔻蔻平静而残忍："对不起，我签了竞业协议。"

贺闯退了一步，一下就蒙了。他看着她，仿佛看着一个无法理解的陌生人："你疯了……"

这个世界，瞬息万变。离开行业一年，等同于自废武功。一年后真的还能回来吗？就算回来了，又能否东山再起？林蔻蔻想，自己的确疯了。

她垂下眼帘，从贺闯身旁走过去，轻轻摘下了自己胸前挂着的航向猎头的工作牌，随手扔进旁边的垃圾桶，背对着他，重复道："回去吧。"

这一次，贺闯没有再拦。林蔻蔻按下了外面的电梯。

贺闯就立在走廊上，孤零零地站着，仿佛一头被人遗弃的困兽。在她走进电梯的那一刻，他攥紧了拳头，远远看着她，红了眼眶，沙哑了声音，忽然向她喊："林蔻蔻，你对不起我……林蔻蔻，你对不起我！"

林蔻蔻背对着他，却能通过电梯光滑的镜面，看见他那道执拗的身影。可她不敢回头。一如此时此刻，面对着赵舍得这个问题，她不知该怎么回答。

赵舍得见她半晌不说话，不由得忐忑起来，忙道："我就是前阵子在酒吧撞见他一面，他还跟我问起你来着，所以才提了一嘴。"

林蔻蔻问："他还在航向？"

赵舍得道："你培养出来的人，你还不知道？你走了，他就留在航向，继续硌硬那帮人呗。我看除非你回来，不然他一时半会儿还不会离开。"

林蔻蔻没有说话。

她垂眸看向自己的手机，过了好久，终于还是滑开了屏幕。打开微信，就看见了那个熟悉的名字。点进去，近一年的消息都在。

贺闯：台风来了。

贺闯：今天中秋，大家出去吃饭，有人点了你最爱吃的海胆，但端上来，谁也没动筷。

贺闯：下雪了。

一张隔着窗玻璃拍的冬日雪景照，模模糊糊，看不真切。

然后便是三天前的消息——

贺闯：林蔻蔻，今年的晚樱开了。

林蔻蔻比他大三岁，在航向是他的上司、前辈，甚至算得上带他入行的半个师父。在过去大部分时候，他都叫她"蔻姐"，或者"林总监"。可是现在……

盯着那条消息前面连名带姓的那三个字，林蔻蔻手指搭在屏幕边缘，心绪悄然起伏，如同暗涨的潮水。

车行道中，正好经过一座公园。青青的草坪上，一树晚樱正盛放。深绿的叶片低垂下来，饱满的花朵却在温暖的空气里绽开，粉白地堆叠在一起，如同一片浓云。林蔻蔻抬头看了一会儿，然后垂眸，摁息了屏幕。

她终究没有回复一个字。

第三章
加入歧路

　　有关贺闯的话题就这么揭过去了。赵舍得开车到了林蔻蔻的家。

　　房子是几年前买的，因为她这一年都不在上海，所以交给了赵舍得打理，每个月都有人来打扫一遍，眼下看着倒比她走的时候还要干净整齐。六米挑高的跃层，空间很开阔。极具现代感的装修，带着一点利落的冷洌，灯一开便亮堂堂的，照着墙柜里一些散乱放着的奖杯奖章和证书。

　　为了给林蔻蔻接风，赵舍得特意从酒吧里拿了一瓶好酒，一回到家就打开来醒着。只可惜林蔻蔻酒量实在一般。尤其是这一年都住在山里，待在清泉寺，一是没什么喝酒的机会，二来庙里也不让喝，酒量比起以往只减不增。所以没一会儿便喝得醺醺然，坐不住了。

　　她索性歪倒在一旁的沙发上，吹着从阳台来的微凉冷风，看着赵舍得一杯接一杯地喝，听她絮絮叨叨说起这一年来遇到的事情，不由得慢慢笑了起来。那是个带着点朦胧的笑容，可很真。

　　赵舍得一错眼瞧见，忽然就忘了自己要说什么话，一只手支着下颌，惺忪着醉眼，问："笑什么？"

　　林蔻蔻声音轻得仿佛在梦里，只道："回来真好。"

　　毫无疑问，林蔻蔻是要去歧路的。虽然向她递来橄榄枝的公司很多，甚至有四大顶尖猎头公司这样的存在，且开出的条件都很丰厚，可在经历过航向一事之后，她已经厌倦了大公司复杂的人际关系，歧路这种小而精但定位一点也不低的公司，更适合她现在的心态。

　　虽然……歧路有个裴恕在，可能也没有那么容易搞定，但如今不会有比歧路更好的选择了。她向来只想做业务当猎头，不想涉足管理，当初加盟航向除了与施定青的交情，很大一个原因便是施定青会负责管理。而在歧路，裴恕与孙克诚的分工近似于当初的她跟施定青，但孙克诚没有那么强势，比较起来更有包容力，连裴恕这么难伺候的祖宗都能轻松搞定，想来能力足够。

林蔻蔻要加入歧路，相当于白得一个管理；对歧路来说，则是多了一位强援——双赢。

所以第二天酒醒，洗漱完毕，她就给孙克诚打了个电话过去。孙克诚那头高兴得差点跳起来。两人在电话里大致交流了一下意向，电话打完孙克诚就把歧路这边的基本情况以及组织架构发给林蔻蔻看了看，跟她在线上商量了一下进公司以后的待遇。

林蔻蔻毕竟刚回上海，倒也不急着立刻就签约入职，所以跟对方约定了下周一去歧路。她花了一个周末的时间整理生活琐碎，一些不用的、和航向相关的旧物，都被她收拾进箱子里，放到阳台杂物间。

眨眼便是周一，林蔻蔻总算拾掇一番，前往歧路。

对这么一家上班时间自由的公司来说，大早上应该是人最少的时候，毕竟又不需要打卡，月底只看业绩说话，谁愿意一大早就起来枯坐在工位上呢？然而今天，整片办公区域竟是座无虚席。就连一向不过十二点绝不出现的二组组长叶湘，都早早给自己化了个美美的妆，坐在自己的位置上，暗暗兴奋地等待。

歧路规模小，猎头部就分成两个组。叶湘是二组组长，性情开朗活泼，做事也很有热情，是裴恕手下一员干将；孟之行则是一组组长，戴着副椭圆的无框眼镜，沉闷一些，但也严谨一些，有种紧绷着的精英范儿，是跟着裴恕挺长时间的另一员干将。他们两人的位置正好对着。

孟之行一抬起头来，就看见叶湘又抻着脖子朝门口的方向看，一时没忍住："你今天真的不是要去相亲吗？"

叶湘回头甩了他一对白眼："追本姑娘的人从这儿排到黄浦江，我用得着去相亲？"

孟之行道："这儿到黄浦江也没两步路。"

叶湘抓起桌上的笔就朝对面飞了过去，骂道："不会说话就把嘴巴缝上，我偶像今天可是要来的，你别败坏了我们公司的形象。"

孟之行驾轻就熟，头一偏便伸手把那支笔接住了，不无讽刺地道："我倒是第一次知道，你偶像是林蔻蔻。"

上周，孙克诚在公司群里发布了一条令人震撼的消息——航向前猎头部总监林蔻蔻将要加盟歧路，整个公司群立刻就炸了。

从某个角度说，歧路跟航向是老对手了，以当时航向和林蔻蔻的强势，不乏他们被林蔻蔻带队摁着打的时候。大家提起这个女人来，就算不恨之入骨，也是怨愤满天。现在居然说林蔻蔻要来他们公司？两个组的猎头都直呼不敢相信，又追问了孙克诚一些细节，这才知道林蔻蔻上周就已经到过他们公司，只是打扮得格外低调，谁也没认出来。

叶湘当时就发了疯，在群里狂发了一串飙泪的表情。大家都不懂。孟之行也不懂。可现在他好像有点明白了："你之前在群里那么激动，就是因为林蔻蔻来了，但你没见到？"

叶湘打开随身携带的化妆小镜子，检查了一遍自己刷过的睫毛，头也不抬地道："废话，那可是林蔻蔻，我是听着她的传说才进的这行。第一次见面，一定要给偶像留下个好印象。"

孟之行看着她："你这么喜欢林蔻蔻，老大知道吗？"

叶湘："……"

她正要去顺自己睫毛的手指停在半空中，僵硬了一下，她慢慢抬眸，与孟之行对视。

孟之行道："放心，我不打小报告。"

叶湘立刻攥紧了拳头，坚定道："我的身体为裴老大鞠躬尽瘁，但我的心永远向着林总监！"

孟之行无语。但看叶湘这架势，他也有点好奇起来了——这位传说中的林总监，到底什么样？

办公室里，裴恕和孙克诚也在等待。

孙克诚看了一眼表，距离约定的时间只剩下两分钟。他问裴恕："之前你为什么敢那么肯定，说她会来？"

裴恕端着一杯咖啡，站在落地窗旁，淡淡道："如果哪天我跟你闹掰了，被歧路赶走了，我也会直接去航向。"

孙克诚："？？？"

好端端的干吗要举例！

他简直被裴恕这话吓了一跳，赶紧呸了三声："我跟施定青可不一样，我这种人是'舔狗'。咱俩这合伙关系，不可能掰！"

裴恕心道，你对自己的人设还挺清楚。他笑了一声，不再说话了。

外头办公区域，众人都在交头接耳。等了大半晌，眼看着都快十点半了还不见人，有些人不免不耐烦了。再加上林蔻蔻以往就跟歧路有竞争关系，大家并不都像叶湘一样喜欢她，所以抱怨起来便不大客气。

"不是说早上来吗？这也太晚了吧。"

"老大都在里面等半天了，她排场是不是太大了？"

"我之前一直想问来着，有裴哥在公司，她来干什么？而且她来，裴哥难道同意了？"

"反正我代表自己，不欢迎她。"

"她不去四大，来我们这儿干什么……"

"这可说不好，毕竟一年没在行内啊，业务能力还像不像当年那么能打，谁知道？"

"业务能不能打不知道，但颜值……"

说着说着，某个正对着门口方向的猎头顾问，眼睛忽然就直了，直接忘掉了自己的后半截话。众人都是一愣，顺着他目光的方向看去。一时间，所有人都是暗抽一口冷气，齐齐被来人那一身的气场镇得说不出话。

今天的林蔻蔻卸去了上次的散漫，换上了一身白西装，一粒扣松松系着，里面柔滑的真丝衬衫打了个垂下来的领结。垂坠感极好的裤脚，在踩着高跟鞋的雪白脚背上散开，越发衬出那笔直纤细的线条。这一身算不上特别正式，但反而给人一种举重若轻的感觉，知性又从容。

她化了淡淡的妆，原本就漂亮的五官，只用一点颜色点缀，便有种扑面而来的冰冷的明艳。谁见了敢说她正处于离开行业一年的低谷期？这分明是站在巅峰，从未下来过的林蔻蔻！

有那么几秒，办公区域太安静，以至于只能听见她高跟鞋砸在地面上的轻响。直到她看向众人，微微一怔，点了点头，算打了个招呼，众人这才回神，一时没忍住交头接耳地又议论起来。

裴恕和孙克诚在办公室里面，透过玻璃墙看见了外面的情形，也看见了朝着办公室走来的林蔻蔻。孙克诚看着，都忍不住叹了一声。

裴恕问："怎么？"

孙克诚用力攥了攥手掌，狠狠道："看见她走进来，我感觉我们公司不止二十个人，我们简直得是全球500强。绝，太绝了！"

裴恕转过脸，目光也落在渐渐走近的林蔻蔻身上，对这句话倒是出奇地没有反驳的意思。

孙克诚走到门口迎接她。

林蔻蔻走了进来。

三人还是上次的座次。

入职协议孙克诚早就提前准备好了，另外还有一份关于入股合伙的说明。他向林蔻蔻介绍："每笔猎头费，行内的规矩基本是猎头跟公司三七分，不太有超过这个数的。但林顾问如果来歧路，我们可以倒过来，给七三，你拿70%，公司抽个成均摊一下运营成本就好。如果一年之后，我们合作得都不错，林顾问也觉得我们靠谱，有兴趣的话可以入股合伙，相关协议都在这边。"

林蔻蔻接过来，大致看了看。

孙克诚又道："不过我们歧路人不多，猎头业务这块分成了两个组，每组六人，现在都归裴恕顾问管……"

"别想。"孙克诚话还没说完，旁边的裴恕就已经一撩眼皮，冷冷掐断了他后面要说的，"这两组人都是我精挑细选花了大力气培养出来的，不可能分给别人。何况……"说到这里，他声音一顿，然后似笑非笑地看向林蔻蔻，"何况林顾问也未必想要我教出来的人吧？"

孙克诚一愣，有些迟疑。林蔻蔻与裴恕对视。的确，他们做事是两种风格，裴恕手底下的人，就算他愿意分，林蔻蔻也未必用得惯。

她垂下眼帘，没回应裴恕的话，只是迅速在协议上签了字，然后抬头问孙克诚："公司有新人池吗？"

孙克诚反应了一下，才连忙道："有的。"

所谓"新人池"，就是刚招进公司的那些人，要么是处在试用期，要么就是还不够格升任猎头顾问，不尴不尬还在助理位置上的人。任何组有需要，都可以从新人池里调人来用。歧路规模虽然不大，但一直都很重视对公司新鲜血液的培养，所以新人池的人数反而不少，有足足六人之多。

孙克诚问："林顾问是想从里面挑人？"

林蔻蔻道："我刚来，要招自己称手的人进来恐怕还得要点时间，先去挑一下，看有没有能将就用的吧。"

入职之后肯定会有工作要处理，总不能当光杆司令。于是孙克诚出去招了招手，让人通知新人池里的几个人都到隔壁会议室里等待，然后问林蔻蔻："要看看他们的简历吗？"

林蔻蔻道："不用，我去聊聊看。"

说着她便起身向隔壁会议室走去。

孙克诚看着她的身影，想说什么，临了又打住了，把话咽了回去，只是看向了旁边的裴恕。裴恕笑一声，自然知道他在想什么。

孙克诚小声道："我记得这批人你都挑过了吧？"

裴恕点头："也就一个有点意思，其他都一般。"

孙克诚顿觉头大。

裴恕却是看着外面林蔻蔻走向会议室的身影，若有所思，片刻后，竟然也抬步往外走去。

孙克诚诧异："你要走了？"

裴恕道："不，去看看。"

刚才孙克诚让人去叫新人池里那几个人，外头众人都看见了，如今又看到林蔻蔻、裴恕连着孙克诚先后进了会议室，便纷纷猜测起来。

"是要挑人了吗？"

"可我记得老大之前说过这批人都不太行啊。"

"你傻吗？今天肯定是林蔻蔻来挑人，先用着呗，你没看到刚才她先进去了吗？"

"是啊。"

"你们说她会挑中谁啊？"

"张同吧。"

"我也觉得是张同，他虽然是个新人，但条理清楚，上回帮我打下手，沟通能力也挺强，就是经验还欠缺一点。"

…………

众人虽然是七嘴八舌，但在"林蔻蔻会选谁"这个问题上的判断，却是惊人地一致。

会议室里，林蔻蔻坐了下来，余光一晃，发现裴恕和孙克诚也跟着进来，坐在了门口的位置。她也没说什么，只是抬头打量着面前的六人，道："刚才应该有人跟你说了吧？"

六人都点了点头。

林蔻蔻便道："我现在缺一个助理顾问，想从你们几个里面挑选一下，不过不用太紧张，只是简单地谈谈。"

六个人有男有女，看上去年纪的跨度也不小。林蔻蔻让他们先做了个自我介绍。里面有三个是大学刚毕业的，两个做过保险销售跳槽来的，还有一个是房产中介跳槽来的。

大学毕业的三个人里面，有一个格外引人注意。他名字叫张同，瘦瘦高高，外形条件不错，不怯场，说话比较严谨。自我介绍的时候看其他人都不太敢开口的样子，他扫了一圈，就自己先上了。原本是临时要求的自我介绍，他的条理却十分清晰：国内某所一本院校毕业，读的是人力资源管理，进公司两个月，已经在二组前辈的带领下协助过好几单大 case，算有一定的经验。

林蔻蔻对他印象不错，别人不敢上他先上，第一是有胆气，第二是很自信，第三客观上也起到了帮其他几个人争取时间思考措辞的作用，而且懂得展示自己的优点，尤其是在后面几个人的衬托之下。

毕竟时间仓促，就算是张同给他们争取了时间，剩下的人里说得最镇定的一个，也不过就是套着张同自我介绍的模板把自己介绍了一遍。这里面还有个人特别离谱，就是那个从房产中介跳槽来的。

他看上去是所有人里年龄最大的，得有三十四五的样子，长得不高，眼睛也小，坐在会议室里似乎有点不安，老是动来动去，目光也到处乱晃。

林蔻蔻让他做自我介绍。

他支支吾吾说："我叫袁增喜，嗯……今年三十四，高……高中毕业，以前是干房产中介的，不过后来业绩不是特别好，听说给人介绍工作也挺赚钱的，我就来了。在公司里也有两个月了，帮……帮一二组的同事倒过茶，拿过快递，取过外卖。"

林蔻蔻："……"

在听见"高中毕业"几个字时，她就有点诧异了；待听到最后那句，林蔻蔻整个人就有点绷不住了，没忍住向门口那两位合伙人看了一眼。

孙克诚顿时想死，赶紧拿一只手把自己的脸挡住了，压低声音问裴恕："这人怎么进我们公司的？"

也太丢脸了吧，让人家刚进公司就看了笑话。

裴恕表示不背这锅，冷漠地提醒："是你上回去楼上的房产中介溜达，说这人虽然在那边混不下去，但卖房业绩不错，可以来我们这儿卖人试试。"

孙克诚："……"

裴恕凉飕飕地笑："有印象了？"

孙克诚顿时泪流满面，有种立刻挖个坑把自己埋了的冲动。

这俩人的表现，林蔻蔻一看就明白了：看来这袁增喜的离谱情况，他们也是现在才知道。歧路……好像也没有想象中那么靠谱啊。

她微微摇了一下头，只一轮自我介绍，其实已经差不多有了答案。如果一定要从里面选人的话，张同无疑是唯一合适的人选。但她的习惯是多看一轮，并不急着立刻做决定。

所以林蔻蔻想了一下，道："你们的基本情况我已经了解了，现在我想知道你们觉得自己都擅长什么。"

当猎头是需要一些素质的。她现在其实是一位面试官，而眼前的六个人都是来参加面试的求职者。

有人回答擅长音乐；有人回答擅长跑步；也有人坦言，感觉自己什么都会点，但好像什么都不擅长。

张同是第五个回答的。他的学历是这六个人里最高的，也是这一批新人池里混得最好的，但前几天选人的时候，裴恕却没选他，这件事一直让他有些失落，甚至耿耿于怀。但此时此刻，机会来了。如果成功，这次就会直接变成林蔻蔻的助理，这是多少人求也求不来的好事。

他开口时，心跳都快了一拍，但在开口之后，又迅速平复下去。上一次期待落空，已经让他锻炼出一种情绪控制能力。

张同冷静地对林蔻蔻道："我在学校的时候，曾经打过辩论赛，拿到过亚军。虽然不算佼佼者，但口才和逻辑思维还不错，在跟别人沟通的时候会具有一定的优势。而且辩论场上准备时间非常短，需要人用最快的速度分辨重点，做出应对，所以我的应变能力应该比同龄人高出一些。综合起来，我和陌生人沟通可以迅速打开局面，处理复杂事件可以很快抓住重点。"

他甚至都不用另举什么事例证明，只这一番话就已经足够说明他所言非虚。林蔻蔻表现得再和善，这也是一场面试。而被面试的六个人，他们应该牢记，自己的目的是争取助理顾问这个位置，而不是以为林蔻蔻在跟他们闲聊。音乐也好，跑步也好，甚至不知道自己擅长什么也好，够坦诚，但没用，跟猎头这份工作毫无联系。只有张同，轻易抓住了林蔻蔻这一问的重点——她想知道的是他们所擅长的对工作究竟有什么帮助。

问到这里，结果其实已经非常明显了。林蔻蔻甚至微不可察地点了一下头。只是余光一闪，她突然看见张同旁边坐着的袁增喜，才想起来还有一个人没问。怎么说，过场也得走完。

她开口道："你呢？"

袁增喜两手交握，放在膝盖上，坐姿看上去有些畏缩，目光也有些躲闪，似乎很难为情地开口："我，我擅长……"

林蔻蔻没听清："擅长什么？"

袁增喜声音极小，细如蚊蚋："测字、解梦、看相、算命这套都会一点。"

林蔻蔻："？？？"

有那么一瞬间，她怀疑自己是幻听了。就是门口的裴恕和孙克诚都一万个没想到，差点没一跟头栽地上去！

什么玩意儿，算命？！

外头办公区域，众人还有一搭没一搭地聊着，但话题早已经转移了。毕竟要从新人池那六个里选人的话，张同是毫无争议的首选，没什么聊头。大家议论的，反而是张同的好运气。

孟之行看着会议室那边，道："上回老大没选张同，说这人还得磨一磨，没想到，现在给死对头选去了。"

叶湘都要羡慕哭了："我为什么不在新人池里……"

这时，会议室的门开了，先前进去的人陆陆续续走出来。孟之行一面看着，一面道："张同这回算一步登天了，直接给这位林顾问当助理，就是不知道……"

话说到这里，戛然而止。

孟之行忽然睁大了眼睛，有些不敢相信地看着前面。坐他对面的叶湘见了，不由得感到奇怪，也跟着看去，紧接着，便跟他一样，瞪圆了眼睛，张大了嘴巴——紧跟在那几个大家不看好的人后面，张同竟然也从会议室里走了出来，直愣愣的，整个人好像还没回过神来。

叶湘下意识地低呼了一声："怎么可能，张同竟然没选上？"

孟之行也觉得纳闷："不是张同，那是谁？"

会议室里出来五个，还有一个留下了。两人对望一眼，掰着手指头一算，齐齐倒吸一口冷气，脸上同时露出了一种莫可名状的震撼表情。

开什么玩笑，林蔻蔻难道选了那个招摇撞骗的老神棍？！

叶湘问："他叫什么名字来着？"

孟之行也不太确定："袁增喜？"

两人相互看看，觉得这世界有点疯狂。

会议室里，裴恕跟孙克诚也是久久没有回过神来。裴恕尚能控制自己的表情，孙克诚嘴巴都张大了，近乎呆滞地看着最终留下来，坐在林蔻蔻面前的那个人。

三十四岁高龄，高中学历，说话结巴，形容猥琐，问他擅长什么，说自己擅长测字解梦看相算命！袁增喜——一个进公司俩月，只帮助过同事倒茶拿快递取外卖的混子。

就是袁增喜自己都傻了眼，不明白怎么是自己留了下来，结结巴巴道："林……林顾问，你是不是记错名字，点错人了？"

孙克诚也坐不住了，站起来道："林顾问，你这……"

只是话出口，他又怕伤了袁增喜面子，到底顾及一点旁人的感受，把那"没选错吧"几个字咽了回去，但表情已是分外纠结。唯有裴恕，拧着眉头看她，却没说话。

林蔻蔻非常淡定："没有错，我就选他。"

孙克诚大为不解，袁增喜有什么过人之处吗？

裴恕问："为什么？"

林蔻蔻看向他。

裴恕说话可不像孙克诚那样还要照顾旁人感受，他无比直接，也很不客气："无论从哪个方面看，张同都比这个人好上百倍，你要的是一个助理顾问，不是一个顾问助理。我很好奇，他凭什么能被你挑中？"

袁增喜听完这话，倒没有被伤到的感觉，自己还搁那儿默默点了一下头，显然极其认同裴恕的评价。

林蔻蔻便笑了，竟问："那我也很好奇，这么废物一个人，以裴顾问的风格，怎么会把他留在公司长达两个月之久？"

裴恕对上了她探究的视线，瞳孔顿时一缩。他眉梢一挑："我的风格？"

正所谓"最了解你的往往不是你自己，而是你的敌人"，林蔻蔻虽不敢说自己了解裴恕，但对这位死对头的作风，她是早有耳闻了。何况，上周她还亲眼见识过呢。

她道："中广这种大集团给你发合作邀请，你说没预付不做。金城律所找的那个职位是合伙人吧？候选人有意见你就让换。可见你最看重的是利益，风格还很独裁。歧路规模虽然不大，但也算独树一帜，蜚声业内。袁增喜要是真这么差，我想以你的风格，恐怕老早就把这个人开除了。毕竟就算在新人池，这两个月也得给人发工资吧？"

"就因为我？"裴恕着实没想到，她竟然是从自己这边思考的。

林蔻蔻道："你显然不是什么白给人发工资的慈善家，所以袁增喜还留在这里，只有两种可能：第一，你对新人池人选的去留没有决定权；第二，你其实对这个人有期待，所以留下他来，继续观察。"

孙克诚顿时诧异地看向了裴恕。袁增喜也万分意外，显然是从来不知道自己还被人期待、被人观察过，一时甚至有点受宠若惊。

裴恕抄着手站在一旁，脸上看不出情绪波动。

林蔻蔻打量着他，却伸手指了孙克诚一下。她道："看二位的关系就知道，这公司里人选去留，裴顾问是有绝对话语权的。所以，我有什么理由不选这个人呢？"

裴恕道："你就不怕选错？"

林蔻蔻笑起来："选人又不是一锤子买卖，错了回头再换张同呗。裴大顾问总不会不让我选第二次吧？"

裴恕深深看了她一眼："那就祝你好运，选的人真能派上用场吧，反正选错丢的也不是我的脸面。"

林蔻蔻得体地致谢："借您吉言。"

一个刁钻刻薄，冷嘲热讽；一个针插不进，水泼不进。三言两语的交锋中刀光剑影，总算以这句话为标记，暂时画上了休止符。

林蔻蔻留在会议室继续跟袁增喜谈话，裴恕跟孙克诚走了出来。

才离开会议室，到了走廊上，孙克诚就用一种极端诡异的目光看着裴恕："你之前说，这批人里也就一个有点意思的，指的不会是袁增喜吧？"

"是不是有那么重要吗？"裴恕触及他的目光，皱了眉，"你这什么眼神？"

孙克诚幽幽道："我就说嘛，以往要是有废物得这么明显的，早被你踹出去了，哪儿还能留到今天在林顾问面前丢人？那个袁增喜，你留下来肯定是有打算的，刚刚还差点让我背锅。"

裴恕笑一声，懒得理他。只是显然，这公司里被林蔻蔻选人结果所震惊的，不单单他们俩。

叶湘和孟之行见他们出来，连忙问起："老大，林顾问真选了袁增喜？"

裴恕道："这么明显的事，还用问？"

孟之行想不通："她怎么会选袁增喜？"

裴恕冷冷道："你以前跟她竞争同一单 case 的时候，经常被她摁在地上打，输这么多回该有经验了，不如你自己分析分析？"

孟之行："……"

孟之行其实想说，自己还真没能耐到经常被林蔻蔻摁着打的地步，毕竟以这圈内的地位来论，能有幸被她摁住打的寥寥无几，以前经常摁着他打的是林蔻蔻手底下那个该死的贺闯。只不过这话说出来是自取其辱，对着裴恕完全没必要讲。他聪明地闭了嘴。

叶湘却还没吸取教训，百思不得其解："我觉得林顾问此举必有深意啊，可我还是没懂，怎么会是袁增喜，他有什么优点？运气也太好了，竟然能被林顾问选中……"

裴恕听出意思来了。他忽然抬眸看向自己这位得力的手下："听上去，你很羡慕？"

叶湘顿时激灵灵地打了个冷战，头摇得如拨浪鼓："没有没有，没有的事！我对老大的忠心天地可鉴！"

裴恕就这么瞪了她几秒，直瞪到她汗毛倒竖了，才凉飕飕地收回目光。

叶、孟二人总算老实了，半句不敢多问。裴恕却是回头，若有所思地看向会议室。里面，林蔻蔻与袁增喜的交谈还在继续。

"所以你凭着算命的本事，帮人看风水，干房产中介，混得还不错？"

"这年头迷信的人虽然没那么多，但宁可信其有，不可信其无。能有个人帮他们看看，就算只是说点好听话，他们也高兴，卖房就变得简单很多。"

"后来不干了？"

"不干了，出事了。原本有个学区房，位置不错，采光也好。我看他们一家三口来看房的时候，关系挺好，也没什么矛盾，又都是有文化的人，就跟他们说房子风水好，保管他们一家住这地方顺风顺水，家人和睦，小姑娘也会学业有成。可没想到过了一年……"

"那小姑娘没考好？"

"不，出新政策了。多校划片，摇号上学，这房子他们白买了。"

林蔻蔻："……"

是自己在山里住了一年，跟不上时代了。她愣怔片刻，没忍住笑出声来："那这好像也不能怪你。"

袁增喜小声嘀咕："也能怪的，谁让我给人家担保了小姑娘学业有成呢？结果连个好学校都没上到……"

买房的父母来公司泼了一桶油漆，他自然而然被开除了，然后才被孙克诚偶然捡回了歧路。

林蔻蔻跟他聊下来，有一些新的发现："你但凡聊到和风水算命相关的，好像就不结巴了。"甚至有点滔滔不绝的架势，和先前面试时判若两人。

袁增喜不好意思地笑笑："我擅长这块嘛。"

林蔻蔻笑："看得出来你没说谎。"

只是袁增喜还是不明白："可我就会这点了，都不是什么正经本事，您选我当助理顾问，为什么呀？"

林蔻蔻向来是剑走偏锋，不爱走寻常路，只笑笑道："这本事一般人没有，偏才自然有偏门的用途。从今天开始，你就跟着我吧。"

袁增喜目瞪口呆。

林蔻蔻问："你进歧路两个月，除了帮助同事，就没有接过别的工作吗？培训呢？"

"培训倒是有，但工作的话……"袁增喜不知怎的，竟有点不太敢开口，小心翼翼道，"公司拿过几个死单来给我们练手。"

所谓"死单"，顾名思义，就是基本上不可能做成的单子。就算是歧路这样的公司，也不是什么职位都能做成。毕竟客户公司的要求不一，很多职位也确实存在难以招人的情况，每个公司都有大把做不成的"死单"，歧路有几单实在再正常不过。

林蔻蔻倒是有点好奇了："什么死单？"

袁增喜张口，刚想要介绍两句，突然间，外面传来一声大喊，就算是隔着隔音效果不错的玻璃门，都能听得清清楚楚："姓袁的，老神棍，给我滚出来！"

袁增喜一听，整个人哆嗦了一下，激灵灵打了个冷战，险些从椅子上蹦起来："完了，他怎么来了？"

他下意识地想跑。可左右看看，会议室就这么大，他能跑到哪里去？想要出去吧，一看外面，那道愤怒的身影已经进了公司。

来人二十七八的年纪，满面怒意，穿一身西装，但皱巴巴的；两只眼窝深陷，下巴上还有一茬青黑的胡楂，看上去充满了疲惫，像极了那种才熬完夜的人。歧路的人基本都认识他了——姜上白酒业人事部门的招聘专员，叫王亮。

两个月前，裴恕把一些不太好做或者价值不太高的"死单"挑了出来，扔给新人池练手。袁增喜正好拿到姜上白这一单。这家开了有七八年的酒业公司，想要找一个熟悉酒品行业的市场总监，开出了三百万年薪，给猎头支付的猎头费也达到职位年薪的30%，也就是九十万。

但既然是死单，做成的可能性就极小。其他人拿到单子抱着的都是锻炼一下的心态，只是跟客户接触接触，尝试着帮忙寻访合适的人选。袁增喜倒好，上去就给人一顿忽悠，夸下海口，竟然让对方相信他那边有合适的人选，所以一直等着他给人。然而两个月过去，别说候选人，就连候选人的毛都没看到半根。

姜上白酒业算不上大，但也绝对不小，市场总监这么重要的一个位置，直接开了天窗。王亮少不了被领导问责，压力巨大。今天来，用脚指头想都知道，是找袁增喜算账！

前台小姑娘文文弱弱，哪儿能拦得住他？王亮径直进了歧路，只是扫眼一看，办公区域压根就没有袁增喜的身影。他气不打一处来："袁增喜呢？"

歧路众猎头抬起头来，都没说话。孟之行看了一眼，交代组里一位猎头顾问出去，悄悄给保安打电话，怕这人一会儿闹事。只有裴恕，看见这场面，目光闪烁，竟突地一笑。

他微微眯眼，叫住了王亮："你找袁增喜？"

王亮道："对，他人呢？"

裴恕随意伸出一根手指头，直接往走廊那头会议室的方向指了指，露出了一个赏心悦目的笑容："那边。"

孙克诚看着裴恕那根指路的手指，一时大为震撼。

王亮显然没想到有人会好心为他指路，不由得狐疑地看了裴恕一眼，但盛怒当头，又哪里顾得上想更多？他匆忙道了声谢，便往会议室方向"杀"去。

孙克诚简直惊呆了，拽了裴恕一把："你干什么？"

裴恕淡然瞥他一眼："指路啊。"

孙克诚险些跳脚："林顾问才刚选上袁增喜，你就憋着坏给人使绊子，是成心让人没脸！这要闹起来，怎么收场？现在她不是我们的对手，是队友了！"

裴恕毫无诚意地"哦"了一声，敷衍道："是吗？我习惯了，一时半会儿纠正不过来。"

孙克诚为之气结。

裴恕道："别生气，林蔻蔻还是有两把刷子的，万一能搞定呢？"

孙克诚脸都黑了："姜上白那单有多离谱你当我不知道？这王亮脾气又暴，内外的压力都逼着，吵起来都算小的，我只怕一会儿里面打起来。"

裴恕微微一挑眉："那我就更期待了。"

孙克诚："……"

跟这位祖宗废什么话！

多说无益，他转头径直走向孟之行，问："保安来了吗？"

孟之行道："刚打完电话，马上就来。"

歧路在三十九层，算高层，这个时间又正是大厦电梯最忙碌的时候，几乎在每一层都有停靠，就算保安马上来，估计也得几分钟。孙克诚算了一下，在心里祈祷，可千万别闹起来。他紧张地看向会议室，密切地注意着里面的动静。

果然，王亮进去之后，立刻就是一阵争吵的声音。可奇怪的是，这声音持续了一小会儿，就慢慢小了下去。很快，外头人就什么也听不见了。

孙克诚未免诧异。裴恕看着会议室那扇门，却是一勾唇，仿佛半点也不惊讶。

外头一串密集的脚步声传来，是刚才通知的保安终于到了。

"什么人闹事？"

孙克诚回过头去，忙向会议室的方向一指："在那边，请你们——"

话音未落，会议室的门突然就开了。孙克诚一看，忽然傻了眼，有些不敢相信自己的眼睛。

从会议室里走出来的不是别人，正是方才的王亮。只不过先前进去时，他怒发冲冠，满脸仇恨；如今出来，竟红着眼眶，好像才哭过一场，还十分有礼貌地冲着门里鞠了个躬，才抹了抹眼角的泪，向着外面走过来。

这……骂着进去，哭着出来？

孙克诚惊呆了。

第四章
猎头游戏

里面到底发生了什么？这个疑惑几乎同时浮现在了众人脑海之中。

上来的保安还有点没闹明白情况："谁闹事，他吗？"

孙克诚花了好长时间才反应过来，忙道："啊不，现在好像没有了。"

保安们顿时用一种"你在跟我开玩笑"的眼神看他。孙克诚咳嗽一声，连忙道歉，并给旁边呆愣着的叶湘使了个眼色。叶湘立刻会意，上来好言好语给几位保安道歉，安抚了一番，好说歹说送出了公司。孙克诚却是没顾得上别人，立刻进了会议室。

林蔻蔻跟袁增喜仍旧相对坐着。只是不同于他们刚出来的时候，袁增喜脸上那种被选中后的诧异、不解，甚至不安忐忑，已经完全被另外一种浓烈的情感所替代。此时此刻，占满他瞳孔的，除了震撼，还是震撼，他看着坐在自己对面的林蔻蔻，俨然看着一尊神。显然，搞定王亮的，不是袁增喜，而是林蔻蔻。

这一刻，孙克诚脑海里不知怎的，回荡起裴恕刚才似笑非笑的那一句："别生气，林蔻蔻还是有两把刷子的，万一能搞定呢？"

不，不是万一。恐怕裴恕压根没觉得这对林蔻蔻来说算事，倘若算，只怕林蔻蔻也不配当他这么多年的对手了。

孙克诚顿生出一种"这俩人都是什么妖孽"的郁闷感，瞅了半天，干巴巴问："林顾问，还好吗？"

袁增喜还沉浸在方才那一番精彩的对话中，回不过神来。

林蔻蔻却仿佛没事人似的回头一笑："挺好啊。"

孙克诚见她这样，一下都不知道说什么："那刚才那个王亮……"

林蔻蔻向外望了一眼，这会儿王亮早走了。倒是裴恕，一身闲散姿态，端着一杯咖啡踱步过来，往会议室门边上随意地一靠，饶有兴味地看着她。还是那副讨人嫌的架势。

她收回目光，忽然问孙克诚："姜上白酒业这单 case，公司里现在有其他猎头在做吗？"

孙克诚下意识望向裴恕。

裴恕眉梢一挑："没有。你有兴趣？"

林蔻蔻道："这单我做。"

孙克诚不解："这不是个死单吗？"

"没有人做不成的死单，只有做不成单的死人。"唇角一扯，林蔻蔻看向裴恕，"裴顾问你说，是这道理吧？"

不知怎的，孙克诚听出了一股子心惊：这是骂谁死人呢？

裴恕却镇定自若。他甚至笑了一笑："林顾问很自信。"

林蔻蔻直接从座中起身，道了句"不敢"，脚步到他边上时正好停住，抬眸道："我对自己的信心，还比不上裴顾问对我的信心，不是吗？"

裴恕是一米八的高个子，身量修长。林蔻蔻一米七踩着高跟鞋，也不差他多少。两人在门口面对面一站，气场上谁也不输半分，四目相对时，难免暗流汹涌。

裴恕好像没听懂："有吗？"

林蔻蔻道："专门给来闹事的人指路，生怕别人找不对地方，这难道不是对我解决问题的能力很有信心？"

她没亲眼看见，但猜也能猜着。正常遇到王亮这种来闹事的，第一反应肯定是叫保安，甚至报警。只有裴恕这种人，看她热闹不嫌事大，敢憋着坏给人指路。何况他还有充足的动机。

裴恕满面淡然："毕竟林顾问竞业一年，能力还剩多少，大家都很好奇，我这不也是给了林顾问一个证明自己的机会吗？"

林蔻蔻道："那可真是感谢了。"

她眸底溢出几缕嘲讽，轻轻一侧头，便正好贴近裴恕耳侧："所以为了不辜负裴顾问的苦心，我专门挑了这个裴顾问判定的'死单'，准备证明一下自己，裴顾问应该不会介意吧？"

这句话的声音不大，是被她刻意压低了的，是以有种沉沉的沙哑。裴恕只觉耳郭都颤了一颤。他瞳孔瞬间缩紧，再微垂眼帘，正好对上林蔻蔻那一双不起半分波澜的平静眼眸，一刹那竟不由得心悸了一下。但紧接着，她就退开了。

说完这句只有两人能听到的话后，她若无其事地离开了会议室，甚至还笑着招呼了孙克诚一句："我有自己的办公室吗？"

孙克诚反应过来，道："有，当然有。我带你去。"

歧路的办公场所，占据了一整层。对一家只有不到二十人的小公司来讲，实在是有点过于"奢侈"，所以空着的地方不少，还设计了宽敞的茶水间、健身室、会客厅。会议室的数量也非常多，每一个上面都贴着标号，看来是备着平时约见候选人的。林蔻蔻的办公室就在走廊左侧。

孙克诚介绍道："上周末确定意向后，我临时叫人准备的。比照着裴顾问办公室的规格设计，只不过现在还没装修到位，过几天正好是五一节，放完假回来应该就差不多了。现在看着东西还比较少，林顾问可能得先将就几天。"

第一次来时，林蔻蔻就发现歧路的装修玻璃用得非常多，很像一些美国律所，视线通透，走廊外面的人也能看见办公室里面——如果不拉上百叶窗帘的话。她扫了自己即将入驻的办公室一圈，然后就看向了隔着一条走廊的对面办公室。

孙克诚突然有点心虚，咳嗽一声道："那是，那是……"

不用他说，林蔻蔻已经知道是谁的了。因为那位姓裴的祖宗已经踱步过来，推开了对面那间办公室的门。

林蔻蔻收回目光，问道："孙总，你这样安排办公室，不怕我们俩哪天直接打起来吗？"

"不用不用，林顾问看得起我，叫我一声'老孙'就行。"孙克诚连忙更正她的称呼，然后笑了笑道，"放心，裴顾问很绅士的，打不起来。"

绅士？林蔻蔻眼角一抽，心说自己可一点没看出来。

她道："我一直很好奇，裴顾问一开始不是说有我没他吗？现在我来，他竟然没意见？"

这话孙克诚早问过裴恕了。裴恕那德行哪像是能好好回答的？只不过嘛……

孙克诚隔着玻璃往对面办公室看上一眼，摇头轻哼一声："他就靠那刀子嘴到处结仇呢，打嘴仗比谁都在行！"

林蔻蔻突然觉得很奇妙。不管怎么说，现在跟当年的死对头在一家公司工作了，换到几年前，谁能想到呢？

孙克诚又跟她絮叨了几句，说订了一家餐厅晚上给她接风，然后才笑着离去。

林蔻蔻在办公室里转了一圈，最后立在了那一大片落地窗前。繁华的陆家嘴尽收眼底，浑浊的黄浦江从西侧奔流而过。这里是上海的心脏。

她站在高处俯视，仿佛能感觉到一种跳动的脉搏，一如她能感受到自己身体里奔流的温热的血。山间寺庙的清修固然与世无争，但林蔻蔻发现，自己迷恋的还是这座竞争激烈、你死我活的城市。

林蔻蔻简单收拾了一下自己的办公室，按照自己以往的习惯归置了一下物品，中午跟孙克诚、裴恕到楼下吃了顿简餐，下午便要来姜上白那一单 case 的资料，研究了起来。

她接了这个死单的消息，早在上午便传遍了公司。别说是对她原本就抱有一些怀疑的孟之行，就算是把她视作偶像的叶湘都认为林蔻蔻这决定太过草率。

姜上白酒业这单三百万，做成能收九十万的猎头费。虽然在歧路还算不上顶高，可也不少了。一组二组都有猎头顾问接触过这一单，可研究一遍之后都选择了放弃，不然也不至于给新人池的愣头青们练手。可想而知，这一单的难度有多大。

"先选袁增喜，后接死单，是我跟不上时代了吗？怎么这操作这么离奇呢？"

"传说林蔻蔻酷爱'剑走偏锋'，我这回算是见识了……"

"要打个赌吗？"

"做不成吧。"

"瘦死的骆驼比马大，林蔻蔻怎么说也是裴哥那个级别的，没点把握不敢刚来就这么搞吧？"

…………

下午五点一下班，孙克诚来叫林蔻蔻的时候，就用一种诡秘的目光看着她，小声道："我悄悄跟你说，公司一、二组这帮闲着没事干的，在群里开了个赌局，赌你能不能做成这单呢。"

林蔻蔻听完，着实无语了一阵。

孙克诚道："你都不生气吗？"

林蔻蔻道："我本来是航向的人，现在刚到歧路的地盘上，一来是空降兵，二来面对的都是裴顾问的手下，有一些质疑的声音再正常不过，有什么值得生气的？"

她在航向受过的气多了，歧路这一点，根本连"气"都算不上。她笑了笑，把桌上姜上白那一单的资料都收起来，主动问："我们要出去吃饭了？"

"对，我开了车，正好载你们。"孙克诚晃了晃手里的车钥匙。

但林蔻蔻注意到的是他话里的"你们"二字，眉梢顿时一动。出了办公室门一抬头，果然看见裴恕已经在外面等着，服帖的西装外面披了件黑色的长风衣，越发显得身材修长，被落地窗外的斜晖一照，有种令人惊叹的沉静清冷。

孙克诚开车，裴恕在副驾位置，林蔻蔻则坐在后座。一路上倒是没聊什么正事，全是孙克诚在介绍他们即将去的那家餐厅：专门做粤菜，融合了一些东南亚菜式的特点，算是一家创新餐厅，有很多的特色菜。听得出，他对吃有很深的研究。

等到了地方，林蔻蔻一下车便看见了街边开着的这家餐厅，专门做成怀旧风格的招牌在梧桐树叶的掩映下别有一番味道。孙克诚订的是一间大包厢。服务生领进去之后，便能看见里面的沙发、茶桌，地方的确不小，能坐下三桌人。

订包厢的都算贵宾，除了有专门的服务人员之外，还有餐厅的经理亲自进来问候。裴恕向来不应付这些，自己随便找了个位置坐下。林蔻蔻见了，很自然地跟他隔开一个位置落座，两人中间便空了一张椅子。

那经理梳着油头，显得十分热情："以前您就来过几次了，这大包厢我肯定是先给您备下，今天有另一家猎头公司来，我都跟他们说没有呢。"

孙克诚笑着道："那真是多劳费心了。"

两人一通寒暄。

林蔻蔻本来没仔细听，可一抬头却发现，不管是她这桌，还是旁边那桌，众人坐下来之后，目光竟都似有似无地往那经理身上瞟。这人有什么特殊之处吗？她不由得好奇，也向对方身上打量了一圈。

那经理跟孙克诚沟通菜单，出去交代了什么，又进来一趟。等点完了菜，才祝他们吃好喝好，然后离去。全程服务非常周到。林蔻蔻实在没看出什么端倪，仍旧不明白众人为什么看他。但歧路这帮猎头显然都很熟了，那经理一走，众人立刻相互望了望，兴奋起来。

"来来来，这回谁先开始？"

"都参加都参加，一个也别想跑，谁输了谁直接喝三杯！"

"裴哥来吗？"

"别了吧，裴哥要来那也太没悬念了，我们都得喝。"

"上回的教训还没吃够？"

…………

那个提出要邀请裴恕的猎头顾问，差点没被众人摁住打一顿，众人意见一致，纷纷将裴恕摒除在外。

孙克诚回来，在林蔻蔻跟裴恕中间坐下，一看林蔻蔻的表情，仿佛便知道了她的困惑，小声对她道："公司里常玩的一个小游戏，输了的喝酒。"

林蔻蔻刚想问这游戏跟刚才那位经理有什么关系，桌对面坐着的孟之行忽然问："林顾问要一起来吗？"

歧路猎头组里的顾问基本都很年轻。孟之行大概也就二十五六年纪，戴着一副眼镜，斯文之余还有着几分严谨，一双眼正望向她。林蔻蔻轻易便从他的眼神里感觉到一种隐约的敌意。

裴恕坐旁边看着没说话。孙克诚悄然皱眉，面容变得严肃了一些，似乎想说什么，可看一眼林蔻蔻，又忍住了。包厢里忽然变得有些安静。

林蔻蔻迅速回忆了一下孙克诚早前给自己的歧路组织架构和人员名单，轻易便把人和名字对上了号："孟之行？"

孟之行一怔，似乎没想到她竟叫出了自己的名字。

林蔻蔻淡淡一笑："先前就听说过你，歧路猎头一组的组长。我记得前年五月惠生投资银行的那单 case 是被你争取走了，贺闯那天回来后跟我说你很厉害。"

孟之行面色顿时微变。如果说叫出他名字，还算在情理之中，就算有些意外也不打紧，可她竟然精准地指出了他前年做过的单。

惠生投行那单很大，足足有八百二十万。对孟之行来说，那简直是一场完美的胜利，几乎让他以为自己就要从长期输给贺闯的阴影里走出来，进入一个反败为胜的关键节点。然而现实远比梦想残酷。事实上，从这一单之后，到整个年尾的时间里，他都没能从与贺闯的竞争里赢下哪怕一场！而眼前这个女人，是当年带着贺闯入行的林蔻蔻。

明明她没说一句重话，甚至还抬举了他两句，可孟之行从未如此强烈地感受到这种来自上位者的压迫感。他慢慢道："不敢，那年也就赢了那一次。"

裴恕玩着面前的筷子。林蔻蔻看了他一眼，才笑着向孟之行道："胜败乃兵家常事，倒不用挂心。所以，现在是玩什么游戏，是什么规则？"

　　孟之行张口，还没来得及说话，一旁的叶湘已经自告奋勇，举起手来："我说我说！"

　　孟之行被林蔻蔻杀了个下马威，也没什么说话的心思了。叶湘顺利争取到介绍游戏规则的机会。

　　简单来说，这是个"猎头游戏"。猎头是靠给客户寻访他们需要的人才而获取酬劳的一份工作，所以，"识人"绝对是一门必备功课。这游戏就是比谁识人更厉害。来一个陌生人，大家同时观察，各自做出判断。游戏设置为抢答模式，同一个信息谁先说出来算谁的。最终，谁获取的有效信息最多，谁做出的判断更准确，谁就获胜。至于剩下的人，全部都是输家，全部都要喝酒。

　　林蔻蔻听完道："我明白了。"

　　叶湘兴奋起来："那我们开始吧。"

　　除了被众人一致投票除名的裴恕和晚上还要开车回家的孙克诚，其余人等全部参加，桌上立刻七嘴八舌地说了起来。

　　"年龄三十出头，看起来比较注意仪容，脸上有涂抹护肤品的痕迹，看得出他比较重视自己现在这份工作。"

　　"刚才全程热情服务，对这份工作没有丝毫懈怠，能推测他还有晋升空间，至少他认为自己在这家餐厅还能往上走一走。"

　　"他戴了戒指，应该已婚。"

　　"不对，他的戒指明明取下来了，我刚才看见他右手无名指上有一圈戒痕，应该是离了婚。"

　　三言两语，竟在这人是否已婚的问题上出现了争执。林蔻蔻觉得有意思起来了。

　　下一个发言的是孟之行："他穿的西装是餐厅里统一配备的，看不出什么来，但里面的衬衫，腰上的皮带，还有脚上的皮鞋，还是能看出他大概的经济水平。衬衫衣料普通，皮带和皮鞋稍好一些，都是奢牌，不过单品价格不算很高，两千到三千。上海这种档次的餐厅，经理的平均薪资是一万五到两万。他刚才说话夹了几个上海方言里的词，应该是本地人，有房。在不供房贷的情况下，有这个收入却配这个消费，是个比较有理财观念、不轻易过度消费的人。年轻的时候，大概率过过苦日子。"

　　他语速很快，条理清晰。林蔻蔻看见，裴恕在听的时候，微不可察地点了一下头，显然对这位得力手下的判断还算满意。

只是他说完，叶湘就跳脚了："你要不要脸，给不给别人留活路？自己叽叽说一堆，那我说什么？"

孟之行一推眼镜："谁先说算谁的。"

叶湘恨得咬牙，仔细回想了一下，添补上一个细节："我刚才看见他脖子后面露出一点刺青，大概率有文身。不知道你们有没有注意，他右边眉骨上有一道疤痕，刚才拿菜单的时候右手小指上也有一道。我觉得这个人年轻的时候不仅过过苦日子，可能还在社会上混过，学历可能是高中。"

到这儿，那位餐厅经理从年龄、长相、学历、处境、消费观念，差不多被扒了个一干二净。众人也想不出还有什么能说的了，桌上变得有些安静。孟之行却注意到，林蔻蔻从头到尾都还没开过口，于是问："林顾问觉得呢？"

林蔻蔻一眼扫过去，目光却落在了袁增喜身上。这位她今天才选中的助理顾问，看起来好像在认真听，但她注意到他眼珠子已经有一阵没动了，显然早已神游天外。于是她手指轻轻叩击了一下桌面，竟问："袁增喜，你怎么看？"

众人都是一愣。

袁增喜被她叩桌子的声音惊醒，回过神来才发现全场的目光不知何时已聚拢在自己身上。

他讷讷地问："什么？"

林蔻蔻道："刚才那位餐厅经理，你看出什么来了吗？"

袁增喜挠了挠头，似乎有些窘迫，硬着头皮道："我是分析不出什么来，但要按照面相学来看，天庭方圆但地阁太窄，眼皮太重压着眼睛，是那种有算计的人。反正这人我不喜欢。"

林蔻蔻问："看面相就不喜欢？"

袁增喜道："倒不是，我是看到这人一进来，就朝这边的方向看了好几眼……"

他说着指了指，那方向正好是林蔻蔻等人所在的方向。

众人一听，全都一怔，紧接着才反应过来：朝这边，除了看林蔻蔻还能看谁？袁增喜言下之意，是怀疑这人好色啊！

有人不认同，小声嘀咕："多看几眼这不是很正常吗？就是路边走过个比我帅的，我也多看几眼。何况……"

何况男人有几个不好色？只是这话没敢讲出来。大部分人认为袁增喜的判断属于无效信息，没什么意义。

林蔻蔻听完没有说话，裴恕却是一直看着她的表情，此刻忽然问："林顾问有不同的见解？"

　　林蔻蔻看他一眼，竟道："我的看法跟袁增喜一样。"

　　众人顿时惊讶，甚至充满不解：林蔻蔻的判断怎么会和这个神棍一样？

　　林蔻蔻可没把袁增喜当成神棍。

　　她不迷信，但中国大部分老板却都很信"命"，接触得多了，就听说过不少事，也见过不少所谓"算命大师"。其实这些人并非真的多会算命，只不过是有识人的本领，并且精通话术，一见面随便聊上几句，便能把你的经历猜个大概，要自身再有点学问，也能帮人答疑解惑，指点迷津，自然让人觉得神奇。袁增喜说是靠讲风水卖房，可眼力见儿总得有。不然对着盲人卖眼镜，就算话术再厉害，那也卖不出去一副。

　　林蔻蔻笑了笑，继续道："只不过我的见解，还要更过分一点。"

　　叶湘下意识地问："过分一点？"

　　林蔻蔻淡淡道："这个人已婚，好色，习惯性出轨，或者有婚外情。"

　　"噗！"

　　这话一出，整个桌上的人都惊呆了，孙克诚更是一个没忍住把刚喝进去的水都喷了出来，用一种震骇的眼神看着林蔻蔻。

　　"这怎么看得出来？"

第五章
再遇航向

　　林蔻蔻真是语不惊人死不休。大家都是一块儿观察的，拢共也就那点时间，甚至都没说上两句话，能得知的信息实在有限，她怎么就敢说人家习惯性出轨，甚至可能有婚外情？

　　孙克诚问的，也是众人想知道的。然而林蔻蔻却不急着解释，而是饶有兴味地扫了众人一眼，道："要是真的，这场算我赢吗？"

　　众人相顾沉默，都不知该不该算。只有一直没说话的裴恕，忽然插口道："算。"他一锤定音，众人都无异议。

　　林蔻蔻便道："第一，戒指。这人一共进过包厢两次，第一次戴着戒指，第二次进来时却把戒指摘了，所以才有人说他戴了戒指，有人说没戴。戴戒指表示已婚，可再进来时却摘下戒指，因为他的职位，先排除掉工作需要，那么只剩下两种可能：要么他是刚见过或者即将去见情人；要么，我们这间包厢里，有他想要接触的目标。"

　　众人听到这儿，全都看了她一眼。

　　裴恕只问："第二呢？"

　　林蔻蔻道："第二是香水。他身上的不是男士香水，是今年一个大牌新出的女香，单瓶售价六百欧元，并且全球范围内限量发行，不是随便哪里都能买到。就算他消费得起，这也不像是他会买的东西，所以香水的味道只能来源于别人，而且大概率是个女性香水发烧友。"

　　香水这东西，一般人真不容易注意到，主要是嗅觉不会那么灵敏。但这款香水的味道实在是太特殊了，赵舍得就有一瓶，还拿给林蔻蔻闻过，问她像不像那种烧给死人的冥币味儿，所以林蔻蔻对此印象深刻。

众人听完，却是面面相觑。裴恕也拧着眉头。

孟之行代表众人，第一个提出质疑："年龄、学历甚至过往经历，都是客观可查的，回头找人问问就能知道。可林顾问的判断涉及隐私，我们怎么能证明你的判断是否准确？"

林蔻蔻笑了："这还不简单？"

大部分男性的道德感要低于女性，尤其是在性伴侣话题方面。女性几乎不会主动对人提及，但存在相当一部分男性，会向人分享此类话题，尤其是在只有男性的场合里，甚至会以此吹嘘自己。他们对自己人是不设防的。

林蔻蔻道："你们派个人直接去问问他，说不准就知道答案了。"

众人都没懂她的意思，唯有裴恕清楚地看见了她眼底闪过的那抹嘲讽，意会到了，想了想道："我去。"

他真的起身出去了。众人这下倒一点也不怀疑了：别人去或许有点难度，可他们老大要亲自出马，不可能拿不到答案。餐厅开始上菜，大家一边吃一边等。

过了十分钟，裴恕黑着一张脸回来了。众人都问："怎么样？"裴恕没说话，只看了林蔻蔻一眼，点了一下头。"哗！"包厢里一下热闹起来，说什么的都有。

"不是吧，竟然真这么离谱？"

"看着挺老实一人啊……"

"老男人爱打扮，一定是有情况，铁律啊。"

"我不敢相信……"

众人吵吵嚷嚷，有人甚至忍不住骂出了声。只有极少数几个人发现裴恕自打回来坐下后，就绷着一张脸，活像有人欠了他八百万。

孙克诚心头打鼓："你这是怎么了？"

林蔻蔻目光一闪："裴顾问刚才出去，还遇到什么情况了吗？"

众人一听，都安静下来。

裴恕看着林蔻蔻，面无表情："他是 gay（同性恋者）。"

包厢里，突然死一般寂静。众人的目光全都落在裴恕脸上，眼见着他在说完这句话后，露出了一个一言难尽的表情，一时都忍不住浮想联翩。也不知道是谁先没忍住，笑了一声。紧接着，整间包厢都爆出一阵大笑，众人东倒西歪，笑作一团。

"所以他第二次摘戒指，想要接触的目标是？"

"不行，我要笑死了……"

"对上了，油头粉面爱打扮，之前怎么没想到这茬儿呢？"

"所以刚才袁增喜说的也没错，是看的那边，只不过看的不是林顾问，哈哈哈……"

"是啊，老大和林顾问不是一个方向吗？"

"哈哈哈，裴哥你刚才遭遇了什么？"

就连林蔻蔻，在盯着裴恕那张没有表情的脸三秒过后，都没忍住，跟众人一道笑出了声："这倒是没考虑到。"

她刚来歧路，跟众人多少有点距离。这没忍住的一笑，却是瞬间打破了她原本给人的疏淡之感，一下拉近了她跟众人的距离，形象变得鲜活真切起来。只有裴恕，黑着脸坐在一旁，突然成了局外人。

他拿起筷子来，用力往桌上戳了戳，冷冷道："笑个屁，不出意外，这就是在这家餐厅的最后一顿了。"

餐厅经理都被他们扒了个底儿朝天，将来还怎么直视？反正孙克诚以后是不会再订这家了。

先前的游戏，毫无疑问是林蔻蔻赢了。众人心服口服，都罚了酒。孟之行甚至走过来，特意向她敬了一杯。如果说先前众人还对林蔻蔻的能力有质疑，那现在这种质疑已经消解了大半，她已经用自己的实力赢得了尊重。取而代之的，是众人对她的好奇。

酒过三巡，桌上的人便七嘴八舌地问起来。

"上《猎头圈》杂志，是他们给采访钱，还是我们给润笔费啊？"

"都不给。"

"有人说，林顾问早年在某个沙龙上跟同行放过狠话，说他就算再努力一百年也赶不上你拿脚做单。"

"……我是说过。"

"原话明明是'你再努力一百年也赶不上爸爸拿脚做单'才对。"

"喀，那都是早些年的事，现在不敢这么说了……"

"那林顾问当年被大半个上海滩的 HR 联合封杀是真的吗？事情最后怎么解决的？"

…………

众人一问起来，简直滔滔不绝。尤其是二组的组长叶湘，对她诸多事迹了如指掌，问起来跟查户口似的，让人心里发毛。

林蔻蔻是真不知道，自己在行内还有这么多传说。她生怕大家问起来没完，差不多喝了有三杯酒之后，便赶紧说自己酒量不佳要出去醒神，溜之大吉了。

包厢在二楼，走廊尽头便是一处宽敞的露台。林蔻蔻喝得不算多，但她向来量浅，容易上头，是真有点晕乎，所以循着路，上了露台去吹风。只是没想到，裴恕竟然也在。

之前众人喝酒时，他就出来接电话，林蔻蔻一过来，就听见了他懒懒散散的语气："我说过，宋晴，我没兴趣，不要随便给我凑这种局……"

宋晴？没记错的话，量子集团的人事总监就叫这名字。林蔻蔻无意间听见，不由得挑了一下眉。只是她无意偷听别人的电话，所以没去打扰，只是走到露台左侧一角，深深地吐出一口酒气。倒是裴恕一下就看见了她，声音一顿后，对着电话那头又讲了两句，便道一声"有事"，先把电话挂了。

他原是坐在露台的椅子上，还端了杯酒出来喝，眼下却起身朝林蔻蔻走了两步，在她身后站定："林顾问怎么出来了？"

"醒醒酒。"林蔻蔻回过头，"没打扰到裴顾问打电话吧？"

裴恕道："普通闲聊罢了，打扰了也不要紧。不过我还以为林顾问酒量应该不错。我们是小公司，组织结构扁平，一、二组这些人平时闹惯了，这种场合劝人喝酒的时候多。林顾问从航向出来，可能还不太习惯。"

对这一点，林蔻蔻是有感觉的。在歧路，人跟人之间的关系好像更近一些，不像同事，更像朋友。上级并不是因为地位而受尊重，更多似乎是因为能力。

正如玩那个猎头游戏前后，众人对她的态度变化。

航向毕竟规模大，人员多，大家一块儿出来吃饭聚会，也就只有在年会这种比较大的场合才有，但高管们和普通猎头顾问是分开的。这种氛围，她的确很久没体会过了。只不过……

林蔻蔻注视着裴恕，道："听起来，你真的不喜欢航向。"

裴恕笑笑道："是不喜欢。"

林蔻蔻道："可你我较量了这么久，我也不知道是为什么。最开始，我以为你是针对我，可后来发现但凡航向的生意你都插一脚。现在我进了歧路，你默许了，那我只能推测是航向的原因。所以你跟航向，究竟是有什么仇怨？"

裴恕避而不答，却问："那林顾问厌恶 HR 出名，跟 HR 又有什么仇怨呢？"

　　露台上的风挟着几许春夜的凉意，他们相隔几步站立，互相审视着对方。显然，他们都问到了对方不想回答的问题。静默对峙，带着种相互试探。谁也没说话。

　　直到走廊那扇门里面传来脚步声和喧哗声，林蔻蔻才朝着那边望了一眼，开口道："改日再聊吧，我先回去了。"她抬步往回走去。

　　裴恕滑开手机屏幕，看一眼时间，也差不多是时候回去了，便落后两步，不紧不慢地走在林蔻蔻后面。可没想到，林蔻蔻伸手去拉门，手才搭到门把手上，动作便陡然一顿。走廊里面，传来了两道争执的声音。

　　裴恕见她站在门后不走了，心里本有些疑惑，走过来想问，一听里面那声音，不由得挑了一下眉，转而用一种奇异的目光看向林蔻蔻。

　　林蔻蔻背光而立，垂着眼帘，神色难辨。隔着一道门，走廊里的声音也异常清晰。听得出是两名男性，一个多少有点气急败坏，另一个却是冷冰冰的嘲讽。

　　"远洋这单十六个高管职位，总价有三千万，这单最开始分明是我去联系的！"

　　"那又怎样？"

　　"我们都是航向的，在外面看来是一条船上的人，你一个人吃下来，不觉得太过分吗？"

　　"过分？你们当初联手逼走她，也没觉得自己过分啊。"

　　"贺闯，你！"

　　"没事我就先走了。"

　　"你嚣张什么？不过就是仗着当初她偏心你，真以为自己有多大本事？"

　　这两个人，林蔻蔻都认识。就连裴恕都知道他们。一个叫顾向东，一个叫贺闯，两人都是林蔻蔻一手培养起来的，在航向时算是她的左膀右臂。

　　只不过听说当初航向逼退林蔻蔻时，一个坚决站在她这边，另一个却带着客户和资源，倒戈向管理层，在背后捅了林蔻蔻一刀，当了叛徒。

　　现在顾向东已经成功接替了林蔻蔻的位置，当上了航向猎头部的总监。只可惜，贺闯没走，仍是副总监。顾向东的业务能力比贺闯差不少，贺闯在公司又完全不给他面子，两人基本是分庭抗礼的状态，有点摩擦再正常不过。可没想到……这架势，简直是水火不容啊。

裴恕想着，没忍住拉开了唇角：看来自己运气不错，出来打个电话，还能听到这种好戏。林蔻蔻的心情，显然就没那么好了，搭在门把上的手慢慢撤了回来，她往后退了一步。只是她刚才一直在出神，都没留意裴恕到了自己身后，这一退险些撞上。还好裴恕手快，扶了她一把。

他的手，就搭在她腰上。

林蔻蔻回头。

裴恕轻悄悄竖起一根手指在嘴唇边，示意她别作声，然后笑起来，小声道："顾向东志大才疏，背叛你不稀奇；可贺闯本事不小，性情也张扬，竟没落井下石顺便取代你，还对你忠心耿耿，真是稀奇。"

这话本是寻常之语，可或许是她心里装着事，莫名听出了一股意有所指的味道。林蔻蔻皱了眉，收回目光，便想要离他远点。可没料到身形才一动，脑袋才转了一点，便感觉到一股牵扯的疼痛从头皮上传来，她不由自主地轻轻"唑"了一声——竟是她垂落的头发，因为先前险些撞上的靠近，挂到了裴恕西装纽扣上，一动便拉扯住了。

一门之隔，走廊的顾向东已经有些气急败坏，贺闯却似乎并不想搭理他，朝某个方向走去；露台上林蔻蔻则与裴恕面面相觑，这一刻谁也没说出话来。最终还是裴恕压低声音，道了一句"我来"，然后低头去解她缠在自己西装纽扣上的头发。

距离太近。她身上带着淡淡的酒气，还有股似有还无的青柠罗勒的香水气。微卷的长发，映着旁边壁灯的暖光，缠绕着人的手指，仿佛漂游的海藻。裴恕清晰地感觉到，自己这一刻的心跳快了一拍，产生了一点生理反应。他看似冷静，但头发非但没解下来，反而缠得更死了一些。

林蔻蔻拧眉，无声看向他。裴恕停下，看了她一眼，忽地抿直了唇线，垂眸直接用力拽那粒纽扣。

于是"啪"的一声响。钉纽扣的线崩断了，纽扣落下来，原本缠绕在上面的头发，一下自然地松开，像　卷蓬松的烟雾。

林蔻蔻顿时愣住。裴恕却是缓缓松了一口气。

只是谁也没想到裴恕刚才拽纽扣时手肘不慎撞到了门边，发出了一阵响动。走廊里面听见了动静。

顾向东下意识地朝着门那边看去："谁？"

走廊里亮着灯，通往露台的那扇门后却是黑漆漆的。顾向东确定，自己刚才听见了一声响。他皱眉盯着那个方向，目中隐隐藏了几分忌惮。

安静了有几秒，一道身影才从门后转出来，伴随响起的还有一声笑："本来听见二位争吵，不好意思打扰的。没想到，还是不小心打扰到了。"

西装外套不见了，他只穿了一件黑衬衫，肩腰之间的比例，因此看得更分明。

裴恕脸上半点偷听了别人讲话的不好意思都没有，还一副老朋友见面的样子，向二人打了招呼："两位，好久不见。"

顾向东一看见他，瞳孔瞬间一缩，最初的惊诧过后，便是咬牙切齿："是你！"

他今年三十五六岁了，保养得不是很好，脸上本就有几道褶子，如今一咬牙，面容更见扭曲，显得阴沉沉一片。

站在另一侧的贺闯却要年轻很多。他乌沉沉的眼珠浸着冰一样，薄唇紧抿，神情里有种冷冷的味道，甚至带着点少年人的锋芒。看见裴恕的瞬间，他眉尖便蹙了一下。

裴恕的目光也从他身上一掠而过：年轻张扬，如此不收敛的傲气，和林蔻蔻早几年的风格实在太像了。无怪乎顾向东觉得林蔻蔻偏心。

这念头闪了一下，裴恕便收回了目光，只道："先前餐厅经理说还有另一家猎头公司今天也在这儿聚会，没想到是你们。顾总监，以后自己人吵架，还是稍微顾忌点场合吧，毕竟上海就这么大点。现在毕竟不是林蔻蔻在的时候了，你们还是长点心吧。"

顾向东跟裴恕是打过交道的。歧路一向跟航向作对。林蔻蔻走之后，歧路乘虚而入，抢占了他们因为公司管理混乱没来得及顾及的那部分客户，而且种种针对的手段变本加厉，挤对得航向这一年来的业绩节节下滑，险些成了业内笑柄。他作为新任猎头总监，自然面上无光。

如今面对着裴恕这始作俑者，他简直恨入骨髓："我们航向好得很，用不着你个外人来操心！"

裴恕笑起来："我只是有些唏嘘罢了。"

贺闯盯着他，没作声。

裴恕便叹了一声，看向他："毕竟这一年来，放眼猎场，苦无对手，实在有点无聊。"

放眼猎场，苦无对手！何等挑衅的一句话。

贺闯跟着林蔻蔻时就知道眼前这人不是什么善茬儿了，眼底透出两分厌恶，冷冷道："裴顾问高兴得真早。等她回来，你又算什么呢？"

"回来吗？"

裴恕耷着眼帘，不经意间向门后扫了一眼，才重新看向贺闯，心下复杂，竟生出一种近似于怜悯的情绪。

"我觉得，你可能并不想看到那一天。"

这话含有某种强烈的指涉意味，只是此刻的贺闯还听不明白。他皱着眉头看向裴恕："什么意思？"

裴恕却只笑笑不答。他径直从二人中间走过，背对着他们挥了挥手："没什么意思，你们继续聊，我先告辞了。"

脚步声远，他已经离开。

航向这边的包厢里，有人看顾向东与贺闯离开太久，出来找人，见他二人都在走廊上，于是两人各自收回目光，谁也没跟谁再多说一句，也离开此处，回到包厢。

裴恕其实没走远，就在走廊拐角，斜斜靠在了墙边。他在等人。果然，航向那两人走后没两分钟，一串高跟鞋敲击地面的轻响来到了他面前。

裴恕抬起头来。

林蔻蔻站定，把那件没了纽扣的西装外套递还给他，顿了一顿，道："谢谢。"

裴恕接过来，却没穿，只搭在臂弯。

林蔻蔻问："要赔给你吗？"

裴恕笑了一声，一双深灰色的眼眸探究地瞧着她，懒洋洋道："还没穷到那地步。"

他站直了，迈步向包厢走去。两人一前一后回来。裴恕出去的时候西装还在身上，回来却只穿件衬衫，难免惹人注意。

孙克诚原想打趣一句"你俩这是干什么去了"，一回头却看见裴恕搁在沙发上那件外套，不由得一愣，改口道："出什么事了？"

裴恕道："遇到航向的人了。"

孙克诚大惊："你终于挨打了？"

"你才挨打了。"裴恕无语，"还有什么叫'终于'？你期待我挨打很久了吗？"

孙克诚立刻讪笑一声："喀，没有没有，我这不是想，咱们跟航向的梁子实在太深吗？你们没打起来就好。"

林蔻蔻坐下来拿起筷子夹菜，没插话。

裴恕瞥了她一眼，才随口敷衍过去："友好交谈两句罢了，没别的事。"

航向的包厢里，觥筹交错，热闹非凡。施定青不在，副总程冀便是职位最高的。他人到中年，已经挺着半大的啤酒肚，上了酒桌却还控制不住，一杯接着一杯地喝，显然心情不错。

顾向东推开包厢门进来，便堆上了满脸的笑容："哎哟，程总又喝了不少，刚才我出去久了，这就端一杯给您赔罪！"

贺闯在后面进来，却是连眼神都懒得给一个。他回到自己座位上，方才裴恕那句话，却不知为何一直在他脑海里回荡。

今晚座中的都是航向的高管，虽然公司业绩比起去年着实下滑了不少，但因为背靠量子集团，合作方数量巨大，拿着这块招牌随便出去游说一番，便能拉来不少客户和订单，又哪里需要担忧呢？

程冀虽是公司副总，但林蔻蔻在时，他是一点用场也派不上，直到林蔻蔻被开除，他才有了点话语权。顾向东就是他亲自扶到这个位置上的。

见对方如此识相，捧着自己，他越发得意："我早说过，投靠量子集团，从此以后就是背靠大树好乘凉。现在，咱们度过那段混乱期，已经越来越好。等明年，什么四大、歧路，狗屁都不是！她林蔻蔻干不过，那是她没本事！"

贺闯刚端起一杯水要喝，听见这句已是皱了眉。

顾向东还在拍马屁："都已经是被开除的人了，程总您还提她干吗？她业务能力虽然不错，可目光比起您来，还是短浅了一些。"

程冀冷笑："早劝过她，敬酒不吃吃罚酒，蠢得要死！"

他话音尚未落地，突然"啪"的一声响。众人全都吓一跳。转头一看，竟是从刚才开始就没说一句话的贺闯，把手里那沉沉的玻璃杯直接扔到了桌上！

盘碗翻了，酒水洒了，淌了满桌，一时一片狼藉。

顾向东惊呆了："你干什么？"

程冀先是一愣，紧接着便是盛怒："贺闯，你别以为我现在不敢开你！"

贺闯看都懒得看这帮人一眼。他径直起身，拿旁边的毛巾擦干净手，只道："那你尽管试试。"话说完，把毛巾一丢，直接出了门。

包厢里程冀气得一阵乱骂，可关上门声音就小了。贺闯站在空荡荡的走廊上，微微抬起头来，看着墙上昏暗的壁灯，只感觉到一种近乎窒息的压抑。

他拿出手机，翻开微信。那置顶的熟悉对话框里，仍旧没有一条新消息提示。点进去一看，还是只有他的自言自语。

明明几天前才发过消息，可此时此刻，贺闯竟觉得再等一秒都难以忍受。尤其裴恕那句话，他几番回想，感觉出了一种难言的不安。

盯着屏幕许久，贺闯动动手指，终于还是慢慢打出一行字：为什么还不回来？

林蔻蔻看着手机，久久没有言语。

这时候众人都已经吃得差不多了，在收拾东西准备回去。孙克诚拿了车钥匙起身，问她："林顾问怎么回去？"

林蔻蔻收了手机，站起来道："我打车。"

众人少部分自己有车，大部分坐地铁，所以从餐厅离开时，倒只有一个没开车的裴恕跟她一块儿站在餐厅的玻璃门里面等车。

外头淅淅沥沥地下起了雨。

裴恕去问餐厅借伞，拿了一把回来，看她一眼道："只剩下一把了。"

林蔻蔻淡淡道："我不用。"

她出门打车直接能到自家楼下，不太会淋着雨。

裴恕便没跟她客气，自己拿着那把黑伞，伞尖戳在地上，看了她一眼，却道："可真是有意思，大名鼎鼎的林顾问，回到上海，却连自己最忠心耿耿的属下都没告诉。餐厅里遇见，还藏着不敢去见……"

林蔻蔻打断他："不想见，不等于不敢见。"

裴恕挑眉："是吗？"

林蔻蔻冷淡："这跟你没有关系。"

裴恕道："我在想，但凡你去挖贺闯，他肯定会答应吧？航向要没了这个人，肯定很好对付。"

"他的主意你不要打。"林蔻蔻看向他，语带警告，"我离开航向一年，可没再碍着你的事了。同样大名鼎鼎的裴顾问，却连区区航向都没搞定，不该先想想自己本事是不是够吗？"

"区区？"她从第一次到歧路开始，从来都是淡定冷静的模样，完美得近乎没有情绪起伏，然而此时此刻，裴恕却抓住了一个小小的破绽。他笑起来："我还以为林顾问是圣人，没想到，原来还是有恨的。"

恨。林蔻蔻仔细品了品这个字，也跟着笑起来。她少见地承认了："不恨，怎么会来歧路，跟你沆瀣一气？"

她用了个贬义词。裴恕听了，竟然没生气。一双眼里的探究不减反增，只盯着她看。

　　前面一辆车停下，林蔻蔻直接道："我车到了。"

　　她推门要出去。

　　裴恕却撑开伞，挡在她头顶，然后走到前面去，替她拉开车门，淡淡道："无论如何，我拭目以待。"

　　林蔻蔻与他同在一把伞下，闻言注视了他片刻，才慢慢收回目光，进了车里。

　　司机开车离开。

　　裴恕还撑着伞站在原地，黑色的衬衫贴着他的身形，远远看着竟给人一种嶙峋的硬朗之感。那件掉了纽扣的西装外套，早被他留给了垃圾桶。

　　林蔻蔻从后视镜里看了一会儿，脑海里忽然冒出孙克诚那句话。只不过她想的是：绅士归绅士，但这人活得过于讲究，太费衣服了。

第六章
姜上白酒业

第二天一早，林蔻蔻到得晚了点。经过昨天那顿饭，大家对她已消除了陌生感，门口有人瞧见她，还笑着问候了句"林顾问好"。林蔻蔻点了点头进门，却发现办公区域比起昨天空荡了不少。裴恕跟孙克诚更是连影子都不见。大部分人这个点竟还没来。

叶湘倒是尽职尽责地坐在自己的位子上，刚打完一个电话，看见她连忙就笑起来："林顾问，你可算到了，姜上白那个人已经来了，在会议室里等你呢。"

她指了个方向。林蔻蔻知道她说的是王亮，道了声谢。

叶湘说完却没走，看了看周围，悄悄问她："林顾问，你做成这一单的把握大吗？"

林蔻蔻奇怪："怎么？"

叶湘望着她，眼睛亮晶晶的："他们打赌，我买了你赢，押了一顿饭呢！"

林蔻蔻："……"

她不懂歧路，但大为震撼。

叶湘看她这副表情，却以为她是被自己感动了，连忙道："不用感动，这都是我应该做的，林顾问你相信自己，努力就好，我一直都是你的粉丝！"

林蔻蔻："……"

她想起来了，这就是昨晚那个揪着她问个不停的姑娘。

当猎头，还能有粉丝？林蔻蔻想想，笑着道了一声谢，然后便前往会议室。

王亮已经到了有十分钟了。袁增喜就陪在他身边。比起昨天来闹事的时候，他的状态似乎好了不少：原本深深凹陷的双眼变得有神了一些，皱巴巴的西服也换掉了；虽然仍旧有些焦虑，但不再有先前愤怒的失态，而是两手交叠放在桌上，正襟危坐。

林蔻蔻一进来，他便看见了，连忙起身："林顾问。"

林蔻蔻道："不好意思，路上堵车，来晚了一些。"

王亮忙道没事。

林蔻蔻这才转到他对面坐了下来，翻开了姜上白那一单的资料："昨天只聊了大概，今天我想问得详细一点，你这边方便再花点时间给我介绍一下吗？"

王亮说当然没问题。

昨天他盛怒而来，本是兴师问罪，原以为又要跟袁增喜这个神棍吵上一架，谁想到进来看见的却是林蔻蔻。

这个素未谋面却自称猎头的女人，三言两语便看破了他愤怒之下潜藏的危机，只对他说了一句："愤怒解决不了你的问题，但如果你愿意坐下来冷静地告诉我，到底出了什么事，或许我愿意帮你。"

他问："我要偏不呢？"

林蔻蔻便和善地笑起来，对他道："那我保证，你不仅解决不了你的问题，五分钟后还会被保安拉出去，然后吃一场官司。"

那一刻，她的眼神是他所见过最平静也最慑人的眼神。袁增喜在她面前坐着跟个鹌鹑似的。于是王亮意识到，她的身份不一般，一番衡量后，到底是坐了下来。

后面的事，便无须赘述了。林蔻蔻一改先前的强势与冰冷，问起了整件事的原委。王亮一一道来，越说越委屈。也许是因为对方安静倾听的态度，也许是因为对方突然说的那一句"几天没睡好觉了吧"，他终于没忍住红了眼眶，彻底破防——这是一个家里一团糟，正在跟妻子争夺孩子抚养权的重要时刻，却偏偏随时有可能丢掉工作的男人。

林蔻蔻问："你上司今天怎么说？"

王亮低下头道："苏总监那边很不满，你们这边两个月一个候选人没推上来，她已经开始联系别的猎头公司了。至于我，可能快被开除了吧。"

毫无疑问，他听信袁增喜吹牛，是个巨大的工作失误。苏迎这样的人事总监，可不会管他现在的处境有多艰难。

袁增喜也是昨天听他跟林蔻蔻聊，才知道他的现状，此刻心生内疚，小声道："对不起，我之前真不是有意的……"

王亮一听见他声音就来气："对不起个屁！你早干什么去了？"

袁增喜嘀咕："我又不是没给你们这单找人。可你们先前也没告诉我，招人的难度有这么高啊，业内哪家公司做得了你们这单？光怪我有什么用？"

王亮顿时如发动机熄了火，没声了。

的确，这一单是有点离谱。

姜上白酒业是一家成立有七八年的白酒公司，要招聘的是一名市场总监，提供的年薪是三百万。按理说薪酬不低，市面上该有大把合适的人才。就算不委托猎头公司，由姜上白自己的人事部门招聘，应该也有无数人趋之若鹜。然而事情恰恰相反。因为他们要招的不是一个普通的市场总监，而是一个能把白酒卖给年轻人的市场总监！

昨天林蔻蔻乍一听，都心道一声离谱：这时代，哪个年轻人还喝白酒？就算不了解白酒市场也知道，低档酒，受众定位为三四线城市的男性；高档酒，定位在各大企事业单位，或者用在中式饭店里。无论如何，消费者都是年龄偏大的男性，跟年轻人没有半毛钱关系！

袁增喜当时就吐槽了："这不搞笑呢吗？你们公司定位这么离谱，哪个靠谱的候选人听了敢接？剩下那些愿意去的，都是单纯被薪酬打动。可这种人见钱眼开，格局得有多低？就算入职了，想的多半也只是在你们公司捞一笔就走，说不准都过不了试用期。我就算给你推过去，有什么用呢？我不给你推人，才是对你们负责呢！"

神棍归神棍，可他也有自己的判断和坚持。虽然多少也有点为自己找借口的嫌疑，但在这一点上，林蔻蔻倒是不反对。

此时，她思索片刻，道："昨天我说过，这单其实能做。"

"你打算怎么做？"一道声音忽然从后方传来。

林蔻蔻皱眉，一回头就看见了裴恕。看他那架势，已经来了有一会儿，半推开门把他们刚才说的话都听进了耳朵里。

她道："这不是裴顾问扔下的死单吗？怎么也要来过问？"

裴恕已经换了一身西装，端着咖啡，大大方方地走进来，解开一粒扣，坐在了会议桌边上，笑得十分欠打："林顾问说有办法做我不要的死单，我怎么说也是这公司的合伙人，好奇来听听，长长见识不行吗？"

林蔻蔻心里冒出四个字：阴魂不散。

她索性无视此人，径直转过头对王亮道："白酒市场，其实已经基本饱和了。高端的有茅台、五粮液，中端的有剑南春、西凤酒之类的，更下面还有无数的小品牌。姜上白这牌子我听都没听过，要想在这个市场里杀出一条血路，只有两条路，一条是跟原本占有市场份额的品牌硬拼。但很显然，能做到市场前列的品牌没一个是善茬儿，无论拼什么，人家都不会输。这条路，没那么好走。"

王亮不太懂公司业务，下意识地问："第二条路呢？"

"大路不行，抄小道啊。"林蔻蔻一笑，淡淡道，"先前无论哪个白酒品牌，占有的都是中年市场。想把白酒卖给年轻人，虽然乍一听是异想天开，但要能做到的话，无异于开辟了一条新的赛道，避免了跟原先那些品牌竞争，是一条很有胆识的战略，未必不能成。"

这么一听，还挺有道理。可……

袁增喜满脸纠结："问题是，现在的白酒市场就跟年轻人不搭界啊。姜上白要的这个市场总监，要能满足他们的要求，就得既了解白酒，还了解现在的年轻人。这种人上哪儿去找？"

这的确是个大问题。但林蔻蔻现在也不想那么多，只道："肯定是不好找的，但不能因此说这家公司战略有问题。当务之急，还是跟客户沟通，保住这一单，然后才能说找人的事。"

她看向王亮："你们人事总监的电话你有吧？"

王亮下意识地道："有。"

林蔻蔻便道："那你给我，我打电话跟她约个时间，见面聊聊。"

王亮犹豫了一下，也不知为什么，看了旁边的袁增喜一眼，然后才给了电话。林蔻蔻这时倒也没注意，先把号码拨了出去。

电话一通，她便十分礼貌地自报家门："喂，苏总监您好，我是歧路猎头——"

"嘟嘟嘟……"

那头有片刻的静默，但在"歧路"二字一出之后，便忽然挂断了，电话里只剩下一阵冷漠的忙音。

王亮一点也不意外。袁增喜更是恨不得把脑袋埋到地上。旁边看戏的裴恕没忍住笑出了声。

林蔻蔻原以为是不小心断线了，这时看见王亮、袁增喜两人的状态，再听裴恕那一声笑，突然就明白了过来。她把手机往桌上一放，看向袁增喜："说吧，人家一听是歧路就挂了，怎么回事？"

袁增喜只好老实交代，但也为自己叫屈："这事不能怪我，先前我的确跟这个苏迎联系过。毕竟三百万这么大一个职位，怎么着也得跟姜上白真正说得上话的人联系。我发誓，我是真的努力做过这一单的。可这个什么苏总监，根本不听我解释这个单到底有多难做，就一味问我要人，要问她更具体一点的，对人选有什么要求，人家就不搭理我了！就……"

袁增喜说到这里，脸都涨红了。对姜上白这个人事总监，他显然没有任何好印象："这个人就是那种最讨厌的 HR，眼睛长在后脑勺，鼻孔朝着天。我们猎头跟他们是正儿八经的平等合作，她搞得我们像她孙子似的！"

可以说，袁增喜跟对方的沟通很不愉快，甚至已经到了林蔻蔻一打电话过去自报家门，对方就挂断电话的程度。

袁增喜也难受，有些后悔："我是真的有想过好好沟通的，都怪我当时没控制好脾气……"

他还想解释两句，反省反省。可没想到，林蔻蔻竟然打断了他："不，你没错。"

王亮不明所以地看向她。裴恕听见，却是想到什么，眉梢突地一挑。

果然，接下来，这个曾遭到过几乎上海 HR 抵制的女人，面不改色地开了口："人事经常不干人事。十个 HR 九个坏，剩下一个不坏的已经被资本家开除了。我们是专业猎头，跟他们沟通他们摆脸色，是他们不识相。你怎么会有错？要相信自己。"

王亮傻了，袁增喜也傻了。如果不是她后面还补了一句"要相信自己"，他们几乎以为她是在反讽了！

裴恕也是啧啧称奇：这女人没被全上海滩的 HR 联名追杀，还能好端端活到现在，真的是个奇迹。

林蔻蔻混迹猎场多年，别的称号或许多少带点夸张的成分，但"HR 公敌"这称号，她是凭本事挣的。以她的能力，不知有多少大公司向她抛出过橄榄枝，希望挖她去当他们的人事总监，就算只负责招聘工作也好，但林蔻蔻都断然拒绝。否则，一年前她也不会因为量子集团要调她去猎头部高招组，而跟那帮人撕破脸皮，闹成那种难看的局面。

发表完这一番但凡传出去必定被人挂上热搜的言论后，林蔻蔻却跟个没事人一样，淡淡道："不过立场归立场，事还是得做的。既然这位苏总监不接我们电话，那我们就亲自去拜访她吧。还劳烦王专员帮我们约个时间。"

王亮顿时露出惊恐的神色："直接去吗？"

林蔻蔻道："我喜欢面谈。"

老话说得好，见面三分情。猎头跟人交流的准则就是能见面就不打电话，能打电话就不发文字。人是社交动物，面对面的时候总要顾及一点虚伪的体面，无论怎样都不至于太难堪。

王亮有些为难，并不确定苏迎会不会答应。

林蔻蔻道："我们这一单保不住，你的工作也会受牵连。"

王亮听见这句，便知道自己其实无路可退了。他咬咬牙道："我回去试试，有消息马上通知你们。"

袁增喜送王亮出去，会议室里就剩下林蔻蔻和裴恕。

裴恕坐在边上，看着她，忍不住鼓起掌来："厉害，厉害，一个上午过去，什么眉目都没有呢。"

落井下石他最在行，说风凉话他是把好手。

林蔻蔻收拾起东西，忽然想起什么，竟冲他一笑："谁说没有？眉目不就在我面前坐着吗？"

裴恕神情微妙："我？"

林蔻蔻点了点头："既然这是裴顾问判断过的死单，那判断之前肯定做过一定的调研，出过符合白酒行业的人才地图和符合这个职位需求的人才画像吧？"

歧路是专业的猎头公司，林蔻蔻以前就了解过他们的工作模式。从客户那边拿到 case 之后，便会分析职位的需求，做相关行业的 mapping，也就是人才地图和人才画像，以了解该行业的大致情况。有了画像，便可以定位到具体的人才，将他们列为"候选人"，慢慢通过接触和面试，找出最合适的那一个。

就算这是个死单，也是个三百万的死单。以裴恕的风格来看，不可能没调查过就直接放弃。显然，她完全猜对了。

裴恕觉得不可思议："你做了我判断的死单，还伸手问我要这单的资料？"

林蔻蔻道："我手里现在就一个袁增喜，你不会让我自己来做这个吧？"

裴恕："……"

林蔻蔻就问："你给不给？"

裴恕咬牙，发现自己还真不能不给，盯了她好几秒，才转头朝门外喊："孟之行，把姜上白那单的 mapping 报告拿来！"

孟之行拿了一个文件夹进来。林蔻蔻笑眯眯道了声谢。

裴恕问："你接下来打算怎么做？"

林蔻蔻看他："想知道啊？"

裴恕有一种不好的预感。

果然，她露出了一个和善的笑容，然后悠悠道："那可不能告诉你。"说完拿了资料就走。

裴恕坐在原地，差点没被她这句话噎死。

不得不说，歧路的猎头团队真的能力不俗，就林蔻蔻拿到的这份mapping报告来看，行业现状有了，姜上白这家公司在行业里所处的地位也有了，关于市场总监这个职位的人才画像和人才地图也基本完备。只是最终得出的结论是：这里面几乎没有人真正符合姜上白的需求。末页甚至有裴恕的批注。

林蔻蔻看见了那一行流畅的连笔字："能做，高难度，投入回报比太差，不跟进。"

能做，但不跟进？所以，裴恕之所以将这一单定成死单，只是因为投入产出比太低，钱太少？还真是他的风格。

林蔻蔻直接叫来袁增喜，抽掉最后那一页，把整份报告扔给他："这你拿去研究一下，根据人才画像，给我找几份简历，不是最新的也没关系。"

她简单说了一下自己的要求。袁增喜不明白为什么要这样找，但照做却是会的，领了任务就赶紧去忙了。

第二天，五份简历就放到了林蔻蔻办公桌上。王亮那边也来了消息，说约了苏迎下午两点半见面，但时间很紧，希望他们准时，不要迟到。林蔻蔻便带上袁增喜，连同那几份简历，直接出发。

对面办公室里，裴恕一直看着她离开。

没一会儿孙克诚拿着一沓资料来找林蔻蔻，没看见人，便来敲裴恕的门："林顾问呢？"

裴恕没好气："出去了。"

孙克诚诧异："去哪儿了？我这儿还有一些入职资料要跟她确认呢。"

裴恕垂眸，道："应该是去姜上白了。"

孙克诚"哦"了一声，转身就想走，只是瞧见他脸上一副不太爽的表情，忽然动了坏心思，回头道："人家刚来就做你的死单，你好像不大高兴啊。"

裴恕冷冷地扫他一眼，冷哼一声："等她做出来再说吧。"

有做姜上白这单的时间，两千万的单都做完了，林蔻蔻就是脑子有毛病。

姜上白酒业在远郊一座园区里，有单独的一栋楼。

林蔻蔻跟袁增喜是提前到的，王亮还在楼上开会，暂时抽不出空下来，所以他们便在前台等待。前台小姐倒不怠慢谁，得知他们是来拜访的猎头，主动帮他们倒了一杯水。

这时，一个男人从外面走进来。

他二十六七岁模样，挺年轻，穿着一身干净体面的西服，人瘦瘦高高的，一双鹰眼有些锐利，进来也没看别人，直接对前台道："途瑞猎头，预约的人事苏总，下午两点的时间。"

林蔻蔻听见，忽然抬起头。袁增喜更是惊讶："途瑞？"

业内四大顶尖猎头公司——锐方、嘉新、途瑞，还有一个中外合资的同辉国际，每一个名号拿出去都是响当当的。

途瑞算是里面比较老牌的，仅次于锐方。其猎头部总监陆涛声，是圈内知名的金牌猎头。

最近一年更有个叫薛琳的新人迅速冒头，光速升到副总监的位置，听说十分厉害。这人竟然是途瑞的，难免让人高看一眼。

对方听见声音，转过头来，先打量了二人一眼，对袁增喜倒没多留意，反而多看了林蔻蔻一眼，才问道："二位是？"

林蔻蔻没说话。

袁增喜是个才入行的新人，对四大猎头公司有着极强的好奇心，头一回看见真人，又惊又喜，甚至带了点天然的敬畏，连忙站起身来："您好您好，我们也是猎头。"

对方礼貌道："那倒是巧，我是途瑞的，姓周，叫周飞。"

袁增喜于是从兜里掏出了自己的名片，递给对方："敝姓袁，袁增喜，歧路猎头的。"

歧路的？周飞"啊"了一声，立时热情了不少："歧路的猎头在业内也很出名啊，久仰了。"

袁增喜道："不不不，我……我还不算，还在新人池里，只能算个助理顾问。"

周飞听见这句，先前蹿上来的热情一下就下去了。接过名片一看，果然什么title（头衔）都没写。歧路虽然出名，但新人池每个月都淘汰一批，出了名的竞争大，十个进来九个出去，剩下的那个也未必能留下。他还以为是正经猎头顾问呢，就一个助理？

周飞心底生出了几分轻蔑，只是名片接了，也不好当着人面表现出来，笑了笑道："那没关系啊，在歧路可大有前途，我们途瑞也不过就是靠着公司的名头混点饭吃罢了，没那么厉害，还得多跟同行交流学习。哎哟，我这预约时间快到了，得赶紧上去，你微信是这个吧？我晚点加你。"

林蔻蔻冷眼瞧着他看似热络的笑容，唇边浮出一抹讥讽。袁增喜却是愣了一下，完全没想到对方这么客气。他喜不自胜："那可太好了，不打扰您，您先去。"

周飞点了点头，直接走向电梯。转过拐角就有垃圾桶。他经过时，想这儿被墙挡着，方才的客气与热络便收了起来，瞅了瞅手里那张名片，嗤笑一声，随手便扔进了旁边的垃圾桶。

袁增喜还在高兴，想跟林蔻蔻分享一下自己的喜悦，可没想到，转过头来却发现她一直凝视着前面某个方向。他疑惑："林顾问？"然后顺着她看的方向看去，忽然间笑容凝滞，脸上的血色迅速褪去——垃圾桶在拐角那头，按理说前台这边看不到，可电梯对面光滑的玻璃墙面却清晰地将拐角里面的情况映出来。

当面笑呵呵，转头便把人家的名片扔进垃圾桶。这竟然是途瑞的人……才过去一年而已，怎么这样的人都能进途瑞了？陆涛声都没把关吗？

林蔻蔻看了一眼袁增喜，道："袁……"

她试图宽慰他两句。没想到，袁增喜红了眼眶，也不说话。周飞已经乘电梯上去，他走上前去，从垃圾桶里捡出了自己的名片。

"袁增喜"几个字就印在上面，但白色的边角沾上了一点污渍，好像一张咧开的嘴，正在嘲笑他。

林蔻蔻走过来，站在他身后。

袁增喜攥紧那张名片，用手指将上面的污渍擦去，强行将满腔的情绪憋了回去，笑着冲林蔻蔻道："没事，没事。可能人家已经把联系方式存起来了，歧路虽然厉害，但我就是个半路出家的小角色，跟人家这种大公司的正经猎头没法比……"

"大公司的正经猎头？"林蔻蔻闻言，笑了一声，不置可否。虽然当猎头的大多是人精，会做人，可林子大了，什么鸟都有。这两年进入行业的人太多，这行业也没什么门槛，难免泥沙俱下。有些大公司的猎头，自恃是个精英，就看不起暂时不如自己的那些同行。偶尔遇到个不会做人的，实在不是什么稀罕事。

她只道："大公司里要都是这种人，怕也离出事不远了。"

第七章
降维打击

　　袁增喜本也不是什么大人物，自谓能屈能伸，捡起那张名片擦干净之后，便揣回了自己的兜里，还跟林蔻蔻笑着说话。可林蔻蔻哪儿能看不出来？这就是强撑着。人活在世上，谁不要点脸面？只是有时现实太残酷，大部分人只能放下脸面，换口饭吃。她欲言又止，但最终还是装作没看出来，笑着跟袁增喜聊天。

　　大概十一点，王亮才下来亲自接他们上去，进了电梯便道："苏总监刚刚见的好像是途瑞的猎头，听说很厉害。他们快谈完了，我现在带你们上去，你们……"

　　他声音有些干涩，带着点明显的紧张。

　　袁增喜一听便道："这职位现在找了途瑞？"

　　林蔻蔻却理解王亮的担心，心领神会地道："你放心，就算这单子我们争不到，也不会让你背锅的，我们会跟你上司解释清楚。"

　　王亮于是连声道"那就好"，说完了，又生出几分愧疚来，小声道："对不起，我……"

　　林蔻蔻笑笑："没什么，打工人理解打工人，别放心上。"

　　王亮眼眶一热，又低声道："谢谢。"

　　人事部在五楼，有几间连着的办公室。说来也巧，林蔻蔻他们到的时候，人事总监苏迎跟周飞的会面刚刚结束，只是看起来，结果似乎不怎么如意。

　　苏迎是一名颇有气场的女性，穿着黑色的筒裙，身材高挑，烫着卷发，工作妆修饰了她的五官，显得格外冷淡。她完全是皱着眉头从自己办公室出来的。

周飞跟在她后面，有些急切："那您总得告诉我要求吧，不告诉我，我怎么去找？"

苏迎不耐烦："你问那么多，我怎么告诉你？判断人选合不合适，不应该是你们猎头的工作吗？我的标准就是没有标准，只要这个人合适就行。"

周飞道："苏总监，我们途瑞是有规矩和流程的……"

苏迎按捺住火气，声音变得强硬了不少："那是你们途瑞的规矩，我们姜上白跟猎头合作就是这样的，就不能按照客户的标准来吗？"

周飞怎么说也是个年轻人，有一点脾气在的，他带着途瑞这块金字招牌出来工作，还从来没有遇到过这样难搞的客户，一时也上了火，似乎想要说点什么，可一抬头，就看见了袁增喜跟林蔻蔻。他于是一下把话咽了回去，下意识道："怎么是你们？"

方才他们俩虽然没有争执两句，但林蔻蔻毕竟是老江湖了，轻而易举就听出了眉目，一时竟忍不住有点同情周飞——姜上白这个人事总监，是挺难搞的。

如果是在以前，林蔻蔻说不准还会发发善心，指点指点他，教教他怎么搞。可现在嘛……她虽然只不过是歧路的外援，跟袁增喜也不过才认识一两天，可她天然不大看得惯自恃出身大公司就一身傲气的人。眼下不正是落井下石的好机会？

林蔻蔻目光一转，便截了袁增喜一下，主动走上前去："苏总监您好，我们是歧路的猎头顾问，先前跟贵公司就市场总监这个职位有过合作。我们筛选了好一阵，总算找到了几份合适的候选人简历，今天特意送来给您过目。"

一听见"歧路"两个字，苏迎就皱了眉，下意识就要下逐客令了。毕竟这家公司先前格外拖延，好久都不给一个人选，让人格外火大。可在听见对方说带了候选人简历时，她不由得迟疑了一下。

周飞则是一愣，吃惊极了，尤其是看见林蔻蔻。刚才他在楼下的时候，曾注意到对方。但看袁增喜出来说话，她都坐着没动，便以为他俩不是一起的。可现在这两个人……一瞬间，他生出一些危机感。

林蔻蔻眼见苏迎表情松动，便加了一把火，道："我知道，您对我们的办事效率很不满，但贵公司这个位置真的不好找人，我们为此做了很多工作。今天带的几份简历都比较典型。您看看，要有看得上眼的，皆大欢喜；要是看不上眼，也不耽搁您多少时间。"

姜上白酒业市场总监这个位置，已经空缺很久了，一直都是副总监暂代。可老板冯清对副总监的能力并不满意，而且他还有个"把白酒卖给年轻人"的公司战略，一般的市场总监真干不来这活。

苏迎这阵子为了这个职位焦虑得不行，头发都跟着掉了不少，各大猎头公司都找过了，几乎已经到了病急乱投医的地步。如今就有简历摆在面前，就是死马当活马医，她也得看。天底下哪个缺人的 HR 会拒绝看简历呢？

她看了林蔻蔻一眼，脸色虽然还不大好看，却把简历接了过来，道："按合约你们得给我人，这算你们欠我的，那我就看看。"

袁增喜一头冷汗。

林蔻蔻镇定自若，笑着道："当然。"

伸手不打笑脸人，苏迎看她这态度，倒也不好再说什么了，低下头就翻起了简历。

这都是昨天袁增喜根据林蔻蔻的要求筛选出来的。有四十来岁，大酒厂离职出来的，经验丰富；有三十来岁正当年的，虽然出身小公司，经验也不够，但很有野心，有拼劲；有做高端酒的，但学历只是大专；有做低端酒的，研究生毕业……苏迎一一翻过，都没怎么留意，也就是在看低端酒但学历很高的那份简历时多花了一点时间。

袁增喜不由得紧张起来：前面这四份简历都是做白酒的，苏迎竟然一份都没看上？那后面那份……他眼皮跳起来，手心开始冒汗了。林蔻蔻却始终淡淡的，一点也不着急。

很快，苏迎看到了第五份，第一眼就皱了眉："这不是做鸡尾酒行业的吗，也拿来推给我？"

姜上白做的是白酒，鸡尾酒都是拿洋酒调的，虽然都是酒，可完全是另一个领域了。袁增喜脸色发红。

周飞在旁边登时笑了一声："这不牛头不对马嘴吗？"

林蔻蔻却始终淡淡的，只道："您再往下看看呢？"

苏迎皱了眉，本想发作，可看林蔻蔻一副有把握的表情，不由得又犹豫了一下，下意识往简历上履历那一栏看了一眼。也就是这一眼，让她忽然"咦"了一声。

这人其实也就是个华东分区总监的位置，还算不上真正意义上的市场总监，可他所在的公司，竟是行内最近风头正劲的某个做瓶装鸡尾酒的公司，几块钱一瓶，卖的是调好的酒品，度数不高，但包装很漂亮，在电视和网络上大面积投放广告，很受年轻人喜欢。虽然是鸡尾酒行业……但这是五份简历里唯一一份有可能了解年轻受众群体的简历。

林蔻蔻问："您满意这个人？"

苏迎道："的确，他还算可以，比较合适。"

袁增喜顿时睁大了眼睛，不敢相信自己听到了什么。紧接着，他便看向了林蔻蔻。这时他的心里，只有一种莫名的震撼——这第五份简历，是林蔻蔻看过他找来的那些简历之后，特意交代他去找来补上的。当时他还嘀咕，鸡尾酒完全不对路。哪里想到，现在最合适的竟然就是这一份！

周飞也是诧异了一下，只是不同于袁增喜的惊喜，他是惊吓多一些，甚至感觉到了一种威胁，表情都凝重起来。他以为苏迎已经挑中了。

但林蔻蔻注意到，苏迎皱着的眉头始终没有松下来，甚至盯着简历上出生年月那一栏，表情变得更为纠结。于是，林蔻蔻忽然有了点猜测。

她问："苏总监，这位候选人出生的年月，有什么不对吗？"

苏迎这才叹了口气，道："我算了一下他属马，可惜了。"

袁增喜与周飞齐齐一愣：属马怎么了？

林蔻蔻却瞬间明白："冯总比较忌讳属马的人？"

苏迎这时也多了几分无奈，如实道："是，生肖犯冲。"

袁增喜与周飞一时目瞪口呆，林蔻蔻却笑了起来。

民企里有一部分老板，多多少少都信点玄学，各有各的忌讳：有的不要姓裴的，有的讨厌腊月生的，还有的就不喜欢单眼皮……属马的不要，这可是个关键要求。但如今没有哪个企业会把这种要求写到招聘启事上，否则分分钟上社会新闻。这种信息，都属于隐藏信息。HR 自己知道，面试的时候进行筛选就行，就算把人选毙掉，也会找个体面的借口，不可能明说。猎头得自己聪明，去问，去试探。

林蔻蔻这下完全放松了："没事，问题不大，您如果觉得这样的人合适，我们那边还有好几个同类备选。只不过，学历方面，贵公司有严格要求吗？"

这问题，先前周飞也问过，得到的是完全不耐烦的一句"人合适就好"。显然，苏迎厌恶这类问题。所以周飞想，林蔻蔻这问题算是问错了。

可他万万没想到，这一回，苏迎竟没发火，而是看着林蔻蔻，意味深长地说了一句："老板对学历其实没什么要求，高一点当然好。但如果是普通学历的，只要有能力，我们也不会拒绝。"

周飞听见这句，差点没气歪鼻子。乍听上去，她回答林蔻蔻的和回答自己的差不多，并不歧视低学历者，可但凡懂点话术的，谁不明白？这话翻译过来就是：学历背景非常重要，普通学历除非你是乔布斯，不然别给我递简历。

有些公司招聘启事写"为年轻人创造就业机会，年轻人优先，三十五岁以上有意者也不拒绝"，但一般不会录用超过三十五岁的人；写"本科学历优先，其他学历也不拒绝"的，则意味着本科学历只是个基础，不拒绝的是比本科更高的学历，比本科低的根本不会看。资本家的谎话，谁信谁傻！

同一个问题，竟然如此差别待遇。周飞脸色变得难看，盯着林蔻蔻，一双锐利的眼底充满了浓浓的忌惮。

林蔻蔻自然不会比周飞差，苏迎这点话她还是明白的，当下会意地点了点头，又道："那我了解贵方的需求了，晚点可以发您几份新的简历看看。您看，我们两边的合作……"

苏迎的态度与先前早已判若两人，笑起来道："先前是我太着急了，没考虑到你们工作的难度，起诉什么的也就是气头上的话，说说罢了，你们也别往心里去。回头新简历来，直接发我就好。"

林蔻蔻道："一定。还好您大度不计较，也亏得王先生几次来催我们，先前真是对不住。"

苏迎于是看了最边上的王亮一眼，慢慢点了点头，没再说什么。很显然，这事算过去了。王亮没敢说话，但心里已经激动不已，脸都憋红了。

短短十来分钟的时间，局面忽然就打开了。苏迎还有别的会，所以没有多留他们，寒暄了几句，便让王亮送他们。

周飞出去后，却是冷笑一声："鸡尾酒那家的 HR 我认识，所有总监级的高管都稳当得很，可没听说有谁想跳槽。你虽然给了简历，可真的能保证对方去面试吗？"

这简历都是临时扒拉的，没跟候选人沟通过，林蔻蔻自然不能保证。只是谁也不会这么讲。

她看着周飞，语气平平地道："你知道你输在哪儿了吗？"

周飞瞬间脸色铁青。

林蔻蔻站在门口的台阶上，一阵风吹过她头发，她的笑声也像风一样轻，只道："见客户要带简历，问要求不凭空，拿着简历具体聊。这么基本的准则，你是途瑞的猎头，进公司的时候，陆涛声没教过你吗？"

周飞突然就愣了一下。不为别的，只为对方提到陆涛声这一句时的熟稔和漫不经心，仿佛没把陆涛声放在眼里。

在途瑞，陆涛声是老资格，是上过《猎头圈》杂志排行榜的金牌猎头。周飞没进公司的时候就听说过他。进公司之后，陆涛声也的确有一场针对全公司新人的培训。可那时候，周飞是新晋副总监薛琳面试招进来的，压根就没听陆涛声讲什么。

此刻听了林蔻蔻这句话，他简直出了一身冷汗：的确，回头想想，林蔻蔻问的问题，跟他大差不离，二者之间唯一的区别，就是她多带了几份简历。

要一个人直接描述出自己心仪的长相很难；但如果把照片放到对方面前，对方很快就能品头论足，而听者便能从中得到一个大概的轮廓。

周飞不甘心，也不愿意承认："不过是小伎俩，多做了这么一点罢了。"

林蔻蔻觉得有些好笑，事实上她也的确笑出来了，只漫不经心地道："几十块的茶叶和几百块的茶叶，口感差距巨大，很容易就能喝出分别来。但越往上，口感差距越小。等到了上千块的时候，差距就已经微乎其微。三千块和五千块之间，可能就差了那么1%，如果不是行内人，可能都品不出来。可就这1%，值两千。"

周飞隐约听出她话里的意思，喉头干涩，竟无法作声。这一刻，这个女人背后，仿佛站着一股强大的精神，从高处俯视着他，犹如俯视着一只蝼蚁。

林蔻蔻嗓音平和，然而一字一句，却打得人心头发颤："读书的时候，是'不过就比我早起两分钟'；考试的时候，是'不过就比我多对了一道'；等工作了，是'不过比我多做了那么一点'。可就这两分钟，就这一道题，就这一点，你为什么没做到呢？"

周飞说不出话来。

林蔻蔻也没指望他能说什么，只是极为淡漠地转过了目光，向旁边早已经看傻的袁增喜招了招手："走了，袁顾问。"

袁增喜呆愣愣地跟上去，好半天没回过神来，走出去老远，才回头看向周飞。那年轻的、来自赫赫有名的途瑞的猎头，站在原地，一身狼狈难堪。哪里还有先前扔他名片时的高傲？

一时间，袁增喜心里竟生出了一种难以形容的复杂，甚至有些唏嘘。途瑞的猎头啊……也不过就是那么短短几分钟的时间，便被人打落高台，掉到泥地上，颜面扫地。他觉得自己认清了一件事：什么四大猎头，在林蔻蔻这种大佬面前，狗屁都算不上！

途瑞猎头坐落在浦西一座商业大厦里，在全国各地都开有分公司，上海这边的本部足足有三层楼，二百多号人。

周飞都不知道自己是怎么回来的。整个办公区域被分割成了好几个大块，但不管哪个位置都有讲电话的声音此起彼伏，是公司里各个等级的猎头们在拼了命地跟客户、跟候选人交流，以期能做成那一单，腰缠万贯，或扬名立万。他从这些格子间中走过，脑海里浮现出先前那女人看他时的眼神。

薛琳刚刚结束了一场跟陆涛声的暗斗，冷着脸从会议室里出来，一抬眼就看见周飞，不免皱了眉。

她年纪虽轻，但在公司里位置却不低。她早些年是做销售的，后来行业不景气了，才跳槽到猎头行业。做销售是卖货，做猎头是卖人，道理都一样。所以自打进入这个行业以来，薛琳调整适应得很好，迅速打开了局面，所向披靡。短短不到一年时间，就晋升到了副总监的高位。

今年年初，《猎头圈》杂志才对她做过专访，将她誉为"超越林蔻蔻的新生代王者"。薛琳本人极其厌恶杂志将她与林蔻蔻联系在一起，毕竟林蔻蔻厉害归厉害，但竟混到被航向扫地出门的境地，可见段位也不是很高。但不可否认，这种称呼，至少显示出了她如今在行业里锐不可当的势头。

周飞是她去年招进来的手下之一，做事一向很积极，总是神采飞扬，在公司里是很突出的一个人，现在看上去却跟梦游一样。

薛琳叫住他："周飞，不是叫你去跟姜上白那单 case 了吗，怎么这么早就回来了？合同签了吗？"周飞这才看见她，一时竟哑口无言。

薛琳立刻意识到有情况。她没在外面说，直接把周飞叫进了自己的办公室，才问："出什么事了？"

周飞慢慢道："姜上白那一单，我可能搞砸了。"今天本来是去跟对方接触，趁着对方还没找到合适的合作方，把协议签下来。可谁想到，半路杀出个程咬金。

薛琳十分诧异，这十拿九稳的一单也能跑了？周飞便道明了原委。只是叙述的时候，也许是出于羞愧，也许是不想面对，他将自己扔掉对方名片的细节隐去了，只讲述了双方在苏迎面前的那一场交锋。

"那个苏迎并不是一个好沟通的人，而且对猎头很不耐烦，我跟她聊得并不愉快。"周飞越复盘越难受，声音都小了下来，"歧路的这两个猎头，尤其是那个女人，非常厉害，我觉得就算再去争取，这一单也抢不过她。"

薛琳一听，便发了火："你是废物吗？连这都丢单。你知不知道现在这个时期对我来说多重要？每损失一单，都会影响我这季度的业绩！"

现在公司已经分成明显的两派。一派以薛琳为首，一派以陆涛声为首，双方已经明争暗斗过好几回，薛琳跟陆涛声之间更是仅能维持一点表面的客气。大家都在暗中较劲。猎头，当然是谁的业务能力强，谁就能在公司里抢占话语权，所以业绩是个硬性指标，决不能松。

姜上白市场总监这个位置年薪三百万，猎头公司这边能收到九十万的猎头费，可不是个小数目了。

周飞被她训得跟孙子似的，却不敢有半分反驳，只小声道："薛总监，我会把手里剩下那几单处理好，绝对不会再出纰漏。"

"你本来就不该出纰漏，那是你分内之事。"薛琳绷着一张脸，还想教训他两句，可突然间一闪念，回忆起他方才的话来，"等一下，你刚才说，抢走你订单的，是歧路的猎头，还是个女人？"

周飞点头："是。怎么了？"

薛琳脑海里迅速回忆了起来。歧路在业内是个奇葩公司，规模并不大。女性猎头，还是有本事抢走周飞单的……一个名字迅速浮现了出来。

"裴恕手底下女性猎头不多，只有那个叶湘还算有些本事，是他手下猎头二组的组长。"薛琳脸色难看，"可我明明记得，这个单歧路接触过，后来放弃不做了啊。"

不然她不会派周飞去拿这一单。毕竟如果对手是裴恕的话，她的胜率不会大。

周飞听着，不敢讲话。

薛琳想了想，慢慢坐在办公桌后的椅子上，目光闪烁，忽然道："把姜上白那个苏迎的电话给我。"

周飞一愣："您要她电话干什么？"

薛琳冷冷道："就算是歧路的人，也不是不能争取一下。另外我要问清楚，这一单到底是什么情况。"

周飞给了电话，薛琳直接打了过去。

然而电话接通，才说上没两句，那边苏迎一句话后，她突然一拧眉头，惊诧万分："你也不知道？什么……他们怎么也来插一脚……"

"林顾问以前跟途瑞，还有陆涛声陆总监很熟吗？"回去的车上，袁增喜没忍住问她。

林蔻蔻道："以前认识，有点交情。"

四大那些顶尖的猎头里，陆涛声算是她比较喜欢的一个了。他从业十几年，快四十岁的年纪，家庭和睦美满，待人接物都极有风度，而且为人很正，有自己遵循的职业道德，并不是为达目的不择手段的那种，跟锐方那边那个叫黎国永的老东西，可以说形成了鲜明的对比。

　　她这话说得极淡，交情只说"有点"，似乎也并非什么熟识的人，可在袁增喜听来，却有种举重若轻的感觉。正因为太熟，所以才只说"有点交情"。

　　袁增喜好歹是个神棍，这点微妙之处还是听得出来的，一时忍不住思考：自己是走了什么狗屎运，竟然被挑中成为林蔻蔻的助理顾问？想着，他竟道："我应该去买张彩票。"

　　林蔻蔻听完失笑。她摇了摇头，看前面已经到了中心大厦，便叫司机停靠，从车上下来。

　　旋转门内外，进出的人不少。林蔻蔻正要进去，可没想到，就在这时，袁增喜手机响了。

　　他拿起来一看，便"咦"了一声："是苏总监打来的。"

　　林蔻蔻脚步便一顿，看袁增喜将电话接起："喂，苏总监你好。"

　　那头说了几句话。袁增喜的表情一开始还很正常，听着听着却愣住了，微微张大了嘴巴，半晌才组织起语言："不是，我们走的时候不是说好了，晚点就给你新的简历吗？为什么……"

　　林蔻蔻一下意识到事情不对。

　　那头的苏迎回答了一句，袁增喜急道："可我们合同签在那里，您现在说取消就取消，不合适吧？"

　　这是突然要终止合作？林蔻蔻拧了眉，示意袁增喜开了免提。

　　电话那头传来苏迎的声音："这一点我也很抱歉，但你们违约在先，我是有权终止协议的。对方是家大公司，跟我沟通的人级别也很高，承诺会给我们大把合适的候选人，看起来会比你们给的更靠谱，也更重视我们公司的需求。所以很抱歉，我们的合作结束了。"

　　大公司，沟通的人级别很高。袁增喜听得心里难受，甚至罕见地感觉到了一点愤懑：明明先前已经答应得好好的，怎么一转眼就变了？只是对方毕竟是客户方的 HR，他不好发火。所以他只能收拾好狼狈的情绪，勉强保持了礼貌："啊，这样啊，那——"

　　然而，林蔻蔻却没这么好的脾气。原本她对 HR 就有那么一点全行业都知道的偏见，现在对方竟然还朝令夕改，说话不算数？

"电话给我。"

不等袁增喜讲完话，她直接从他手里拿过了手机，对着那头的苏迎道："苏总监，你才答应了我们，现在又反悔，不合适吧？"

这声音乍听温和，面上也带着淡淡的笑，可袁增喜分明看见她瞳孔深处一片肃杀，哪里有半点笑意？一时只觉得背后汗毛倒竖。他总觉得，有什么事要发生了。

苏迎听见林蔻蔻的声音未免一愣，解释道："我也不是不想和你们合作，可人家要签的是独家合作协议，具有排他性质，跟他们合作，就不能再委托你们。你们也不要再为难我了，公司急着要人，我当然挑最靠谱的人合作。"

林蔻蔻耷着眼帘，漫不经心地一笑："能问问是哪家大公司吗？"

苏迎犹豫："这不方便……"

林蔻蔻口气稍软，撒谎不眨眼："您也知道我们职位不高，这么大个单子突然丢了，领导是要问责的。您好歹告诉我们是哪家，让我们回去有个交代吧？不然我们还得挨训。"

苏迎没说话。袁增喜突然感到紧张。林蔻蔻却不着急，就这么拿着手机等。

过了好一会儿，苏迎才道："是航向。"

林蔻蔻沉默。

苏迎道："反正这一次的事情希望你们能理解，如果下次有合适的职位，我们可以再……"

林蔻蔻听都懒得听，直接挂了电话，还顺手把这个号码拉进了黑名单。

袁增喜目瞪口呆。林蔻蔻把手机一抛，扔回给他，神情却渐渐冷凝下来，瞧不见一点温度。

航向。心里把这两个字默念一遍，她耷着眼帘，直接拿出了自己的手机。上回贺闯发的消息，她都还没回。

她低头打了一行字就发过去：姜上白市场总监这个职位，是你在做吗？

贺闯那边几乎秒回：不是。

不是他？那就是顾向东那边在做了。林蔻蔻看着聊天界面，没动了。

贺闯的消息却立刻跟上来：这个职位怎么了？你回来了？

林蔻蔻没有再回。她滑到浏览器界面，搜索航向相关的新闻报道。

自从被收购之后，这家公司就很少出现在业内的新闻报道里，最近一年更是几乎没有。偶尔一条提到，说航向日薄西山，在被量子集团收购后失去了活力，精英猎头被抽调去高招组，更是抽干了航向最后一滴血，如今只能算苟延残喘。尤其是这半年，施定青似乎隐身了，传闻她再也没有插手过航向任何具体事务……

林蔻蔻看着看着，心绪翻涌，突然想抽烟。但从山上下来后，她就已经没再抽过，身上自然也没带。一伸手往兜里一摸，只摸了个空。往前面一看，倒正好有个便利店。

袁增喜还抱着自己的手机，被她吓得不轻，嗫嚅着道："林，林顾问，我们直接把人家拉黑，是不是，是不是不太礼貌？万一她以后还有别的职位要给我们做，弥补一下我们……"

"歧路不做百万以下的单，她就算想给，裴恕还未必看得上呢。"林蔻蔻一声冷笑，盯着前面那便利店，实在不想走路，于是一看袁增喜，竟道，"行了，别嚎了，又不是天要塌。有这工夫，不如去帮我买包烟回来。"

买包烟？袁增喜愣住，完全没反应过来。

林蔻蔻只问："这单 case 你还想做吗？"

袁增喜下意识地问："我们还有机会？"

林蔻蔻继续翻着手机上航向相关的新闻，头也不抬，漫不经心道："当然有，先去给爸爸买包烟，回来就告诉你。"

爸爸??? 这一瞬间，袁增喜脑袋上冒出一堆问号，几乎不敢相信自己的耳朵。

第八章
自讨苦吃

　　林蔻蔻看他："你刚才不说要买彩票吗？顺便帮我带一包，不要紧的吧？"

　　袁增喜心道："不，我只想知道'爸爸'这个自称是怎么回事！"

　　他脑袋着实蒙了好一阵，才突然想起那天在餐厅饭桌上，听见别人说起林蔻蔻早年的一桩八卦——传闻，她刚入行那两年，锋芒初露，尚不算出名，但行事风格嚣张，曾一连抢了某位同行三个百万级的大单。不久后，一次沙龙上，两人狭路相逢。被抢单的猎头认出她来，语气不善，与她发生了口角。也不知究竟说了什么，那猎头端起桌上的红酒便朝林蔻蔻泼去。

　　一杯红酒没多少，林蔻蔻也就是衣角和脸颊边上沾到一点酒液。情况不严重，只是对方的举动带有极强的侮辱性质，所以当时在场的人全都愣住了，几乎个个都做好了马上劝架的准备。没想到，林蔻蔻竟十分平静。当着所有人的面，她笑眯眯地随意拾起桌上的餐巾纸，把颊边那一点酒液擦了，慢条斯理地冲对方道："别生气，乖儿子，你就算再努力十年，也赶不上爸爸我拿脚做单。"

　　当时那猎头是什么反应，已经不得而知。但林蔻蔻这句话，却是随着当日沙龙旁观者们的讲述，传遍了整个猎头圈。不久后，那猎头转行了，再也没出现在大家视线中。林蔻蔻却高歌猛进，迅速崭露头角，在圈内站稳了脚跟，没两年就去了航向，很快到达了她事业的巅峰。从此，"爸爸"就成了她的口头禅。

　　但当时在餐厅，她怎么回应来着？"喀，那都是早些年的事，现在不敢这么说了……"那表情，平和而谦逊，和现在简直判若两人！袁增喜回想起来，嘴角都微微抽搐：谦逊个屁！

林蔻蔻见他半晌没动，不由得问："不去？"

袁增喜道："这单你真能抢回来？"

林蔻蔻笑："你觉得呢？"

袁增喜看了她一会儿，二话不说，转头跑去了便利店买烟。

没一会儿，人回来了。林蔻蔻就在外头等着，看他回来，便从他手里接过烟，异常熟练地把烟拆了，叼一根在嘴里，拿了打火机点上。这动作，一看就是老烟枪了。

袁增喜问："你有什么办法？"

林蔻蔻道："简单，苏迎有眼无珠，不跟我们合作，我们直接去找她老板就行了。"

袁增喜惊呆了。越级合作？说得那么容易！苏迎这种总监级别的都不搭理他们了，难道人家姜上白的老总还能对他们青眼有加？这也太……

好半晌，他才捋直了自己的舌头，但没问这事可不可能，而是问："我们怎么找？"

林蔻蔻不由得欣赏地看了他一眼，对他没有质疑她的决定很满意，只道："我们不还有王亮吗？"

袁增喜瞪圆了眼睛："那可是他老板，他敢吗？"

林蔻蔻道："你觉得不行？"

袁增喜想了想，立刻摆正了自己的位置："不，林顾问英明。物尽其用，人尽其才，我们也算帮他保住了工作，该是他回报我们的时候了。"

天兴大厦四十六层，航向猎头。程冀今天特意叫了顾向东到自己办公室来。

其实顾向东在航向待的时间挺长了，三十多岁年纪，资历不比贺闯浅，最早也在林蔻蔻手下。只是林蔻蔻在时更器重贺闯，顾向东自谓怀才不遇，多有怨恨。所以当初航向被收购，林蔻蔻带头抗命，他得着机会，便背叛了林蔻蔻。

作为她的得力手下之一，顾向东掌握了不少的客户和资源。当初航向敢把林蔻蔻开了，很大一部分原因在于顾向东，他的投诚倒戈，可以让公司保住业绩的基本盘。

事后，程冀当然将他提拔成了总监，顾向东事事听命于他，让他有了一种久违的权柄在握的爽快。只不过，公司现在还有个眼中钉。

想起那天在餐厅里的事来，程冀还忍不住火大："不过是因为业绩够好，集团那边的人舍不得开掉他罢了，现在敢到我面前摆谱了。"

顾向东对贺闯也是恨之入骨。林蔻蔻在时，他就厌恶贺闯得到的比自己多；没想到林蔻蔻走了，这人却没走，故意留下来恶心他们，处处跟他们作对。

顾向东道："您放心，业务这边我已经在狠抓了。只要我们能干掉他，集团那边看不太影响业务，自然不会再偏袒他。我刚搞定了一个三百万的大单，跟那边签好了合同，回款足足能有九十万。届时我亲自出马，这个月绝对把他摁下来。"

程冀道："我一直是相信你的。林蔻蔻那女人在时，处处偏袒贺闯，当时我就觉得你很可惜。只是那会儿我对业务也插不上嘴，这么多年委屈你了。现在就是证明你能力的时候。"

顾向东连忙表忠心："都是多亏了您提拔，我才有施展拳脚的机会。就算做出什么成绩，那也是程总领导有方。"

这马屁拍得人舒服。

程冀不由得伸手拍着顾向东的肩膀，大笑起来："好，我就知道没看错你。"

两人聊完，从门里出来。可谁想到，前面一人正好从走廊上过来，跟他们对了个正着。顾向东一看，便变了脸色。那人不是别人，正是他们先前在门里商量着要对付的贺闯。

他轮廓冰冷，神情疏淡。林蔻蔻不在，他挑起了大梁。他原本就锋芒毕露，现在不仅没有收敛，反而更加锋利，让人只远远看上一眼，都觉得要被刺伤。相形之下，程冀、顾向东二人难免有些输了气势。

贺闯看见他们，既没有打招呼，也没有要停留的意思，脚步不停，直接走了过去。

顾向东不由得低声骂了一句："秋后的蚂蚱！"

前面贺闯的脚步忽然停下了："顾总监。"

顾向东以为他是要跟自己对骂，但贺闯转过身来，竟问："姜上白酒业的单子，是你在做吗？"

顾向东顿时一愣。明明是很普通的一句话，可这一刹，他脊梁骨上忽然蹿上来一股寒意。

不应该啊。这一单是他今天才接触的，刚刚才一个电话谈妥，确定要签独家排他协议，就连顾向东自己的手下都未必清楚，贺闯怎么会知道？

顾向东警惕起来，带着浓浓的忌惮，甚至隐隐有种愤怒："你难道又想抢？"

贺闯突然就笑了。他五官本就清隽，笑起来甚至有种少年人才有的美好，方才的冰冷与锋利，仿佛是错觉一般。他竟是心情不错地道："那可真是一单好 case，要恭喜你了。"

恭喜？他说完这话就离开了，可顾向东站在原地，心里却不知为何，冒出了一股寒气。

歧路，孙克诚办公室。

已经过了下午四点，今天天气不大好，外头灰蒙蒙的，孙克诚的心情也像这天气一样，满是郁闷的阴霾。

裴恕已经在他办公室里晃悠了整整两个小时。人站在沙发边，手里拿一副纸牌，就一张一张地往窗边那垃圾桶里飞，十张有三张能飞中，剩下的全扔在了外面。准头烂得离谱。

孙克诚瞅了他半天，感到心累："祖宗，你今天这么闲吗？难道手里没有一单 case 要忙吗？"

求你了，赶紧从我办公室离开吧。你不工作我还要处理事情呢。

裴恕仿佛听见了他的心声，头也不回，只道："case？没有啊。你的事情既不紧急又不重要，我多待一会儿怎么了？"

孙克诚崩溃："你前几天不才接了华洋制药 COO（首席运营官）的那单吗？"

裴恕嗤了一声："无聊。"

孙克诚道："日盛集团整个运营部门的招聘呢？"

裴恕道："太简单。"

无聊不想做，太简单也不做，你是想上天？要是手里有个枕头，孙克诚现在就想闷死他。

他忽然想到一个："那河东重工，他们说想要找几个高级工程师，是我们没接触过的领域，肯定有意思！"

裴恕总算停下来，回头看了他一眼。孙克诚心怀希望。然而裴恕冷冷道："就那点钱，扔给孟之行做就好了，也配让我出马？"

孙克诚心道："毁灭吧，世界！"

裴恕都懒得搭理他，拿起手里剩下那几张纸牌又要扔。孙克诚想出去了，可没料到，裴恕扔出去一张后，忽然停了下来，看向外面。孙克诚诧异，跟着一看，竟然是林蔻蔻回来了。她带着袁增喜进了门，神情寡淡，一面走似乎一面在想事，看方向是要回自己办公室，正好从他们这儿经过。

裴恕眼神一闪，走过去，隔着玻璃墙敲了敲。

"咚咚"两声。

林蔻蔻听见，停下来看了他一眼，但没打算搭理，径直又要往前走。

"咚咚"，裴恕又敲了两下。

林蔻蔻觉得这人有点烦，直接走过来，推开了办公室的门，问："你有事？"

裴恕打量她的神情："你去姜上白那边了，不顺利？"

林蔻蔻一听，直接走了："顺不顺利都跟你没关系。"

裴恕顿时挑了眉，若有所思起来。

孙克诚坐在沙发那边，看见他这表情，突然觉得自己好像明白了什么：好家伙，难怪什么单都不感兴趣，你这分明是看上了别人正在做的单啊。他幽幽地看着裴恕，目光变得一言难尽。

裴恕却少见地没注意到他的神情。林蔻蔻没否认，那就是不顺利。她不说，他难道还没有别的办法知道吗？

他笑了一声，直接到外面喊了一声："袁增喜，你进来。"

姜上白这一单，从苏迎那边争取已经是不可能了。唯一的办法，是直接越级联系苏迎的老板冯清。

冯清是姜上白酒业的创始人，四十多岁，早年在茅台工作，做到过产品总经理的位置。后来他创立了姜上白，但一直不温不火。走的路线是中低端，基本算个不怎么盈利的企业，只能算是勉强保持收支平衡，艰难支撑。

林蔻蔻回到自己的办公室，就给王亮打了电话。她原本是要冯清的联系方式，可王亮一听，差点没吓死。他一个普通员工，就算有老板电话，也不敢给林蔻蔻，万一被知道那铁定被开除。林蔻蔻也不为难他，退而求其次，问哪里能见到冯清。

这下王亮仔细考虑了一下，说："明天有个酒展，我们老板可能会去参加，出席的应该是早上十点开始的内场会议。"

林蔻蔻挂了电话，就上网搜了一下这次酒展的情况。只是她看着看着，眉头就皱了起来。

这次酒展的规模不小，在会展中心举办，会邀请全国各地的知名酒商在会场搭建展台，市民可以直接去参观，商家也可以去洽谈合作。外场的展会是开放的，可这内场会议都是各大酒业的老板或者高管参加，需要专门的邀请函。

她盯着那会展信息的页面许久，慢慢靠进了椅背里，下意识地摩挲着右手手腕上那串佛珠，思索了起来，直到又听见两下熟悉的"咚咚"声。

林蔻蔻瞬间拧了眉，一抬起头，果然看见了裴恕那张好看得欠扁的脸。

她坐着没动："又有什么事？"

他把门推开一条缝，人就站在缝里，心情似乎不错："我听说你丢单了？"

林蔻蔻一点也不惊讶。裴恕肯定是去问过袁增喜了。

她道："我丢单，你很高兴？"

裴恕踱步进来，打量着她这间还没装修到位的办公室，简直跟进了自己地盘似的，十分自然地坐在了她对面那把椅子上，笑笑道："怎么会呢？我只是来关心关心林顾问。毕竟这虽然是个死单，做不做得成都无所谓，丢单也不要紧，可要是丢给航向……"

林蔻蔻瞳孔微微一缩。

裴恕两手放在了她桌上，倾身靠近，审视着她："歧路是航向的老对手了，互有输赢虽然也正常，不过这一单作为林顾问复出的第一仗，要就这么输了，不太好看吧？"

林蔻蔻并不生气，只道："看来回头应该把袁增喜那张嘴巴缝上。"

裴恕笑起来："放心，我没有恶意。"

林蔻蔻不想跟他兜圈子："你来不会只是为了奚落我吧？"

"怎么会？"裴恕长眉一挑，目视着她，深灰色的眸底一片翻涌的浪潮，笑起来，"虽然我跟林顾问的关系也算不上好，可也不至于眼睁睁地看着航向的人赢。敌人的敌人，也可以暂时结为盟友。我来是想问，有没有什么是我能帮上忙的？"

帮忙？这两个字从裴恕嘴里说出来，落进林蔻蔻耳朵里，简直跟天方夜谭一样离奇。她下意识地想拒绝。然而话将出口时，脑袋里一个念头忽然冒了出来。

林蔻蔻凝视了裴恕半晌，问："你是认真的？"

裴恕莫名觉得她眼神不太对劲，但想想还是回道："正好这两天手里闲，没什么 case 要忙，帮帮你也不算亏。"

得亏孙克诚不在这儿，不然听见他睁着眼睛说的这番瞎话，只怕得当场气死。

林蔻蔻闻言，却笑了起来。她假装认真地思考了一会儿，便道："那行，我这边有个新的方案，的确需要裴恕顾问帮忙。"

裴恕有些惊讶，这么快就有了新方案？林蔻蔻却没有要解释的意思，反而继续道："但这单 case 原本是我负责的，裴顾问来是帮忙。我们两个人的风格是完全不一样的。为了防止之后产生争执，是不是得约法三章？"

裴恕总算听出来了："你这是要公报私仇，借机使唤我啊。"

林蔻蔻笑起来："那你大可不答应。"

裴恕暗想："这女人，有恃无恐。"

只是他想了想自己手里那几单 case，实在是提不起什么兴趣。反而是林蔻蔻这边，对姜上白这一单似乎很有把握，让他很好奇——她究竟会用什么办法？而且现在还对上了航向。裴恕这人的确是利益为先，没钱的 case 他看都不会看上一眼，但如果是打航向，他倒贴钱也做。

林蔻蔻问："想好了吗？"

裴恕道："你有什么条件？"

林蔻蔻便笑起来："很简单，这一单是我的，以我为主，涉及这单的任何情况，你都得听我的。"

入行这么多年，从来没有人敢对裴恕说这句话。可现在，林蔻蔻做到了。

裴恕眼角微微抽搐了一下，过了好半晌，才道："行，那我就期待，林顾问要用什么方式才能把这一单做成了。"

"真的假的，他居然答应了？"

赵舍得坐在自家酒吧的吧台里面，听完林蔻蔻分享今天遇到的事情，都不大敢相信。

"我记得这人跟你作对很多年了吧？"

"是啊，所以他会答应，我还觉得挺不可思议的。"

林蔻蔻坐在吧台外面。她跟裴恕谈完后便直接下了班，顺便来赵舍得这里转一圈。现在回想一下，她仍旧觉得裴恕这人值得探究。

"他跟航向的仇，是真的很深。"

提到航向，赵舍得忍不住叹气："真的不明白，怎么就走到了这一步。大家都干得好好的，结果把公司卖了。"

林蔻蔻只道："天下熙熙，皆为利来，天下攘攘，皆为利往。没什么稀奇的。"她只是看清得晚了一点。

赵舍得难受，抬眸看向她，欲言又止。

林蔻蔻便问："有话？"

赵舍得小心翼翼地瞧着她，几番犹豫后，才低声道："我今天看见贺闯了。"

林蔻蔻："……"

赵舍得怕她误会，连忙道："你放心，他跟我问起你呢，我记得你说的，没跟他说你回来了。"

林蔻蔻沉默片刻，脑海里浮现出贺闯那一张脸。她慢慢道："但你演技不好。他一向敏锐，没那么容易被你蒙骗，应该已经猜出来了。"

酒吧的灯光随着音乐晃动，偶然间从林蔻蔻面上扫过，映出一片闪烁不定的轮廓。赵舍得感觉到了一种微妙，正如先前贺闯向她问起林蔻蔻时的那种微妙。

这一刻，她心里跟猫爪子挠似的，也不知哪里来的胆子，竟没忍住问："他是不是喜欢你啊？"

林蔻蔻忽然抬了眼，看向赵舍得。

赵舍得吓了一跳，连忙缩了一下肩膀，退后道："我，我就是随口一问……"

她以为林蔻蔻不想谈这个话题。没想到，林蔻蔻忽然打断了她："应该吧。"

赵舍得顿时一愣，然后才反应过来，她回答的是她上一句话——喜欢。应该吧。

林蔻蔻做猎头这一行，常年跟人打交道，对人跟人之间那点微妙的关系，自然不可能迟钝。何况贺闯藏得也不高明。只不过……

她嗓音微沉，平静道："但我还是不知道的好。"

赵舍得哑然："你是一直装作不知道？"

林蔻蔻点头默认。

赵舍得无法理解她这方面的脑回路："你们没有戳破过？他也没找你说过？"

林蔻蔻淡漠道："他以前是我下属，我用着还算顺手。他不说，我也装不知道，对大家都好。我现在对谈恋爱兴趣不大，如果挑破了，大家就不可能再维持表面的同事关系，他很有可能会辞职。我没那么蠢，自断臂膀这种事，我干不出来。"

赵舍得半天说不出话。过了好一会儿，她才没忍住道："林蔻蔻，你有点渣。"

林蔻蔻不太了解别人对"渣"的定义，只笑了笑："那就算我是好了。"

她说着，埋头喝了一口酒。气氛忽然变得有些沉默。

赵舍得看着她，忍不住摇头，纳闷起来："你说你，一个当猎头的，整天接触的都是行业精英、高管富豪，一个弟弟喜欢你你不回应也就罢了，怎么外面那么多机会，也没见你脱个单呢？"

林蔻蔻理直气壮："我为事业献身。"

赵舍得恨铁不成钢，气得仰头无语。林蔻蔻一看，忍不住就笑了起来。

酒吧里人渐渐多起来，气氛也渐渐好起来。林蔻蔻留在酒吧喝了一会儿，想起明天还要忙姜上白那单子，倒也不好太晚睡，所以十点的样子就起身告辞了。只是临走前，她忽然看见了吧台角落里那只花瓶。

细细的玻璃瓶里，插了两枝晚樱，深粉的花瓣在绿叶缝隙里堆叠，有种春日的静谧。于是某句话，不期然掠过脑海："林蔻蔻，今年的晚樱开了。"

赵舍得要出门送她，她脚步却停了下来。

赵舍得问："怎么了？"

林蔻蔻盯着那两枝晚樱看了许久，忽然道："得了，你帮我带句话吧。贺闯那边，如果你下回遇到，就跟他说……"

赵舍得心头一跳。

林蔻蔻顿了顿，淡淡一笑："就跟他说，我知道了。"

"你昨晚是去天桥底下要了一晚上的饭吗？"

一大早，几个人在歧路公司门口会合，裴恕一看到林蔻蔻走过来，就不由得皱了下眉。

林蔻蔻昨晚是没太睡好，但也不至于困倦到被人误会是去天桥底下要饭的程度。这人嘴巴是真的毒。

她道："你不说话没人拿你当哑巴。"

酒展是早上九点开，内场会议是十点。林蔻蔻看人到齐，就下令直接出发。她跟裴恕是已经说好了，可袁增喜不知道，一看裴恕竟然跟他们一块儿出去，眼珠子都差点瞪出来，半天都没反应过来究竟是发生了什么事。这单也就三百万，竟值得裴恕出马？

林蔻蔻坐在前面副驾，却没对半路加入的裴恕解释半句，只翻开了 iPad（苹果平板电脑）看着姜上白的相关资料，简要说明今天的情况："冯清会参加这次酒展的内场会议，我们的目标是从他手里拿到单子。"

袁增喜点头。

裴恕却敏锐地察觉到了她话中某个词组："内场会议？我没记错的话，这种大型会展的内场会议，都需要有一定的身份，得持邀请函才能入场吧？"

林蔻蔻发现，这人抓重点的能力真的很强："的确，没有邀请函不让入场。"

裴恕问："你有？"

没有的话今天应该不会来吧。

然而万万没想到，林蔻蔻冲他一笑："当然没有。"

袁增喜："……"

裴恕："……"

两人先前看她一副镇定自若的模样，还以为一切尽在她掌握中，现在他们人都快到会展中心了，结果她说自己连邀请函都没有？！

袁增喜未免傻眼："那怎么办？"

司机已经靠边停了车。

林蔻蔻下了车，看向同样拉开车门下来的裴恕，笑得犹如三月花开，满面纯善："放心，有裴顾问在呢。"

裴恕一见她这笑，瞬间察觉到不对劲，心里拉响了一级警报："我？"

林蔻蔻道："昨天你不是说要来帮忙吗？现在就是裴顾问你派上用场的时候了。"

说着，她往前面一指。

裴恕顺着她所指往前看去。会展中心外面，搭了许多展位展台。林蔻蔻所指的方向却是内场，入口处立着块牌子，有几名穿着旗袍的礼仪小姐，正在为内场贵宾做入场登记。一种不祥的预感，忽然生了出来。

但此时的裴恕还不敢相信，林蔻蔻能没节操到这个地步："什么意思？"

林蔻蔻道："我们没邀请函啊。你看见那几名礼仪小姐了吗？我思来想去，我们这儿就数你长得好看。你过去，找那些小姐姐要几张邀请函，或者放我们进去，应该不难吧？"

话说完，她手指的方向便更明确了，正是那几名正在忙碌的礼仪小姐。

裴恕眼角瞬间抽搐起来。

袁增喜没忍住惊呼："出卖色相，这跟做——"

话一出口，他立刻意识到不该，连忙把自己的嘴巴捂住。然而已经晚了。

裴恕那一张原本就没什么温度的脸，瞬间降到了零摄氏度以下，隐隐发青。他死死盯着林蔻蔻，咬牙问："你认真的？"

林蔻蔻笑眯眯地点了点头，就差没把"搞事情"三个字写在脸上了。

裴恕算是明白了："难怪我先前提出要帮忙，你答应得那么干脆。一早备好了计划，等着在这儿坑我？"

林蔻蔻佯装诧异："你一开始难道不知道？"

他们俩可不是什么合作默契的队友。过去那些年的恩怨又不是假的。就算现在在一家公司，面对着一个敌人，但逮住机会无伤大雅地坑对方一把，不是正常操作吗？

裴恕气笑了："我像是会做这种事的人？"

林蔻蔻想了想道："以前不像，以后就有经验了。"

裴恕不上当："你在做梦。"

林蔻蔻道："相信我，以你这张脸，只要一开口就能成事，不会很难的。"

这话明明是夸奖，可听着怎么像骂人呢？裴恕心情不仅没好，反而更糟了。

他干脆一指附近站着的保安，道："林顾问为什么不自己去呢？你这样的，但凡愿意花上点心思骗人，想必能让人心甘情愿，被你卖了还帮你数钱。"

两人间的气氛简直剑拔弩张。袁增喜在旁边看得一头冷汗，已经快吓得咬手指。

林蔻蔻听了这话，真的往那边看了看，一脸思索的表情，竟道："倒也是个办法。无论如何，邀请函是得拿到手的。裴顾问既然不愿意，我也不好强人所难，那我就自己去吧……"她说着，就要往前走去。

袁增喜眼睛都瞪圆了："林顾问……"

裴恕眼皮也跳了一下，下意识地一把把她拉住："你干什么？"

林蔻蔻回头："去要邀请函啊。"

裴恕盯着她，瞬间不说话了。四目相对，他沉冷一片，林蔻蔻却笑得狡黠。

袁增喜还没看懂情况呢，裴恕已经松开了手，直接问："要几张？"

林蔻蔻道："一张就行，三张更好。"

裴恕看她一眼，淡淡道："等我几分钟。"说完，竟真向会场入口去了。

袁增喜看得一头雾水。

林蔻蔻看着裴恕走远的背影，却是收起了先前调侃戏谑的神色，认真地想了想，然后便招呼袁增喜："走，我们去展区逛逛。"

袁增喜傻眼："裴顾问那边……难道……"

林蔻蔻头也不回，只一声笑："你不会真以为堂堂大猎裴恕，要靠出卖色相才能搞到邀请函吧？"

袁增喜心道："那你们先前那一阵你来我往，究竟是在玩什么！"

　　会场门口，几名礼仪小姐正在忙碌。裴恕走近之后，就站在那里，神情变幻，一动不动，像是一尊凝固的雕像。

　　那女人哪里会真的去找那几名保安要邀请函，分明是以退为进，做给他看，就等他的反应呢。裴恕也不是没看出来。只是他真不敢相信，自己居然自愿进了这个套。

　　"这女人，有毒吗？"他没忍住嘀咕了一句。

　　前面一名礼仪小姐已经看了他好几回，眼见他站那儿挺长时间，忍不住上来主动询问："这位先生，请问有什么可以帮您？"

　　裴恕这才回神，只道："不，没事。"

　　他直接走到了一旁，抬起头看了看周围。会展中心是个大场子，附近搭建了很多展台，高高挂着各大酒业公司的名字。内场这边的入口却不大，前面也立了块牌子，写明了主办单位、承办单位，还有各大联名的企业。

　　猎头最不缺的就是人脉，三教九流，普通员工，上市高管，什么人都认识。这种规格的会议，搞张邀请函还不简单吗？他直接拿出了自己的手机翻看起通讯录来，没一会儿便找到一个能用的。只不过这个人……

　　裴恕看着这个名字，眉头突然打了结。但想来想去，实在没有更合适的人了，到底还是忍了，把电话拨了出去。

　　那头接起电话，简直跟中了五百万似的，声音高亢："裴哥，你竟然给我打电话，稀客啊。"

　　裴恕简短道："有事，请你帮个忙。"

　　那头立刻道："你说，上刀山，下油锅，我都给你搞定。你不知道，上回你一句话，我赚了三千万呢，这回又有什么好事想着我？"

　　裴恕捏了捏自己的眉心，道："你以前不是在国外买过酒庄，接触过酒品行业，还办过展会吗？"

　　庄兴愣了一下："是啊，红酒，还开了几家公司呢，裴哥有兴趣入场玩玩？"

　　裴恕道："没兴趣。我问你，你做过酒，应该有渠道吧？今天会展中心有个白酒酒展，我要这场展会的内场邀请函。"

　　电话那边突然陷入沉寂。远处隐约有击球的声音传来，显然庄兴现在正在高尔夫球场里面，拿着手机发呆。过了好一会儿，才传来两个字："就这？"

　　裴恕静默片刻："就这。"

电话那头又是长长的一阵沉默："裴哥，你跟我说实话，是不是你那边收到消息，有哪个白酒公司最近正在挖人或者做人事调整，有什么大动作或者新业务，白酒股要涨了？"

裴恕无语。

果然，还是换个人吧，庄兴这种混金融圈的，脑袋里除了钱没别的事。恐怕就算哪天彗星撞地球了，这种人脑袋里考虑的第一件事也是"彗星上可能存在大量金刚钻，会导致地球钻石价格崩溃，宜做空"。他直接挂了电话。

当然，庄兴不会真的那么不识相。裴恕才一挂断，他电话立马就追过来了，跟他保证："刚才跟你开玩笑呢，哥你放心，邀请函嘛，这简单。我秘书正好知道这个，还认识主办方，立刻就给你搞定。你现在在哪儿，邀请函要多少，怎么给你？"

裴恕直接道："给我三张，我就在门口。"

周兴便道："行，那我让人亲自给你送出来。"

电话挂断。

裴恕抬腕看了一眼表，没过五分钟，这场会展的总负责人孙益昌就顶着一头的汗，从内场出来，亲手将三封邀请函送到了他手里。他拿了邀请函就走。

这会儿林蔻蔻正带着袁增喜在酒展上闲逛，远远看见他找过来，一点也不惊讶："拿到了？"

裴恕扔给她："三张，你看是不是。"

暗蓝色的烫银邀请函，精致得不像话，旁边还有"尊享贵宾"的字样。正儿八经的邀请函。

林蔻蔻十分满意，毫不吝惜自己的夸赞："这恐怕还没十分钟呢，裴顾问厉害，辛苦了。"

裴恕道："下次使唤我做事可以，不要随便开那种玩笑。"

林蔻蔻看向他："哪种？"

裴恕两手插在兜里，站得笔直，也看向她："你明白我说的是哪种。"

林蔻蔻于是道："你知道吗，如果不是你带着歧路跟我们作对了这么多年，航向说不准早就自己上市了，不会沦落到被收购的境地。"

裴恕静静地看着她。

林蔻蔻轻轻叹了一声："所以，在收到孙克诚给我的邀请时，我脑袋里冒出来的第一个念头——"

裴恕道："来找我？"

林蔻蔻道："对，来会会你。"

裴恕问："现在呢？"

林蔻蔻笑起来，神情里却带了几分奇异的沉静，又带着点惘然，看了他一眼，慢慢道："现在发现，你这个人，好像也没那么差。"

第九章
cold call

　　裴恕听完，凝视着她，久久没说话。林蔻蔻却拿了邀请函，直接叫上袁增喜，往展会内场会议的入口走去。裴恕站了一会儿才跟上。

　　三个人顺利进了会场。

　　此时会议虽未开始，但人已经基本到齐。席位上统一放了桌签，林蔻蔻轻而易举就看见了第四排左数第二个位置的桌签上印着"冯清"两个字。再看坐在那边的人，中年男性，藏蓝西服，头发稀疏，身上没有半件名牌，手表也只是老式的梅花表，很符合她在了解过冯清后建立起来的基本印象——作风老派，朴素简单。唯一不寻常的，是他嘴边总挂着微笑，看起来似乎很和善，很好相处。

　　林蔻蔻有意考考袁增喜："看得出什么来吗？"

　　袁增喜顿时严肃起来，仔细朝冯清看了看，道："他看上去很没架子的样子，但刀把眉，眼睛有神，耳薄无肉，这是典型的精于算计的长相，无论如何都不会吃亏的。"

　　林蔻蔻笑起来："还挺准。"

　　袁增喜嘿嘿一笑："想也知道，从茅台出来自己开公司的，就算没以往那么如意，但……他们家酒也不好喝，现在公司还能活下来，这人肯定有本事。怎么想，也不会像表面上看起来那么好相处。"

　　这就是一点识人的本领了。

　　林蔻蔻道："这人是个笑面虎啊，得想想怎么开口。"

　　袁增喜想起了自己当神棍时的套路："我们当初骗人……啊不，我们当初给人算命的时候，都是找个别的事情说，吸引人的注意力，让别人主动来找我们。你看那边正好有个酒柜，我们走过去，讨论点姜上白的问题，吸引他过来，主动跟我们搭话？"

林蔻蔻听完没说话。裴恕也没作声。

袁增喜小声道："我看书上说，一般来讲，人对自己感兴趣、主动去接触的东西，会降低防备……"

林蔻蔻道："理论正确，但没有必要。"太浪费时间了，还很考验演技。

她转头看向裴恕："你会怎么选？"

裴恕看她一眼："我怎么选择不知道，但我猜你会直接上去找人，省略一切烦琐程序。"

林蔻蔻挑眉。

裴恕淡漠道："不用夸奖，研究过你，身为你对手的一点点自我修养罢了。"

林蔻蔻笑了起来："荣幸之至。"

裴恕看她就准备去了，忽然道："不过我有个建议。"

林蔻蔻回头："什么？"

裴恕道："虽然我知道林顾问向来不太在乎这些，但我希望，无论如何不要降价争取订单。现在的金额，是我的底线。我不做三百万以下的单。"

林蔻蔻心道："你怎么不上天呢？"

林蔻蔻微笑："我像是那种会通过降价来争取订单的人吗？"

裴恕道："我对曾经免费帮破产公司找 CEO 的林大顾问，实在不敢放心。"

那明明是人情单，跟收不收钱有什么关系！

她深吸了一口气："好，不跟你理论，我尽量。"说完就直接拿了早前准备好的文件夹，朝着冯清的方向走去。

冯清也没跟别人说话，自己坐在位置上，似乎正在思考什么。听见脚步声，他抬起头。

林蔻蔻立在他面前："冯总，有空聊聊吗？"

冯清搜索了一遍自己的记忆，不认识她："你是？"

林蔻蔻道："我姓林，是一名猎头，听说贵公司最近正在寻访市场总监，我觉得您可能需要我。"

冯清顿时明白，道："原来是猎头。不过我并不负责公司具体人事方面的细节，你要有合作想谈的话，建议还是联系我们公司人事部的苏总监。"

袁增喜跟裴恕远远看着，也不太听得清他们在说什么。

裴恕倒是镇定，可袁增喜难免紧张，心跳很快："冯清是个老狐狸的话，林顾问怕不会那么容易就谈下来吧？"

裴恕道："是个老狐狸，但……"

但在林蔻蔻面前，不起任何作用。她是世界上最精明的猎人。

作为公司老板，自然是公司里的一切事情他都能管，但冯清显然是了解一点管理艺术的。下面人有下面人的职权，作为老板也不要轻易向下伸手，要给下面人信任，这样下面人才会信任你。一切要按照规章制度走，否则还不得乱了套？所以他婉拒林蔻蔻，并让她去找苏迎，完全在林蔻蔻意料之中。

只是林蔻蔻完全没有就此离开的意思，反而笑了起来，悠悠然道："苏总监要有那本事，贵公司这位置也不至于开了三个多月的天窗，到现在还没找到合适的人。冯总，您真的信任她吗？"

冯清的脸色瞬间变了。他先前还挂着点笑，如今笑意陡然隐没，俨然有一种被人冒犯了的不快，皱紧了眉头盯着林蔻蔻。

林蔻蔻气定神闲，一点也不担心得罪这位老板："商场如战场，时间不等人。对的人才能做对的事，您不考虑一下？"

冯清道："可能要让你失望了，我们已经和一家专业的猎头公司签订了协议，把市场总监这个职位托付给他们了。"

林蔻蔻道："谁说我要帮您找市场总监呢？"

冯清顿时一怔。饶是他年纪不小，见过的世面也多，也没能立刻反应过来："那你找什么？"

林蔻蔻只问："刚才我在酒展上，把各家的酒都喝了一遍，也包括姜上白的。我有点好奇，冯总，您喝过自己生产的酒吗？"

冯清隐隐意识到她要说的话，一张脸绷了起来。远处的袁增喜看见，吓了一跳。

林蔻蔻却道："您从茅台出来，想必也知道，不管是论香型，还是论口感，姜上白所产的酒，在整个行业里都算不上一流。"

这是实话。可谁愿意听实话？冯清自己其实很清楚，可被人当面说出来，也不免觉得不舒服："姜上白自然有姜上白的定位，清香型白酒本来就不能跟茅台那样的酱香型白酒相比，何况有制作工艺和成本卡在那里。"

林蔻蔻道："可您的战略是，要把白酒卖给年轻人。"

冯清道："年轻人的消费力还没起来，上了年纪的市场已经被其他酒霸占，中低端市场是姜上白的定位，有什么问题吗？"

林蔻蔻道："当然没有，我甚至认为您的定位非常清醒。只不过，要把白酒卖给年轻人，得足够了解年轻人的市场，这可不是什么简单的事。"

冯清盯着她："你了解？"

林蔻蔻笑起来："我不了解，但我的候选人肯定了解。"

冯清道："你的候选人？"

林蔻蔻把自己那份文件夹一摊，连同一支笔放到冯清面前："当然，我的——营销总监候选人。"

文件夹里赫然是一份早就拟好的合作协议，只是顶头那行写的不是"市场总监"，而是"营销总监"。

冯清活这么大岁数，还从来没有见过对自己这么有自信的人，跑来找自己，竟然连合同都提前做好了。他叹为观止："你就这么自信？"

林蔻蔻道："我认为，人最好不要把鸡蛋放在一个篮子里。苏总监跟航向签订了独家协议，但现如今的航向早已不是当年的航向了，能推荐什么样的候选人还不好说。万一有点不如意，贵公司这位置难道一直空着吗？"

这也是冯清的担心。

林蔻蔻又继续道："很显然，您需要另一个篮子。在姜上白产出的酒口感和香型都因技术和成本受限无法再提升的情况下，能打开销量的除了靠铺货渠道，其实就只有营销这一条路可走了。而您原本就是茅台的总经理，姜上白这些年能撑下来，我相信您已经把能用的渠道都用尽了。就算是新招一个市场总监，他手里的渠道能盖过您吗？何况还要打年轻人市场。"

冯清看着她："所以，你是要帮我找一个营销总监。"

林蔻蔻笑："不错。其实市场总监和营销总监，名头不同罢了，具体负责什么职能，不还是您说了算吗？市场总监就让航向做去吧，营销总监这个职位就由我来关。到时谁推的人合适，您用谁。一来可以避开独家协议的限制，二来您也多一个选择。"

按理讲，说到这份上不答应都不合适了。然而，冯清竟还没松口："你这么说也的确不错。但假如我真需要一个营销总监，换一家公司委托他们帮我找不行吗，为什么一定要跟你合作？"

果然，老狐狸的确是老狐狸，不见兔子不撒鹰啊。

林蔻蔻也不由得生出了几分佩服，心里对裴恕说了句"对不起"，然后直接把协议翻到了第二页："很简单，我便宜。找不到你满意的人选，过不了面试，我分文不收！"

要是有其他公司的猎头在场，现在只怕已经破口大骂，把林蔻蔻喷得狗血淋头了——这简直是恶性竞争，破坏行规！

猎头行业稍微正规一点的公司都会向客户收取一定比例的预付款，10%到30%不等，不管单最终成没成，这笔钱得打到账上，大家不能白打工啊。只有一些"野猎头"才签这种不成不给钱的协议。林蔻蔻这种行径，简直是挤压同行生存空间，推动行业"内卷"，可以称得上损人还不利己。

只是……对付航向嘛，要讲什么规矩？自然是什么狠来什么了。

她冲冯清一笑，一副良善人表情："您看，我这协议厚道吧？"

冯清不由得审视着她。作为一个商人，他最重视的是利益，这样的协议摆在他面前，说不心动是不可能的。何况眼前这位林顾问，绝非池中之物。只是他混了这么多年，也深知一点——天下没有免费的午餐，更不存在白掉的馅饼。

冯清轻易就想到了事情的关键："如果做成呢，你要多少？"

林蔻蔻没想到他如此敏锐，唇边的笑弧一下便拉大了。怎么说，自己现在也是在歧路，那边还有个不做三百万以下case的祖宗呢。

她道："放心，我刚才都跟您说了，我便宜。市场总监那位置年薪三百万，给猎头30%的猎头费；营销总监这位置差不多，我也不要您给多了，就给50%吧。"

冯清怀疑自己是幻听了。百分之多少？老子聘个总监花三百万，还得给你付一百五十万，这就是你说的"便宜"？！

坦白地说，这一刻冯清是想翻脸的。但眼前林蔻蔻的状态实在是太理所当然了，以至于让人忍不住要反思一下是不是自己有问题。她凭什么敢要这个价？

忽然间，他福至心灵，问了一句："你一年前在哪家公司工作？"

林蔻蔻看他一眼，说："航向。"

冯清定定地望了她三秒钟，然后直接抓过了旁边那支笔，迅速在合同末页签下了自己的名字，好像生怕谁会反悔一样。

林蔻蔻一怔："不用再考虑了？"

冯清把协议递还给她，平静道："再不签我怕你涨价。"

林蔻蔻："……"

冯清起身，向她伸出手来："很荣幸合作，冯某静候佳音了。"

林蔻蔻于是明白，对方竟然知道自己是谁了。她不由得一笑，伸手跟对方握了一下，淡淡道："合作愉快。"

远处的袁增喜与裴恕，一直观望着这边的情况。眼看着林蔻蔻没说两句话，冯清脸上惯常的笑就已经消失干净，盯着林蔻蔻那眼神更是绝对算不上友好，袁增喜心都跳到了嗓子眼，以为这一次必定无功而返了，说不定还得罪了人家姜上白的老总。可谁能想到，突然间峰回路转——他们都还没看明白发生了什么，冯清竟然就一埋头，直接把合同签了，还主动跟林蔻蔻握手。那态度跟先前简直判若两人！

林蔻蔻拿着合同回来了。

袁增喜按捺不住，忙问："就签了，你们聊什么了？"

裴恕对这个结果倒不意外，只是问："什么价？"

林蔻蔻随手把合同递出去："自己看。"

袁增喜把合同接过，想了一下，又连忙递给裴恕。

裴恕翻开来一看，才扫了两行，瞳孔便骤然缩紧，看向林蔻蔻。

袁增喜也好奇地凑过来一看，然后便张大了嘴巴，差点没把下巴掉地上。

"三百万的合同谈成了五百万？"孙克诚拿到合同一看，眼珠子都差点瞪出来，紧接着就看见了后面附加的对赌条款，"等等，如果找不到客户满意的候选人，我们不收钱白干?!"

裴恕坐在他对面，这时候显然已经淡定了很多，还能欣赏一下孙克诚震惊的表情，只淡淡提醒他："你再往后看呢。"

孙克诚眼皮一跳，只觉后面还有更吓人的。他怕自己心脏受不了，先移开目光，深吸了一口气，才继续往后翻去，然后就看见了后面那页上明晃晃写着的"营销总监"四个字。

"营销总监？"孙克诚疑心是自己记错了，"我们先前拿的这个单，不是帮姜上白找市场总监吗，怎么变了？"

这就是问题的关键了。

裴恕本以为林蔻蔻是真有用得着自己的地方，可以看看她到底有什么解决方案。没想到一到会场，她自己一个人把事料理完了，倒是让他有种无用武之地的不甘。

裴恕道："我觉得没有变。"

孙克诚道："业务的事我不懂，你讲明白点。"

裴恕从他面前拿过这份合同，看着上面的条款，试图复盘林蔻蔻的思路：

"首先，航向已经跟姜上白签下了市场总监这个职位的独家协议。林蔻蔻如果一定要与对方竞争，就必须避开法律方面的风险，她得找一个新的职位，来说服冯清签约。但既然是要打航向，就不可能真的是两个职位。很有可能，只是名义上的营销总监，事实上干的还是市场总监的活。只是有了这个名号，冯清大可以把人以营销总监的名义招进去，以后再给这个人升职。"

孙克诚听得赞叹不已："这一手，直接绕过了航向签的独家排他协议，太高，也太……"

太可怕了。哪家普通公司能顶得住林蔻蔻这样的大猎头在暗中狙击啊。只是裴恕却拧着眉头，似乎仍有介怀的地方。

孙克诚看见，问："还有什么地方不对吗？"

裴恕道："我只是在想，营销总监。"

刚才在回来的路上，他们当然也惊诧于这一份合同最终的模样。

袁增喜就问了："怎么是营销总监？"

林蔻蔻反问他："你觉得姜上白那些酒，正常摆在商店里，你会去买吗？"

袁增喜愣了愣说："之前酒展的时候我去他们展位上逛了逛，尝了一口，说实话，不好喝。"

林蔻蔻便道："那你想过，他要怎么卖酒吗？"

袁增喜茫然摇头。

林蔻蔻只问了一句："听说过'脑白金'吗？"

那一瞬间，裴恕便明白了。

他把这段对话讲来，孙克诚也明白了："你的意思是，营销总监这个职位，不是随便找的，而是她一早就想好，这是姜上白真正需要的。"

裴恕点了点头。

孙克诚想了想说："可我说实话，脑白金就装了点褪黑素，卖那么高价。姜上白要走这条路，打广告，搞营销，这不是骗人吗？"

裴恕撩起眼皮看他一眼，淡淡道："消费者不就是用来骗的吗？"

孙克诚："……"

是他不该在裴恕面前提这种话，他有个屁的三观。

裴恕却道："大部分的猎头，是客户公司说自己需要什么人，他们就去找什么人。但林蔻蔻不一样，她会去想，客户公司真正需要的是什么人，然后给他们找这个人。"

孙克诚道："这不才是好猎头吗？怎么，你受到了感召，准备改邪归正？"

裴恕嗤笑一声。改邪归正？

他放下那份合同，只道："我裴恕认钱不认人，让我找什么人我就能给什么人，收到钱就行了，客户公司发展得好不好跟我有什么关系？"

话说着，他便起了身："我去看看她现在在忙什么。"

孙克诚看着他，欲言又止。

裴恕瞥见他神情，道："有事？"

孙克诚想了想："你觉不觉得你最近自己的单都不想做，全看着林顾问那边，是不是有点……"

"知己知彼，百战不殆，何况现在对手是航向？"裴恕没当一回事，可说完了，才意识到孙克诚话里有话，他顿了一下，"你什么意思？"

孙克诚幽幽道："我觉得你快完了。"

完了？裴恕自认为是个极有自制力的人，男女感情上也向来不怎么上心，闻言没忍住笑出声来，完全没当一回事。他道："不至于，我不可能。"说完，他走了出去。

孙克诚看着他背影，慢慢摇了摇头："死于自信。"

孙克诚那番话没在裴恕心底留下什么波澜，他甚至觉得有些好笑。出了办公室，他就准备去找林蔻蔻。可没想到，才到外面走廊上，就看见一、二组好几位猎头顾问都往会议室的方向走，二组组长叶湘还抱着台电脑，一边走一边看。

今天有什么大单，需要这么多人开会吗？

裴恕叫住了叶湘："你们干什么去？"

叶湘抬起头来，有些惊讶："帮林顾问姜上白那一单做新的 mapping 啊。"

"新的 mapping？"裴恕皱了眉，"谁让做的？"

叶湘没太搞明白状况："林顾问啊。不是说现在不找市场总监，要找营销总监吗？那先前的 mapping 就不能用了。"

裴恕笑了："你们是我手下，听她使唤？"

叶湘终于后知后觉意识到问题出在哪里了，眼皮都开始跳起来，小声道："可，可您不都加入林顾问这单 case 了吗？我们以为，林顾问的意思，就是您的意思。"

裴恕深吸了一口气："她这么说的？"

叶湘小心翼翼地点了点头。

裴恕感觉情绪上来了："很好。她人现在在哪儿？"

叶湘头皮发麻，感觉要出事。可面对着自己的顶头上司，她也不敢不回答，只好硬着头皮，指了指那间会议室。

裴恕道："行了，你去忙吧。"

他放过了叶湘，直接朝那间会议室走去。推开门一看，简直一片热闹——袁增喜在也就罢了，叶湘那组去了不少人，就连孟之行那组都有人来了。更离谱的是，新人池里那个落选的张同竟然也坐在中间，戴着副眼镜，聚精会神地工作。

林蔻蔻就坐在最边上的位置，两条细细的长腿交叠在一起，正一边转着她腕上那串佛珠，一边看陆续汇总出来的资料。这架势，不知道的还以为这满屋子的人都是她手下呢。也太理直气壮了点。

裴恕走过去，点了点她肩膀。

林蔻蔻回头，这才发现他，很自然地笑起来，打了个招呼："裴顾问，你来啦。"

裴恕笑得和善："我的人用着顺手吗？"

林蔻蔻竖个大拇指："不愧是歧路，不愧是裴顾问调教出来的人，太专业了，效率很高，就这一会儿，我们已经整理出不少成果了。"

裴恕气笑了："林蔻蔻，你用我的人之前，是不是得给我打个招呼？"

果然，是来问罪的。

打从刚才看见他，林蔻蔻就知道他是来干吗的了，此刻半点也不惊讶："我用用你的人而已，又没有挖到我这边，何必这么生气？"

裴恕挑眉："你还想挖到你那边去？"

坦白地说，林蔻蔻不是没动过这个念头。毕竟猎头嘛，职业病，就是路过地里看见颗土豆，都想帮人家挪挪窝。

只是这话不敢对裴恕讲，她微微一笑，亲自拉开了自己旁边的座位，道："先坐先坐，消消气。你不都答应帮忙了吗？我借用一下你的团队，也不要紧嘛。再说，姜上白这单我们虽然暂时算抢到，可必须得保证推过去的人冯清满意，还得比航向那边过去的人好，才能拿到钱。留给我们的时间不多，所以我就先斩后奏了。你看，已经有了个合适的人选。"

她把桌上那台笔记本电脑转向裴恕，屏幕上正是一份打开的简历。

"巴别塔广告营销公司的创意中心总经理，彭志飞。"林蔻蔻给他介绍，"这个人我以前好像也听过，操作过某个5A级景区文创品牌的营销，很出圈。当时很多景区都想找他们包装。玩饥饿营销的一把好手，包装漂亮，很适合买了发朋友圈或者拿去送人社交，覆盖的年龄层也很广，应该很懂各年龄层用户的心理。"

裴恕盯着那份简历没说话。

叶湘在后面进来，却是提出了一点异议："姜上白要的是营销总监，这个彭志飞是总经理，title 差距挺大的，而且还操作过知名案例，姜上白这个职位和薪酬，对方愿意来吗？"

谁跳槽不是为了往上走？要么涨薪酬，要么升 title，总得占一样。传说中那种为了理想跳槽的，都是稀有动物，在哪里都难得一见。

然而林蔻蔻倒是一点也不担心的样子："不接触接触看看，怎么能知道呢？降 title 跳槽的案例，还是有不少的。打个 cold call，先接触一下看看吧。"

叶湘却是皱了眉，连袁增喜都冒了一头冷汗——那可是 cold call 啊。陌生拜访电话，指的就是专门打给陌生候选人的。人家都不认识你，你张口就说："彭总经理，我这儿有个总监职位的机会，您看看吗？"恐怕连下半句话都不用讲，直接被人拉黑了。这 cold call 怎么打？

裴恕坐在她边上，听见那句"降 title 跳槽的案例，还是有不少的"时，脑海里便瞬间浮现出了过去的某个疑惑。

降 title 跳槽的案例的确是有不少。但他曾经关注过，连续三年，一共十二个，其中有整整十个，都是林蔻蔻的手笔。当时业内曾有戏言，说林蔻蔻是给候选人下了降头，不然怎么会有那么多人愿意放弃高薪酬、高职位，去往她推荐的公司？其他人别说是谈，就是连给这些人打电话都会被拒绝。而在跳槽之后，这些候选人竟有大半都走向了事业的新高峰，接连成为能登上财经杂志的重量级人物。

眼看着她一副一点也不担心的样子，裴恕心里忽然冒出了一个前所未有的猜测。

袁增喜还有点怂："我，我来打这个电话吗？"

裴恕伸手："给我，我来。"

林蔻蔻一愣："你想干什么？"

袁增喜已经下意识将手机递给了裴恕。

他看林蔻蔻一眼："帮你打 cold call 啊。"

林蔻蔻根本不信，伸手要去抢电话："你是想报仇吧？裴恕，你把电话给我。之前没跟你打招呼就用了你的人，是我的失误。咱们公事归公事，私事归私事。这可是我们目前最合适的候选人，你别乱来。"

"就这么信不过我吗？"裴恕笑了，"放心，我肯定能帮你约到人见面。"

林蔻蔻毛骨悚然。但这会儿要抢手机也来不及了——电话通了。

一道中年男人的嗓音传了出来："喂？"

林蔻蔻立刻停下，眼带警告地看向裴恕。

裴恕只对电话那头道："彭总，你好，请问你这周有空吗？我们这边想约你见个面。"

林蔻蔻："???"

连开场白都没有，直接约见面？众人全都听傻了。

叶湘这种熟悉自家老大的，更是没忍住掐了自己一把：不敢信，裴哥被蔻姐气傻了，怎么敢这么给候选人打电话？

显然，连电话那头的彭志飞都没反应过来，半响没说话。众人几乎都以为这一单要砸。可没料想，一阵沉默后，那头的彭志飞竟然换了副客气小心的口吻："不好意思，我手机没备注，您是？"

林蔻蔻微微一怔，紧接着就忍不住在心里骂了一声：套路玩得脏啊。

张同不明白，叶湘却反应过来了，低声跟这位新人池里的潜力股解释了一句："老大太嚣张、太自然，他以为是客户，或者什么得罪不起的人呢。"

裴恕拿着电话，笑笑道："啊，不好意思，是我不对，刚才光顾着想事，都忘了跟您自我介绍。"

他话说着，却看了林蔻蔻一眼。

四目相对的刹那，他唇边突然拉开了一抹笑，紧接着，对电话那头道："我重新跟您自我介绍一下，我们是《周末财经》的专访团队，听说彭总在营销领域很有建树，我们想约您见面，做一期专访。"

林蔻蔻瞳孔瞬间缩紧，盯死了他。众人却是满头问号，根本不明白发生了什么——《周末财经》，专访？都什么跟什么？唯有林蔻蔻，在刚才看见他那一抹笑时，冥冥中就有了一种预感。没想到，还真是。

试问，有哪位高管能拒绝《周末财经》这种影响力巨大的专业杂志的采访邀约呢？毫无悬念，彭志飞答应了，而且是兴高采烈，受宠若惊的。

裴恕跟对方约定好明天下午见面，然后挂了电话。会议室里，安静得一点声音也没有。所有人面面相觑：见面是约上了，可……

叶湘声音都哆嗦了："老，老大，你，你刚刚说，《周末财经》的专访团队？"

裴恕放下电话："不然怎么约到对方见面？"

袁增喜道："可我们到哪儿去找记者？到时候肯定会露馅儿的啊，候选人要是知道……"

　　裴恕一笑，竟看向林蔻蔻："候选人怎么会知道，我们不是有林顾问在吗？"

　　林蔻蔻没接话，脸色莫测。众人迷惑，都看向她。

　　裴恕却道："林顾问，你看我这通 cold call，打得还标准吗？"

第十章
沽名钓誉

你脑袋掉下来的姿势一定会很标准。

林蔻蔻是真没想到，他能打出这通电话来。

会议室里，一片寂静。

她盯了他有十多秒，才问："你什么时候猜出来的？"

裴恕顿时笑起来："刚刚。看来我是猜对了？"

林蔻蔻不置可否，直接从他手里拿过了手机，扔回给袁增喜，道："下次手机拿稳点，别随便来个人你就给了。"

袁增喜一头冷汗，连忙应是。

叶湘却仍困惑："不是，什么跟什么，什么猜出来，我怎么没听明白？"

裴恕已经满意地起身，只道："你的脑子不用明白。"

叶湘："……"

林蔻蔻则道："既然裴顾问已经约好，那我们就定在明天下午见面。不过还不知道这个人选能不能谈成，所以还要麻烦大家继续努力，我等一份完整的mapping报告。"

袁增喜讷讷道："那什么杂志采访……"

林蔻蔻淡淡道："这就不用你操心了。"

这一通 cold call 的情况，很快就传遍了全公司。

有人猜得比较大："难道他们还真假扮《周末财经》的专访记者去采访吗？设备怎么搞？欺骗候选人可是行内大忌，要是被知道，可以不用在这行混了……"

众多猎头都感到不解。作为助理顾问跟在林蔻蔻身边的袁增喜，更是蒙得不行。他观察了一整天，试图看出林蔻蔻到底要用什么方法化解裴恕那一个电话带来的难题，可等到第二天，也没看出究竟。然后，三个人就出发前往巴别塔广告公司，准备拜访彭志飞了。

巴别塔所在的大楼是栋新楼，楼下大堂装潢得十分阔气，几面大落地窗里面放了好几张沙发，供来往的人等待休息。林蔻蔻走在前面，裴恕、袁增喜在后。

一路上袁增喜都在担心一会儿见了彭志飞怎么收场，可到了这儿一看，楼底下早就等了四个人，扛摄像机的，拿话筒的，还有搬三脚架的，样样齐全！每个人身上穿的外套胸口，都挂了个"周末财经"的 logo（标识）！这一瞬间，袁增喜目瞪口呆。

那一群人中为首的是名青年，他穿了件米色的夹克，头发留到肩上，看得出有些文艺气质。林蔻蔻一进来，他就看见了，于是远远招呼一声，走过来："蔻姐，好久没见了，你可算回上海开展业务了。没有你，我这采访对象都没那么丰富了。"

林蔻蔻跟他寒暄了两句，轻描淡写地跟裴恕、袁增喜介绍："秦学明，《周末财经》的《焦点人物》栏目的主编，我大学学弟，今天来帮个忙。"

袁增喜终于明白了——竟然真的有《周末财经》杂志的专访团队，难怪她这么气定神闲。

裴恕伸出手去跟秦学明握了一下："看来，林顾问过去让人降 title 降薪跳槽的那几单，都有秦先生一份了。"

如何把一个最难的 cold call 变得简单？看准人的弱点就行。试问像林蔻蔻这样，带着一个专访团队去跟候选人见面，谁不愿意跟她多聊几句呢？这就是林蔻蔻的制胜秘籍了。

"略帮一点小忙罢了。"秦学明非常谦逊，初时还没认出裴恕来，握完手才反应过来，瞳孔猛地缩了一下，下意识地看向林蔻蔻，"他！你……"

林蔻蔻道："我现在到歧路了。"

秦学明："……"

林蔻蔻拍拍他肩膀："没有永恒的敌人，只有永恒的利益，不要这么大惊小怪。"

秦学明好半晌才吐出一口气来，看着裴恕，道："真狠。"

林蔻蔻笑笑。

秦学明问："那贺闯呢？"

林蔻蔻看他一眼："话这么多，今天还干不干活了？"

秦学明立刻知道，她不想回答。他不知道发生了什么事，但想想也不好当着裴恕的面问，毕竟这人当初可是林蔻蔻的死对头。于是道："那老规矩，我按采访稿问，你在旁边听，随时补充？"

林蔻蔻点头。

一行人在楼下前台做了预约登记，从电梯上楼。只是没想到，他们才出电梯，转过走廊，前面就走过来几个人。隔得比较远，林蔻蔻都还没认出来。秦学明却是眼尖，突然骂了一声，一把拉住林蔻蔻，顺手还把另外两人拽进旁边的楼梯间的门后面。

林蔻蔻诧异："你干什么？"

秦学明一指外面，低声道："靠，顾向东啊，你没看见？"

林蔻蔻一怔，透过门上那扇玻璃朝外头看去，还真是顾向东。

一年时间不见，这位她昔日的下属，似乎混得不错，穿上了手工定制的西装，戴上了名牌腕表，眉眼间满是春风得意。他旁边也是个油头粉面、西装革履的男人。林蔻蔻一眼就看出，这正是他们原本要谈的候选人——巴别塔的创意总经理彭志飞。

袁增喜还没搞清楚状况："顾向东是谁？"

林蔻蔻简短道："航向新任的猎头部总监。"

袁增喜差点被她这句话吓得摔一跟头：航向？不是吧，先前对上途瑞那个叫周飞的猎头已经够离谱了，可那好歹也只是个普通猎头，现在连航向总监级别的都来了?!

顾向东进了电梯，彭志飞也掉头回去了。

袁增喜心里拔凉："完了，他们找的不应该是市场总监吗，怎么会和我们找的营销总监撞上？"

裴恕看向林蔻蔻。出乎意料，她竟十分平静，脸上看不出半分对昔日下属的情绪，还有心情客观地评价一句："我们能找到，别人当然也能找到。瘦死的骆驼比马大，航向就是条破船也还能捡出三千钉来，顾向东这个人，本事还是有的。"只可惜，心胸狭隘，眼界太窄。

当年她也算看重这人，花了点力气培养，可没想到，等她倒霉，落井下石最快的就是他，直接倒戈向了程冀。虽然她原本没打算针对这种角色，但如果他恰好成了她的绊脚石，她也只好勉为其难，一脚把他端开了。

秦学明对林蔻蔻在航向遇到的烂事有所耳闻，有些迟疑："他们都去过了，我们还去吗？"

林蔻蔻道："去，为什么不去？"

正是因为航向去过了，他们才更要去。

巴别塔广告在业内算不上大，但口碑不错，公司整体的装修很有人文氛围，处处体现出设计感。彭志飞的办公室在最里面，采光非常不错，也很安静。林蔻蔻他们进去之后，就有秘书带着过去。

只不过，办公室里面除了彭志飞，还有位年轻人。他戴了副大大的黑框眼镜，似乎有些沉默寡言。彭志飞跷着腿仰坐在这年轻人对面的沙发上，似乎正在训斥他什么，见到外面有人来，他才停下。

秘书敲过门，请林蔻蔻等人进去。那年轻人立刻起身站在旁边。彭志飞便皱了眉道："还戳在这儿干什么？赶紧出去啊。刚才那套方案不行，改一份新的再来。"

那年轻人低头道："是。"

他礼貌地向众人一点头后，退了出去，正好从林蔻蔻身边经过。

擦肩而过的瞬间，林蔻蔻瞟了一眼，一下就瞥见了他胸前挂着的工牌——创意部副总监向一默。竟然是个总监？林蔻蔻有些诧异，再看向彭志飞时，不由得微不可察地蹙了一下眉。

秦学明业务已经很熟练了，是真拿出了采访的架势，毕竟这人要真有东西，的确是可以回去写进专栏的。采访一开始，他就进入了状态。林蔻蔻则一如先前所沟通的，在旁边打配合，时不时插一句进来，问点自己想问的。

彭志飞一看他们乌泱泱一帮人，还以为自己很受重视，聊得也很舒坦，哪里能想到这里面还藏着好几个猎头呢？他是知无不言，言无不尽。整间办公室里，气氛十分愉悦。

采访持续了一个多小时，林蔻蔻当面还是笑呵呵的，等采访一结束，从楼上下来，整个人脸色便迅速拉了下来，甚至给人一种冷峻之感。秦学明大概能猜到为什么。

袁增喜却很惶然："怎么就下来了？不趁机跟对方认识一下，推销一下我们的职位机会吗？"

林蔻蔻心情极差，不想说话。

裴恕看她一眼，淡淡替她道明了原委："因为彭志飞根本不是我们要的人。"

袁增喜震惊："什么？"

林蔻蔻于是抬头看了裴恕一眼，道："没错。"

姓彭的不是他们要的人。

刚才坐下来不久后，她就以先前彭志飞做过的 5A 景区文创产品为例，询问对方。对方倒是夸夸其谈，但讲的东西都很概括，一旦涉及具体的细节问题，都模糊地一语带过。

尤其是林蔻蔻问了一句："5A 景区做文创，那时候还没这么流行，你们在宣发时遇到最大的难题是什么呢？"

那彭志飞竟然愣了一下，反问："有什么难题？"

紧接着似乎自己也觉得不对，笑着道："无非就是广告法限制太多，你知道，毕竟和景区相关嘛，现在大多数景区都是公家经营，关系很难平衡。"

"我问的是业务，他跟我谈关系。这个人的第一反应就已经不对了，后面补救简直是欲盖弥彰。而且他如果平时不是爱研究关系的，怎么会张口就说这个？正常搞业务的，开口就回答的绝不是这一点。"

林蔻蔻只恨现在没根烟，不然还能抽两口平复下情绪。

"沽名钓誉的草包！"

秦学明补充道："而且就算姓彭的是总经理，可做这个案例的时候他似乎还没升职。但凡他亲自把控过，就不可能不知道执行层面的问题，不至于回避提问的细节，说的所有话都假大空。"

袁增喜大开眼界："真正把控项目的另有其人？"

林蔻蔻道："一定有。彭志飞就是挂了个名，把功劳据为己有。他没有真材实料，就算给姜上白那边推了，也过不了冯清的面试。"

说着话，他们已经乘电梯下到大堂。

袁增喜不太甘心，反省了起来："都怪我们调研的时候没筛好，竟然让这种漏网之鱼混进来。等回去后，一定重新好好搞一遍……"

林蔻蔻道："回去，谁说我们要回去？"

袁增喜一愣："啊？"

林蔻蔻直接在大堂的沙发上坐下来，拿出手机，头也不抬地道："贼不走空没听说过吗？彭志飞不是实际主控项目的人，可他既然挂了名，就代表真正做事的人在他手底下，在这个公司！我们只要把这个人找出来，挖他就行。"

袁增喜："！！！"

对啊，不是彭志飞做的，那也总得有人做啊。林蔻蔻看中的是做这个案例的人，只要找出来就行了。一语惊醒梦中人。袁增喜这下才反应过来，赶紧帮林蔻蔻一块儿查彭志飞的直系下属。唯有裴恕，站在旁边不动，只是看着他们忙碌。

　　总经理下面就是总监一级。可没想到，彭志飞下面的总监竟然有六个。四男两女，三个离职的，三个在职的。

　　袁增喜不由得傻眼："这……哪个才是我们要找的？"

　　林蔻蔻也皱了眉。

　　看着这几个名字，她沉思了半晌，忽然伸手向其中一个名字点去。没想到，在旁边看了半天的裴恕，竟然与她同时伸手，而且点向了同一个方向，跟她的手指碰了个正着。

　　四目相对，她惊讶，他沉静。

　　林蔻蔻凝视他："你也这么觉得？"

　　林蔻蔻的指尖带着些微的凉意，裴恕眉头微不可察地一蹙，下意识地收回了手指，道："他最有可能。"

　　袁增喜和秦学明先是惊讶于两人默契的答案，紧接着看到他们所指的名字，便齐齐一愣——向一默?!

　　袁增喜惊诧："其他人都是总监，就他一个是副总监，怎么会是他？"

　　林蔻蔻道："排除法。"

　　袁增喜先前也考虑过排除："六个人，三个离职的里面，有两个只在职一年，项目时间也对不上，可以排除。另一个离职后低跳去了一家小公司，职位还降了，大概率能力不够，也可以排除。可还有三个在职的，怎么排除？"

　　林蔻蔻道："你看这个姓王的，四十五岁，在这家公司九年，去年才升总监，多半凭的是资历。要真有本事，早几年就上去了，还用等到彭志飞来？"

　　袁增喜一想："有道理。"

　　只不过……他盯着剩下那两个人，还是疑惑："那这个姓彭的呢？"

　　林蔻蔻嘴角一抽："这还用排除？"

　　袁增喜不懂："不用？"

　　林蔻蔻道："他姓什么？"

　　袁增喜道："姓彭啊。"

　　林蔻蔻便道："你再看看他长相？"

　　袁增喜意识到了什么，连忙仔细去看这位"彭总监"的长相，于是想起了刚才在办公室见的彭志飞的长相，慢慢就露出了一种便秘般难受的表情。

林蔻蔻慢悠悠道："现在明白了？"

袁增喜无语了，骂道："关系户啊！这个彭志飞，也太不要脸了吧？"

这方法简单明了，一听就懂。

秦学明在一旁也点了点头，只是他的注意力更多地分给了裴恕，竟问："裴顾问呢，也是用这个方法吗？"

裴恕道："简单倒推一下也能知道的。"

林蔻蔻感兴趣："信息这么少，你怎么倒推？"

裴恕道："信息已经不少了。彭志飞在职三年，业内至今也没有关于他的太多负面传闻，证明项目实控人没有背后捅过他刀子。他手下总监虽然有六个，但如果是我做这种事，绝对不会找很多人，多一个人就多一分败露的风险。所以我们要找的人，应该只有一个，而且位置不会太高，脾气要够好，能忍，忠心，才方便拿捏。"

这其实是把自己代入彭志飞在考虑问题，难度更高。

林蔻蔻听后，提出质疑："可你一不认识向一默，二没看过他简历，怎么就能知道他脾气好，能忍，还够忠心呢？"

裴恕反问："你不也知道吗？"

秦学明愣了一下："也？"

林蔻蔻回视裴恕，慢慢道："裴顾问的观察力，可真敏锐。"

袁增喜听得云里雾里，只觉得他们在打哑谜，绞尽脑汁一通回想，突然叫了一声："啊，我知道了，是刚才彭志飞办公室里那个年轻人！"

林蔻蔻抬眉一笑："你竟然也看到了？"

袁增喜心道："什么叫竟然？我虽然不太聪明，可这种细节还是关注得到的好吗！"

刚才办公室里那名青年，就叫向一默。彭志飞对他的态度一点也不好。袁增喜这种混社会的老油条，早年工作时不知吃过多少苦，这种动辄对人呼来喝去的老板他遇到过不止一回，所以刚刚在办公室里，他几乎立刻就同情了向一默的处境，自然而然就看了对方的名字。只是他记性不太好，直到现在才想起来。

"外人面前都不给他留一点面子，"袁增喜忍不住嘀咕，"好歹是个总监啊，也太过分了一点。"

裴恕说得一点也没有错——这都能忍，向一默的脾气不可能不好。

只不过林蔻蔻说裴恕"敏锐",指的可不仅仅是他注意到了这一点,而是因为裴恕连她注意到向一默都注意到了,不然刚才不可能反问她。谨慎周密,随时在观察全局。这个人,厉害。

林蔻蔻一念闪过,很快便将注意力转了回来,思考道:"就算正推反推都是向一默,可他这么隐忍,就算我们找到他,他也未必会承认。我们毕竟是推测,也没什么证据和理由……"

秦学明忽然道:"我刚刚翻到个东西。"

林蔻蔻看向他。

秦学明举起手机:"这个。你以前不是说,现代社会,有才华的人都是炒老板鱿鱼吗?有本事在哪儿都能吃饭,可这人逆来顺受,心甘情愿替人做嫁衣,背后必定有更深的原因。要么被人拿了把柄,要么就是报恩,甚至报仇。嗯,所以我就搜了一下……"

手机上面,赫然是一份学校官网上公布的贫困学生资助名单。

林蔻蔻看完,一语不发,顺手把手机递给了裴恕。裴恕接过来一看,也皱了眉,陷入沉默。

是八年前的一份名单——

社会资助人:彭志飞。

贫困学生:向一默。

向一默读书的时候,竟然接受过彭志飞的捐助……

秦学明道:"如果是报恩的话,就合情合理了。但这样的话,这个人应该更不好挖了吧?"

林蔻蔻也没想到会这么棘手,只不过……

她眼神微微一闪,回忆起了先前在办公室里擦肩而过时,对方那悄然紧握的手指,慢慢道:"这可未必。不试试怎么知道?"

秦学明顿时惊讶。

林蔻蔻也不解释,直接走到一旁拿起手机,竟是直接打了冯清的电话:"冯总,候选人谈妥,我简历给您的话,您什么时候能安排面试?"

冯清惊讶:"你人找到了?"

林蔻蔻道:"还没。"

冯清那边沉默良久:"人没找到,你就要先约我时间?"

林蔻蔻道:"不行吗?"

她太理直气壮,以至于冯清都不知道该反驳什么了!这个猎头是有病吗?

电话那头，传来沉重的呼吸声。

林蔻蔻听见，抢在对方发飙前道："目前物色的这位候选人很抢手，我们来的时候撞见了别的猎头，您那边如果不能尽快安排面试时间，很有可能错失良机。给个确切的时间吧，我也好跟候选人谈。"

电话那头的呼吸声顿时停了。

过了好半晌，冯清咬牙切齿的声音才从听筒里传出来："你要这周能把人简历给我，我下周一就能安排面试，上午十点！"

林蔻蔻这才满意，回了一句"行"，便潇洒地挂断了电话。

袁增喜全程旁听，表情已经呆滞。

秦学明道："怎么，第一次看见这场面吗？"

袁增喜深觉自己心脏负担太大，道："我要像她这样跟客户爸爸讲话，早被打死三百回了吧？"

提前跟客户约面试时间，是林蔻蔻的习惯。毕竟抢手的候选人多的是公司等着挖，你不早点面试，别家就抢走了，哪儿有工夫等你拖个十天半月？候选人的时间也是金钱。

打完这通电话，她便算做完了去见向一默的全部准备工作，道："我上去找人。"

裴恕问："上去找人？"

林蔻蔻回头看他。

裴恕下意识地皱眉："这么明目张胆，去候选人公司谈跳槽的事？"

林蔻蔻理直气壮："我现在是记者，东西掉了回去找一趟，有什么问题吗？"

已经接近下班时间，公司里不少人都走了。向一默的办公室小小的一间，也就能放下一张桌子、一把椅子和一台电脑，转个身都嫌挤。墙上的空间倒是充分利用起来，挂了不少白板，上头密密麻麻写满了字，还挂着各色的纸卡。

林蔻蔻借口有东西落下回来找，没有引起别人怀疑。随便问了个人，就找到了方向。她直接来到向一默办公室前面敲门。

向一默正站在一张白板前写着什么，下意识道："请进。"

林蔻蔻推门进来。

向一默回头看见她，反应了一下，很快想起来："您是刚才的……有事找彭总吗？他——"

林蔻蔻淡淡打断他："不，我找你。"

向一默顿时怔住。

林蔻蔻微微一笑："年轻人，考虑过跳槽吗？"

十分钟后，林蔻蔻带着向一默，一前一后从楼上下来了。裴恕都有些惊讶于这个速度。这么快就谈好了？然而仔细一看，走在前面的林蔻蔻，满面春风似的笑意；走在后面的向一默，却是脸色铁青，活像是被人挖了祖坟。袁增喜和秦学明都吓了一跳。林蔻蔻却一点解释的意思都没有，直接让袁增喜在附近找了家茶室，订了个包间，她要跟向一默单独面谈。

袁增喜没回过神来："不需要我们了吗？"

几个人在包间外等，秦学明十分文艺地承担了沏茶的工作，慢悠悠道："习惯就好，林蔻蔻这人无组织无纪律，习惯性独行侠。不过谈候选人是她的拿手绝活，只要她出马，没几个候选人能跑得了。"

袁增喜是这里面唯一一个对林蔻蔻不那么了解的人，他迟疑道："有这么厉害？"

"有，"裴恕想起了自己以前败在林蔻蔻手里的那几场，慢慢道，"比起行内大部分猎头，她有一个巨大的优势，一个别人学不来的优势。"

袁增喜小心翼翼："什么优势？"

裴恕道："立场。"

完全站在候选人那边考虑的立场。

虽然秦学明对林蔻蔻信心满满，可包间里的状况，看上去却似乎没有那么简单。

向一默跟林蔻蔻相对而坐。只不过他现在的脸色完全没比刚才好多少，两只眼睛隔着镜片仿佛都要喷出火来，看着林蔻蔻跟看仇人似的——他从没见过这么无耻的女人！

二十分钟前，听见她那一句"考虑过跳槽吗"的时候，向一默还没有意识到自己会遇到什么人。

他没明白，下意识回了一句："什么意思？"

林蔻蔻就向他表明身份："我不是记者，是猎头。"

向一默几乎瞬间就提高了警惕，立刻拒绝，下了逐客令。

他本以为，当猎头的要有最起码的自知之明，见了他这样的态度就知道挖他不可能了，应该掉头就走。可没想到，对方站那儿打量他半天，竟然一扯唇角笑起来，说："我只是想跟向先生另约个地方谈谈，也不占用您多少时间。

如果您不愿意的话，那我只好去你们公司前台坐着等。到时别人问我等谁，我就说我是来挖你的。"

向一默简直惊呆了。他不敢相信，世上竟有这种人！

她要在前台等，那全公司的人岂不也会很快知道？这件事传到彭志飞的耳朵里，也只是时间问题。他实在不想给自己惹麻烦。想来想去，虽然整个人差点就要被怒火烧掉，也只好强行忍耐下来，跟林蔻蔻坐到了这里谈。但此时此刻，他对眼前这名自称是猎头的女人，印象已经坏到了极点，以至于脾气再好，也难以给出半分好脸色。

然而林蔻蔻半点也不在乎。她坐在他对面，满身惬意，甚至慢条斯理地沏了一壶茶，给他倒上一杯，笑笑道："别这么紧张嘛。我刚才那也是为了跟向先生您有个坐下来详谈的机会，才用了点权宜之计，没有什么恶意。"

"你管那叫没有恶意？"向一默脊背僵直坐在桌前，搭在桌沿上的手已经紧握成拳，显然在忍耐，"我已经告诉过你，不看机会，不想跳槽，你还想跟我谈什么？"

"跟我谈之前不看机会，不想跳槽，谈之后就未必了呀。"林蔻蔻眯眼笑得像只狐狸，"我刚才跟彭志飞聊过，他这个人夸夸其谈，脾气还不太好。你既然答应我到这里坐下来，就证明你很忌惮猎头来找你这件事被他知道。彭志飞这个人，疑心病也重是吗？"

向一默道："你想说什么？"

林蔻蔻呷了一口茶："我只是很疑惑，像向先生这样有才华的能人，怎么会愿意在他手底下工作？"

当听到"才华"两个字时，向一默瞳孔缩了一下。

他将自己藏在厚厚的镜片后面打量林蔻蔻，警惕明显又深了一层："彭总对我很好，我入行以来都是他手把手带我、教我，可以说是我的恩人，也是我的老师。我不明白你为什么这么评价他，也不知道你到底是误解了什么，认为我有才华，但我为彭总工作，是心甘情愿，没有什么不愿意。"

恩人，老师……听见这两个字眼，林蔻蔻竟恍惚了一下，突然想：几年前的她，是不是也像现在坐在面前的向一默一样天真？当时她真当施定青是自己的老师。

林蔻蔻饶有兴味地望着他，只道："彭志飞的项目，不都是你在做吗？"

向一默像块石头："我只是按照彭总的想法去执行。"

林蔻蔻叹了口气："你一直都这么洗脑自己吗？"

向一默皱眉。

林蔻蔻的眼神里多了几分毫不掩饰的怜悯："就因为彭志飞在你高中求学的时候资助过你？"

"砰"的一声，向一默霍然起身，碰倒了面前的茶盏，也撞到了身后的椅子。他眼角微微抽搐地看着林蔻蔻，镜片后面的那双眼里，充满了猝不及防被人冒犯后的愤怒。

他咬着牙，过了好一会儿，才道："当猎头的，都像你一样不懂尊重吗？"

林蔻蔻笑得露出了八颗雪白的牙齿："当然不是。"

她伸手把那只倒下的茶盏扶起来，只道："有本事的猎头才这样。没本事还敢这么嚣张的，坟头草都两米高了。"

林蔻蔻脾气这么差，还能安然无恙活到现在，凭的就是本事大。或者说，正因为脾气差，还管不住自己，所以不得不把全部的智慧都用在提升本事上。久而久之，就成了其他同行恨之入骨的毒瘤。

她拿起旁边的茶布，把刚才洒的水擦干，心平气和地对向一默道："我其实无意冒犯向先生，相反，这是我足够尊重你的表现。因为我真的非常想挖你，而且只许成功，不许失败。"

向一默："……"

林蔻蔻重新替他倒了一盏茶。

向一默无言地站了许久，终于还是慢慢坐下了，只问："是他告诉你的吗？你怎么知道的？"

"他"指的应该是彭志飞。

这句话很有意思：先问是不是彭志飞，然后再问她怎么知道的。人说话的顺序，往往会反映潜意识里的一些东西。虽然很多人会把重点放在后面，但有时候先说出口的话会暴露他们最关注的是什么。向一默很能忍，但也不是毫无破绽。

林蔻蔻难得君子，没有落井下石顺势抹黑彭志飞，只是道："放心，不是他采访的时候提的。只不过人有钱之后，不少都会去搞搞慈善，买个名，彰显一下自己的德行。既然是买名，没人知道又怎么能算'名'呢？我有个老搭档，在网上查到了学校给资助人的感谢函，还有受助学生名单，甚至还有几篇新闻稿。"

向一默握着那只茶盏，低头没说话。

林蔻蔻问："你那会儿高三吧，他资助了你几年？"

向一默道："五年。从高三到我大学毕业。"

林蔻蔻道："你家里人呢？"

向一默道："单亲。脑梗，下班路上出了事，送医院两天，没救回来。"

林蔻蔻静默片刻："抱歉。"

向一默慢慢喝了一口茶，让茶水带着温度浸入肺腑，只道："不管别人觉得彭志飞是不是个烂人，可对我来说，没有他就没有现在的我。我爸告诉我，做人应当记恩。我今年才二十四，已经是一个公司的副总监，位置很不低了，彭总对我也足够好。所以跳槽我是不会考虑的。"

林蔻蔻笑了："我以前也这么天真，认为别人对我很好。"

向一默看向她。

林蔻蔻脸上似乎挂了点没所谓的笑意，航向的过往从脑海里尽数掠过，说出来的话，便自然跟刀尖似的戳心："有时候你以为你跟对方志同道合，其实别人只把你当工具；你以为你知恩图报，其实别人看你是个傻子。就算是曾经志同道合的人，后来也可能会变，何况原本就居心不良的？工作只该关乎利益，一旦谁要跟你讲感情，那不是耍流氓吗？"

向一默："……"

林蔻蔻从回忆里抽离，笑得凉薄："彭志飞什么本事也没有的亲戚，都能当上总监；而你做出了足以惊动行业的案例，却只是个副总监，一天工作到晚，看彭志飞去各种颁奖典礼、行业论坛上风光不说，还要忍受他的草包亲戚压在你头上……你知不知道你这个级别的人才，出去能拿到什么待遇？"

"我不知道，也不想知道。"

她的话，带有不小的煽动性，不是在让人理性地思考自己的处境，而是试图调动他不理性的情绪。向一默能清醒地意识到这一点。

"这个世界本来就是这样，强者掌握资源和规则，弱者要想生存只能服从。在学校里，是学生帮导师研究课题，拿到署名就千恩万谢；到了社会上，是下属给上级打工，先表忠心，才能有所得。别人能忍，我就能忍。"

林蔻蔻望着他，竟觉得有些可悲，只问他："你觉得公平吗？"

向一默似乎是想说服她，也或许是说服自己："无论如何，我不会跳槽。这件事对我来说是孤注一掷，成了，新的公司新的老板未必比现在好；不成，事情传出去我连现在的工作都会丢掉……"

林蔻蔻打断他，仍旧问："你觉得公平吗？"

向一默："……"

她平静而深邃的目光，像是碎裂的玻璃尖，直直地透过他的镜片，望进他瞳孔深处，仿佛要刺穿他的心脏。向一默说不出话来。

茶室里，突然安静极了。

林蔻蔻看他半晌，露出了个嘲讽的笑容，只从旁边撕了一页便笺纸，写下自己的电话，头也不抬地道："姜上白酒业，营销总监的职位，年薪三百万起跳，起码比你现在的薪酬高三倍；老板冯清，虽然是个笑面虎，但脾气不错，求贤若渴，连我向他狮子大开口都能忍，只欣赏有真才实学的人才，不收留沽名钓誉的废物。"

便笺纸被她推至中间。

向一默抬头望她。

林蔻蔻冲他一笑："只有没本事的打工人才被老板挑剔，有本事的打工人都是反过来挑剔老板的。高端人才的市场，永远供不应求。如果向先生意识到自己的价值，又有了兴趣的话，明天下午五点之前给我电话。"

向一默看向便笺纸上那串数字，没有说话。

林蔻蔻起身就走。只是刚走到门口，拉开门时，她好像想起来什么似的，"哦"了一声，竟是恶劣一笑，回过头补了一句："差点忘了，你现在的老板彭志飞，也在接触这个机会。如果害怕跟他正面竞争的话，拒绝我也不丢人哦。"

第十一章
职业道德

林蔻蔻出来，几个人离开了茶室。

回去的路上，裴恕问："有把握？"

林蔻蔻说："不够。现在还不够……"

她看着车窗外飞逝的街景，若有所思。

裴恕感觉到了什么："你还想做什么？"

林蔻蔻便抬起头来，向他望了一眼，竟然笑了一笑："得加点码。"

光靠之前跟向一默的那番对话，她还不敢说有百分百的把握。毕竟向一默现在的处境还不够糟糕。就像是"温水煮青蛙"，水温没到沸点，青蛙永远不会跳出来。

林蔻蔻问袁增喜："袁顾问，还记得彭志飞电话吗？"

自打那回在姜上白遇到周飞之后，林蔻蔻便都叫他"袁顾问"，而非以往的直呼其名了。

袁增喜抬头："不记得，但我存了。"

林蔻蔻便道："那你等会儿给彭志飞打个电话，跟他要一下向一默的联系方式。"

袁增喜一愣："向一默的联系方式，我们不是有吗？"

裴恕听完，眉头却是瞬间一拧，问她："你知道你在说什么吗？"

林蔻蔻耷着眼帘，波澜不惊："我当然知道。但候选人要跳槽，一定不是因为猎头的话术打动了他，而是因为他自己想跳槽，或者不得不跳槽。只不过在一个地方待久了的人，会比较害怕改变，想做出决定，不会那么容易。有时

117

候，得有人推他一把。"

她最后一句话极轻，像是天上飘的云。袁增喜听不懂，但莫名感觉出了一种心惊。

裴恕看着她，陷入静默。

林蔻蔻却只一笑，交代袁增喜："打电话吧。要是彭志飞问你，要向一默的联系方式做什么，你就说，你有个猎头朋友，想要挖向一默，托你要个电话。"

如果说先前还听不懂，那此时此刻，林蔻蔻已经把话说得这么明白，他要还不懂就是傻子了！这就是她说的"推一把"吗？

袁增喜竟觉得害怕："候选人还没跳槽，就故意让他的上司知道，那他的处境……"

林蔻蔻只道："我只是给候选人的上司打个电话，让他知道外面有人挖他手下罢了。遇到好的上司，立刻就能意识到自己的手下多有价值，说不准还会给向一默提待遇，我这算帮他；如果彭志飞为此生了猜忌，刁难他、迁怒他，那不正好证明姓彭的不行？他自己选的老板，早些认清是好事。"

袁增喜想了想："好像也是……"

然而裴恕的脑子却很清醒，冷静地指出了她的逻辑谬误："可你明明知道，彭志飞不是什么好人，他不可能意识到他的价值，你这样只会为向一默带来麻烦。"

林蔻蔻斜睨他："那又怎样？"

裴恕道："我以为，你是有职业道德的。"

林蔻蔻静了片刻："这玩意儿我从入行开始，就没学过。"

从入行开始，就没学过……裴恕自认为已经是行内挺不守规矩的猎头了，毕竟除了钱什么都不认，有时候也会采用一些过界的手法。可他还是头回听见有人说自己连职业道德是什么都没学过。

不愧是林蔻蔻……某一桩往事，忽然从脑海里掠过。深灰色的眸底，闪过一缕阴霾，他感觉有些复杂，却开玩笑似的道："我现在开始怀疑，以往你从我手里赢的每一次，都用了这种下三烂手段。"

林蔻蔻笑了："你对付我时用的手段，就很干净？"

裴恕竟无法反驳。

是啊，现在的自己，除了钱什么也不认，又能干净到哪里去？无声半响，终是笑了出来。他竟道："那我俩是烂锅配烂盖，烂到一块儿。一丘之貉，谁也别说谁了。"

"这倒是。"林蔻蔻下意识赞同了，只是话说完才反应过来，"谁跟你烂锅烂盖烂一块儿？我可是猎协颁过奖的金飞贼猎头，和你这种只认钱没有半点社会责任感的毒瘤不一样。"

两人有一搭没一搭地闲聊着。

袁增喜给彭志飞打了电话。没两句话，彭志飞就生了气，冷哼一声，阴阳怪气挂了电话。袁增喜不知所措。林蔻蔻却笑起来，说："静观其变。"

现在能做的事都做得差不多了，林蔻蔻回到歧路，进了自己的办公室，想想也没什么好忙的，难得闲下来，终于有空看看自己的手机。这一看，却不由得愣住。微信消息列表最顶上，便是那熟悉的头像。

贺闯：什么意思？

贺闯：当我是傻子吗？

贺闯：林蔻蔻，有话当面跟我讲。

想也知道，应该是赵舍得帮她把那句话转达到了。贺闯脾气跟她早年有点像，不炸才怪了。林蔻蔻忽然有点心烦意乱。

她攥住腕上那串奇楠香珠子，心却没能静下来，拧眉想想，便拉开了抽屉。上回袁增喜替她买的烟还没抽完，剩下大半包，正躺在里面。她拿了烟，顺着走廊出去。

裴恕今天也没什么别的事，正在自己的办公室里翻着那些还没人做的单，不经意间抬眸，就看见了她的身影。那手上拿的是……他突然皱了一下眉，在自己位置上坐了一会儿，想想还是起身走了出去。

走廊尽头，是一扇窗户。此时被人打开了，有风吹进来。林蔻蔻就面朝着窗户，背对走廊而立，外面的天光将她身影包围，裴恕从后面走来，只能看见一片逆光的剪影。

她一手似乎拿着什么东西抖了一下，紧接着就抬起了那只戴着佛珠的右手，"啪嗒"一声响，是打火机的声音。裴恕走过去，发现她真的在抽烟。

这会儿已经是夕阳西下，原本蓝色的天幕仿佛被橙色的水粉抹过。黄浦江带着满江艳色，在平坦的地面上绕了个弯，浩荡而去。鳞次栉比的建筑都沐浴在暖色的余晖之中。

林蔻蔻朝远处眺望，微凉的风吹拂着她的头发，瓷白的面庞仿佛被镀了一层光，千形万象都装入她瞳孔，却在袅袅的烟气里模糊。她手指纤长，指甲圆润。细细的女士香烟松松夹在粉白的唇瓣间，便有一种漫不经心的颓靡。

裴恕站到她左边："我以前没听说，你会抽烟。"

林蔻蔻这才发现他来了，夹着烟的手指在半空中停滞了片刻，才放下来，笑笑道："现在你知道了。公司没有禁止吸烟的规定吧？"

裴恕道："还没有。"

林蔻蔻便道："那就好。"

裴恕看了一眼她搁在窗沿上的烟盒，问："你一直抽这个烟吗？"

这人难道还对烟感兴趣？

林蔻蔻垂眸看了一眼，也没在意，随口道："是。"

裴恕便深深望了她一眼。

林蔻蔻道："有问题？"

裴恕淡淡道："据我所知，这款女士香烟是去年六月才上市的，你如果一直抽它，那是最近一年才开始抽烟的。"

林蔻蔻："……"

裴恕收回了目光，也看向远处："猎头在猎头面前没有秘密，不是吗？"

某种意义上来说，的确如此。

林蔻蔻又抽了一口，向他挑眉："我再说一遍，你这个人真的很讨厌。"

裴恕只道："我还能更讨厌。"

林蔻蔻此时还不知道这话意味着什么。直到第二天早上，她来到公司，看见墙上那贴着的鲜红的禁烟标志。裴恕端着咖啡，从她面前走过，微微一笑："现在有了。"

林蔻蔻："……"

这人真的更讨厌了。

她深吸一口气，干脆眼不见心不烦，快步走了过去，一面走一面问袁增喜："向一默那边有消息了吗？"

"甲方要对标的是星巴克，再过几个月就要去美国上市，这个项目是我们目前的重中之重。"彭志飞把面前装水的马克杯重重放在桌上，已是大发雷霆，转头便喊，"向一默——"

会议室里，创意部的一众策划都在，个个把头埋低，没有一个敢说话。向一默就坐在左侧第二个位置上。但彭志飞叫他，他竟好像没听见，目光直直地望着落地窗一角，上面残留着前几天下雨后留下的淡淡污迹。

彭志飞一看，面容阴沉，重新叫了一声："向一默！"

向一默仍旧没反应。

众策划都有些惊讶，向总监竟然会走神。还好旁边有个小姑娘，眼看着彭志飞似乎就要发飙，壮着胆子，悄悄戳了他一下，向一默这才回神。

他看向彭志飞，连忙道歉："不好意思，彭总，昨天赶方案睡得有点晚，刚刚走了一下神……"

"走了一下神？"彭志飞盯着他好半晌，脸色铁青，神情几经变幻，最后竟然笑了起来，带着点让人极不舒服的阴恻恻的感觉，"我看你不仅是走了一下神，恐怕是想连人一起走吧！"

向一默愣住。他虽然沉默寡言，心思却极其敏感。听见彭志飞这话的第一时间，就隐隐觉得他是意有所指，好像是听见了什么风声一样。

他开口想要解释，然而彭志飞已经转过头去，直接道："看来是我给向总监安排的工作太多了，赶方案还要熬夜。既然你忙不过来，那这一次小罐咖啡的宣传推广项目，就转给彭立接手吧。下周跟甲方那边的洽谈，你也不用去了！"

向一默顿时愕然，就连下面坐的小策划们都震惊了——小罐咖啡的项目，一开始就是向一默争取来的。原本甲方要找的是业内某家知名的大广告公司，巴别塔根本不够格，全靠向一默有想法，磨破嘴皮子，做了好几套方案，才凭借创意打动了甲方，把项目拿了过来。当时彭志飞非常高兴。他让向一默全权负责这个项目，以示嘉奖。两个月来，向一默为此起早贪黑，付出了不知多少。可现在全套方案刚出来，下周就要去甲方那边交付，彭志飞竟然要他退出，换彭立来负责！这不等于辛辛苦苦种棵树，却让别人摘了果子？

向一默站了起来："彭总，你先前明明说——"

彭志飞打断他："那是先前了！"

他已经上了些年纪，人有些发福，沉沉的眼皮耷拉下来压着眼角，冷冷盯着人时，便显得格外阴鸷，只道："这次的项目很大，我也是考虑到你以前没有跟甲方交付洽谈的经验，而彭立做这个很拿手。你今天就把项目交接一下吧。"

一散会，创意部的策划们便交头接耳，看向向一默的目光都带了几分同情。唯有彭立，春风得意。他跟彭志飞长得像，不太好看，但穿了一身花衬衫套件白西装，打扮倒是很风流。此时他瞥了向一默一眼，冷哼一声，懒懒散散地道："一会儿你就来我办公室交接吧，我晚点还有事，别耽搁时间。"说完他人就走了。

向一默却坐在会议室里，久久没动一下。直到会议室里一个人也看不见了，他才慢慢起身，回到了自己那间小小的办公室。

窗户没关。风吹进来，墙上贴的那些写满了字的便笺纸，都在轻轻晃动；花了整整两个月写出来的方案就挂在白板上，用来标注重点的马克笔画出几笔鲜艳的红，这一时看着，竟格外刺眼。

向一默打开了电脑，导出项目相关的资料，把桌上策划案相关的文件也收拾出来。只是拿过几页纸时，一张夹在里面的便笺忽然掉了下来。那上面写着一串号码。

"你觉得公平吗？"

昨天林蔻蔻逼问他的那句话，再一次回荡在耳旁，仿佛一道魔咒。

已经是下午四点二十分。

有那么一瞬间，向一默就要被这句话引诱，拿起电话打过去。只是在按出那串号码的时候，理智终究回笼——林蔻蔻也就是说得好听罢了。

猎头想要挖人的时候，都是这样。把他们要营销的职位夸得天花乱坠，把新公司的老板说得绝无仅有。无非就是画了个光鲜亮丽的大饼，把人骗过去再说。他凭什么相信她？

按出的那串号码，被他一个一个慢慢地删掉。

敲门声响起。他叫了一声："进来。"

是创意部的策划张晴，她才进公司没半年，性情阳光开朗，长得也很好，在公司人缘不错。刚刚也是她在会议室里悄悄戳了向一默一下，提醒他。只是她进来，把一份文件放下，人却站在那儿没走。

向一默抬头："有什么事吗？"

张晴看着他，欲言又止。过了好半晌，几分愤怒与不平，终于还是露了出来，她问："向总监，真的要把这个项目交出去吗？"

向一默淡淡道："彭总已经交代过了。"

张晴不敢相信："可这是你做了两个月的方案，彭立一个字都没贡献过，他凭什么？凭他关系硬，凭他命好吗？"

凭什么？向一默也曾这样问过自己。可现在他已经习惯了，不问了，只道："这世上本来就没有公平可言，你回去吧。"

彭立是彭志飞的侄子。据说，前几年他陪着彭志飞去找大师算命，结果大师说他命格能旺彭志飞，彭志飞于是把彭立带进了这家公司，果然，没过多久就做出了成绩。上一任总经理离职后，彭志飞立马升了职。彭立的职位，当然跟着水涨船高。在公司里，谁也不敢得罪他。

张晴一想，只觉得心酸。因为彭志飞最开始承诺这个项目将由向一默全权负责，他做得格外认真，好多次他们这些策划都下班了，他还在公司熬夜，查资料，看报告。可如今彭志飞一句话，一切都打了水漂。再辛苦再付出，也只是为他人添砖加瓦，做了新嫁衣。

张晴进公司就是向一默带的，她心直口快，替他不值："可这已经不是第一次了吧？凭你的本事，为什么还要待在这破公司受他们的气？"

向一默反问："我能去哪儿？"

张晴道："你主控过这么多项目，上次那个烟草的营销策划也是你的点子，一说出去谁不知道？外面那么多广告公司，肯定抢着要你！"

向一默看着她道："谁能证明呢？"

张晴愣住。

向一默却慢慢笑了起来，语气清淡，仿佛已经不在意："那些项目，没有一个挂了我名字。就算写进简历里，谁会相信？又会信几分？如果我跳槽，新公司做背调，打电话来核实，几个人敢为我证明？作为我的上司，彭总和彭立又会怎么说？"

张晴终于沉默了，入行的时间虽然不长，可她也知道，没有资历，对跳槽来说有多致命。

市场营销这个领域尤其如此。相比起那些简历上写满了成功经验的资深前辈，谁愿意聘用一个过往履历苍白的年轻候选人？

向一默没有再说话，只是埋头把一应文件都收拾好，便从他这一间狭窄的办公室离开，去到彭立的办公室。

那间办公室就在彭志飞的旁边，坐北朝南，一面落地窗，宽阔明亮，几张真皮沙发下面，铺着厚厚的地毯。彭立那双来自意大利的头层牛皮制成的鞋，就随意地踩在上面。

向一默把文件都放下，又跟彭立大概讲了一下这个项目的情况。彭立不耐烦听。他剪了根雪茄点上，看都没看向一默，直接道："张晴不是全程跟你做的这个项目吗？她口才好，你叫她过来跟我讲。"

张晴被叫进来。

彭立看见她今天穿了件雪纺纱的衬衫，搭着一条破洞牛仔裤，脸白人高腰也细，眼前便不由得一亮，一下就笑了起来："来，坐。"

张晴皱了眉，有点不安。她下意识地看向向一默。

彭立顺着她目光一看，这才发现向一默竟然还没走，顿时觉得这人不识趣："现在项目由我接手了，你还戳在这儿干什么？"

向一默攥紧了手。这一刻，他胸膛里不是没有心火烧灼。只是他习惯了沉默，习惯了隐忍，最终还是耷下了眼帘，什么也没说，转身朝外面走去。

彭立的声音从背后传来。

向一默一走，他就转过身来对着张晴，跟变脸似的露出笑容："坐啊。"

张晴还看着向一默离开的背影，没反应过来。

彭立便有些不舒服，阴阳怪气地笑一声："你看他干什么？我叔早年资助过的一条狗罢了，随便赏两口吃的就不叫唤，他也就是跟对了人，靠舔着我叔，才坐到这个位置。"

已经走到门边的向一默，脚步骤然停住。背对着沙发那边，谁也看不见他的表情。只有那一只搭在门把上的手，一瞬间青筋突起，因为过于用力而骨节泛白。

彭立的注意力都在张晴身上，只意有所指地笑："所以啊，本事到底有多大不重要，重要的是选对老板、跟对人。我看今年新来的策划里，就你最聪明。长这么漂亮，谈过男朋友了吗？"

他竟伸手去拉张晴。

张晴吓得尖叫一声："你干什么？"

她一下就甩开了彭立的手。

彭立一愣，面色瞬间难看："碰你一下怎么了？"

然而他话音刚落，余光一闪，竟瞥见刚才已经走到门口的向一默，一转身折返回来。

彭立火了："向一默，你他妈听不懂人——"

"砰！"向一默面无表情，一拳头直接揍了上来。

彭立脑袋顿时"嗡"的一声。他脸上剧痛，脚底下一个趔趄，就摔在地上，整个人都傻了："你，你，向一默你他妈活腻了！"

张晴也惊得捂住了自己的嘴。

向一默只站在那里，俯视着彭立，脸上平静得可怕。

"怎么还没消息？"从早上等到下午，袁增喜从神经紧绷等到精神困倦，心里已经有点打鼓，"林顾问，我们会不会做得太过分，反而弄巧成拙了？这都

124

快五点了。"

三个人都在会议室等。裴恕拿着手机，在玩贪吃蛇游戏。林蔻蔻则是气定神闲坐在一旁喝茶："急什么？不在沉默中灭亡，就在沉默中爆发……"

话音刚落，桌上的手机就应声亮起，振动起来，一串陌生的号码出现在屏幕上。袁增喜整个人立刻清醒了。林蔻蔻却是十分愉悦地勾起唇角："这不就来了？"

她接起电话："考虑好了？"

果然是向一默："能面谈吗？"

林蔻蔻道："几点，什么地方？我来找你。"

向一默竟道："我来找你吧。"

林蔻蔻眼皮突地跳了一下，隐约意识到，向一默那边恐怕出了点什么事情。

她报了地址给向一默。十五分钟后，人到了。林蔻蔻让袁增喜端了一杯水进来，放他面前，只问："什么情况？"

向一默坐在她对面，直截了当道："我可能先需要一个律师。"

裴恕听见，总算暂停了他的贪吃蛇游戏，抬起头来看了一眼。

林蔻蔻惊诧："你干什么了？"

向一默道："在公司里揍了个垃圾，会有些麻烦，离职可能也需要走劳动仲裁。"

林蔻蔻："……"

朋友，你这不是爆发，是爆炸了吧！但没事，她是见过大场面的人。

林蔻蔻道："这简单，不严重就行，赔点钱了事。劳动仲裁这块我熟得很。但你，怎么会跟人动手？"

向一默看她："我怎么会跟人动手，林顾问难道不知道原因吗？"

林蔻蔻："……"

向一默也不是傻子，淡淡道："彭志飞好像知道我接触过了猎头，是你们故意告诉他的吧？"

裴恕唇边立刻浮出了一抹笑，仿佛看热闹不嫌事大。袁增喜一听见这话未免心虚，下意识地想开口。还好林蔻蔻手疾眼快，直接抓过旁边的文件夹，"啪"的一下就挡住了他那张嘴。

袁增喜瞪圆眼睛："嗯？"

向一默静静地看着。

林蔻蔻笑得跟个良民似的，声音柔缓，转过头来对他道："怎么会呢？专业的猎头，绝不做这种缺德事。向先生，请你相信，我们是有职业道德的。"

第十二章
连环打脸

裴恕静静地看着她睁眼说瞎话。

向一默心中复杂，看了她挡住袁增喜嘴巴的文件夹一眼，慢慢道："这样是不是太明显了一点？"

林蔻蔻顿觉乏味，把文件夹放下，只道："能帮到候选人的，才是职业道德。帮不到的，算什么玩意儿？"

向一默道："你不怕得罪候选人吗？"

林蔻蔻笑起来，露出了八颗雪白的牙齿："我们猎头，惯会看人下菜碟，对症抓药方。有些人不怕得罪。就像向先生你，如果真的介意我的做法，现在应该也不会坐在这里了吧？"

向一默顿时陷入沉默。

毫无疑问，林蔻蔻说对了。如果不是她推的这一把，他还不知要在原地停留多久，幻想着有朝一日自己能得到自己应得的。直到在彭立办公室那一场。忍无可忍，直接撕破脸之后，竟然不是他原本想象的恐惧和害怕，而是痛快——酣畅淋漓的痛快。也许人生一直有另一种可能，只是他从来不曾去尝试。

林蔻蔻问："跟他们撕破脸，什么感觉？"

向一默想了很久，说："爽。"

他甚至笑了起来，看起来有些普通的面容上，竟然也焕发出了一种难言的神采，就像是整张脸都被点亮了似的。袁增喜看见，一时都有点不敢相信——这还是他昨天见的向一默吗？

林蔻蔻听他这么说就放心了，直接在已经看傻了的袁增喜耳边打了个响指，使他回神，让他去外面把姜上白职位的相关资料都拿进来，放到向一默面前，让他翻看。

　　向一默看完，对薪酬福利待遇之类的都没有意见，只问："昨天你说，彭志飞也在接触这个职位。"

　　林蔻蔻顿时挑眉，没想到他第一句问这个。

　　眼底神光一闪，她略略一品，便饶有兴味地笑起来："准确地说，和你接触的不是一个职位。如果我没猜错的话，他那边是市场总监。但姜上白不是什么大集团，市场和营销这两个职位在职能上有重叠，他们没有那么高的预算同时聘两个大爷到公司里面掐架。所以，虽然是同时招聘两个职位，面试两边的候选人，但只会出一张 offer！所以，说他也在接触这个职位，不算错。"

　　两个职位，只出一张 offer……向一默明白了："因人设岗？"林蔻蔻道："不错。"

　　这种事，在业内不鲜见。有的公司原本可能没有某项业务，但外面有个优秀人才跳槽进来，自带资源、人脉和经验，就可以开拓出一片新领域。姜上白现在当然没有营销总监，但如果有个营销界的人才去了，那岗位自然说有就有。

　　林蔻蔻道："你在这方面有什么疑虑吗？"

　　向一默摇头："不，我只是想确认——彭志飞到底去不去。"

　　林蔻蔻突然嗅出了一丝不寻常的味道。一直没说话的裴恕也突地挑了一下眉，带着几分探究地看他。

　　向一默只淡淡道："能请林顾问帮我问一下吗？"

　　林蔻蔻问："问什么？"

　　向一默眼帘低垂，谁也看不清他神色，只轻声道："问问彭志飞哪一天面试。如果可以的话，我想跟他同一天，同一场。"

　　袁增喜："！！！"

　　跟彭志飞同一天，同一场！饶是林蔻蔻见多识广，这一瞬间也感觉一股战栗直接从背脊蹿上后脑勺，忍不住跟裴恕对望了一眼——没看出来，是个狠人哪。

　　航向楼下的咖啡馆，安静人少。彭志飞刚接到公司那边的电话，得知向一默竟然打了他侄子之后扬长而去，气得不轻。

顾向东看他接完电话脸色不好，不由得问："怎么了？"

彭志飞道："没什么，小事情。还是说姜上白吧。薪酬我满意，可 title 是不是低了一点？我原本一个总经理，去那边当个总监，跌份。"

顾向东微不可察地皱了一下眉头，心想薪酬都给够了，还想要 title，也不嫌自己脸大。只是他面上半点没露出来，当下还笑了一笑，道："姜上白的组织架构和巴别塔不太一样，公司规模其实也大上不少，市场总监这个位置在内部的级别跟您在巴别塔其实是差不多的，而且将来还有挺大的晋升空间。姜上白这种，属于实体经济行业，很好上市，他们目前也有融资计划。您这时候进去，还能分到原始股。这里面的利益，可比一个 title 大多了。"

以前林蔻蔻说过，一般人跳槽的原因，无非两种——要么钱没给够，要么心受委屈。但在高端人才的领域，其实还有另外一大原因：职业发展受限，未来前景不明。

比如彭志飞，固然是个总经理，乍一看 title 位置不低，但巴别塔也就是个中等规模的广告公司。他已经在这个位置上，基本就到这公司的天花板了，升无可升。想要再往上升，内部没有空间，便只能跳槽。这就是顾向东一个市场总监的职位敢来找彭志飞的原因所在。

林蔻蔻当年就是这么教的。只可惜，他无一不遵照她的方法来做，林蔻蔻却一点也不欣赏他。有一天还把他叫进办公室，单独教训他，让他不要只学表不学里。

什么叫"表"，什么叫"里"？顾向东自认已经学了十成，林蔻蔻无非是不想被他超过，才故意这么说，还专门扶持那个行事出格、不按规矩办事的贺闯来打压他！如今，他就要证明，他一点也不比她差！

但彭志飞仍有些不满："可我上回听你说，这家公司好像同时在招聘营销总监。按理说，这职位在我下面，该我入职后自己来招。他们这么搞，算怎么回事？"

一提这个，顾向东心里也有疑虑。他现在跟姜上白 HR 苏迎的关系不错，昨天打电话问什么时候能安排面试的时候，苏迎告诉他说，他们老板冯清周一上午的时间已经留给别人了，有个营销总监的面试。他便半真半假调侃，这职位怎么不给航向做，是哪家猎头公司抢走了？结果没想到，苏迎竟然说不知道，好像对方是直接联系的他们老板，她完全不清楚细节。

按一般公司的架构来讲，营销的职位在市场下面，得归市场管。招聘的话，也是先把高位的人找了，再慢慢根据高位的要求或者喜好，来匹配低位。

可姜上白同时招聘两个位置，而且苏迎作为 HR 总监，事先竟然也不知道，这绝不合常理。

顾向东怀疑这里面有什么猫腻，只不过想想也不关自己的事，该头疼也是彭志飞入职后去头疼，所以看似真诚实则敷衍地道："民企嘛，全看老板意思搞，没什么规矩。这就是先选着人，就等您入职之后去面试拍板要哪个呢，这样也节省时间，您一进去手底下就有人用。"

彭志飞听完，道："也是这个道理。"

顾向东听他口风松动，便加了把火："姜上白诚意肯定是有的，他们 HR 总监看过您的简历后，便跟我打了好几回电话，一直问您什么时候去面试呢。下周一下午，他们老板冯清的时间都专门帮您空出来了。"

彭志飞被这一通话捧得浑身舒坦，面子也挣够了，便答应下来："行，人家时间都空出来了，我不去也不好。那就周一下午，我去聊聊看。"

两个人这就敲定下来。因为怕彭志飞跟姜上白那边不熟，顾向东答应届时也会前去，先当个中间人，给他们引见一番。彭志飞这才满意地离开。

顾向东送走他后，却是轻蔑地冷笑一声："蠢货，也就配给这种破公司打工。"

林蔻蔻这边，跟向一默谈了一个多小时，主要是了解他过往操作过的项目情况，以及他对姜上白的想法，顺带还要了份他最新的简历。从能力上看，他肯定没问题。

下午六点，林蔻蔻送他离开。只是临走时，向一默忽然没头没脑地问了一句："冯清人品怎么样？"

林蔻蔻愣了一下，说："感觉还行。"

向一默没说什么，自己走了。

林蔻蔻回想了一下，却觉得很微妙。裴恕刚才在旁边也听见了。

她问："你觉得他什么意思？"

裴恕道："你觉得呢？"

林蔻蔻跟他对视了一眼，便知道他的想法和自己的一样。于是立刻回去给冯清打了电话，先沟通了改面试时间的事。

冯清自然气得够呛："我周一上午什么活动都推了，专门空出来给你，现在你跟我说要改时间?!"

林蔻蔻也不好意思："这是真的，意料之外的情况。候选人有事回老家，周一上午实在赶不回来。"

冯清道:"这种借口我听得多了,你怎么不说他摔骨折了周一上午不能出院呢?"

林蔻蔻想了想道:"您要是更愿意接受这个借口的话,那就这个吧。"

裴恕自问已经不是猎头这行的善茬儿了,可跟林蔻蔻相比,实在还是逊色许多。

冯清血压飙升:"行,他想改到哪天?"

林蔻蔻答非所问:"航向那边也在给您推人吧,面试时间定了吗?什么时候?"

冯清警惕:"你打听这干什么?"

林蔻蔻笑起来:"您别紧张,我只是想,候选人这边改时间,我们也不好意思。所以就想,要是航向那边推的人面试时间定了,我可以带候选人过去,就同一场一起面了得了,这样就不用您重新划时间出来。而且两个人一起,您也好对比不是?"

冯清那边考虑了一会儿,似乎有些意动:"也不是不可以……不过那边定的时间是下周一下午三点,你那边候选人赶得上吗?"

林蔻蔻道:"那正好!"

冯清便道:"那就这么定了。你没有事了吧?"没事赶紧挂电话。

然而,林蔻蔻咳嗽一声,给了他一个暴击:"其实还有一件。"

冯清:"……"

林蔻蔻道:"不过不算是事,就是有句话可能得先提醒您一下。"

冯清道:"什么话?"

林蔻蔻看了裴恕一眼,静默片刻,慢慢道:"周一的面试,可能不仅是您面试我的候选人,我的候选人也会面试您。"

冯清:"???"

当了这么多年老板,还是头回听见这句话。他险些怀疑自己听错了:"你认真的?"

林蔻蔻倒是波澜不惊,淡淡道:"只是一种猜测,但我觉得可能性不小。这个候选人真的很优秀,我希望您不要错过。"

冯清:"……"

林蔻蔻道:"如果您要觉得他不行,也没关系,提前跟我说一句,我也好为人家推别的公司。"

公然说要把人推给别的公司……这是什么极品猎头！冯清要疯了。如果换了别的职位，他这会儿早给对方一顿话骂得狗血淋头，把对方扔进黑名单。可姜上白偏偏在这个节骨眼上就是缺人，万一是个人才，放跑了能悔青肠子。所以他这一肚子火气，只能往下咽。

冯清咬牙道："那你把他简历发我，周一面试。"

林蔻蔻答应下来。

挂了电话，她让袁增喜给冯清邮箱发简历，然后问裴恕："面试时间定了周一，向一默要跟彭志飞一块儿，情况复杂，而且那边还有航向的人，我怕出什么状况，会去陪面。你要一块儿去吗？"

裴恕自然不会错过这种打航向的好机会，一口答应下来。

然而，谁也没想到，袁增喜那边发现了一个重大的问题："等一下，这简历上的年龄……"

林蔻蔻问："怎么了？"

袁增喜盯着屏幕上的出生年月，掐指一算，张大嘴巴望着林蔻蔻："他，他，他属马！"

林蔻蔻眼皮登时一跳，转过电脑来看了一眼，只觉得一颗心往下沉。光顾着看人合不合适，竟然忘记算了。

去姜上白的那天，裴恕不在，不知道这一点："属马怎么了？"

林蔻蔻表情凝重："冯清忌讳属马的。"

裴恕淡淡道："面试的时间已经约好，来不及再找了；候选人出生年月也不能随便改，简历作假，回头背调会有信用污点，过不了。"

袁增喜手脚冰凉："那，那怎么办？这年头的大老板，怎么这么迷信！"

迷信……林蔻蔻听见这句，忽然抬起头来。裴恕也灵光一闪。两人对望了一眼，接着看向了袁增喜。

袁增喜同时被他们两人的目光扫中，吓了一跳："我，我怎么了？"

林蔻蔻和善地笑起来："袁顾问，面试之前，我们有个任务想交给你。"

"袁增喜到底干吗去了？一天到晚不见人……"

歧路拢共就这么点人，孙克诚每个都认识，好几天没看见人，不免有些纳闷，中午请裴恕跟林蔻蔻到他办公室喝茶，便没忍住问了问。

"你们俩看上去倒是很闲……"

自从那天向一默来过之后，这两位大猎便好像放假了，要么半天不来，要么成天待在公司，好像也没什么事情。孙克诚看了，险些怀疑他们歧路是一家养老公司。比如此刻，那位姓裴的祖宗就懒懒散散地坐在对面的沙发里，把纸牌一张一张地往天上扔，看也不看他一眼。

林蔻蔻倒是坐有坐姿，与边上那人形成了鲜明的对比。她喝了口茶，笑着道："袁顾问去完成一个很重要的任务了，这单成不成，全看他任务完成得怎么样，所以我们都在等他消息呢。"

"成不成全看他？"孙克诚有些不敢相信自己听到了什么，"这都周一了，就要面试了啊，你们两个行内知名的大猎做 case，成不成居然要看一个小小的助理顾问？"

林蔻蔻也觉得事情发展到这一步，有种难以形容的、荒诞的喜感，只能叹了口气，很不幸地告诉孙克诚："就是这样。"

孙克诚："……"

裴恕一眼看见他表情，没忍住笑了起来，垂眸看了一眼时间，问林蔻蔻："还没消息吗？"

林蔻蔻道："还没。"

只是她话音刚落，放在桌上的手机就弹出了一条消息提醒，来自袁增喜："完成任务！"

她眉梢顿时一挑，笑了起来。

裴恕也看见了，双目精光一闪，将那一沓纸牌搁在桌上，站起身来："看来可以出发了。"

决定陪同面试的，不只歧路这边。顾向东原本是没有陪候选人面试的习惯的，毕竟他现在已经是航向的总监，自己的身价就不低，哪儿能轻易自降？只是这一单毕竟特殊，难度很高。他既然接了，就必须做成，好向别人证明自己的能力，一雪前耻。所以才下午一点半，他就已经到了姜上白酒业。

这种开在产业园里的民营酒业公司，装修基本向国企风格靠拢。冯清的办公室在五楼。还没到面试时间，但彭志飞也来了，两人都被苏迎亲自迎接上来，安排在五楼访客等待区的沙发上休息。

对着顾向东这位航向的猎头总监，苏迎显得非常客气，挂满了笑容，道："冯总那边还有几个电话会议，面试的时间是两点，烦请二位稍坐，我过去安排一下。"

顾向东笑道："当然，苏总监先去忙吧。"

于是苏迎道了一声"失陪"，先去冯清那边沟通安排。访客等待区这边，便只剩下顾向东和彭志飞两人。

彭志飞今天特意穿了一身崭新的西装，虽然体形已经有些发福，衬衣扣子已经有点扣不住肚子上凸起的肥肉，但面上挂着意气风发的笑容，自觉颇为体面，颇显身份。

他看了顾向东一眼，道："来面试的好像就我一个人，看来是十拿九稳了。"

顾向东笑道："姜上白跟我们签的是独家排他协议，没有别的猎头公司插手，我又只找了您一个人，自然不会有人跟您争。"

彭志飞于是大笑起来："好，以前我还以为你们航向的猎头不行。毕竟那个叫林什么的女人走了之后，都传说你们大不如前。可我现在发现，谣言不能信，你们完全没受影响嘛。"

顾向东没想到彭志飞竟听说过航向的事，面色微微一变。虽然彭志飞的话是在夸，可林蔻蔻是扎在他心中的一根刺，提起来便不舒服。只是当着候选人的面，他不能发作。

顾向东微微笑起来，掩去了自己的情绪，只道："的确都是谣言罢了，航向就是风头太劲，才招致这些诋毁。一个林蔻蔻罢了，离开能有多大影响？航向离开她，照样是航向。彭总您是外人，不知道也正常，我们已经给她留了不少体面了。"

彭志飞好奇："怎么说？"

顾向东道："当初她根本不是自己离开航向的，而是混不下去，被我们开除的。"

彭志飞顿时惊讶："开除？"

顾向东一想起旧日在林蔻蔻手底下受过的屈辱，心里便不禁生出几分刻毒来，只道："这个女人在圈子里早就臭名昭著，你没听说过吗？"

彭志飞听说过："HR 公敌吗？"

顾向东冷笑："那算什么？都是后来的事了。她最出名的，就是不择手段。听说当年为了挖一个候选人，把人家家庭都拆散了，让候选人离了婚，去了她推荐的公司工作。"

"还有这种事？"彭志飞有些吃惊了，道，"这我从来没听说过啊。你们是怎么知道的？"

"行外人当然没听说过，至于我们怎么知道——"顾向东声音里带了几分不屑，"彭总，你说人家候选人原本过得好好的，怎么她一去，人家就正好离婚了呢？"

　　猎头这行，桃色方面的八卦一向不少。毕竟需要用到猎头的职位都不低，接触的候选人自然也都算成功人士。有一些女性入行，不是为了当猎头，而是为了找个好对象。也有一些猎头，男女都有，为了挖到候选人，主动撩人，免费陪睡。

　　彭志飞也不是什么心术正的人，顿时就会了意，笑了起来："她的候选人，艳福不浅啊。"

　　顾向东这时候倒正派起来："这可不敢乱讲。但反正很多候选人都成了回头客，次次跳槽都找她，想必'服务'让人很——"

　　"躲在人后，信口雌黄，诋毁自己前上司。航向新任的猎头总监，就这点水平吗？"

　　顾向东话没说完，一道慵懒的声音，忽然从背后传来。沙发上两人顿时吃了一惊，回头看去。

　　顾向东瞬间变了脸色："你怎么会在这儿？"

　　来的不是别人，正是裴恕。他似乎是刚上来，此刻收住脚步，停在走廊尽头，颀长的身形在地上投下一道影子，又被后面的天光拉长。冷峻的面孔上挂着一抹凉笑，自带一种叫人心惊的讽刺。偏偏他一手插兜，姿态又十分闲散，仿佛完全没将旁人放在眼里。

　　顾向东完全没想过会在这里看到他，一时间什么念头都冒了出来，脸色铁青。裴恕却是似笑非笑地看着他："虽然不是一个水平，但大家都是猎头，你能在这儿，我就不能了吗？"

　　彭志飞觉得裴恕眼熟，好像在哪里见过，但一下又回忆不起来，皱紧眉头，不住思索。但顾向东心里，已经拉响了警报——先前苏迎曾对他提到，他们老板冯清忽然要招一个营销总监的职位，似乎找了别的猎头公司合作。当时他听了没在意，毕竟营销总监上面市场总监的位置还空着，要招人肯定会让新总监面试，估计也就是随便找个小公司留意着人选，还没真的要招人。可现在……

　　顾向东眼皮狂跳，只道："裴大顾问不是一向厌恶林蔻蔻吗，现在怎么反倒帮她说话？"

　　裴恕踱步走近，笑起来："我是不大看得惯她，但怎么说，她也是我的对手，还轮不到行内某些不入流的小角色来污蔑。"

　　不入流的小角色！顾向东咬牙，额头青筋都微微扭曲了起来："我竟不知，裴顾问跟她的关系居然好到这种地步。"

这话难免带了点阴阳怪气，再结合他之前对林蔻蔻的诋毁，难免让人多想。彭志飞多看了裴恕两眼。

裴恕面上那笑，便渐渐收敛起来了，深灰色的眸底一片漠然，只道："林蔻蔻当年是瞎了眼，才会提拔你。要换作是在我公司，你这样的废物，连三天都别想待下去。"

顾向东笑起来："成王败寇，她林蔻蔻识人不清也不是第一次了。反正如今，她是什么人，业内都知道——被航向赶走，灰溜溜卷铺盖走人，早成了业内笑柄！"

裴恕的眼神忽然变得微妙："你说这话，就不怕哪天传到她耳朵里？"

顾向东道："竞业期过去这么久了，她都还没回来，恐怕是没脸再当猎头了，我难道会怕一条丧家之犬？"

事实上，前几天他才打听过。毕竟林蔻蔻竞业期已过，要说顾向东不怕她卷土重来，那是假话。只是打听了一圈，什么消息都没有，他也就放下心来了。是以此刻，他才敢如此嚣张。

只是他万万没想到，话音才落地，不远处便传来一声笑。紧接着，便是"啪啪"几下鼓掌声。高跟鞋敲在地面上，一道熟悉得犹如噩梦的嗓音随之而起："精彩！要不是今天赶巧听见，我都不知道，这一年来心心念念盼着我回来的，竟然是顾组长啊。"

这声音……顾向东在听见的瞬间，头皮便猛地炸了起来。他霍然抬头，就看见林蔻蔻拿着手机，从走廊上过来，一张容光明艳的脸上点缀着一点似有似无的笑，清润的瞳孔里却含着一点叫人心惊的沉静，正注视着他，仿佛见了老熟人一般，亲切招呼。

她"啊"了一声："忘了，现在该尊称一声'顾总监'了吧？"

顾向东背后寒气直冒，看着她仿佛看着个怪物。过去几年的阴影，在这一刻尽数爬了上来，让他有种控制不住的战栗。明明他如今已经是副总监，可当林蔻蔻站到他面前时，他仿佛自动矮了一截，又成了当年那个听命于她的普通下属……

林蔻蔻走过来："裴顾问，我刚接到人上来，没发生什么冲突吧？"

裴恕回看她一眼，笑："这还不叫冲突？"

林蔻蔻想了想说："这种小场面，还算不上吧。"

顾向东此时才发现，他们两人竟是站在了一块儿，旁若无人地交谈，俨然是一副早已熟悉的模样。

怎么会……

但凡知道歧路跟航向是什么关系的人，都不会不清楚，这两人按理说应该是老死不相往来的仇人才是！可现在……一种强烈的、不祥的预感，终于后知后觉地冒了上来。顾向东感觉自己背脊都在往上蹿寒气。

旁边的彭志飞，看见裴恕时没想起来，待看见林蔻蔻时，记忆便瞬间清晰了，一下认出他们来："是你们?!"那天跟着《周末财经》来采访他的人。可他们不应该是记者吗？彭志飞心头一跳，也想到了什么，露出了不敢相信的表情。

林蔻蔻这时才有空搭理他，冲他露出了一个灿烂的笑容："彭总，好巧，又见面了。"

彭志飞心中警铃大作。

果然，林蔻蔻紧接着便仿佛想起什么，往旁边让了一步，对身后道："向先生，咱们运气好像不错，真遇到你上司了。"

此言一出，顾向东面色骤变，彭志飞的表情更是瞬间扭曲！先前所有人的注意力都被林蔻蔻和裴恕吸引，竟没人看到——她不是一个人上来的。在她身后，还站了一个人，此时她往旁边让开一步，那身影也就显露了出来。

向一默静立在林蔻蔻身侧，漠然地扫了彭志飞一眼，只淡淡地纠正："是前上司。"

第十三章
气定神闲

　　这一时的场面，简直难以形容。歧路与航向，原本就是宿仇，然而此刻林蔻蔻却跟裴恕站在一起，对面的则是她以前的下属顾向东；向一默原本是彭志飞的下属，此刻也站在了他对面。事到如今，还有什么不明白？

　　顾向东咬紧了牙关，死死盯着林蔻蔻："你竟然加入了歧路，大名鼎鼎的林顾问，居然也有投靠对手的一天……"

　　林蔻蔻悠然道："丧家之犬嘛，有人收留就不错了，哪儿能挑三拣四呢？是吧，裴顾问？"

　　裴恕看她一眼："你可别污蔑，孙克诚明明是求爷爷告奶奶才把你请进来的。"

　　这时候说得倒是好听了。

　　林蔻蔻笑起来，小声凑过去提醒了一句："当时不是说'我来你走，有你没我'吗？"

　　裴恕眼皮跳了一下，回头微微咬牙："现在一致对外呢，别翻旧账。"

　　两人旁若无人地讲悄悄话，哪有把其他人放在眼里？

　　在过去的一年里，顾向东曾无数次得意于自己当时站队程冀的明智，也无数次在脑海里想象林蔻蔻签署竞业协议被迫离开航向后，是怎样一种难堪的姿态。对手的落魄和潦倒，仅仅是幻想，便能带给人无限愉悦。可他万万没想到，林蔻蔻就这样回来了，这样毫无征兆地出现在他面前！

　　顾向东试图从她身上找到哪怕任何一点落魄困顿的痕迹，然而只是徒劳无功。他只觉得心头发冷。但极端的恐惧和愤怒过后，他反而恢复了镇定，目光一闪："看来，姜上白营销总监这个职位，竟然是你们在做。"

林蔻蔻今天穿了条及膝的黑裙，外头套了件白色的小西服，精致的眉梢挂着点懒懒的倦怠，只随意地坐在了另一边的沙发上，淡淡道："是啊，市场总监的位置被你们抢了，退而求其次，做个营销总监将就一下，也挺好的。"

顾向东一听，瞬间笑了起来，胸中那口积压的恶气，忽然为之一吐，甚至感觉到了万般畅快：营销总监！林蔻蔻就算回来又怎样，加入歧路又怎样？现在不也只能做个小小的营销总监的职位吗？还在他这单市场总监职位之下！终究是风水轮流转，今时不比往日了。

顾向东的身子立刻放松了下来，也人模人样地坐到了林蔻蔻对面，只道："那可巧了，市场总监的位置正好是我在做。林顾问你放心，看在往日你也算教过我的分儿上，我一定请彭总待会儿为你的候选人美言几句。"

彭志飞这时的面色却很难看。自打上周彭立被揍之后，他就再也没有看见过向一默，哪里想过，再见竟然是在这种场合？他整个人气质已然大变，看人时目光都冷冷的，浑无旧日的忍耐沉默，哪里还是当初那个逆来顺受的向一默？

不同于顾向东的放松，他一点笑也没有，只黑着一张脸重新落座。

姜上白 HR 苏迎这时才回来，一下看见多了三个人，不免诧异。她刚想问怎么回事，结果一抬头看见林蔻蔻和袁增喜，眉头顿时皱得死紧："竟然是你们？"

在前几天得知冯总那边自己联系了猎头做这个职位后，她一直都很好奇，究竟是哪家公司的猎头能得冯清如此青眼。可谁想到，今天出现的竟然是林蔻蔻——那个把她电话拉黑了的猎头。

林蔻蔻看见她，倒是笑呵呵地打了声招呼："又见面了。"

苏迎很难说清那一瞬间的感觉，甚至有种被人摆了一道的恼羞成怒："能从冯总那里拿到职位，连我都不知道，好本事。"

职场上最忌讳的就是"越级"。作为被越的那个"级"，苏迎能待见林蔻蔻才怪。

林蔻蔻听出对方的嘲讽来，却一点也不生气，只是轻飘飘地提醒："面试的时间快到了吧。"苏迎这才反应过来，勉强平复了情绪，简单说了一下面试相关的事宜。

今天冯清要面两个职位。显然，是职位高的在前，职位低的在后。

苏迎先对彭志飞道："冯总已经在里面等您了，您请跟我来。"

彭志飞理了理自己的衣袖起身，从向一默身边走过时，冷冷道："还当你攀上什么高枝了，结果就算跳槽，不也还在我手里？给我等着。"

向一默一笑，没什么反应。彭志飞一声哼，终于由苏迎带着，进了办公室。

一场面试，少的十几分钟，多的可能得等两小时，完全看候选人和面试官聊得怎么样。林蔻蔻早有准备，直接拿出了手机，玩起了消消乐小游戏杀时间。只是她没想到，才玩了没半局，竟看到刚才进了办公室的苏迎又出来了，于是眉梢顿时挑了一下，露出个讶异的神情。

苏迎自己却没感觉出什么异常，走回来见林蔻蔻正在看她，便端着姿态叫了她一声，淡淡道："林顾问，我知道你本事不小，但在人力资源这个领域混，最重要的就是为人处世的情商。虽然不知道以后还会不会有合作，但我希望越级联系我老板这种事情，不要再发生。不然，您也知道，有些候选人我没亲自把关过，不一定能信任。我们人事这个岗位，也不是摆设。"

哪个候选人入职之后不得有个试用期？甚至猎头还会跟客户公司签保证期，有的三个月，有的半年。候选人必须要在客户公司待够保证期，猎头才能从客户公司收到尾款。人事管的就是全公司的人，要想给谁绊子太简单了。苏迎这话，就是明晃晃的威胁——你敢越级，我就敢让你的人过不了保证期。

她以为林蔻蔻会忌惮，会害怕，甚至会向她认错。可万万没想到，林蔻蔻看了她一眼之后，便收回了目光，竟然继续打消消乐去了，而且还开了一点音效外放。那架势，简直是把苏迎当空气。

苏迎气急："姓林的——"

"你就是姜上白的 HR？"

刚才苏迎的话，裴恕都听在耳中。他本以为作为业内臭名昭著的 HR 公敌，林蔻蔻怎么也会还击两句，可谁想到她埋头就打游戏，全无斗志，这让裴恕心底生出些微不满来。此刻再看苏迎，自然是怎么看怎么不顺眼，所以没忍住带着轻嘲开了口："一个人事总监，老板面人的时候竟然不叫你，让你在外面等。我要是你，现在已经有点自知之明，坐在办公室里写辞呈了。"

"你……"面对嘲讽，苏迎第一时间冒出来的是愤怒，只是话尚未出口，对方所言从脑海里过了一圈，立时面色大变。

是了，按理说老板面试候选人，尤其是这种高位候选人，HR 都应该在旁边，随时记录情况，等面试结束后尽快跟猎头反馈候选人的面试情况，安排拒绝或者发 offer。然而刚才冯清没让她留下。再往前想，营销总监这个职位，冯清竟然也没让自己经手，直到现在面试，她才知道做这个职位的猎头是林蔻蔻……这只能证明一件事，那就是冯清已经不信任她这个 HR 了。苏迎站在原地，想到这里，不由得手脚冰凉。

林蔻蔻听见他二人的对话，不由得抬头看了裴恕一眼。

裴恕面容清冷，表情淡淡的，只道："被人踩到脸上来都不还击，你一个 HR 公敌什么时候这么好脾气了？"

林蔻蔻道："佛系一点不好吗？痛打落水狗可没什么乐趣。倒是裴顾问你，我这绰号，你当之无愧才对。"

猎头和 HR 的关系看似是甲乙方，可其实是双向的。因为 HR 不得不招人，但猎头可以选择不接单。某些 HR 自认是甲方，傲慢地端起架子，好像猎头和候选人也不能拿他们怎样。可时间一久，损伤的是企业的口碑，流失的是公司的人才，伤害的是老板的利益。这种 HR，在他那儿都得进裁员名单。

早在发现苏迎都不知道做营销总监这个职位的是歧路时，林蔻蔻就已经看出冯清大约是想辞退这个 HR 了，只不过没说。如今裴恕一语道破，苏迎估摸着是越想越害怕，什么斗志都没了，脸色惨白地坐在了一边。

潮湿的梅雨季，过午就下起雨来。外头淅淅沥沥的，里面则是林蔻蔻那消消乐游戏时不时出现的欢乐音效。

彭志飞面试，快三点还没出来。裴恕感觉有点不对劲，伸出手点了点林蔻蔻的肩膀，叫了她走到一旁："你跟彭志飞聊了十来分钟，就已经感觉出对方是个草包，冯清这样的人精，没道理跟对方聊这么久才是。"

林蔻蔻心底某个念头突然闪了一下："你的意思是……"

裴恕点了点头，道："叫向一默过来，我们交代两句吧。"

两人真把向一默叫来了。

林蔻蔻便低声道："一会儿你进去面试的时候，冯清如果要跟你谈薪酬，你就说你现在还没想清楚，需要回去考虑考虑，无论如何不要当面跟他谈。"

其实，猎头圈的行规就是如此。候选人直接跟 HR 或者老板谈薪酬是大忌，因为没有退后的余地。如果薪酬要得太高，老板或者 HR 会对候选人不满，还没入职就留下坏印象；如果老板或者 HR 压候选人的薪酬，那效果也没差多少，候选人对新公司的印象会很差。但如果中间有猎头斡旋，情况就会好不少。而且猎头是最不希望单子黄掉，但也不希望候选人薪酬太低，因为猎头的佣金跟候选人的薪酬挂钩，所以一定程度上，他们会竭力促成 offer 的达成。

只不过，林蔻蔻刻意提这茬儿，却不仅仅是这个原因。她跟向一默解释了几句。向一默听完，思索片刻，便道："我明白了。"

三个人说完，正好三点整。冯清办公室的门终于开了。彭志飞像是打赢了一场胜仗似的，意气风发地从里面走出来。旁边竟然还有冯清亲自相送，脸上挂满笑意，仿佛相谈甚欢。

顾向东一看，精神大振，心里得意。林蔻蔻却只是冷眼旁观，唇边挂着一抹耐人寻味的笑。

"没想到广告营销的学问也这么多，彭总一席话让人受益匪浅啊。"冯清竟是恭维着彭志飞一路走过来。只是刚到等候区这里时，他便突然想到什么一般问道："但广告的投放渠道，我好像还是没弄明白。像我们品牌如果想要打年轻化的市场，哪些渠道比较适合呢？"

彭志飞自认已经凭借刚才的高谈阔论征服了冯清，眼下又见众人都在，难免生出点卖弄的心思来，各种高大上的词张嘴就来："现在是碎片化的媒体时代，很多公司越打越多，品牌的声量却在被稀释。这都是因为没有做到精准投放，广告始终没产生破壁效应。年轻人嘛，无非就是追星、玩游戏、刷短视频。所以投放渠道，肯定以网络平台为主。这种以前我们做过，流量明星代言加游戏厂商联名，然后再找几个网红推广带货，一套组合拳下来效果惊人。何况这几方面的人我都认识一点，到时您都不用操心，我们绝对能花最少的钱，办最多的事。"

在彭志飞看来，冯清毕竟是个外行人，随便说点专业词汇就能唬住，所以最重要的是看准对方的需求。姜上白明显不是什么钱多的公司。所以，要展示自己的能力，炫耀自己的人脉，契合对方的需求，让对方知道，只要聘用自己，接下来一切不用愁。

冯清不禁赞叹："彭总厉害啊，这人脉也真够广泛。"

彭志飞假笑道："也没那么厉害，只不过是在这行混了几年，勉强认识点人，刚好派得上用场罢了。"

冯清道："您这就谦虚了。"

只是话说到这里，他目光一转，却是向等候区这边扫来，直接落到了向一默身上："这位就是今天来面试营销总监职位的向一默向先生吧？你怎么看呢？"

众人齐齐愣了一下。谁也没想到他竟然一转头就问向一默！

彭志飞面色一变，突然有种不好的预感。林蔻蔻却是笑了起来，半点也不惊讶——冯清毕竟老狐狸一个，哪儿有那么好糊弄？

很多时候，真正的面试往往发生在办公室的面试结束后。因为那时候候选人已经放松了，往往会展现出先前紧绷状态没展现出来的一面。

向一默大概也是没想到，先是一愣，才站起来打了声招呼，只是半天没回答这问题。

冯清疑惑："怎么了？"

彭志飞却在一旁假装好人："向一默以前在我手底下做事，刚才也跟冯总您讲过。他嘛，偶尔会走个神，您别介意。"

冯清听他这么说，脸上笑意虽然还在，可未免皱了眉头。彭志飞一看，心里顿时冷笑。他早在办公室里就用各种话术把向一默黑了个底儿朝天，冯清要能看上他，才是见鬼了。而且他从来没有让向一默碰过投放渠道相关的人脉资源，这问题他就是想答也答不上来。

果然，良久的沉默后，向一默慢慢道："我最熟悉的还是比较传统的营销模式，短视频、新媒体甚至网红这个领域，并不是我的长处。我只会策划广告内容，渠道这个方面，我不太清楚。"

大概是这回答太过实诚，也实在有点上不了台面，冯清听完之后，竟忍不住皱了眉，脸上原本挂着的笑意也消失了，竟显出了几分上位者的凝重威严。这神情，无论怎么看都不像是对向一默的回答满意。

顾向东和彭志飞对望一眼，先前压在心底的那一块大石头同时放了下去——面试都还没开始呢，就先自曝其短！向一默的差劲，正好衬托出了彭志飞的老练和厉害，这人头送得太妙了。

冯清没再说什么，只是用一种奇异的目光打量着向一默，请他进去面试。彭志飞却是直接走了。很显然，他认为胜负已经见了分晓，完全没有必要留下来浪费时间看别人表演。只有顾向东，实在太期待一会儿林蔻蔻会是什么表情，忍不住想要留下来欣赏欣赏，所以没急着走。

向一默进了办公室，门便关上了。

林蔻蔻收回目光，继续玩游戏。

裴恕问："你就一点也不担心面试出什么问题？"

林蔻蔻道："你没看你手下做的 mapping 吗？市场营销这个领域，行业佼佼者的年纪基本都在三十七以上，是资历越深越吃香，玩的就是用户心理。向一默却年纪轻轻就能有所建树……与其担心这个，还不如想想，袁增喜现在在哪里……"

办公室里，冯清已经跟向一默聊了一阵。

其实在先前那场面试中，彭志飞明里暗里说了向一默不少坏话，冯清都听得出来。他是没想到自己这一次的两个候选人正好是上下级关系，还有这种恩怨。所以对向一默，他是好奇的。刚才在办公室外面，他也是有意提出那个问题，想看看两人的反应。然而向一默的表现，多少让人有点失望。

眼下顺着学习经历、工作履历聊下来，冯清发现，向一默在学校里不是最出色的那一个，工作上似乎也不事事争先，无论从哪方面看，似乎都平平无奇。这个人未免太普通了一点。这就是林蔻蔻推荐来的人吗？

冯清对苏迎那边说花了大力气找来的彭志飞其实是不满意的，原本寄希望于林蔻蔻找的人，毕竟这猎头敢向他狮子大开口，大概有些底气，然而向一默似乎还不如彭志飞。眉头悄然皱得更深，他有些失望，但没表现在脸上，只是例行公事一般地问起了业务方面的事。可没想到，这时的向一默，却给了他巨大的惊喜。

如果说，先前的年轻人普通得像块石头，带着点寡言少语的沉默劲，但在谈到业务时，就像石头破了条缝，一下泄出了那么一缕锋芒，能让人窥见里面的金玉之质。冯清的心跳陡然快了起来。

他问："我看你对广告的了解很深啊，可刚才在外面，为什么都不讲？"

向一默抬眸看他："您觉得彭志飞的回答好吗？"

冯清突然警惕："如果我觉得好呢？"

向一默笑："那我现在就可以走了。"

冯清："……"

林蔻蔻说这个候选人可能要反过来面试自己，竟然是真的！

他脸上的笑差点没绷住，眼皮抖了抖，道："你说自己不擅长这方面，又没有相应渠道，凭什么敢来应聘这个职位？"

向一默这一次想了想，却问了个毫不相干的问题："您平时玩微博、发朋友圈，或者刷短视频吗？"

冯清道："偶尔，很少。"

向一默道："那您想过人为什么会在社交平台上分享东西吗？"

冯清："……"

想发就发，理由多了去了，这哪儿能一句话概括？

他皱眉："你觉得为什么？"

向一默道："因为他们想表达，想告诉别人，'我和你们一样'，也想告诉世界，'我和你们不一样'。谈论同一个话题，会让人在群体里找到归属感、安全感，还有别人的认同；特立独行，标新立异，则是在彰显个性，确立自己在世上是独一无二的存在。人既害怕与人不同，也厌恶与别人相同。"

这一番话，听上去和广告营销毫无关联。可冯清听后，心里却忽然翻起狂涛。如果说，先前他对向一默的期待值已经降到了谷底，那么此时此刻，向一默的言语便像是一座从深渊里突起的奇峰，令他猝不及防，顿时生出惊艳之感，大大超出了他的预期！

向一默却只平淡地继续道："年轻人这方面的表达欲只会更强。认为他们只是追星、刷短视频的看法，未免太过傲慢。他们要的是尊重、理解，而营销的本质是传播。如果营销能尊重他们，给他们认同感，或者特殊感，他们会愿意在社交平台上分享传播。所以就算渠道不过硬，也能产生打破圈层的效果。"

彭志飞的问题，就是太过傲慢。客户就算是韭菜，那也是有尊严的韭菜。一面看不起人，一面还想要人买你的产品，未免也太不把别人放在眼里。现在很多人做营销翻车，就是因为骨子里对受众太傲慢。

冯清听到这里，眼底已经大放异彩——这绝对是他要找的人。不是抓着什么渠道、网红之类的鸡零狗碎跟自己胡吹，而是抓住本质，对用户的心理有精准的把握，格局够高！

他下意识地追问："要怎么做？"

向一默道："产品本身就是一个够硬的传播渠道，要改得先从外包装开始，重新设计，添加可以营销的元素。您听说过脑白金吗？"

冯清立马笑了。

"今年过节不收礼，收礼只收脑白金"的广告词，由巨人集团那位大名鼎鼎的史玉柱先生推出，在各大电视台投放广告，很快就家喻户晓。爆炸式的传播，最终造就一段销量神话。可其实，那吹得神乎其神的口服液里，不过就是加了点褪黑素。

向一默道："就像奢侈品，大家买它们难道是因为它们品质高？不，买的不过是身份、独特，买的是'我和别人一样'或者'我和别人不一样'的那种优越感。所以只要广告打得好，品牌战略成功，产品到底够不够好，根本不重要。"

冯清不动声色："这不是忽悠消费者吗？"

向一默平淡："消费者不就是拿来忽悠的吗？"

两人的目光对上。冯清大笑起来："好，好！果然不是什么池中之物！这种话，别人可不敢讲。"

向一默道："我只是说实话罢了。"

冯清开心了："然后你准备怎么做呢？"

向一默望着他，慢慢道："然后的内容就要收费了。"

冯清愣了半晌，才反应过来向一默这话的意思，眼睛都瞪圆了，简直不敢相信——好奇心给他吊得高高的，刚到关键点上，就停下来。现在的年轻人套路这么深吗？

冯清心里就跟坐了一趟过山车似的，体验值拉满，恨得牙根痒痒。只是他还真不好说什么。对广告这种创意行业来说，点子是最值钱的。面试的时候，大家也很忌讳"空手套白狼"这种做法，人还没入职先帮你打上工，给你出套策划案，没有这道理。

他深吸了一口气，平复心境，挂上了有史以来最和善的微笑："从目前谈的情况来看，向先生本身的能力应该可以胜任营销总监这个职位。只不过，渠道方面有些缺陷。但也没关系，回头我可以专门请个这方面的人来跟你互补。就是不知道薪酬待遇这方面……"

话里其实隐隐有点试探的意思。资本家嘛，自然是能少给钱就少给钱，他甚至连理由都找好了——谁叫向一默渠道不够呢？

然而万万没想到，压根没等他把话说完，向一默便道："我只负责面试，待遇还是回头请林顾问来帮我谈吧。"

冯清："……"

跟猎头谈？跟候选人谈还能占点便宜，跟林蔻蔻谈不被坐地起价大出血都是烧高香了！

冯清突然有种不祥的预感，劝道："猎头帮你谈，可最终答不答应还得看你自己，我们俩谈，面对面，也免得中间多经手一个人，起什么误会不是？"

这话其实合情合理。然而向一默半点不动心，只带着笑意看了冯清一眼，道："这就不必了。实不相瞒，林顾问先前特意提醒过我，您一定会当面跟我谈薪酬，要我不要答应。"

冯清："???"

当时林蔻蔻站在走廊边上，只说了这么一番话："冯清这种人，不应该看不出彭志飞是个草包。他面试对方这么久，无非两个可能：第一，他想从彭志飞嘴里了解你；第二，他想给人一种他对彭志飞也很满意的错觉，避免后面面试的你认为这个位置非你不可，怕你坐地起价，回头 offer 谈崩。而且我在想，顾向东能说动彭志飞这种总经理来面试，除了薪酬开得够高，说不定还承诺了股权。资本家都属铁公鸡的，能少花钱就会少花。冯清尤其抠，未必愿意给你相同的待遇，甚至如果能在你不生气的情况下压一下你的待遇，他会很有成就感。"

向一默当时难免感到意外。只是等看到冯清跟彭志飞从办公室里出来，果然一副相谈甚欢的表情时，他不得不想，林蔻蔻可能说中了。等到现在，冯清居然真要跟他谈待遇，向一默已经心服口服——这位林顾问，真的可怕。

冯清却是气得脑袋都"嗡"了一声，提起林蔻蔻来满肚子都是火："她这不是挑拨我们关系吗？哪儿有候选人还没入职就这么搞事情的！你应该知道，我这边是因人设岗，就不怕我录用彭志飞，不选择你吗？"

说实话，向一默以前也没遇到过这样的猎头。这时他看着冯清近乎气急败坏的神情，无端端就想起了当初林蔻蔻为了让他离开巴别塔做的那些事……一时竟生出几分同病相怜之感。

他不由得同情地注视着对方，然而说出口的话却是："那我也无法干涉您的选择，只能回头请林顾问重新帮我找份别的工作了。"

冯清血压急剧飙升，脸色迅速发绿，差点没恨得咬碎一口老牙——为什么有能力的候选人还偏偏有个黑心的猎头顾问？资本家的钱就不是钱吗？

第十四章
独立办公室

冯清面试彭志飞，用了一个多小时，结束后满面笑容，亲自把人送出来；可他面试向一默，也就四十分钟不到，办公室门一打开，向一默倒是表情平淡，看不出什么来，然而冯清那张脸简直黑得跟锅底似的，还得是干柴烈火烧过八百年的那种。众人全都愣了一下。紧接着就见他停下来，盯着林蔻蔻好半晌，才咬牙切齿道："你这样的人居然也能当猎头！"

她这样的人怎么就不能当猎头了？非但能当，还是业内顶尖的呢。林蔻蔻心里嘀咕，原本想要反驳，可看冯清正在气头上，怕自己给他气得背过气去，所以还是忍住把嘴闭上了。

冯清冷哼一声，直接让苏迎送客，自己掉头就回了办公室，那门关得"砰"的一声响，动静老大。众人不免面面相觑。苏迎更是没想到，向来喜怒不形于色的冯清竟然会这么生气，这场面试究竟发生了什么？

顾向东也是愕然了好半晌，反应过来时，却是忍不住击掌笑起来："厉害，厉害啊，一场面试能把冯总气成这样！林顾问重回猎场的第一单，就给客户推这种候选人……"

面试就面了四十分钟不到，冯清出来述这表情。别说是他们这种专业的猎头，就算是个普通人也能看出来：林蔻蔻推的这个向一默，要能拿到 offer 才见鬼了！

顾向东这人没什么心胸，对自己也向来有意见，林蔻蔻对对方的见解也从来没有过期待，他说什么话她都不会放在心上。丛林中的猛虎怎么会在意草地上的蚂蚁说什么？只是这一次，顾向东话里偏偏捎带了她的候选人。

林蔻蔻眉头明显皱了一下，转眸盯着顾向东，突然道："你知道为什么当初你跟贺闯同时进公司，可我偏偏更看重他而不是你吗？"

顾向东脸色顿时阴沉。

林蔻蔻拉开唇角，冲他一笑："我说过，最好的猎头，永远是最会看人的那个。只可惜，你好像没长眼。"——说得直白点，瞎。

当年的事情，顾向东耿耿于怀。他没想到林蔻蔻竟然心知肚明，而且现在忽然提起。一时间，新仇旧恨全涌了上来。

"不会看人？我做成的单一开始不比他贺闯少，要不是你后来帮他，还把自己手里的人脉资源给他，他能超过我吗?!"顾向东情绪激动之下已经完全忘记旁边还有个裴恕在，尖锐的声音里充满嘲讽，"看人？我会跟客户HR搞好关系才是本事！你那么会看人，怎么就落到被施定青开除的下场呢？"

"施定青"这三个字，已经很久没有人在她面前提起了。林蔻蔻一时愣怔。

裴恕垂着眼帘，原本正在看手机，听见这个名字，动作便停了一停。他抬起头来，目光掠过了顾向东，静静地落在林蔻蔻身上。

她默然立在原地，好像突然陷入了回忆之中。外面雨声淅沥。她略略垂下几分的眼角眉梢，也仿佛笼罩在一层朦胧的雨雾中，明灭闪烁着，令人看不真切。

顾向东满以为自己这一次的反击击中了她的痛处，得意起来。然而过得片刻，林蔻蔻抬起头来，却是格外复杂地叹了一声："她当年还是很好的……"

裴恕无声地扯开唇角，竟是个嘲讽的笑容。只是现在林蔻蔻沉浸在自己的情绪里，并未看见。

顾向东听了，却是冷笑："可惜人是会变的，而你看不清，也认不清形势。就连你当年看好的贺闯，现在不也被我踩在脚底下？"

林蔻蔻终于将目光转向他。她隐约记得，这个人刚进公司的时候，还算是踏实肯干。只是他认为自己更成熟，到底看不起贺闯这样的新人，心态渐渐失衡，面孔也渐渐因为嫉妒而变得扭曲丑陋。

人的确是会变的。要是今天换了贺闯在她面前叫嚣，她或许还会给点眼神，如今却不太耐烦应付，只淡淡道："有空嫉恨别人，不如反省自己。你当你当年给投行做单，两头吃回扣的事没人知道吗？"

一瞬间，顾向东面色大变："你怎么——"话说一半，才意识到自己险些说漏了嘴，连忙闭嘴，心里却大为惊恐：当初的事，他自以为做得隐秘，林蔻蔻从哪儿知道的？

林蔻蔻只给了他一句忠告："当时没让你收拾东西滚蛋，是为了给你留点面子；可现在航向归量子集团管，内部派系斗争复杂，稍有不慎被人逮住把柄就会送你进去，奉劝你还是小心一点，夹紧尾巴做人，别到处乱叫了。"说完便直接朝着电梯走去。顾向东在她身后大声反驳说她"胡说八道"，她也不搭理。

面试的结果，苏迎回头会电话跟他们沟通，所以众人也不必久留，径直下了楼去。

面试完的向一默，似乎有些恍惚。直到出了姜上白的大门，回忆起这些天来自己所经历的变化，对着林蔻蔻这个"幕后黑手"，难免心绪复杂，只是末了，他还是轻轻道一声"谢谢"，然后才撑了伞离开。

林蔻蔻与裴恕站在一块儿，目送他走远。

裴恕问："什么感觉？"

林蔻蔻想了想，才道："好的猎头，能改变别人的一生。能重新回到这个行业，我很高兴。"

裴恕久久没有说话。

正式的面试结果虽然一般要好几天才能出来，但稍微上点规格的面试，HR 都会在结束后很快给猎头顾问打电话，反馈候选人面试的情况，offer 发不发在这时候基本就能看出来了。

顾向东认为彭志飞这次的面试非常顺利。他准备去巴别塔，等苏迎那边的反馈一过来，就立刻跟彭志飞说。只是他没想到，前脚才踏进巴别塔的大门，后脚就看见了向一默。

这个先前才在姜上白见过的年轻人，正从自己狭窄的办公室里搬出一个纸箱，彭志飞和他侄子彭立就抄着手站一旁看，脸上还挂着冷笑。整片办公区安静极了，人人都低埋着脑袋，不敢讲话，只有角落工位上一个姑娘在轻声饮泣。

顾向东一见，便不由得愣了一下，走过来问："彭总，这是？"

彭志飞讥讽一笑："清除公司毒瘤，痛打忘恩负义的落水狗啊。我要看着他从这里滚出去！"

彭立脸上青了一块，看着向一默的眼神尤其狠毒，补了一句："这种上班时间殴打上司的垃圾，我倒要看看哪家公司敢要他。"

显然，在姜上白的面试给了他们极大的信心。向一默这种人到外面根本没人看得上。只会做事有什么用？功劳都是会说的人的，有本事但不长嘴，谁能知道事是你做的？

彭志飞转头问顾向东："那边有反馈了吗？"

顾向东刚想说没有，兜里揣着的手机便振动起来，正好是苏迎打来的电话，他便说一声"来了"，然后走到外面接。

彭志飞胸有成竹，也不在意。向一默抱着纸箱，这时正好从他面前经过。彭志飞便阴阳怪气道："记得出去前让 HR 检查一下，别带走什么不该带的东西。"

这话说来，纯粹是为羞辱人的。但向一默竟没生气，脚步一停，忽然问了一句："还没拿到 offer 就敢让猎头进公司，一点也不担心被大老板知道，你对姜上白的面试就那么有信心吗？"

彭志飞顿时色变。顾向东进来当然不是以猎头的身份，而是假称是公司客户，可如今向一默竟然当着这么多人的面直接戳破！他不是没有一刹的慌神，但紧接着就想起之前的面试，得意道："你不会觉得人家能瞧上你吧？告诉你，以后但凡有我在的地方，都不会有你的立足之地！"

话说完，他便大笑。然而向一默只是将目光转向了外面的顾向东。

彭志飞原本也没在意，只是下意识地顺着他目光朝外面望了一眼，心头猛地生出一股寒意。因为刚才还面色如常的顾向东，此时竟满脸呆滞。他一只手还握着手机，目光却越过窗玻璃直直地看向彭志飞，眼底惊怒交错，被人扇了巴掌似的，狼狈且难堪！

还未出口的笑声，忽然就卡在了喉咙里，彭志飞顿时像一只被扼住了脖子的鹅，一张脸完全憋红了，震怒与恐惧同时涌上心头，让他跟座雕像一般立在原地，动也动不了一下。

然而向一默只是平静地看了他一眼，便转身而去，但不是走向门口，而是走向那个低声饮泣的姑娘。张晴也被开除了，连实习期都过了。

向一默站到她桌前，笑了一下，轻声道："我跳槽了，你要不要一起？"

哭得双眼红红的姑娘抬起头来，愣怔地望着他。

苏迎也不敢相信，怎么会是这个结果？她拿到那个向一默的简历时，甚至都没忍住笑出了声——因为算年月，向一默属马！可当她假装不经意地用这一点提醒冯清时，冯清竟然一点反应都没有，只淡淡对她道："有大师帮我算过了，我年轻时候的确跟属马的人犯冲，但现在这个年纪需要忌讳的是命里带金的，属马的就别管了。通知这个向一默，让他下周就来上班。"

从办公室出来，苏迎人都还是蒙的。她听说过冯清最近认识了一个风水大师，可完全没想到，竟然连属马这一条忌讳都改了。所以在给顾向东打电话通知结果时，她说得很简短。接下来，才是给歧路那边打。

林蔻蔻对结果一点也不惊讶，只问了一句："彭志飞那边你们是不是承诺了股权？"

苏迎："……"

林蔻蔻笑："也别急着否认，我知道，向先生的资历还不太够，现在也的确没做出成绩。所以股权这边我们也不多要了，有彭志飞的一半就行。可以等入职一年之后看情况给，这样您也不难做，您说呢？"

苏迎咬牙："这我得请示一下老板。"

林蔻蔻道："哦，那没关系。另外就是，虽然候选人没提，但我想问一下，你们会给他一间够宽敞，采光也好的独立办公室吗？"

"总监这个位置，办公室肯定不会寒酸。"苏迎没理解她为什么强调这点，"你问这个是有什么特殊原因吗？"

这时是下午五点左右。西边长日将尽，天幕上挂着一抹绯色的霞光，渐渐开始发暗。可歧路外面这片窗玻璃却很亮，外面的光线完全透进来，依旧显得磅礴，仿佛能将整个人都罩在里面一样。

林蔻蔻握着电话，抬目向外望去。浮现在脑海中的，却是那天敲开向一默的门，看见的那间昏暗的办公室。在那个狭窄到连转个身都难的小空间里，向一默像一只埋在泥里的蝉，待了有三四年，不声不响地专注于他的创意策划，在那里熬了一个又一个长夜，轮廓清减，满身寂落……

然而他没有得到自己应得的。

哪怕一间体面点的办公室。

林蔻蔻出神了好半晌，听见苏迎那头疑惑的声音，才收回目光，慢慢道："没什么特别的原因，只是想，我的候选人值得一个全新的开始。"

"能成吗？"

"老大跟林顾问都一块儿出马了，就算是死单也能做活吧？不然招牌还要不要了？"

"应该是出面试结果了吧……"

…………

外面的办公区域里，众人议论纷纷，都忍不住将好奇的目光投向那扇关着门的会议室，注视着里面那道正在和人打电话的身影。裴恕也站在外面，却默不作声。

姜上白这一单，原本只是因为林蔻蔻接了，大家兴起赌一赌能不能成；可后来随着航向横插一脚，连裴恕都加入战场，众人的想法就变了。他们歧路可是航向的老对手。仇人见面，分外眼红。大家想的都是这一仗必须赢，所以后来赌的不是能不能赢，赌的是几天能赢。

叶湘这会儿坐在自己的位置上，竟然觉得有些紧张，心跳都快了："孟之行，你说这电话都打了半天了，还不出来，不会是真的没成吧？"

孟之行眼底露出了一丝鄙夷："你就算对林顾问没信心，对老大还没信心吗？他能允许航向赢？"

叶湘问："裴哥在这单 case 上出过什么力吗？"

孟之行想了想，好像的确没有什么。

两人的目光撞到一块儿，孟之行作为裴恕忠心耿耿的属下，想要分辩两句，争个高低。可就在这时，会议室门开了，林蔻蔻走了出来。

叶湘第一个跳起来问："林顾问，怎么样？"

林蔻蔻看她一眼，还记得她说押了自己赢的事，便笑起来："你的一顿饭保住了。"

叶湘先是一愣，随即才反应过来："成了，这单 case 我们拿下了！"

公司里顿时一阵欢呼。

"我就知道不可能输的。"

"林顾问怎么说也是航向前总监，航向跟我们斗，那不是小鬼犯到阎王爷手里了吗？哈哈哈……"

"林顾问，首战告捷，得请大家吃个饭吧？"

"请吃饭，请吃饭！"

"庆功庆功，申请庆功！"

歧路的猎头大都比较年轻，一旦有人起哄，就有人跟，最后全都笑着说要林蔻蔻请吃庆功宴。林蔻蔻便笑起来，想了想道："这单能成，的确多亏了大家先前帮忙做 mapping，我请一顿也是应该的。"

只是她扫视全场一圈，拧了眉头，疑惑道："袁增喜还没回来吗？"任务不都已经完成了？

众人都摇头："他今天就没来过啊。"

林蔻蔻想了想，拿出手机，给袁增喜打去电话。响了没三声，那头接了起来。

林蔻蔻道:"面试结束,单子已经成了,准备请吃庆功宴呢。你人呢?"

袁增喜在电话那头险些哭出声来:"我本来已经完成任务了,可冯清硬要拉着我去给他新房看风水,推都推不掉……"

林蔻蔻:"……"

袁增喜生怕错过了庆功宴:"你们等等我,我把他们家八卦镜挂了,马上就来。"

林蔻蔻挂了电话,忍不住思考:让袁增喜当猎头,是不是有点屈才了?

晚上七点半,袁增喜姗姗来迟,但总算是掐着点赶到了林蔻蔻订的那家餐厅。众人一看:好家伙,他穿了一身带点古风的褂子,还戴了副斯文的眼镜,活脱脱一算命先生,派头也太正了。

一时间,人人都问起他在冯清那边的事。袁增喜便大倒起苦水来,末了道:"所以,怎么能跟人说有属马的忌讳呢?这不害人吗?要是向一默这样的人才因为属马给错过了,以后这公司,包括冯清本人,会是什么样还不知道呢。这年头,神棍这行都被他们搞乱了,什么人都来插一脚,一点也不讲职业道德!"

神棍还有职业道德?众人差点没笑趴下,连林蔻蔻都忍俊不禁。

饭桌上的气氛,比起她刚入职那天的接风宴要好上太多。今天也有餐厅经理进来接待。

有人小声问:"猎头游戏?"

立刻有人想起上回餐厅经理的"事故"来,简直都有心理阴影了,连忙道:"不了吧,这要再扒出一个来,以后还去哪里吃饭?"

众人纷纷表示认同。

不玩游戏,饭桌上就闲聊一些业内八卦。说着说着,自然又吐槽起航向来。林蔻蔻这一年没在上海,虽然也通过网络了解了一些航向的近况,但毕竟没接触,如今听众人吐槽,才知道航向这一年来到底有多离谱。

"他们不是很多人都被抽调进了量子集团的高招组吗?在那边就是给集团招人,原本都是猎头,结果一个个进去之后,全学了一副 HR 的做派,趾高气扬的。"说话的是二组的一位猎头顾问,他怨气满满,"我有个在嘉新的猎头朋友,出于工作原因,跟他们高招组的人接洽,谈合同,结果对方是当过猎头的,一点都不体谅昔日的同行,还要压预付费用。那嘴脸,太难看了……"

当过猎头的，就清楚猎头行业的规则。再转行当 HR，要是有心，自然能利用对这些规则的了解，反制自己昔日的同行。想想只是意料之中的事罢了。林蔻蔻一点也不惊讶。

"去年我刚听说航向的事时，都还不理解林顾问，那可是量子集团，就算是去做高招，也是前途无量，怎么会有人不愿意呢？现在看了这帮人才知道，林顾问——高！"

"是啊，航向那帮孙子，简直是给资本当了狗……"

"施定青都没心思继续搞航向了，我看也离倒不远了。"

"施定青不还在航向吗？"

"她现在兼做投资呢，以后恐怕要往资本家那条路上走，你没看今晚的财经新闻吗？"

林蔻蔻正小口抿着酒，听见这句，忽然抬起头来："新闻？"

说话的那人诧异："林顾问也没关注吗？"

林蔻蔻道："没关注，什么新闻？"

那人犯了嘀咕，连忙把自己的手机拿出来，翻了一下自己的浏览记录，很快找到了今晚的那条推送，递给林蔻蔻："这个，林顾问你看。"

林蔻蔻接过来看。

裴恕跟她之间仍旧隔了一个孙克诚，闻言只看着自己面前的酒杯，没说一句话。

那是今天举行的某一场财经论坛结束后的记者会。新闻页面的前半部分是文字，简单介绍了一下论坛的信息，提供了施定青的生平背景：原本是书香门第，家庭主妇，后来自己出来创业，第一家公司就是航向，在去年以十亿的高价被量子集团收购，施定青也因此实现了财富自由，甚至手握大笔资金。

这些林蔻蔻都非常熟悉，她一路往下滑去。新闻最后，竟然有一条简短的采访视频，她点开来看。

那张已经有一年没见过的熟悉的脸，终于出现在了屏幕上。大约是因为要面对镜头，施定青上了一层淡妆，看得出她这一年过得很不错，就算隔着妆，都能感觉出皮肤状态极好。分明是上了年纪的人，该有那么一点沧桑，此时此刻，她却显得容光焕发、精神饱满。她姿态优雅地坐在台上，手里拿着话筒。对面坐了个主持人，后方就是财经论坛的背景墙，大批的记者都坐在下方。

先是主持人开口："你明明是航向的创始人，熟悉的是猎头行业，现在却花了一点五亿，投资了一家与猎头完全没有关系的 K12 在线教育公司，我们不少业内人士都感到很惊讶。都说做生不如做熟，您为什么会选教育行业呢？"

施定青淡淡一笑说："猎头行业再怎么做，天花板也有限，就算上市，市值也顶多百亿，但在线教育却有可能做到千亿级别。我虽然从猎头行业出来，但正是因为在这个行业里，才知道这个行业本身的局限。门槛太低，谁来都能做，跟中介差不多，对其他行业也好，对普罗大众也好，影响力有限。我不否认我是靠航向才积累出了第一桶金，但不能止步于此。航向对我来说，只是一块跳板，我将借由它，进入更多、更高的领域。"

…………

就算上市，市值也顶多百亿；门槛太低，谁来都能做，跟中介差不多；航向对我来说，只是一块跳板。

林蔻蔻感觉像被针扎了一下。那么多人为之打拼过的事业，在她嘴里，只是进入下一场资本游戏的"跳板"？难怪当初卖航向卖得那么干脆。整个公司的人，都只不过是她达成自己目的的工具罢了。

视频后面似乎还有一些内容，但林蔻蔻已经懒得再看了。嘲讽，迷惘，失望，一点一滴的情绪慢慢累积起来，最后竟然汇成了一种无从宣泄的荒谬。她直接退出了播放页面。

饭桌上顿时变得有些安静，大家都知道她跟航向的那些事，都小心翼翼地打量着她神色的变化，不大敢说话。

林蔻蔻把手机递还。

还是孙克诚先开口，打破了这过于沉闷的气氛，骂道："都说吃水不忘挖井人，施定青这是借猎头行业发了财，还要回头暗暗踩上一脚。呸，什么东西！"

其实当猎头的，虽然大家都戏称为"人贩子"，偶尔也会自我调侃，说是"人才销售"或者"人才中介"，可那是自己人调侃。谁要在公共场合这么讲，简直是得罪人。何况说这话的人还是航向现在的掌舵人施定青。在座的都是猎头，就算不怎么在乎虚名，听了她那番话，也不由得生出几分反感。

有孙克诚带头，大家便纷纷跟着骂了起来。

"她一个外行人，也不过就是仗着运气好，跟林顾问合伙，才把航向带起来，有了她的今天。"

"施定青懂个屁的猎头。"

"林顾问早年居然跟这个人合伙，太不值了。"

一说到这个，自认是林蔻蔻粉丝的叶湘听不下去了，拍着桌子就道："是啊，去年我就想骂了。林顾问刚刚离开航向那阵，网上说什么的都有，施定青根本都不出来澄清一句。后来顾向东那些手下，更是到处散布谣言抹黑，手段简直下作！"

早两年林蔻蔻就算是"HR公敌""业界毒瘤"，可这种更多的是众人基于她绝强能力的调侃，没多少认真的意味。多的是候选人称赞她，就连猎协也连续两届给她颁发了"金飞贼"奖。然而自打去年被航向开除后，一堆奇奇怪怪的谣言就冒了出来，有人说林蔻蔻是死于嚣张，就是拎不清自己的位置，在公司里闹事，才被开除；有人说林蔻蔻本来就没什么本事，全靠手底下的贺闯和顾向东，本质靠一张脸，靠男人；还有人说，她根本不像传说中那么有本事，不然怎么会沦落到签竞业协议的地步，而且离职了都没能带走一个手下……

"你们知道更离谱的是什么吗？"叶湘就差把航向裱起来骂了，愤愤不平道，"他们竟然还诋毁林顾问，污蔑林顾问以前做单的时候，为了挖人，拆散别人家庭！"

孙克诚听到这里，心头忽然跳了一下。他下意识地看向身边的裴恕。然而裴恕耷拉着眼帘，谁也看不清他的神情。林蔻蔻则是忽然怔住，恍惚了一下。

袁增喜简直不敢相信："开什么玩笑？这些人也太不要脸了吧。"

叶湘也冷笑："这帮人撒谎简直不讲基本法，以林顾问的能力，根本不需要用这种手段，怎么可能做出这种事情来？"

众人全都表示同意。毕竟这次姜上白一单，林蔻蔻对向一默如何，有目共睹。

然而，谁也没想到，林蔻蔻听完这番话，沉默良久，竟然笑了一声，倦怠地耷拉眼帘，淡淡道："不，这件事是真的。"

一瞬间，先前还愤怒得恨不能跳上桌的叶湘和袁增喜都愣住了。全场安静得连一根针掉地上的声音都能听见。只有裴恕，终于抬起头来，看向林蔻蔻。

第十五章
不眠夜

　　这一天晚上，林蔻蔻喝了不少。

　　自打她说出那句话之后，满桌的人没一个敢接话。后面虽然有孙克诚把话题带到了别的地方去，众人又恢复了表面的热闹，可气氛始终有一点说不出地怪异。因为林蔻蔻后面就没怎么说话了。有眼尖的人则发现，除了她之外，就连往日时不时都要毒舌一句的裴恕，一整晚也没说上两句话。

　　到十点半，大家散场，相互告别离开。

　　孙克诚多少有些担心，拉着裴恕站在外面走廊上，小声问："你还好吗？"

　　裴恕一脸厌倦的随意："有什么好不好？"

　　孙克诚犹豫了一下，道："都过去了，也别往心里去吧，我看林顾问也未必就好受，已经这样了。"

　　裴恕垂下头，慢慢道："没往心里去。"

　　已经这么长时间了，就算仇恨依然存在，也不太能激起他情绪的起伏了。他不再是当初那个冲动的裴恕。时间让他学会了忍耐，学会了蛰伏，也学会了放过自己。

　　孙克诚这些年一路看着他扛过来的，眼下听他说出这句话，竟觉得心里难受。他想再说些什么，但这时林蔻蔻也跟叶湘说完了话走出来，他也就收住了声，笑起来问："林顾问晚上喝了不少，现在还清醒吧？"

　　林蔻蔻点了点头说："清醒。"

　　裴恕转头看了她一眼。

　　她喝酒稍有一点上脸，颊边泛起微微的粉色，但眼眸清润，吐字清晰，站得也很稳当，看上去的确是清醒的。

孙克诚便道："我开车，你们呢，你们怎么回去？"

裴恕道："我打车。"

林蔻蔻道："我有朋友接。"

孙克诚："……"

这俩人也不缺钱啊，怎么都没说搞辆车来开开？难道成为厉害猎头的标配，就是不会开车？他百思不得其解，最后只能摇头："算了，那我先走了，明天再见！"

孙克诚跟他们道了别，不一会儿，便驱车离开。

这个时间，餐厅已经没多少人了，服务生们开始收拾桌椅，准备打烊。四面的灯光都暗了下来。即便是上海这种繁华地，到了这时候，也不免显得冷清。不久前才下过一场雨，打落了满地梧桐飞絮，风里透着股寒意。

林蔻蔻拎着包，踩着高跟鞋，从里面走出来。刚才看着还稳稳当当，到台阶前面时，身子却是摇晃了几下，忽然往下跌去。裴恕眼皮一跳，还好伸手快，捞了她一把。林蔻蔻便就着他的手，索性慢慢坐在了台阶上，把包随意扔在一旁，看着面前清冷的街道，竟问："你一点也不惊讶吗？"

裴恕这时才听出来，她嗓音模模糊糊的，像是飘在云端上："你是不是喝醉了？"

林蔻蔻笑一声，回过头来，淡淡道："别担心，我酒品很好。"

她是真喝醉了。只是因为酒品太好，所以看上去还跟个没事人似的。

裴恕微不可察地拧了一下眉："你朋友什么时候来？"

林蔻蔻却不回答，只是问："你还没回答我刚才的问题呢。"

裴恕知道她指的是什么，却道："有什么值得惊讶的？你做出这种事情来，也不稀罕。"

林蔻蔻一只手支着脑袋，听见这话便笑了。越笑越觉得好笑。好半晌笑完了，她才又感慨地望着他："我这几天其实很好奇，你这样的人，为什么要当猎头？"

裴恕就站在台阶上，垂下眼眸看她，反问："你为什么当猎头呢？"

林蔻蔻眉梢挑动，笑着道："还债呗。"

裴恕诧异："还债？"

林蔻蔻却不接着往下说了，反而道："不觉得这个职业很有魅力吗？就像是一场惊险的魁地奇，真正合适的候选人，就像金飞贼一样，不好找。可一旦你拿到，就拥有全盘决胜、逆转败局的力量。你明明只是个微不足道的猎头，却在参与别人的人生，影响你接触的每一位候选人所走的道路……"

一次又一次的选择，构成了每个人的人生。可人这一生真正的选择，又能有几次呢？猎头这个职业，却永远踩在别人人生关键的节点上。这会给人一种拥有巨大影响力的错觉，仿佛真的能改写旁人命运。

裴恕完全听得懂她在讲什么，只是往事点点滴滴浮上心头，再看看她这醉得恍惚的模样，只觉出了一种无言的讽刺。

林蔻蔻问："你不迷恋这种感觉吗？"

裴恕看着她："每个人都不过是在泥里面打滚，还想伸出手帮别人？别妄自尊大了，林蔻蔻，你自己都过不好。"

倘若世间善恶有报，帮助别人会有好下场，她今天就不会喝这么多，坐在台阶上，跟一个昔日的死对头说这么多话了。

林蔻蔻垂下视线，想了想，竟道："你说得对。"

几盏路灯在街边亮着。难得雨后有月亮，低低地挂在梧桐树的树梢上。她仰着头看了一会儿，忽然问："有烟吗？"

裴恕不抽烟，开口便想说没有。只是他一转眸，就看见她拉长在台阶上的影子。过往盛大的辉煌背后，留下的是累累伤痕，涂满一身寂落。于是到嘴边的话，转了个圈，又回去了。

裴恕回头看了餐厅里一眼，道："有。"

他直接回到了餐厅。没一会儿再出来，手里已经多了一包烟，直接递给她："给你。"

林蔻蔻似乎已经有些困倦了，反应了一下，才从他手里接过来，道了声谢。只是她低头拆半天，也没把那包烟拆开。裴恕看了，觉得有些好笑。犹豫了一下，他在她旁边坐了下来，从她手里又拿回那包烟："我来吧。"

是林蔻蔻先前抽的那种女士烟。扁平精致的包装，拆起来有点麻烦。他花了一会儿，才从里面抖出一根烟来，递给她。可没想到，手伸出去，半天没人接。

裴恕刚叫了一声："林蔻蔻……"她脑袋便一歪，朝着一旁倒去。裴恕一惊，下意识地伸手扶了一把。于是，她被酒气熏得微热的脸颊，便贴在了他微凉的掌心，白皙柔嫩的皮肤下面，泛着一点点微红。

裴恕愣住了。他带着一点薄茧的指腹，恰好搭在她耳垂边上。

一时间，四下里无比静谧。裴恕甚至仿佛能听见她的脉搏，在他手掌下跳动。

林蔻蔻竟然闭上了眼睛。她浓长的眼睫在眼睑下留下一片明显的阴影，粉白的唇瓣微张，柔软的长发则倾泻下来，缠绕在人指尖。

裴恕一下想起了那粒被他拽下的纽扣。也许，孙克诚那天的担心，不是没有道理——他可能真的要完。

赵舍得来接人的时候，已经快十点半。她在路边停车，一抬头就看见了路边坐着的林蔻蔻，还有她边上那个一只手拿着烟，一只手伸出来扶着她脑袋的男人。一时间，她有点蒙。

裴恕看见她，淡淡地问："你是她朋友？"

赵舍得有点搞不清楚状况，愣愣地点了一下头："是。"

裴恕便扶起了林蔻蔻，道："她喝得有点多了，不太清醒。"

赵舍得连忙上来搭了把手。两人一块儿把她扶进了车里。

赵舍得有些不好意思地道："她酒量一向不是很好，劳烦你了，等她醒了我告诉她。"

裴恕淡淡道："倒也不用。"

赵舍得觉得这人有些奇奇怪怪的，尤其是刚才来时，看见他就坐林蔻蔻边上，不得不多想。只是这大晚上，她也不便在外面久留。接到人，她道过了谢，便赶紧开车送林蔻蔻回去。

林蔻蔻也没醉到不省人事的地步，半道上一个急转弯，她没留神磕到脑袋，人便醒了过来。这会儿也差不多到她家楼下了。

她揉着脑袋坐起身来："我刚刚是睡着了吗？"

"蔻爸爸，姑奶奶，你可算是醒了。"赵舍得看见，立刻夸张地嚷了起来，"那就是你说过的裴恕吧？长得也太好看了。你知不知道我刚刚去接你，看见了什么？"

林蔻蔻怔了一怔，不太想得起来了。她问："看见什么？"

赵舍得把车开到她家楼下，开口便想要跟她描述自己方才所见。然而嘴巴才张开，就看见前面楼下立了一道身影。一瞬间，赵舍得就忘了自己要说什么，眼皮一跳，下意识地就踩了一脚刹车。

林蔻蔻顿时诧异，抬起头来，发现赵舍得直愣愣地看着楼下的方向，跟见了鬼似的，于是也跟着看去。

小区里栽了不少树，附近立着路灯。楼外面便是一座花园，修了两条长椅。贺闯就安静地站在那长椅边上，此刻正抬了眼眸，朝她们望来。或者说，是朝她。

即便是隔了半道车窗，林蔻蔻也能分辨出，他目光的落点在哪里。

赵舍得心虚得要死，恨不得把头埋到方向盘下面去，咬牙对林蔻蔻道："看吧，我就说你不干人事，现在被人家找上门来了吧？"

林蔻蔻一时静默。

她想了想，说："你先回去吧。"然后拉开门下了车。

贺闯真的足够年轻，眼角眉梢都是压不住的锋芒，便是神情疏淡收敛的时候，也让人无法忽视，像是炽烈的太阳，总在发光。只不过如果说以前的贺闯是夏天的太阳，那这会儿看着更像冬天。他离林蔻蔻有点远，被冷浸浸的雪雾蒙了，一双乌黑的瞳仁沉默且干净，就这么注视着她慢慢走过来。

他笑了笑，打招呼："好久不见。"

林蔻蔻问："你怎么来了？"

贺闯道："你不回消息，我只能来找你。"

两个人面对面站着，目视着彼此，一时安静。赵舍得远远看见这场面都头皮发麻，赶紧脚踩踩油门溜了。四下里安静得只能听见点细微的虫声。

林蔻蔻不知要说些什么，贺闯便主动开了口："听说你去了歧路，姜上白那一单，也让顾向东铩羽而归。恭喜了。"

当初被航向截和时，她曾给贺闯打过电话，确认这一单是不是他在做，所以贺闯知道姜上白这个职位是她做了，再正常不过。

林蔻蔻没有否认的意思。她淡淡道："顾向东这样的不过是跳梁小丑，赢了他也没什么值得夸耀的。"

贺闯道："那歧路呢？"

林蔻蔻静默了片刻，道："航向对我来说已经是过去，而过去不值得回望。人总归要往前走，我只是恰好选择了歧路。"

她随意坐在了长椅上，抬头看着远处。花园里也栽着晚樱，只不过已经有些过了花期。

贺闯还记得，航向楼下的广场就栽着不少晚樱，每年四五月开。俗话说"金三银四"，三四月跳槽的人最多，猎头上半年最忙的也是这阵。等忙完了，恰好是晚樱开得最好的季节。总算闲下来的林蔻蔻，便会坐在她那间办公室里，朝着下头望。他几次路过，都会看见。下面那些晚樱，开成一片浓云，灿烂得仿佛打翻了水粉盘。

那些加班熬夜争分夺秒的日子，贺闯很容易便淡忘了，但他总记得林蔻蔻坐在落地窗前看那片晚樱时的样子。可现在她说，过去不值得回望。

贺闯知道自己不应该问，可到底是没忍住："那在你看来，我算什么呢？"

他眉眼轮廓锋利，看人时总带着几分锐气，可现在低下眉、垂下眼来，看着人时，却是带着十二分的认真，隐隐还有点不可言说的伤怀。

林蔻蔻想，也许赵舍得没说错，她是很渣。

"那年航向招人，我去面试，面试官就是你。"贺闯没有看她，只是淡淡叙说着过往，"我还记得，排在前面的是我一个大学同学，出来的时候被你骂哭了。所以还没面试，我对你的印象就很不好。后来进了航向，听人说，你是业内毒瘤，HR公敌，独断专行，印象就更坏了。"

林蔻蔻道："你那会儿不满就写在脸上，装都不装，不用说我也知道。"

贺闯笑起来，道："后来，跟我同期进公司的人，包括顾向东在内，都很快开了单。只有我，一个职位死磕了近两个月，人得罪了一堆，也没关掉，成了公司里的笑柄。那天我觉得我可能不适合当猎头，想要辞职。可从茶水间路过的时候，却听见你和人说，你最讨厌候选人撒谎。"

林蔻蔻道："有吗？"

贺闯却很确定地说："有。你还说，有的公司做背调很严格，候选人撒谎是人品问题，一旦被发现就很严重。猎头帮客户公司找人，候选人有时撒谎是因为对猎头不够信任，所以对猎头顾问来说，分辨一个人说真话还是假话的能力很重要。"

林蔻蔻道："这不是常识吗？"

贺闯道："对那时候的我来说不是。尤其是推了那么多位候选人过去，有两个人offer发了，人却没入职，找了理由敷衍我，我却还没意识到他们是在撒谎。后来我找了个真想进这家公司的候选人，才把这个职位关掉。可做成的那一刻，我第一时间竟然不是高兴，而是想，你有自己的办公室，也有自己的助理，何必自己去到茶水间里，和别人聊业务的事，还'无意间'被我听见？"

林蔻蔻只说："我不记得了。"

贺闯却仿佛没听见，继续往下道："第二天开例会，我以为我做成这一单，你会有什么表示，没想到你只是跟别人的单子放在一起提了提。所以我又想，大概是我想多了。可是后来，我偶然从公司负责招聘的HR那边得知，我的面试原本是没有过的，是你让人去人事那边提了我的简历，说这个人你要。"

林蔻蔻终于沉默下来。

两个月没开单，让贺闯意识到猎头这行没有那么简单，并不是他在学校里是个学霸，在这行就能如鱼得水；也让他知道，林蔻蔻既然能站到行业那么高的位置，那不管她如何臭名昭著，本事绝非他所轻视的那样简单。少年的傲气，已被削了一层。偏偏还让他得知，正是因为有他讨厌的那个人，他才能进这家公司。

贺闯至今都能回忆起当时那种恍惚而复杂的感觉，此时看向她："那时我傲慢不驯，还一点不掩饰对你的讨厌，所以这些年，我其实一直都很想问你，为什么愿意要我？"

林蔻蔻随口说："大概因为你有潜力吧。"

贺闯便笑了，用唇边一抹轻嘲掩去了眸底的落寞，只道："林蔻蔻，你厌恶别人欺骗你，可你自己从不说真话，是个不折不扣的撒谎精！"

林蔻蔻停下脚步，定定地注视着他。贺闯便觉得自己一颗心忽然被浸入了冰水里，却还挣扎着跳动，试图用那一点涌流的热意抵御包裹而来的寒冷，难受极了。

他仿佛又成了当初那个青涩的少年，眼底带着几分漂泊的彷徨，又凶狠又固执地瞪视着这个世界，与周围人格格不入。他只望着她，一字一句道："你不是看中了我的潜力，你只是可怜我。"

那时候，贺闯大学毕业，成绩顶尖，家里也有相应的人脉，希望他考公，或者进事业单位。可他不愿意。跟家里争执了很久，他失望离家，可到上海混得也并不顺利。那会儿各大公司该招的新人几乎都招到了，留给他的机会不多，要么是看不上他的，要么是他看不上的。所以他渐渐对自己要走什么路、过什么样的生活产生了困惑。

"所以，我才想试试当猎头，我想知道，别人都走什么路，过什么样的生活。"喷泉已经停了，夜风吹过，只有一点细微的水声，夹在贺闯的声音里，显得有些含混，"那天面试，你问我家在哪里，我答得很敷衍；你问我为什么想当猎头，我也没太搭理。然后你就问了我，我父母同意我做这份工作吗。"

那会儿他觉得这个面试官非常讨厌，她的每个字都在冒犯他。可现在回想起来，分明是那时的林蔻蔻已经察觉到他跟家里的关系并不好，也大概猜出家里并不支持他的选择，甚至她能看出他对人是有攻击性的，并不具有猎头这个职业和人沟通的基本能力。然而她给了他工作。

后来，她还把他调进了她的项目组。顾向东未免不服，公司里也总有些风言风语，说也没看出他有什么本事，全靠林蔻蔻偏心。

贺闯是从来不在意旁人的非议的，听见了也只当是一阵耳旁风。然而那几句话，却让他辗转难眠。究其根本，不是因为那话戳着了他的痛处，而是因为涉及林蔻蔻。他竟一点也不愿意听见旁人诋毁她。所以那段时间，他面上不提，暗地里却发了狠，比任何人都认真、拼命，想用最快的速度超越顾向东，证明自己——他不想让旁人因为他而质疑她的眼光和判断。

他要成为那匹千里马，证明她是合格的伯乐；他要成为那枚金飞贼，证明她是杰出的猎人。

"我是你一手打造的完美作品，不对吗？"贺闯喉结滚动了一下，似乎压抑着某种情绪，声音低沉，"为什么现在，你一点也不留恋，说走就走？"

林蔻蔻想了很久，慢慢道："我想，赵舍得已经转达了我的意思，你应该很清楚了。"

"就一句，你知道了？"她不提还好，一提这个，贺闯眼眶都微微发了红，整个人仿佛一张绷紧了的弓，冷笑道，"林蔻蔻，我喜欢你，你是第一天才知道吗？"

当然不是。林蔻蔻耷拉下了眼帘。

贺闯看着她，只觉得可笑，自己可笑："之前你装作不知道，现在你又知道了。那先前那些年算什么？因为我还有用处，所以没必要挑明；现在没用了，或者说你也不想用了，就说明白，让我识趣点，自己滚蛋？"

早在让赵舍得转达这句话的时候，她就想，他或许会很难受，但她得比任何时候都狠心。

林蔻蔻从不否认自己是个功利的人，只道："之前你没看清我是这样一个人，那现在应该看清楚了。在航向时，我重视结果，也要业绩。我要足够听话的人，但最好野心不那么大。你比顾向东更合适，我没有理由选择别人，也没有理由捅破这一层窗户纸。但现在，如你所言，我不需要你了。"

贺闯简直不敢相信这话是从她嘴里说出来的。

"我在你眼里，就是个工具吗？"

林蔻蔻道："是你把我看得太高了。"

她在业内臭名昭著，从来都是有原因的。

一句话，就像一把刀子，戳进贺闯心里，他痛得恍惚了一下，才慢慢开口："所以我喜欢你，你自始至终都知道，但从来没有考虑过，哪怕是一点点喜欢我，是吗？"

林蔻蔻想说，她不知道，但话到嘴边，却变成："是。"

她望着贺闯，温和而冷酷地道："你是我的下属、晚辈，而我这个人不喜欢往身后看。"

林蔻蔻总是在向前走，一步也不曾停歇，仿佛不知疲倦，也不喜欢回望。对事这样，对人也这样。

贺闯终于被她伤透了心，退后了两步，凝视她良久，竟笑出声来："下属、晚辈，不往身后看……"

是啊，他竟然忘了，从进入航向开始，他便站在林蔻蔻后面。她就像是天上挂着的太阳，灼灼耀目，不可逼视。无论是谁，第一眼看见的都是她的光辉。没有人会注意到她的身后，她也不必回望。因为无论后面站的是谁，都无法成为她的对手。

既然都不曾看到，又何来喜欢？

林蔻蔻说："抱歉。但我还是想告诉你，过去的事，已经过去了，放过自己吧，你也应该有一个全新的开始。"

贺闯道："所以你不会回来了，是吗？"

林蔻蔻道："不会了。"

贺闯便慢慢退了一步，忽然觉得自己这一年的等待像个笑话："林蔻蔻，你就没有想过，旁人站在你身后，不是因为他们只能站在你身后，只是因为他们愿意站在你身后？"

林蔻蔻注视着他，心里道："想过，也一直知道。"

只不过……

她笑一声，嘴上说出来的，却和一年前一样："回去吧，我不值得。"

贺闯走了。

林蔻蔻回到家里，站在阳台上看了下面那树晚樱好半晌，才忽然笑了一声，回到客厅。墙柜上陈列着她过往的荣誉。她找来纸箱，将这些奖杯、证书，所有与航向有关的东西，全都装箱封好，扔去了外面的垃圾桶。

对向一默来说，今天是个开始；对贺闯来说，今天是个结束；对林蔻蔻来说，旧的一页已经撕下，该翻开新的篇章了。

而网络上，姜上白这一单被歧路拿下的消息已经不胫而走。虽然了解细节的人还不是那么多，没几个人知道这背后是林蔻蔻，可总有一些老熟人从蛛丝马迹里分辨出了端倪。

大晚上，林蔻蔻的手机响个不停，微信里忽然堆满了消息。

白蓝－嘉新：没搞错吧？林蔻蔻，你这人有没有骨气？居然跑去歧路，还跟姓裴的合作？姜上白那一单是你做的吧？你简直了……亏我以前还把你当我头号对手，你太堕落了。

Eric Wu（埃里克·吴）－同辉国际：Coco, you break my heart! Why Qilu？ W——H——Y——（蔻蔻，你伤了我的心！为什么是歧路？为——什——么——）

陆涛声－途瑞：恭喜，还以为你真的不会回来了。虽然去了歧路，但为你高兴。今年七月，猎头大会见。

黎国永－锐方：唉，真是世风日下，连昔日高傲的林大猎头，都跑去歧路助纣为虐。就算被航向开除，也不必如此自暴自弃啊。

…………

林蔻蔻忙完回来一翻，前面几条还好：白蓝嘛，就是个大喷子，见谁都能骂两句的那种，一直以来都单方面将她列为头号敌人；Eric Wu 很久以前就向她抛过橄榄枝，一直都想挖她去同辉国际，但一直都没成功，现在不知从哪儿得到她去了歧路的风声，心态炸锅正常；陆涛声跟她关系虽然不算特别近，但已经算得上很说得来话的圈内好友，所以是真诚祝福；可锐方的黎国永……她嘴角微微一抽。

自暴自弃？老东西狗嘴里就是吐不出象牙来。

要说四大猎头公司里她最讨厌的是谁，绝对非黎国永莫属。老狐狸一个，狡诈阴险！

她懒得回半个字，直接把手机扔到一旁去，洗了个热水澡，便早早地躺上床去睡大觉。

只是这一夜，对很多人来说，注定是个无眠之夜。

航向的办公室里，气氛窒息，顾向东脸色铁青，面临着程冀的责问；途瑞的高楼之上，灯火通明，新晋的那位猎头部副总监薛琳，在得知姜上白那一单已经关掉的消息后，恼怒地摔了文件；一栋别墅内，正在举行晚宴，觥筹交错，施定青穿着典雅的礼服，在接了某个电话后，微微怔神……

弥漫着消毒水味道的病房里，裴恕站在窗前，眺望着漆黑的远方，轻轻吹响了口琴，神情平静而冷寂。

第二卷

扫地僧

第十六章
肥羊上门

"这也太能吹了吧？"

新的一个月，新的一期《猎头圈》杂志，孙克诚看着前面几页的封面人物采访，没忍住吐槽了起来。

"这一期撰稿的真的没收途瑞的公关费吗？"

姜上白的 case 已经告一段落，向一默也终于搬进了他的新办公室，歧路这边只等着他保证期一过，分期收剩下的猎头费就好。所以林蔻蔻跟裴恕也暂时闲了下来。她就坐在对面，一面用手指滑着面前的 iPad，一面问："薛琳吗？"

"你都听说了？"孙克诚把那份杂志往桌上一扔，分外不满，"看看这上面吹的，不知道的以为她已经是业界第一的猎头了。怎么，当其他几大金牌猎头都是死的吗？"

摊开的杂志页面上，左边是一张人物照片，年轻的薛琳穿着一身黑白职业套装，站在落地窗前，面带微笑，显得精明干练，极有气场；右边则是最新一期的采访稿，从措辞就可以看出来，撰稿人对这一次的采访对象极为欣赏。

"在这家算得上'历史悠久'的猎头公司里，薛琳无疑是最新鲜的一股血液。半月业绩百万，一年晋升总监，固然有人诟病她手段激烈，不守常规，但不可否认，她的到来，为近年已陷入发展瓶颈的途瑞，注入了全新的力量，带来了意想不到的改变，让这家已经日薄西山的昔日巨头，重新回到大众的视线。

"有人说，她的风格与昔日那位传奇的女猎头林蔻蔻极为相似；但笔者认为，比起林蔻蔻，她更极致，更具有攻击性，假以时日，必能成为超越林蔻蔻的新生代王者……

"据闻，RECC 猎头大会的主办方透露，即将在今年七月举办的第 13 届大会，已向薛琳发出邀请。或许两个月后，我们将亲眼见证 RECC 大会上最年轻'金飞贼'奖获得者的诞生。"

孙克诚道："看，这说的，好像这届金飞贼奖已经非她莫属了一样。"

林蔻蔻很淡定："这几年冒头的新猎头里，就她风头最劲，奖颁给她的话，倒也无可厚非，她也配得上。"

孙克诚简直一头问号。他震惊地看着林蔻蔻："这稿子可说她比你更极致，假以时日一定超越你，简直在拿你给她垫脚，你都不生气？"

林蔻蔻笑："长江后浪推前浪，前浪被拍死在沙滩上不也很正常吗？"

孙克诚："……"

是真的在庙里待了一年，人都变佛系了吗？他不理解。

倒是裴恕似乎对林蔻蔻颇为赞同，只道："虚名罢了，有这看杂志的工夫，你还不如操心操心这个月的新人池。"

上一批人里，也就一个袁增喜被林蔻蔻挑中了。剩下的那些人当中，裴恕考虑过后，留下了张同。倒并非因为张同的能力有多出众，而是因为他的心性——连续两次落选，换别人心态早就崩了。可张同调整得很快，在林蔻蔻已经选了袁增喜的情况下，那次林蔻蔻在公司里找人帮忙一起做姜上白那一单的 mapping，张同却毛遂自荐去帮忙。林蔻蔻后来评价，这个人很有韧性。除此之外，其他人都会被清除出公司。

歧路的新人培养机制一向十分严格，所以最终能在这里成为猎头的，无一不是百里挑一的精英。

林蔻蔻赞同地点了点头，也对孙克诚道："而且我手里现在就一个袁增喜，团队里肯定得招人了。"

孙克诚仰天道："这么多事，皇帝的太监总管都没我累。"

林蔻蔻笑起来："你是能者多劳。"

孙克诚只道："现在想招人可不容易，各大猎头公司都在抢人，我们歧路在业内虽然独特，看知名度还是差了点。同样的薪酬，人家宁愿去四大，唉……"

说着说着，他就叹了口气，然后便将幽怨的目光转向了裴恕。

裴恕又玩起了他的纸牌游戏，一张一张往垃圾桶那边飞，听见孙克诚叹气时，他不用看都知道他想说什么，提前截住他话头："不要想，不可能。"

林蔻蔻好奇地抬起头来。

孙克诚恨得咬牙："你看别人家的猎头多会营销，上杂志，接采访，还出席大会，你就不能学一学，包装一下自己吗？"

裴恕道："上杂志又没钱挣，去大会也不给出场费，学来干什么？"

孙克诚："……"

林蔻蔻："……"

其实她以前就发现了，裴恕在业内虽然挺出名，尤其是高端猎聘领域，是个人都听说过他，可他从来没有上过任何一份杂志的专访，更没有出席过任何一届 RECC 大会。她也曾疑惑过，猜测过不少原因。比如生性低调，比如和主办方有仇，甚至比如一些怪癖……可万万没想到，真正的原因如此简单，如此粗暴，甚至粗俗——没钱！

林蔻蔻突感一言难尽："谁去杂志是为赚钱？不倒贴钱都是好的了。难怪往届 RECC 大会都请不到你……"

裴恕悠悠地道："我就是他们高攀不上的传说。"

孙克诚心道："老子现在就想拿枕头闷死你。"

不能再跟这祖宗说话，再说会气死自己。孙克诚惜命，干脆掉头转向林蔻蔻，问："林顾问，看得怎么样，这里面有想做的 case 了吗？"

iPad 里面其实是歧路目前还没有人做的全部订单。林蔻蔻已经翻了有一会儿了。她摇了摇头道："暂时还没找到什么特别感兴趣的，不过感觉最近在线教育领域的需求很旺盛，最近一个月来找上你们的订单里，竟然有 30％来自这个领域。"如果她没记错的话，施定青最近投的也是这个领域。

孙克诚道："你还不知道吗？最近这领域正火呢，连那个富豪董天海最近都入场了，投了一家叫'千钟在线教育'的公司。"

林蔻蔻一怔："董天海？"这个名字，她太熟了。

裴恕在一旁听见，便道："新的风口已经出现，热钱往哪里走，人才就往哪里流，新的领域必然拉动新的就业。我们这行又要忙碌起来了，赚钱的好时候啊。"

孙克诚回头一看，垃圾桶边的扑克牌已经落了一地。他气不打一处来："你为什么老在我办公室玩这个？"

裴恕停下来，淡淡道："我不想弄乱自己的办公室。"

孙克诚心道："我的办公室就可以随便糟蹋是吗？"

他深吸了一口气："祖宗，你现在是不是太闲了？"

裴恕道："我前几天不是才帮林顾问做了姜上白那单？"

孙克诚笑了："那也叫帮？你出什么力了？你不就是个混子吗？那单林顾问一个人完全可以搞定好吗！"

林蔻蔻在旁边悄悄点了点头。

裴恕看见，静默了片刻，道："我的时间很宝贵，不会浪费在不值得的case 上。"

孙克诚问："那你的 case 呢？"

裴恕道："在等。"

孙克诚觉得他在开玩笑："等？"

裴恕点点头："等一只肥羊上门。"

孙克诚怀疑自己最近智商下降，怎么感觉连他的话都听不懂了。

裴恕说完，看了一眼时间，然后便踱步走到了窗边，朝着大厦下方看去。隐约能看见一辆黑色的劳斯莱斯停在了楼下。走下来开车的司机戴了一双白手套。裴恕唇边便浮出一抹笑容来，将那清隽的长眉一挑，道："这不就来了吗？"

林蔻蔻与孙克诚心中同时浮起疑惑。

过了大约五分钟，前台小姐带着人来了。是一位年长者，头发白了一小半，手里拄着文明杖，颇有几分派头。身后还跟了一个秘书、一个助理，甚至还有一名保镖。

林蔻蔻坐的那张沙发恰好离门最近，不由得好奇地转过头去看。无巧不巧，这时前台小姐刚把门推开。那老者才迈进来一步，抬起头来，就瞧见了林蔻蔻那张白生生的脸，一时间竟露出了一种困惑不解的表情："是我走错了？"他一转头就退了出去。

林蔻蔻认出他来，突然感到了几分同情。

没两分钟，老人家似乎终于确认了这里就是歧路，再一次走了进来。只是先前的平静和善已然消失不见，取而代之的是满面的愤怒。那根文明杖举起来，似乎恨不能戳着林蔻蔻的脊梁骨，他咬牙切齿道："林，蔻，蔻！你怎么会在这里？"

原本宽敞的办公室里忽然多了四个人，边上还戳了个目露精光、身材健硕的保镖，视觉上看着竟有些局促起来。

董天海，这位富豪榜上名列前茅的资本大鳄，此时此刻就坐在沙发上，一只戴了戒指的手指紧紧攥住手杖顶端，近乎恶狠狠地瞪视着坐在他对面的林蔻蔻。

　　裴恕想过场面可能会比较精彩，可毕竟事情过去挺久了，他真没想到，能"精彩"到这地步，简直像是不共戴天之仇。要不是现在是法治社会，只怕董天海已经跳起来把面前的林蔻蔻掐死了。

　　他咳嗽一声："董先生……"

　　董天海那耷拉下来的眼皮都在跳："裴顾问，她为什么会在你们公司？"

　　裴恕笑起来："林顾问加入了歧路，现在是我们公司的猎头和未来合伙人。"

　　林蔻蔻于是十分礼貌地冲董天海打了个招呼："好久不见了董先生，您身子骨还健朗？"

　　董天海万万没想到今天会在歧路看见她，气都差点气死了，好个屁。只是他这地位的人了，城府毕竟不浅。紧紧地盯了她半晌之后，他终于皮笑肉不笑地扯开了嘴角，道："托林顾问的福，最近一年没什么人来我这儿挖墙脚，我吃得香睡得好，估计能多活两年，一时半会儿死不了。"

　　这话里的反讽，是个人都能听出来。林蔻蔻是半点也不意外。严格来说，董天海跟林蔻蔻有仇，而且是大仇——这个女人，曾凭借一己之力，挖垮过他一家公司！

　　那是四年多之前了，团购网站刚刚兴起，正打得火热，如今的某团某点评，都是那一场混战后来的幸存者。董天海有资本，是搞投资的，很懂看大势。早在这股风潮之初，他就看中了一家很有潜力的公司，两轮往里面投了一个多亿，该公司的估值一度高达十一亿美金，谁不说董天海眼光独到，早早抓住了一头未来的独角兽？

　　然而就在该公司估值十一亿美金的同一年，林蔻蔻接了他们某家竞品公司的委托，挥舞起她的锄头，瞄准了董天海投的这家公司，用尽各种手段挖人。不到半年时间，核心团队十一人离职了六个，而且全部加入了对手公司！

　　整个公司，于是自上而下开始了坍塌，人心惶惶。而林蔻蔻隐身幕后，这时可没闲着，趁此机会加大了力度，不仅自己出动，还派出了自己手底下的猎头，俨然将他们当作团购网站领域的"黄埔军校"，连普通高管和中层技术骨干，一天都能收到好几个猎头电话！

　　没过多久，他投的这家公司就被蚕食殆尽，只剩下个好看的空壳，高端人才尽数流失。什么估值十一亿美金，什么赴美上市，什么未来独角兽，全成了笑话！

在这一次之前，董天海这种高高在上的资本巨鳄，从来没把猎头这个职业放在眼里，认为他们无非一群招之即来挥之即去的服务者；然而这一次之后，他无数次复盘，竟发现自己恰恰是败在了猎头这个点上！

21 世纪，是人才的战争。可在被林蔻蔻连续挖走核心团队三个人之后，他这边的 HR 甚至都还不知道自己的对手，万分茫然地问："林蔻蔻，哪家公司的？"

猪一样的队友，如何能抵挡神一样的对手？林蔻蔻一战成名——她就像一个游荡在黑暗里的猎人，时不时射出一支冷箭，便能使对手惨呼哀号。整个猎头圈，甚至整个投资界，都记住了她的名字。

也是这一次之后，董天海彻底重视起了猎头这一环，让团队仔细研究过国内各大猎头公司之后，选定了歧路，开始了和裴恕的长期稳定合作。如今已经是第四个年头了。

现在想起来，他还恨得磨后槽牙呢，只阴阳怪气道："严格算起来，你还算是我跟裴顾问之间的'媒人'呢。"

林蔻蔻不惊不乱，淡淡道："那真的是很荣幸呢。"

当年她挖垮董天海公司的那一战实在是太出名了，连孙克诚这种不那么精通猎头业务的人都有所耳闻，现在看着两人之间的气氛，他生怕一会儿打起来，连忙出来倒茶，活跃气氛："那今天大家齐聚一堂，倒是缘分了，来来来，喝茶，请喝茶。"

董天海冷哼一声，到底是没说什么了。

几个人端起茶来喝了几口，才转入正题。董天海今天自然是带着事来的。

他直接问裴恕："我投了一家在线教育公司的事，你听说了吧？"

裴恕道："听说了。看来是有什么需要我的地方？"

董天海便示意了一下身后的秘书，让人将放在文件夹里的资料都放到裴恕面前来，道："我的团队评估，这家公司所选择的路线很有潜力，是用 AI（人工智能）技术辅以名师，发展青少年在线教育平台，目前已经有十几万用户，扩张迅速，非常有发展成为独角兽企业的潜质。但创始人团队非常不成熟，上一个季度出了不少昏招，面对媒体也经常有一些没脑子的发言，千钟教育在他手里恐怕走不远。我想要换个 CEO，今天来找你，就是想看看，你有没有什么想法？"

裴恕简单翻了一下资料。但其实早在得知董天海投资千钟教育的时候，他就已经研究过千钟的人事架构了，所以现在也没有看很久。

　　他只道："最近各大在线教育公司都在抢人，市场很热，出手的猎头公司也有很多，而且又是新兴行业，要找有经验的人很难，基本都是跨行挖角。您要换的更是 CEO 这种高位，恐怕不太好找。"

　　林蔻蔻听着觉得不对，这么谦逊，不像是裴恕的风格呀？

　　然而，董天海却是早已经熟悉他的套路了，闻言眼角微微抽了一下，直接道："职位年薪开到一千万，猎头费给 40%，我的要求就是够快、够好。这个费用，应该能让你满意了吧？"

　　一千万，40%，那就是四百万猎头费！放到任何一家猎头公司，哪怕是四大，这都是能让各大猎头抢破脑袋的肥单！

　　林蔻蔻听见，不由得倒吸了一口凉气。这会儿她才算明白，先前裴恕说的那一句"肥羊"究竟是什么意思。老先生开价也太大方了。

　　然而裴恕听了这个数之后，竟然无动于衷，连脸上那平淡的表情都没有一丝变化，只道："不够。"

　　"喀……"

　　旁边喝水的孙克诚呛了一下。

　　董天海那因为上了年纪而弯出好几道褶的眼皮，更是没忍住，剧烈地抖动起来，道："你不一向都是这个开价吗？我已经直接省略以往谈价的步骤，给了底价了。"

　　行业里猎头费能给到候选人薪酬 30% 的都寥寥无几。

　　但裴恕摇了摇头，道："这次不一样。"

　　董天海道："怎么不一样？"

　　裴恕道："我知道您虽然长期跟歧路合作，但为了避免自己投资的公司被这些大猎头公司挖角，所以也跟其他几家大猎头公司签过框架合作协议。"

　　这是业内的常规操作了。一般猎头公司和客户公司签订的协议里，都会规定，猎头公司只要与客户公司存在合作关系，就不得从客户公司挖人走。所以一些有钱的跨国企业，就算不是真的需要那么多的猎头公司，也会跟几乎所有头部猎头公司签订框架合作协议，每年支付高额的猎头费，为的就是这些猎头公司不挖他们的人，以此保证自家公司人事情况的稳定。一直以来，业内都将这种事戏称为各大企业给猎头公司交"保护费"。

　　董天海作为曾被林蔻蔻挖垮过一家公司的苦主，自然深知一个厉害的猎头能在商业竞争中起到多大的作用，一如裴恕所言，他的确签订了不少框架协议，和四大猎头公司也都有保持合作。

他道："这跟其他公司有什么关系？"

裴恕笑起来，露出了雪白的牙齿："当然有。我相信这个职位，您也已经让四大猎头公司的人都看过了，以您的身份，必然是那几位金牌猎头亲自出马。可您今天亲自来歧路了，这就证明，那些人大概没找到让您满意的人。这一单的难度，并不小。您不会觉得，我这个人善良到不会坐地起价，还按原价跟您谈吧？"

林蔻蔻惊叹不已，怎么有人敢把自己要坐地起价说得如此理直气壮？她原本觉得自己姜上白那单跟冯清谈价已经挺过分了，如今跟姓裴的一比才发现，她那点算什么？这才是实打实的"裴扒皮"。雁过拔毛，哪个客户从他手底下走一遭也别想好！

董天海显然也是没料到，这离谱的价格竟然还能往上涨，一时都没忍住咬紧了后槽牙："那你难道不知道，施定青也投了这个领域？"意思就是我的对手有她，你帮我就能跟她作对。

但裴恕仍旧波澜不惊，只道："我知道。"

董天海道："那你还要涨价？"

裴恕道："我这边也有林顾问啊。"

忽然被点到名，林蔻蔻差点没反应过来："跟我有什么关系？"

董天海也道："对啊，跟她有什么关系？"

裴恕道："林顾问现在在歧路，我要接了千钟这单 case，至少能保证半路不杀出个程咬金，事情会容易很多。"

董天海："……"

林蔻蔻："……"

万万没想到，她竟然也能成为谈价的筹码。

客户公司最怕的就是自己找了个大猎头，结果对手公司也找了一个，两家在同一个领域甚至同一个职位争起来，最后白花钱都是小事，怕的是真正好的人才被对方抢走。林蔻蔻搅局这种事干了也不是一次两次了。这种曾对整个行业都有统治力的女人，无疑是核武器级别的威慑。

董天海深深看了林蔻蔻一眼，考虑了很久，才问道："你想开什么价？"

裴恕顿时笑了起来，眼角眉梢都仿佛点缀着光芒，又是那种活脱脱妖孽再世的感觉。董天海心中顿时生出一股不祥的预感。

果然，紧接着就听裴恕轻飘飘地问了一句："您听说过谷歌和 Heidrick & Struggles（海德思哲国际咨询公司）这家猎头公司的故事吗？"

　　"噗——"

　　孙克诚直接喷了。林蔻蔻也一个手滑，把茶杯摔到了桌上，瞬间抬起头来，用一种看禽兽的目光看向裴恕。

　　姓裴的，董天海年纪一大把了，求求你做个人吧！

第十七章
事在人为

董天海已经惊呆了。他身后站着的男秘书，也用一种呆滞的眼神看着裴恕，鼻梁上那一副斯文的金丝眼镜，都往下滑了整整两厘米。原因无他，实在是裴恕这简单的一句话，信息量太大！

在猎头界，一直流传着一个财富神话——第一次科技浪潮时，一家名为 Heidrick & Struggles 的猎头公司，答应为谷歌寻找新任董事长，但条件是允许他们购入谷歌的股票。2004 年，谷歌上市。该公司把股票一卖，净收入 1.28 亿美元！

2004 年的 1.28 亿，美元！

裴恕在跟董天海谈价的时候提起这个，意思已经再明显不过。说实话，这一刻，不管是林蔻蔻还是孙克诚，都觉得眼前这位富豪会翻脸。毕竟哪儿有这样狮子大开口的？

然而出乎意料，在听完裴恕的话之后，董天海沉着脸，半天没说话，只是盯着裴恕，似乎思考了很久，竟问："你想要多少？"

裴恕道："候选人薪酬 40% 的猎头费不变，但我知道既然是选 CEO，您应该会许诺他公司股票的期权。我不多要，要候选人拿到的期权的 30% 就好。"

董天海问："你凭什么要这个价？"

裴恕笑了起来："我觉得董先生投的这家公司，值这个价；我本人也配得上这个价。您许诺我股票期权，相当于把我捆绑在了您的战车上。无论如何，我为了未来的回报和收益，都会竭尽全力，找到最适合这家公司的候选人。这无非是一场豪赌罢了，成了或许回报惊人；但投资有风险，也有可能有一天这家公司一文不值，那期权也好，股票也罢，都成了一张废纸。我相信，如果这间办公室里的人都做不成这一单，那整个上海也没有人能让您满意了。"

正所谓"事在人为"。越是厉害的老板，越知道人才的重要。多少行业巨头，每年都会支付数亿的猎头费。董天海自然也懂得这个道理。有时候买对一个人，比投对一家公司更重要。甚至从某种意义上来说，投公司本质还是投人。

董天海道："这些年，外界怎么评价我，你听说过吗？"

裴恕道："听过。"

董天海便笑了起来，脸上一道道皱纹填满了沧桑的痕迹，声音徐徐："那些人都说我，成功全靠运气，离了张贤，什么也不是。"

林蔻蔻心说，这传言，我也听过。

董天海这半生都在资本圈混，投过的公司不计其数，但真正被人记住且一直津津乐道的案例，只有一个——十年前投了如今市值超千亿的广盛集团。而张贤就是广盛的创始人。

投资达成的最初，董天海和张贤被各大报纸广泛报道，称为"新时代的伯乐与千里马"，关系十分融洽，合作愉快。然而上市之后，两人就分道扬镳。

张贤先是退出了管理层，不久后就将手里的股票陆续抛了，竟是再也没有出现在公众视线中，有人说他金盆洗手了，也有人说他出国了。

"他们都说，我老了，投资的眼光跟不上了。如果不是当年运气好，遇到张贤，现在什么也不是。不应该说，我是张贤的伯乐；而应该说，张贤是我的伯乐。"董天海说到这里，已经露出了几分嘲讽，"所以有时候我也会想，难道真是我眼光不行？可其实，我看好的，投过的领域，有不少都出现了独角兽企业。看风口的眼光，我是没有问题的。只是有时候，看准大势不一定就能成功。遇到足够有实力、有远见的人，去抓住这个风口，把事情执行下来，也很重要……"

并不是所有的猪，遇到风口都能飞起来。所有事都是人做的。人不对，投什么都是错。

裴恕听着听着，面上便露出了笑意。董天海这样的人，哪儿能动不动就跟你谈心呢？他道："看来您已经考虑好了。"

董天海叹了一声，不由得换了一种异常欣赏的目光看着他，道："如果不是你这公司不接受投资，我真的会投你的，多少钱都投。"

裴恕道："没关系，您也可以用猎头费代替投资，钱再多我也不嫌。"

林蔻蔻心道："这个人脸皮真的比城墙都要厚了。"

连董天海都服气了，笑着叹了口气，只道："你开的价，我可以答应。但我也有一个条件——"

裴恕微微挑眉："什么条件？"

董天海直接将手杖抬了起来，向林蔻蔻一指："我这单 case，她必须跟你一起做！"

　

同一时间，途瑞猎头。

新晋猎头总监薛琳的办公室里，迎来了一位贵客。她黑色的套裙配着上身一件西服外套，耳垂上挂着几颗珍珠耳饰，面容上虽然已经有了风霜痕迹，但反而增添了一种岁月沉淀过后的沉稳与大气。她眉形比寻常女性锐利一些，一双眼看人时也无比通透，看得出是个平时做派比较强势的人。

进了薛琳办公室之后，她便笑着打量了几眼，夸赞道："上次来途瑞，还是三年前，那会儿可没有这样的装修风格。薛总监果然是不同凡响……"

薛琳皱眉打量着她。

其实最初接到拜访电话时，她心里是不解的：作为航向猎头现在的老总，就算林蔻蔻走后航向的实力大不如前，可要找猎头也多的是，有什么必要专程来找一趟自己？

没错，眼前这个已经上了一点年纪的女人，就是如今还执掌着航向猎头的施定青。

薛琳不想绕弯子，只问："施总，您来究竟有什么事？"

施定青道："我有一单 case 想找你。"

薛琳诧异："找我？您是航向的，手底下的猎头要多少有多少，再不济还有个贺闻。有什么必要来找我？"

施定青随意地坐了下来，道："公司的猎头自然不少，但这一单 case 却不是航向的 case，就算是避嫌，也得找外面的人。而且，我看来看去，只有你最合适。"

薛琳一下就想到了前段时间的财经新闻。这事情在业内还引起了挺大的讨论。毕竟像施定青这样从猎头行业赚了钱，又跨界去投资在线教育行业的，迄今为止还是独一个。

她道："难道是跟您投的那家公司有关？"

施定青道："我就喜欢跟聪明人讲话，不费力气。不错，我前段时间投了一家在线教育领域的公司，想必你已经听过。学海教育的规模不大，但概念很好。创始人姓孔，是曲阜孔家的传人。只不过创业毕竟是个力气活，现在这领域热起来了，竞争肉眼可见地激烈，我和孔先生讨论过，都认为他不适合做管理，应该为学海教育聘请一位职业经理人当CEO，所以今天才来找你。"

这番说辞，和薛琳所料的大差不离。只是……

她道："全上海那么多猎头，比我资历深的、能力强的，不在少数，您为什么偏偏挑中我？"

施定青笑起来，一面审视着她，一面道："我这一单不简单，一般人做不了。我听人说，你很厉害，是如今猎头圈唯一一个能超越林蔻蔻的新人王。"

"董先生，对不起，我想我从头到尾都没说过要接您这一单吧？"董天海竟然点名要林蔻蔻加入这一单，着实让人有些没想到，然而更让人没想到的是，片刻静默后，林蔻蔻惊人的回答，"我这个人接单，比较看心情和喜好的。"

董天海的脸色瞬间难看了下来。他皱眉看向裴恕。然而裴恕在最初的惊讶之后，只是两手一摊，向他露出个"爱莫能助"的表情。

在圈内，裴恕以"认钱不认人"出名，不管是什么利欲熏心的资本家，只要把足够的钱摆在他面前，他都愿意为他们倾力找出满意的候选人；可林蔻蔻是另一种极端，接单完全看心情和喜好，但凡她厌恶的人，就算是把一个亿堆在她面前，她也懒得假以颜色。

早在当年挖角董天海投资的那家公司时，林蔻蔻就对这位资本大鳄的作风有所耳闻。而她之所以能挖垮对方大半个公司，也有赖于对方不做人，对那个公司的核心创始团队太过苛刻，以致人心涣散，不堪一击，挖人几乎没什么难度。所以，尽管还没深入接触过，但对董天海这个人，她至少说不上喜欢——她完全没有理由接下这一单。

办公室里的氛围突然变得有些凝滞。

裴恕抄着手，懒洋洋地坐在一旁，完全没有插话的意思。孙克诚则是战战兢兢，不敢讲话。董天海身后的秘书更是用一种看怪物的眼神看向林蔻蔻，仿佛不敢相信，天底下竟然会有猎头敢拒绝自家老板的点名邀约。

然而林蔻蔻镇定自若，甚至旁若无人地饮了一口茶，淡淡道："何况我以前挖垮过您投的一家公司，这次就不担心我背后捅您一刀吗？"

董天海道："疑人不用，用人不疑，这个气量我还是有的。"

林蔻蔻笑："可惜我没有，我实在不想为自己不喜欢的人工作。再说有裴顾问在，想必他一个人就能搞定这一单了，用不着再多一个。"

董天海于是盯着她，久久没有说话。

这位富豪忍无可忍，脸色越来越差，就在孙克诚以为他就要发飙的时候，他却忽然叹了口气。

林蔻蔻一怔。

董天海的神情已经平静了下来，只道："我听说，你是站在候选人这边的。"

林蔻蔻既不点头，也不摇头。

董天海继续道："虽然我知道，我这样玩弄资本的人，你应该不太喜欢；但我投每一家公司，和你看好每一个候选人，没有本质的区别。你希望你的候选人拿到他们应得的酬劳，我也希望我投的新公司达到它们本该达到的成就。"

林蔻蔻心道："这老头儿，话术不错。"

裴恕在旁边无声地笑了。

董天海站了起来，走到落地窗前，看着外头晴朗的天幕，俯视着下方鳞次栉比的高楼，只道："做猎头也好，搞投资也罢，最怕的就是被人说眼光不行。林顾问错看了施定青，被迫离开航向，从这个行业消失一年。我需要一场新的、成功的投资来证明自己，林顾问难道就不需要一单新的、成功的大case，来宣告自己的回归吗？"

他回过身来，看向林蔻蔻。林蔻蔻脸上突然没了表情，盯着他不说话。

董天海却放松了下来，只道："总之，我对当年挖垮过我一家公司的人的能力，还是非常信任的。剩下的，就全凭林顾问自己考虑了。"说完，他点点头，冲众人礼貌一笑，竟告了辞，从办公室里出去了。

孙克诚坐着愣了一会儿才反应过来，赶紧跟出去送人。林蔻蔻和裴恕却都坐在办公室里，谁也没动。

裴恕打量着她的神情，她狭长漂亮的眼尾拉开，便是一副慵懒惬意的神态。他笑着问："董天海这人的格局，还不错吧？"

林蔻蔻冷冷扫了他一眼，道："人家当着你的面，点另一个猎头一起做这一单，你倒一点也不生气？"

"我有什么好生气的？"裴恕站起来，伸了个懒腰，一副满不在乎的口吻，"这么大一单case，有钱赚还不好吗？怎么，林顾问先前没答应，难道是在为我抱不平？"

长眉一扬，他忽然看向林蔻蔻，眸底带着几分探究，还有几分故意浮在面上的戏谑。

林蔻蔻突然觉得自己刚才的同理心真是一秒都没有必要。姓裴的认钱不认人在业内是出了名的，她怎么会觉得对方那一刻可能会有点不舒服？

深吸一口气，她微微一笑："既然裴顾问不介意，那就再好不过，我们可以来谈谈分钱的事了。"

裴恕："？？？"

孙克诚去送了董天海回来，心里面美滋滋的，推门便道："没想到坐在公司都有 case 上门，董先生这一单要是成了……哎，你们怎么了？"

话说一半，他抬起头来，突然意识到情况好像不太对。明明他走时都好好的，可这才过了几分钟，回来一看，办公室里的气压，低得让人简直禁不住要打个寒战。

只见裴恕抄着手站在办公室中间，两道眉往中间皱着，几乎在眉心挤出个深深的"川"字，他直勾勾地盯着林蔻蔻。反观林蔻蔻，却是悠闲惬意。她不仅懒洋洋地坐在沙发上，还端着先前没喝完的茶在那儿细品，漂亮的眉眼也仿佛被茶水浸泡开了一般舒展，让人看了赏心悦目。

见到他进来，她抬了眼眸，一副心情很好的模样："难得今天坐在公司就有这么大一笔 case 上门，咱们下去吃一顿吧。老孙你想吃什么？我请客。"

一说到吃，孙克诚可就精神了。他眼睛都亮了，下意识道："楼上有家刚开的港式火锅，我馋了好久了，一直没机会去！"话音刚落，就发现裴恕杀人一般的目光转了过来。

孙克诚："不就吃顿饭吗，我说错什么了？"

林蔻蔻一听，却是笑容满面，立刻拍板，站了起来，道："好，那我们就去楼上吃吧。裴大顾问，一起吗？"

裴恕开口就想说你们去吃，我不稀罕，只是一转念想起刚才有关分钱的谈判来，又觉得胸中一口恶气难吐，于是笑起来，咬着后槽牙道："吃，为什么不吃？"

都亏成这样了，凭什么不吃？吃还能赚回来一点，好歹让这女人出点血。不吃岂不是便宜了她，何必！

他当先披了外套，招呼孙克诚，一道出了办公室。林蔻蔻看着好笑，不紧不慢跟在后面。

孙克诚看着这两个人，却是一头雾水。等电梯的时候，没忍住悄悄压低了声音问："祖宗，你们这是什么情况，打起来了？"

打起来？要真打起来就好了，左不过进一趟医院的钱。

裴恕冷冷斜了站在那边的林蔻蔻一眼，咬牙道："以前怎么没看出来，长得浓眉大眼，却生了一副黑心肚肠！"

　　孙克诚一脸迷茫，没听明白。裴恕却是回忆起刚才在办公室里那一场短暂的谈判，在听见林蔻蔻嘴里冒出"分钱"两个字的时候，他就怀疑自己是幻听，没忍住问了一句："你刚刚说什么？"

　　林蔻蔻分外淡定，重复了一遍："分钱。"并且生怕他听不懂，附上了解释："董天海点我名，要我们俩合作，这么大一笔报酬，你不会是想自己独吞吧？"

　　这话简直是对裴恕人格的侮辱。他虽然素有"认钱不认人"的传闻，但自问从不亏待自己的同伴，闻言险些一口老血卡在喉咙里："我是那种人？"

　　林蔻蔻说："我又不了解你。"

　　裴恕差点被这一句话噎死，好半晌才缓过来，问："你想要几成？"

　　林蔻蔻便道："既然是合作，那我也不要多了，五成就好。"

　　五成，一半?! 裴恕怀疑她在跟自己开玩笑："第一，单子是冲着我来的，不会因为没有你，这一单就不做了；第二，公司里其他会给我们提供支持工作的人员呢，运营成本要不要摊？你一开口就要一半，我认为不太理智。"

　　此时的他还未意识到林蔻蔻的诡计，试图跟她掰扯。

　　林蔻蔻考虑了片刻说："你说得也对，那就四成吧。"

　　裴恕想也不想就拒绝："不可能，顶多三成。"

　　林蔻蔻一听，竟然就点了头："好，说定了，那就三成。"

　　她答应得太干脆了。裴恕心里瞬间冒出了一股不祥的预感。

　　果然，紧接着就见她脸上露出笑容，明媚得跟楼下大堂摆着的那些花似的，悠悠道："三成也不少啦，反正这单子其实算董天海委托给裴大顾问你的，我嘛，名义上合作，其实负责打酱油就好了。躺着不干事，还能分三成，天底下没有比这更赚的生意。那接下来这单 case 我就静候裴顾问佳音了。"

　　裴恕眼皮当时就跳了起来："你的意思是，你不打算出力，就等着我一人把活干了？"

　　林蔻蔻一副惊讶的样子，反问他："不然呢？我说过，董天海这人我不太喜欢，能勉强答应合作这一单，已经是看在裴顾问你的面子上了。"

　　裴恕惊呆了："你就不怕我撂挑子不干，我俩谁也没的赚？"

　　林蔻蔻于是摇了摇手指："裴顾问爱钱，在业内是出了名的；而且这么多年来，我还没听说过哪些跟你合作的客户给你打差评，这证明就算你在业内风评不好，至少也是爱岗敬业。单都接了，不可能不做的啦。我相信，就算没有我参与，裴顾问一个人也能完成得很好。"

裴恕心情复杂。

他一万个没想到，不管是从以前那些捕风捉影的传言来看，还是根据他这段时间的观察和了解，林蔻蔻就算不完全是那种不食人间烟火的理想主义者，至少身上也带着一股不屑与凡俗庸人同流合污的清高，可忽然间面具一揭脸一翻……裴恕才发现，这女人竟然还有两副面孔！

而且离谱的是，仔细思考她这一番话，他竟还无法反驳——单肯定是得做的，董天海也的确点名了要她合作。她要只想名义上合作一把，事实上只打酱油，自己还真拿她没办法。

无耻，无耻之尤！

谁能想到自诩"认钱不认人"的他，竟然在面对昔日死对头林蔻蔻的时候，被坑了这么一笔？裴恕现在想起来，隐隐觉得自己心脏都不太好了。

偏偏林蔻蔻在旁边好像听见了他刚才那番话，竟笑着插话道："知人知面不知心嘛，我跟裴顾问严格算起来也没有认识太久，不了解很正常。何况'近朱者赤，近墨者黑'，有裴顾问跟董天海报价珠玉在前，我怎么着也得学着点，争取不差裴顾问太远吧？"

裴恕："……"

如果早知道有今天，他就是从这栋楼跳下去，也绝不会让孙克诚放林蔻蔻踏进歧路半步！

到了餐厅，三个人坐下来点菜。来得晚，没包间，只能坐大堂。裴恕人在气头上，点菜都懒得看口味，直接翻到最贵的那几页海鲜，让服务员全给自己上一遍，瞬间成功收获了服务员诧异的目光和周围食客们看暴发户一般的异样眼神。

林蔻蔻倒是没有意见，只道："也没关系，吃不完还能打包。"

孙克诚举双手双脚赞成："这个好，我办公室里有个小冰箱，能放，不浪费。"

裴恕听了，差点气得把菜单盖这俩人脸上。

只是点完了菜，孙克诚心里浮出一个困惑来："我们才接了个单，就吃得这么奢侈，会不会有点不好？"

裴恕冷冷道："反正请客的不是你，带嘴吃就是了，废什么话？"

林蔻蔻也道："有裴大顾问在嘛，这一单不需要担心。"

孙克诚便问:"这一单怎么做,你们已经有眉目了?"

这话一出,饭桌上忽然安静了片刻。裴恕下意识与林蔻蔻对望了一眼——眉目?那可真是半点也没有。

董天海这种富豪,先前已经找过了四大猎头公司的人。虽然歧路也不能说在行内寂寂无闻,可无论是规模还是名气,都差着四大一大截。人家四大每家都有一位金牌猎头,接到董天海的单必然也是全力以赴的。裴恕可不认为自己一个人的人脉能抵得上四大猎头公司的总和,就算再加一个林蔻蔻也不行。也就是说,寻常意义上他们能联系到的候选人,四大的猎头团队早就已经联系过了,但没有一个能行。

那,这千钟教育的未来 CEO,还能去哪里找,又得是什么人?

裴恕慢慢皱了眉头。

孙克诚虽然不算是什么专业的猎头,但也尝试着提出了一些建议:"如果跨行挖人呢?在线教育本质算互联网,去哪个互联网公司挖个人不也一样吗?全行业总裁级别的人太多了,我就不信四大的人全都找遍了。"

没想到,林蔻蔻听了竟然摇头。

她自问对董天海还是有点了解的:"我相信,不管这一单曾经交给谁做,大家都已经把自己能找到的最好的人选递给董天海看过了。可为什么这个职位现在还没关掉?很简单,因为这个人要求很高。以前我挖角他投资的公司时就发现了,明明在业内其他人的眼里,那个创业公司的核心团队已经非常优秀了,可董天海对他们的评价普遍偏低,甚至在很多场合表示过不满意。年轻人都是有心气的,董天海这种行为,说好听点,叫高标准严要求,说难听点,和职场 PUA(精神控制)没区别。"

说到这儿时,她眼底已经露出了一分嘲讽。

裴恕听着没说话。

孙克诚却好奇了:"能被他选中投资的公司,哪一家都得是独角兽潜质吧?创始团队肯定都是人尖子里的人尖子,这他都不满意,我们上哪儿给他找人去?"

服务员已经开始上菜。锅底是胡椒猪肚鸡,服务员帮他们盛了汤出来,一人面前放一碗。林蔻蔻便拿起汤匙,端起碗来喝了一口汤,淡淡道:"所以,这也是我一开始就不太愿意掺和这一单的一大原因。符合要求的人很好找,但想要让董天海满意很难。众所周知,他唯一满意过的,可能就是当年广盛集团的张贤。当然,人家后来跟他闹掰,干脆人间蒸发了。"

孙克诚也端起汤来喝了。唯有裴恕，坐在位置上一动不动，眸底掠过几分思索。

林蔻蔻抬头看他："不吃？"

裴恕道："不，我忽然有个想法。"

他抬眸，与她对视。

林蔻蔻第一时间是错愕的，紧接着才从对方那闪烁的目光里接收到某种不同寻常的信息，眼皮都跳了一下："你认真的吗？"

裴恕没说话，但显然是默认了。

只这两句话的工夫，孙克诚简直觉得自己成了个局外人，怎么又听不懂了呢？他道："什么想法，什么认真，说明白一点啊。"

林蔻蔻只回过头来，问了一句："老孙，你刚才送董天海下去，觉得这人身体怎么样，有心脏病吗？"

第十八章
同道中人

孙克诚被问得一头雾水。

别说他就是个普通人，就算是三甲医院的名医来了也不能一眼就看出董天海有病还是没病啊。他被林蔻蔻搞糊涂了，愣了好半晌，才意识到她问这话的深层目的何在，一时间灵光一闪，竟然想到了，不由得换了一种震骇的目光看向裴恕："祖宗，这可开不得玩笑的！你不会是想把张贤找回来，让他跟董天海重归于好吧?!"

没错，裴恕想找的是张贤！传说中的广盛集团创始人，那位当年在广盛上市后直接抛售股票，跟董天海轰轰烈烈闹掰，至今也不知去向的奇人！

相比于孙克诚和林蔻蔻多少都有点不淡定，裴恕看上去非常冷静，大脑正以一种恐怖的速度运转："林顾问刚才说的那个点很对，如果董天海是拿张贤作为标尺，来衡量他之后遇到的每一个人，那无论我们找到谁推荐过去，他都不会满意。除非，我们能找到一个完全符合标准的人，或者……"

林蔻蔻迅速跟上了他的思路："或者摧毁这个标准！"

孙克诚脑袋不够用了："摧毁?!"

裴恕立刻向林蔻蔻投去了"同道中人"的目光，点头决然道："对，摧毁。人的记忆会美化过去，可事实上过去的事不一定有记忆中那么好。董天海是哪种情况我们不知道，但如果能找到张贤，不管是哪种情况，我们都赢了一半。"

假如董天海真的只满意张贤这样的，他们促成二人冰释前嫌，皆大欢喜；假如董天海时隔多年再次见到张贤，发现张贤不过尔尔，那就有可能换一种客观的目光来看待自己如今投的那些公司的创始人，以及他们即将推荐过去的候选人。无论哪种可能，他们都稳赚不赔！

　　只不过这个想法实在是太大胆了。董天海可是有名有姓的富豪了，当年跟张贤闹掰也是尽人皆知的事情，他们要提前告诉董天海这个想法，大概率会被拒绝；但如果他们不声不响忽然把人找回来，要董天海见一面，说不准这老头儿直接翻脸叫他们滚蛋。操作难度实在太高了一点。

　　而且……

　　不知什么时候，林蔻蔻早已经放下了汤碗，完全沉浸在这单 case 的思考当中了，拧着眉头道："可问题是，张贤这个人，要怎么找？"

　　裴恕闻言，眉头也皱得更深了。

　　的确，想法再好，也得能实现才行。张贤早好几年就已经隐退了，业内想必也不是没有人找过他，可从来没有一点音信，连他从广盛集团退了以后到底去了什么地方，都是众说纷纭，从来没有个准信。这个人，他们真能找到？

　　林蔻蔻与裴恕都不自觉地思考了起来。只有孙克诚，一碗汤端着，放也不是，喝也不是，这一刻他深深感觉到了自己的格格不入：不是说好了一顿大餐吗？这俩人，还让不让人好好吃饭了！

　　一张餐桌变得安静，周围的声音，便变得明显了起来。

　　邻桌落座了两名青年，似乎正聊他们公司里的事。

　　"公司里那个前台是真的不行，好几次客户打电话来，她连话都听不懂，转接都没法转接，耽误事。"

　　"我早说了，前台得是阿联酋的空姐，两万月薪请来都不亏，这是公司门面。"

　　"陈少你可别开玩笑了，前台都给两万，那总裁办的秘书得是什么水平？人事部门也是得做薪酬规划的……"

　　…………

　　林蔻蔻本是在苦思冥想，忽然间被"招阿联酋的空姐当前台"这一点吸引了注意力，往下一听忽然听见"秘书"这个字眼，脑袋里灵光一闪。对面的裴恕，几乎同时抬起头来。两人目光一撞上，便知道对方肯定跟自己想到一块儿去了。

　　林蔻蔻语速飞快："张贤当年是广盛的创始人兼 CEO，有秘书吧？"

　　裴恕道："肯定有。"

　　林蔻蔻道："秘书这种职位，是知道老板秘密最多的职位。别人那儿打听不到的，他们未必不知道。我们或许可以找找张贤当年的秘书！歧路平时做这种职位吗，有没有这方面的人脉资源？"

裴恕道："歧路不做，但公司里有人做过。"

话说到这里，他竟然一番思索，直接把面前的碗碟一推，拿起旁边的外套，站起来就要往外走。林蔻蔻也下意识地起身。

孙克诚看得傻眼，赶紧把他们拉住："等一下，你们就走了，饭还没吃呢！现在是午休时间啊，你们就是上去找，公司里现在也没人啊。"

两人经他提醒，这才反应过来：是啊，大中午的，就算有人做过秘书这领域，他们现在也找不到人啊。

而且林蔻蔻还想得深一层：之前不是说好了董天海这一单她只打酱油不出力，怎么现在突破口一来，自己就跟上了发条一样，自动转入工作模式呢？她看了裴恕一眼，意识到不对。先前亢奋起来的大脑迅速恢复冷静，林蔻蔻拉开椅子，重新坐下，端起了刚才没喝两口的汤碗，道："老孙说得对，吃饭。"

裴恕刚才也是突然想到突破口，一时没忍住。现在被孙克诚提醒，当然也知道自己不可能大中午一个电话把别人叫回来忙，于是也反身走回来坐下。只不过，他喝了两口汤之后，没忍住看向林蔻蔻，眼底却带上了几分戏谑和调侃："先前林顾问不说这一单你只打打酱油，坐享其成，躺着等分钱吗？怎么刚才又出点子又想出力，好像比我还激动？"

林蔻蔻早料到他会借题发挥，心里暗骂了一声，面上却是维持着得体礼貌的微笑，只道："没办法，猎头做习惯了，总有点职业病。不过多亏了裴顾问提醒，接下来我一定好好兑现我的承诺，多帮你干一件事，算我输。"

职业病……虽然不算什么大病，可只要得了，就不太好治呢。

裴恕看着她的脸色，心情忽然就好了起来，甚至愉悦地眯起眼睛笑，像只狡诈的狐狸，只道："好啊。"

想也知道，这人脑袋里已经为她设好了一千一万个坑，就等着她以后往里面跳呢。林蔻蔻暗自咬牙。

三个人一块儿吃了顿表面无比和谐的饭。只不过临走时，发生了一个小插曲，来自邻桌。

原本她已经结完账就要走了，可没想到，邻桌大概是在玩什么大冒险之类的游戏，竟然有个人拿着手机走过来，站到了林蔻蔻面前："这位小姐，请问我能加一下你的联系方式吗？"

林蔻蔻抬头一看，不由得挑了眉。这不就是那位说该请阿联酋的空姐当前台的"陈少"？

他青年模样，二十五六年纪，从头到脚一身小众名牌，打扮得格外时髦，盘靓条顺，简直闪闪发光得跟 T 台上的男模似的。粉红色的衬衫，要扣不扣，散开的领子上还沾着一抹口红印，也不知是真的，还是衬衫本身就按这风格设计的。整个人都透着不羁和随性，还有股很独特的丧劲，一身入骨的风流颓靡。

先前吃饭的间隙，出于猎头的职业惯性，他们这一桌就观察过邻桌了。虽然没玩猎头游戏，但了解得也不少。

裴恕早就发挥自己毒舌的本领，进行过一番评判："做投行的富二代，家里有钱到一定的境界；脾气不小，本事不大；私生活混乱，叛逆，跟家里关系很差。刚刚他说同事穿的是假鞋，如果不是真的没情商，那我相信，他在这家公司待得很不耐烦，想走很久了，但可能一直都没有成功。"

林蔻蔻不得不说，自己的判断其实和裴恕差不多。只不过裴恕对这个人只是随口一评，没有什么想法，她却不一样。

看着对方递到自己面前的手机，她笑着问了一句："玩游戏输了？"

陈错顿时一怔，有些意外于她的敏锐，停了片刻，才笑起来，如实道："是。所以能请你帮我这个忙吗？要是没成，回去得喝酒的。"

裴恕在旁边听着，皱起了眉头。他认为林蔻蔻应该根本不想搭理这种无聊的游戏，已经要走上来帮她挡人："林顾问，走吧……"

可万万没想到，还没等他话音落地，林蔻蔻竟然直接叫了刚才帮她结账的服务员，要了刚才用来签单的笔，翻到账单的背面，把自己的电话号码写上了。

孙克诚都没理解："林顾问？"

林蔻蔻却只将那写了号码的账单递了出去，淡淡道："我觉得将来有一天，你会给我打电话。"

陈错向来是个不学无术的富二代，游戏人间、玩世不恭的那种，私生活也的确算不上很干净。但他知道分寸，玩这种大冒险游戏输了去要别人电话，就算别人给了，他从来也不会真的去打。眼前这女人，凭什么这么说？

他微微蹙了眉，下意识地垂眸看了一眼，却发现那串号码旁边，简单写了几个小字备注：猎头顾问，Coco Lin（林蔻蔻）。

居然是个猎头？陈错诧异地看向她。但林蔻蔻写完这串号码之后，已经没有再多说的意思了，只冲他礼貌一笑点过头，便从餐厅出去。

裴恕刚开始没明白，但看见那人低头看那串联系方式时的表情，却是回过味儿来了，不由得讽道："垃圾桶里捡候选人，不愧是你林大顾问，佩服。"

林蔻蔻的确是看上了陈错。她道："我可不像裴顾问，手底下有整整两组人能用，团队里现在就一个袁增喜呢，可不得自己盯着点，想方设法到处淘点人回来？"

裴恕听了，回想起刚才那人问她要电话她随随便便就给了的场面，心里总不大舒服。他斜了林蔻蔻一眼，冷哼一声，干脆走到前面去了。孙克诚和林蔻蔻便被落在了后面。

林蔻蔻看了一眼他的背影，颇有些不解，没忍住问孙克诚："他刚刚是不是有点阴阳怪气？"

孙克诚刚想说是有点，只是一转念，他便露出了个古怪的神情，发出了来自灵魂的考问："他有哪天不阴阳怪气的吗？"

林蔻蔻："……"

的确，裴恕少有不阴阳怪气的时候。林蔻蔻想想，竟无法反驳，索性也就把刚才心中生出的那一分怪异的感觉抛之脑后，跟在裴恕后面，回了公司。

如今的在线教育领域可谓风起云涌，群雄争霸，各家都在池子里面抢人，董天海虽然没给明确的时限，但情势无疑是紧迫的。中午吃饭时既然已经聊出了这单case的操作方向，接下来需要的就是执行。回到公司，裴恕做的第一件事，就是把孟之行和叶湘叫到自己办公室。

林蔻蔻想起他之前说公司里有人接触过秘书这个领域，现在一看，多半是孟之行和叶湘，便也跟了进来。

果然，裴恕开口第一句就是："我记得你们俩来歧路之前，都做过秘书这个职位？"

孟之行顿时一怔。

叶湘也是差点没反应过来，可等反应过来后，竟然想起了什么不堪的过往，激灵灵打了个冷战，飞快向孟之行一指："我只能算做过，但这个孟之行是专业的！当年江湖人称'南京路妈妈桑'，后来是'上海滩大总管'。做秘书这个职位，他敢说第二，没人敢称第一！"

孟之行鼻梁上挂着的眼镜都差点滑了下来，难以置信地看向叶湘，她在这种关键时刻竟然"背刺"同事？当年的心酸与苦痛，他也是回想一下便冒鸡皮疙瘩。那种日子，谁想再经历第二次？

向来沉默寡言的孟之行，此刻的口才仿佛开了挂："不，那都是当年大家开玩笑的罢了，在被裴哥你捡回歧路之前，我就是个废物，从来没有做出过什么成绩。要说秘书这个岗位，还是叶湘最擅长。有什么事情你找她，保管给你办得妥妥的。"

要知道，作为一、二组的组长，孟之行和叶湘虽然同为裴恕的手下，但一直以来竞争都挺激烈，相互之间别着苗头，就算林蔻蔻这种才来歧路没多久的都略知一二。可此时此刻，这俩人竟然在互相吹捧，恨不能将对方形容得天上有地上无。

她没忍住问了一句："'南京路妈妈桑'和'上海滩大总管'都什么意思？"

孟之行瞬间戴上痛苦面具。

叶湘则是一笑，直接跳到林蔻蔻边上，迅速解释："他专做秘书这个职位，当年工作微信上有七八个群，每个群里都是秘书妹子，还有一个群专门放男秘书。哪个老板要人，他就往群里问一句。有一回被网警逮了，怀疑他是在用暗号搞什么非法的皮肉生意……"

林蔻蔻："……"

竟还有这么一桩往事，她好像明白了。这一时再看孟之行，林蔻蔻眼神里不由得多了几分微妙、几分同情。

秘书这个岗位，在三百六十行无数种职业里，都是排得上号的特殊岗位。但凡公司老板、企业高管，身边都要配这么个人。有的作为老板的智囊存在，有的作为老板的总管存在，还有的作为丫鬟、仆从存在……他们位置不高，接触的却都是上流人士。他们薪酬不多，服务的却都是高薪人群。一天到晚要跟着老板跑，老板的孩子生病，秘书最好有相关医院的人脉；老板要招待客户，秘书最好熟知本地娱乐场所的情况……总而言之，要求极高。要处理的事情很繁杂，为人处世还要贴合老板的喜好，要面面俱到，要长袖善舞，拿的钱还不多，更无法获得什么工作上的成就感。

越是大城市大集团的秘书，越不是普通人能胜任的。大部分秘书，家庭出身不错，不差钱。他们选择成为秘书的理由也多种多样。有的是想在老板身边多见见世面，也不是没有秘书一跃成为公司 CEO 的案例；也有的是家里安排，希望有份体面的工作；或者是自己喜欢，毕竟虽然不是身在高位，但狐假虎威也能对别人发号施令；甚至有一些人是为了保持和高端人群接触，从里面找到合适的"金龟婿"或者"富婆"……秘书和异性老板存在暧昧关系的，也不在少数。这种种的情况就决定了秘书这个职业的从业群体非常复杂，不受控制，各有想法，各有风格，甚至存在不少公主病。

猎头行业现在像律师行业一样，也搞领域细分，律师分打民事的、刑事的、商事的，猎头也会分互联网猎头、医疗猎头甚至房地产猎头、金融猎头。有的外资猎头，甚至已经细化到了职位。

比如孟之行，在来歧路之前，就在一家外资猎头企业，因为刚进公司，不受重视，什么高端职位都接触不到，就被分配去做秘书职位的那一组。就这一个小小的秘书职位，组内还要按照片区划分。孟之行负责的刚好是上海南京路那一片，所以后来才有了"南京路妈妈桑"这个让他恨不得重新投胎的绰号。

所以现在黑历史重提，他简直痛不欲生，不解道："老大，你突然问这个干什么？我记得你当初说不要秘书，连助理都不要啊。现在是想重新聘一个吗？"

裴恕道："不，我想找一个人，打听点事。"

他直接简要说明了董天海这一单的情况，然后给孟之行派了任务："你精通这个领域再好不过，去打听打听，有没有人认识张贤当年的秘书。"

叶湘在旁边偷笑。

孟之行有种以头抢地的冲动，考虑良久后，怀着一种悲壮的心情，问道："老大，我已经离开前公司很久了，手上虽然还有人脉，可要再跟人家联系，得有个由头，万一让前公司那边知道，我总觉得有点不好。要不，我理个名单出来，回头你让别人联系？"

话说到这里，他看向了叶湘。叶湘瞬间柳眉倒竖。

然而裴恕想了想，道："这事得机密，不能让人知道我们的目的所在。这样吧，你就说是我要找秘书，拟个名单给我，我自己去联系套话。"

孟之行顿时睁大了眼睛："你自己联系？老大，这……"他似乎有一万句话想说，眼底甚至带了几分惊恐。

然而裴恕这时走向了自己办公桌，并没有注意到这一点，只道："别废话，去吧，尽快把名单拟给我就行。"

林蔻蔻旁观者清，几乎立刻就意识到，很快要有好戏看了。孟之行几乎向她投来了求救的目光。

林蔻蔻才不管呢，把手一拍，笑眯眯道："孟组长能者多劳，裴顾问叫你去你就去嘛，怕什么？"

孟之行险些想哭，想想事情是裴恕交代他去办的，就算到时候发现联系这些秘书会很……那也不干自己的事吧？何况，他真的不想再重温旧日的噩梦了。

想到这里，孟之行如此这般地自我劝慰一番，终究还是从裴恕办公室里退了出去，真跑去拉秘书名单了。林蔻蔻也惬意地回到了自己的办公室。董天海这一单有裴恕忙，她不用去操心，反倒有闲心教教袁增喜。她特意从公司未完成的订单库里找了一个不算太高的职位，交给袁增喜练手，准备看看这神棍还有多大的潜力能发挥。

只是她才把相关邮件发出去，一低头，就看见手机上弹出来一条群消息提醒。林蔻蔻加的群不少，但所有群都是屏蔽了群消息的，按理说，不该有这种横幅提醒。她下意识地蹙了下眉，仔细一看，才发现这条消息来自 RECC 猎头大会的官方群，并且艾特了全体成员。

左明－途瑞：@全体成员，今天为大家引见一位本届猎头大会重磅与会人员！

这个群一直都是 RECC 猎头大会的官方群，毕竟一般来说很多人参加了一届就会参加下一届，就算下一届不来，下下届也会来。整个业界的精英就这么多，有新增的血液再吸纳进来就行，所以群一直很稳定。像林蔻蔻这样去年缺席了一届的也并未被清退——当然，也不至于有谁想清退她。

群里各大猎头公司的精锐都在，包括四大的金牌猎头，比如途瑞的陆涛声、锐方的黎国永、嘉新的白蓝，还有同辉国际的 Eric Wu……但当初谁进来的时候也没这个排场啊，还艾特一把全体成员。林蔻蔻心里刚生出好奇，下一秒，人就已经被拉进了群里。

界面消息提示："左明－途瑞"邀请"薛琳 Shelley－途瑞"加入了群聊。

薛琳？林蔻蔻顿时挑了一下眉。这不就是途瑞最近一年势头特别猛的那个新人王吗？据说连陆涛声都压不住她。

群里几乎立刻有了反应。

"竟然是薛顾问，那这届大会可好看了。"

"欢迎加入！"

"我之前还念叨呢，像薛顾问这样的不参加猎头大会太可惜了，没想到今天就进来了。"

"久仰了，久仰了……"

…………

潜水党们纷纷冒头，热烈欢迎，最资深的几位大佬可能并不是随时都在看手机，所以回复得稍晚一些。

锐方那个糟老头子黎国永最先表示欢迎，发了"欢迎"两个字，还配了个鼓掌的小表情。同在途瑞的陆涛声却表现得很克制，只发了个笑脸。有一半法国人血统的 Eric Wu 则是热情洋溢，夸张地发言。

Eric Wu- 同辉国际：OMG（我的天啊），我以为这届 Coco 不参加我能拿到团队第一，现在又来了个 Shelley！

群里的气氛一时间无比热闹，薛琳也发了一条感谢消息。

薛琳 Shelley- 途瑞：谢谢欢迎，本届大会请大家多关照。

众人都十分友好地回复着。唯独有一个人冒出来，分外扎眼。林蔻蔻本来都要放下手机了，一看新蹦出来的那条消息，眼皮便没忍住跳了一下。

白蓝 - 嘉新：我还以为是有什么官方大消息发布。下回能不能不要随便艾特全员？不是所有人都想被这些鸡毛蒜皮的消息打扰。

这消息一出来，全群都安静了。足足有一分钟，一个敢出来接话的都没有。

开玩笑，说这话的可是白蓝啊——除了是嘉新的王牌猎头之外，还是圈里面出了名的暴脾气，大喷子一个，逮谁骂谁。上到世界五百强的知名客户，下到月薪五千块不到的小候选人，甚至就连她自己公司里的同事，就没有她不能喷的。一张嘴骂遍猎头圈，在行内全无敌手。

途瑞的猎头拉薛琳进群却要艾特全员，的确是有些欠妥。毕竟这是官方群，虽然大家平时也聊天，可也有为数不少的猎头待在群里不说话，只是为了等大会召开的时候看看官方的消息。途瑞这边的人既不是大会官方，发布的也不是什么紧急重要的消息，艾特全部人，就为了介绍薛琳加入，许多人被打搅，看进来之后，心里多少是有点微词的。只是如今薛琳风头正劲，是个人都知道她将来在行内必然是一号人物，所以有意见都忍了，没讲出来罢了。现在倒好，出来个白蓝。论实力不比薛琳差，论资历更是甩她一条街，更别说这逮谁喷谁的暴脾气……

有些好事者几乎立刻就意识到，有好戏看了。

比如锐方那只老狐狸黎国永，在看见群里这长达一分钟的沉寂后，眼见没人出来火上浇油，就笑呵呵地发了两句。

黎国永 - 锐方：哎呀，这两年经济形势不好，多少同行都失业了，好容易才出了薛顾问这么个人才，不要这么斤斤计较嘛。就算不看在薛顾问的面子上，也看看途瑞，看在老陆的面子上嘛。

好家伙，原本白蓝不过是单纯对这件事有意见，现在被他一说，直接上升到她对途瑞有意见，还把陆涛声拉出来了！林蔻蔻心里顿时骂了一声。黎国永这老东西向来是看热闹不嫌事大，年纪越大人越坏，一肚子黑水简直都要透过屏幕从他发的那字里行间渗出来！

白蓝岂能不了解黎国永？这点把戏她看得穿，可这一年多来薛琳作为新冒出来的猎头到处踩着人吹，她今天看了那份《猎头圈》杂志就已经挺看不惯薛琳了，现在群里还搞这一出。她正愁没地儿撒气呢，于是冷笑一声，打字嘲讽。

白蓝-嘉新：出了个人才？能进这群里的哪个不是业内排得上号的？你拉老陆出来，好，那我就问问，@陆涛声-途瑞，前几年你拉林蔻蔻进来的时候，有这排场吗？

林蔻蔻："???"

第十九章
RECC

　　人在办公室中坐，祸从聊天群里来。在看见白蓝这条新消息时，林蔻蔻简直一脑门子的问号，感觉自己膝盖疼。好端端提她干什么？

　　她是三年前开始参加的RECC大会，加群时是陆涛声顺手拉进去的，就随便跟大家打了打招呼，连天都没怎么聊。群里的老猎们对此都还有印象。陆涛声那边显然也记得，只是过了好久也没回消息。白蓝便出言讽刺。

　　白蓝－嘉新：怎么，年纪大了不记得了？我怎么记得是黎国永老年痴呆比较严重，你也步他后尘？

　　黎国永心情复杂，发了串省略号。

　　陆涛声终于回复。

　　陆涛声－途瑞：是我们公司的同事考虑不周，刚才我已经提醒过了，如果打扰到大家，真的很不好意思。

　　这算是代表途瑞出来道歉了。

　　陆涛声是圈内出了名的好人，平时大家有点什么忙他都会帮，谁也不愿意跟他为难。就算白蓝也一样。

　　但她一口恶气咽不下，临了也没忘指桑骂槐。

　　白蓝－嘉新：要是人人都能这么通情达理知进退就好了，总不至于随便翻本杂志都能看到人踩着别人吹自己，天天给自己脸上贴金，自己没本事不会独立行走吗？

　　这话是在阴阳谁，是个人都能听出来。只是在这圈子里对白蓝性情稍有了解的人都不会去点她这根炮仗，大家都装作没听见没看懂，赶紧发了一波消息，试图让这事赶紧揭过去。可谁也没想到，薛琳也不是个善茬儿。

自打白蓝发言后，她就一句话没说。此时此刻，她却忽然冒了出来，措辞极硬地单独引用回复了白蓝那句话。

薛琳 Shelley - 途瑞：白顾问是在说我吗？

白蓝 - 嘉新：看来你有自知之明。

薛琳 Shelley - 途瑞：我不知道你跟林蔻蔻是什么关系，但杂志采访都是基于事实的判断。我希望像白顾问这样的人知道，林蔻蔻，尊称一声"林顾问"好了，入行六年多，在去年被开除之前一年的 case 总额也不过是一点三亿，而我进入这个行业的时间才一年出头，过去一年 case 总金额是一点五亿。事实上，我也很厌恶经常被人拉出来跟林顾问比较，毕竟谁也不想天天跟一个不如自己的人比较。您说是吧？

这一长串字打出来，整个群里看见这消息的人都炸了——这简直是在宣布，不是我碰瓷林蔻蔻，是林蔻蔻碰瓷我！他们对薛琳的作风早有耳闻，可没想到竟然锋利至此，才进群就说出如此令人震撼的一番话。

作为莫名其妙被牵扯进去的第三方，林蔻蔻读完这条消息，也不由得盯着薛琳的名字和头像看了好半晌。这位猎场新人王，真是锋芒毕露啊……早年自己似乎也是这个风格，只不过越到后来越发现，没什么必要。

摩挲着手腕上那串佛珠，林蔻蔻慢慢一笑，懒得再看这一场口角，直接关掉了群聊界面。只是没想到，白蓝的消息紧跟着就狂轰滥炸过来。

白蓝 - 嘉新：别装死了，林蔻蔻，我们几个都猜到你回来了！你立刻马上滚去给我看群，RECC 那个群！

白蓝 - 嘉新：你现在都被新人吊起来捶了！

白蓝 - 嘉新：老娘从业八年多了，从来没有见过这么嚣张的人，比你当年有过之无不及！还敢一上来就吹自己业绩，那是有途瑞给她做背书啊，招牌在那儿，来头猪做业绩都不会差，心里没点数……

都不用看见她人，光看见这一串感叹号，林蔻蔻都能感觉到她扑面而来的愤怒，心里不由得叹了口气。白蓝就是典型的战斗型人格，现在被人家甩业绩打脸，心情怎么可能好？只不过……

她眉梢一挑，总算是慢吞吞地打出几个字来：我记得，我俩不是仇人吗？别人踩我，你这么义愤填膺干什么？

白蓝 - 嘉新：……

噢，差点忘了自己的人设。

她进猎头这行基本跟林蔻蔻同期，只比林蔻蔻早个一年左右，难免有些case上的摩擦。早年林蔻蔻的风格又跟现在的薛琳没两样，嚣张得别说妈，就是爷爷都不认，作为一个职业喷子，她当然选择直接开炮。走哪儿喷哪儿，就算到 RECC 大会上台发言，她发言稿里都要 diss（贬低）林蔻蔻几句。

她自命是林蔻蔻的死对头，林蔻蔻那阵子也确实跟她针锋相对。可气人的是，没过多久就不知打哪条石头缝里蹦出来个裴恕，也跟林蔻蔻对着干。一开始他还处于下风，不怎么招人眼，可没过半年就已经能跟林蔻蔻打得旗鼓相当，彻底吸引了林蔻蔻的注意力，以至于她这个最初的对手，到后来竟然完全被无视了。无论她怎么挑衅，林蔻蔻都不搭理。那阵子，白蓝差点心梗。

她看林蔻蔻不爽，看裴恕更不爽，所以后来脾气一上来，干脆连他俩一块儿喷，发表了著名的"狗咬狗言论"：林蔻蔻和裴恕本质都是豺狼，一丘之貉罢了，互相掐起来那是极品凑对，要能同归于尽简直是业界一大喜讯，就算只掐死一个也是为行业除害，算老天有眼。可谁能想到，后来发生这么多事，林蔻蔻被航向开除，竞业一年，回来竟跟裴恕一块儿干了！想想就来气。

白蓝没忍住，又在心里骂了一声，才咬着牙捡回了自己的喷子人设。

白蓝 - 嘉新：义愤填膺？我这叫等着看看你们狗咬狗掐起来呢，业内出了个这么踩着别人营销的，以后有你受的了。

林蔻蔻：你这么恨，是被她抢了多少 case？

白蓝 - 嘉新：……

林蔻蔻，你会不会说话！

她看见这一句，差点没脑袋冒烟。

林蔻蔻半天也没等来回复，有些奇怪，发过去一个问号。然后对话框前面就出现了一个红色的叹号。系统提示：消息已发出，但被对方拒收了。

"又拉黑？"林蔻蔻无语，"打听打听八卦嘛，心态这么脆弱，这一年没什么长进啊。"

得亏白蓝听不见，不然得被她气得原地升天。

只是被拉黑了，林蔻蔻淡定得很，一点也不在意。认识这么多年，这也不是头一回了。反正把她晾一边，过一段时间她自己憋不住了，就会自己解除黑名单，颠颠儿跑来主动找气受。

林蔻蔻想着，就要放下手机。可今天，注定不是平静的一天，来找她的人，也注定不会只有白蓝一个。

一条新消息进来了。是一封电子邀请函链接，点开来便是 RECC 大会的

logo，上头写着"诚邀林蔻蔻顾问参加第 13 届 RECC 猎头大会"。

陈志山 - 猎协：林顾问，去年大会你不来，今年竞业协议过去总能来了吧？可有好久没见你了，老同志们都惦记你呢。

陈志山跟林蔻蔻认识挺久了，是猎头协会的主席，当年林蔻蔻还在航向，名气没太闯出来时，日子也不那么好过。多亏了陈志山照拂，帮她引荐了好些知名企业作为客户，才渡过了那一阵的难关。严格算起来，这是林蔻蔻的恩人。别人的消息她可以不当回事，陈志山的消息却得回上一回。

林蔻蔻：多谢您挂心，不过今年大会我来不来还不太能确定。

陈志山 - 猎协：那我不管，行内拢共就这么点人才，你都缺席一届了，上一届你是没来，都不知道有多无聊，一点也不好玩。

林蔻蔻：如果我没记错的话，大会得以公司的名义参加吧……

陈志山 - 猎协：……

陈志山 - 猎协：你现在在哪家？

林蔻蔻：……歧路。

陈志山 - 猎协：……

林蔻蔻看了看这串省略号，摸了摸鼻子，大约能想象那边陈志山的心情了。谁不知道歧路是裴恕说了算？这人行事出格，要钱不要脸，更不合群，从来就没参加过任何一届大会。她相信陈志山不是没去邀请过，毕竟裴恕在圈内也算响当当一号人物。可从结果倒推就知道，陈志山在姓裴的那儿不知吃了多少闭门羹。

过了好一会儿，陈志山似乎才整理好自己的心情，发来消息。

陈志山 - 猎协：你到底为什么想不开，要加入歧路呢？现在离职换个公司或者自己开一家公司来得及吗？

林蔻蔻：……

陈志山 - 猎协：好的我知道了。

林蔻蔻：真的很抱歉。

陈志山 - 猎协：我突然有个想法，要不你去帮我问问，那个姓裴的这一届要不要参会吧？

林蔻蔻：……？

陈志山 - 猎协：我已经被他拉黑两年了。

林蔻蔻：？？？

陈志山 - 猎协：唉，这个人真的很有本事，我其实能理解你为什么选择加入歧路。只可惜，他太傲了，我请过好多次，他就是不肯来。你现在跟他算同事了吧？真的，帮我问问吧，算我欠你个人情。说不准他这一届愿意来呢？

林蔻蔻：……

行啊姓裴的，猎协主席你也敢拉黑，真不怕在这行混不下去啊。林蔻蔻属实大开眼界。

怎么说陈志山也帮过她，现在开口请她帮忙问问，也实在算不上什么大事，不答应似乎有些不合适。林蔻蔻想了想，然后打字回复。

林蔻蔻：这么点小事，别说什么人情了，我帮您问问吧，不过结果如何不敢保证。

陈志山那边连声道好。于是林蔻蔻放下手机，看向了对面。

已经是下午，今天天气不算很好，裴恕办公室里没开灯，有些暗，只能看见人坐在电脑前面，一张脸映着光，也不知道在干什么。

她心里着实纠结了一阵。让她出面请裴恕？这人要过分点，说不准就抓住机会对她一通摆谱，末了还要贱嗖嗖来一句"不去"，毕竟人先前话已经放那儿了，"我就是他们高攀不上的传说"。

可她已经答应了，再反悔也不可能。

林蔻蔻叹了口气，起身走过去，硬着头皮敲了敲门，然后把门推开了一条缝："裴顾问，有时间聊聊吗？"

裴恕面无表情地坐在桌子后面。听见声音，他头都没抬一下，仍旧直勾勾地盯着电脑屏幕，整个人极其罕见地呈现出一种阴郁得快要长毛的状态。

这是……怎么了？

林蔻蔻进来，先摁开了灯，然后才问："裴顾问？"

裴恕仍未回答，还是恨恨地盯着屏幕。

林蔻蔻好奇了："出什么事了？"

她走过来，见裴恕也没反对的意思，便把脑袋凑过来，往他屏幕上一看。这一看，直接笑出声来。

裴恕终于咬牙抬头："受害者就在旁边，你还笑出声来，有没有职业道德？"

职业道德？他这种极品有什么资格提职业道德？

林蔻蔻笑了："我没有，你就有？"

裴恕无话可说。

林蔻蔻指着他的屏幕："还当你裴大顾问多大本事呢，几个秘书而已，就聊成这样？"

裴恕整个下午的心态都很爆炸。听了林蔻蔻这不以为意的话，他不由得冷笑一声："你有本事，你来？"

话说着，手一扒拉，竟直接把屏幕转向了林蔻蔻，那上面全是他今天跟别人的聊天界面。

孟之行这位昔日的"南京路妈妈桑"爱岗敬业，说到做到，接完任务之后回去就到处打听张贤的秘书。

资历比较深，跟张贤比较久的一个，叫乔薇。只是他那边没找到联系方式，只能退而求其次，把曾经跟乔薇共事过或者有过工作接触的秘书名单拉出来，递给了裴恕。于是裴恕自己上阵，就跟这些秘书聊上了。

他早已经接触过无数的高端客户，也跟他们的秘书打过许多次交道，哪个秘书不是体贴周到、长袖善舞？原本他以为，自己带着猎头的身份去，以给她们介绍新工作机会的名义去，凭借他的话术，交流起来应该没有难度。可没想到……

"找秘书啊，老板年纪多大，姓什么？学历高吗？我喜欢国外留学回来的，素质高，如果是本地那种又老又丑还秃的……"

"怎么又是猎头？我说过了，秘书位采光条件不好我是不会去的！刚装修完的那种也不要，甲醛高，对人的皮肤损害太大了。"

"不好意思，我只在陆家嘴这两栋楼上班，要三十五层以上，其他地方的工作都不考虑。"

挑老板学历长相、要办公环境都是轻的，竟然还有精确到地段和楼层的！而且这还不是最离谱的！

最离谱的是一位刚聊时看着挺正常的，聊了没两句，对方忽然来了一句："你什么星座的？"

裴恕当时愣了一下没反应过来。紧接着，对方的消息就跟石油井炸了似的，源源不断地喷了过来。

"要看风象星座和上升星座。我风象星座是白羊，跟天蝎、天秤的人呢不太对付，但风象星座是水瓶、双子的人比较旺我……

"占星师跟我说我这个月适合出去找工作，下个月如果涂粉色的口红，会有桃花运。

"你什么星座的呀？

"怎么不说话呢？"

还能说什么？裴恕自进入这个行业后因为见多识广而日渐稳固的三观，受到了强烈的冲击。直到这时候，他才恍然明白，为什么先前孟之行听说他要自己联系这些秘书，会露出那样惊恐的表情……

后悔，裴恕的感受就是十分后悔、相当后悔。

林蔻蔻点开他跟这些秘书的聊天记录，差点没乐死，道："我以前怎么没发现，裴顾问你这么直男呢？连星座这种话题都接不上？"

没有一句回复情商在点上，连跟这些女孩子沟通的基本技能都没有。

裴恕母胎单身多年，这些年见到的女性不是客户就是候选人，就算有人对他有意思，可在他眼底也只是一笔笔代表金钱的数字，频道都对不上，遑论是跟别人沟通一些奇怪的话题了。林蔻蔻这句嘲讽，简直扎得他膝盖疼。

裴恕冷了脸："我一个正经猎头，不跟她们谈工作，难道要先浪费时间陪她们唠个三五十分钟的嗑？我的时间贵到按秒计费你替她们付？"

外头响起敲门声，叶湘探脑袋进来："老大，金城律所那单 case 的候选人来了，在三号会议室等你。"

裴恕烦躁："让他等着，我现在没空。"

叶湘瞬间不敢说话。

林蔻蔻看他一眼，乌漆漆的眼珠一转，道："要不你去见候选人吧，这边我来帮你搞定。"

裴恕忽然看向她，与她对视："你是这么好心的人？"

林蔻蔻当然有目的了。她还要帮陈志山问问 RECC 大会的事，现在帮帮裴恕，一会儿他说不准能给点面子呢？当然，这话不用现在说。

林蔻蔻道："这单 case 我也是要打酱油的嘛，和别人聊聊天套套话这种都不算工作量，举手之劳，我帮你处理处理也没什么。"

叶湘那边弱弱道："金城合伙人那边说跟您约的四点钟，现在已经等了挺久了……"

裴恕拿起手机看了一眼时间，现在已经四点二十分了。

林蔻蔻直接拉开他的椅子，坐到了他的位置上，接管了他的工作，头也不抬道："你就放心去吧，没意外的话，等你回来我就搞定了。"

裴恕想想，终究没再说什么。他直接收了手机，走向门外的叶湘："过去吧。"

会议室里跟金城律所合伙人这边大概谈了有半个小时，裴恕回来，看见林蔻蔻已经神情轻松地坐在他椅子上喝茶，那架势惬意得就差把腿都跷到桌上去了。

裴恕这间办公室，装修是极有品位的。线条干净利落，透着股冷冷的质感。连给电脑配的键盘都是一色的冷白，很符合他给人的感觉。一只 LV（路易威登）的皮夹随意扔在边上，应该是专门用来装卡的，身份证、银行卡、信用卡。林蔻蔻甚至看见了一张某行私人 VIP（贵宾）客户才能开的卡，最里面似乎还装了一张老照片，边角磨损得有些严重。

林蔻蔻正自好奇，探头去看。

裴恕刚好进来，直接将那皮夹收起，不冷不热地看她："非礼勿视，林顾问不懂吗？"

林蔻蔻嗤笑："你自己放边上，怪我？"

裴恕懒得理她，只问："搞定了？"

林蔻蔻一笑，直接拿起旁边一张写了号码的便笺纸，夹在指间扬了扬："乔薇，给张贤当过三年的秘书，联系方式我已经拿到了。"

裴恕取过来看。

林蔻蔻道："你也不用跟她打电话，我已经打过了。她现在就在陆家嘴这一片工作，只不过现在跟老板出差，明天才回来。我约好了时间，明天午后在陆金所旁边的咖啡馆见。"

不仅套来了联系方式，还把人都约好了，真够有效率的。这前后也才半个小时……裴恕不得不佩服，这女人是有点本事在身上，以前才敢那么嚣张的。

林蔻蔻说完便伸了个懒腰，从他椅子上起来，道："就看明天她愿不愿意告诉我们张贤的去向了。你这边没事，我先走了。"

裴恕点了点头，也没在意。他更好奇林蔻蔻跟那帮"公主病"是怎么聊的，又到底是用了什么话术，竟然能在这么短的时间内套到自己想要的信息，所以直接坐了下来，晃晃鼠标点亮电脑屏幕，查看起聊天记录来。

不看则已，这一看他差点怀疑自己是登错了别人的微信。这都是什么？

"男人跟女人一样，也总有那么几天嘛，别沮丧，都会好起来的。"

"TF（汤姆·福特）的香水我也喜欢，有好多呢，你给我个地址，我给你寄点。"

"讨厌，人家才没有这样想……"

"聊得实在太开心啦，裴顾问说得我都心动了。简直是我的指路明灯，啊，想问问您现在有女朋友吗？"

裴恕："？？？"

先前那些难搞的秘书，态度全都一百八十度大转弯。

挑剔老板学历长相的，对他嘘寒问暖；忌讳公司甲醛高损伤皮肤的，想给他寄礼物；只在陆家嘴那两栋楼上班的，突然忸忸怩怩，光看发的消息都让人掉一地鸡皮疙瘩……最可怕的是那个问星座的，一眨眼居然问他有没有女朋友，看起来很像是要自荐?!

裴恕眼皮狂跳起来，直觉告诉他，一定发生了什么不好的事情，于是顺着聊天记录往上翻。才翻没几条，他一张脸就已经铁青，直接把鼠标摔到了桌上，抬起头来便咬牙质问："林蔻蔻，你拿我微信都跟人聊了什么?!"

林蔻蔻得意于自己如此迅速就搞定了一桩难题，正美滋滋地走着，速度不快，才刚到门口。听见背后突如其来的这一句，登时脖子后面一凉。她当然知道自己都干了什么。

这一时便回过头去，露出个安抚的笑容："为了快速拿下她们，我不得不运用了一些特殊的手段，反正裴顾问你还单身，就当我帮你相亲了吧。"

裴恕眼神已经能杀人了。

林蔻蔻感觉到危险，瞬间"啊"了一声："五点了，下班了，不说了，咱们明天再见！"

话说完，甚至都不回自己办公室收拾一下，便直接脚底抹油，溜之大吉。

上班一条虫，下班一条龙。全公司上下就数她跑得最快，一眨眼就不见了影子，徒留裴恕坐在办公室里，感觉自己需要来颗速效救心丸。

只可惜，跑得了和尚跑不了庙。第二天，林蔻蔻还是被裴恕逮住了——毕竟他们还要去约定的地点见乔薇，总不能直接玩失踪吧？

两人一块儿从公司出发，上了车，裴恕抄着手坐在后座，就噙着那么一抹冰冷笑看她："帮我相亲？"

林蔻蔻仰天长叹："不就是用你的名义撩了撩妹吗？我都没觉得有什么，你一个男人，能不能大方点？"

裴恕道："你一个女人，欺骗女性同胞的感情你很光荣？"

林蔻蔻翻了个白眼："别给我扣帽子，撩撩又不犯法。"

裴恕第一次感觉到，林蔻蔻不仅是他以往的死对头，还是国家精神文明建设的一道坎，这种话怎么就敢这么理直气壮地说出来？

林蔻蔻同样在车后座，十分随意地翻出了自己的拿手游戏消消乐，一副随意的口吻："要不怎么说你不识趣呢？这些秘书小姐姐，哪个不是嘴甜心软，家底丰厚？我都给你创造了机会，你只要肯接着聊，剩下半辈子都不用努力了……"

裴恕磨着后槽牙："林——蔻——蔻！"

林蔻蔻立刻服软："好了，好了，别斤斤计较了，我那不也是为了完成任务，用了点权宜之计吗？对了，昨天差点忘了，有个事想问问你。"

好歹算是认了错。

裴恕想，事情都发生了，也的确不能再计较什么。他没好气地问："什么事？"

林蔻蔻咳嗽一声，试探着开口："陈志山你认识吗？猎协那边的人。人家托我问问你，这届 RECC 大会，你要不要去？"

裴恕忽然换了一种眼神打量林蔻蔻，好半晌后，竟然道："你昨天之所以帮我，不会是为了这事吧？"

这人有读心术吗？林蔻蔻没想到自己话都还没说两句，竟然就被拆穿了昨天的意图，一时无言。

裴恕却是若有所思："你受人之托有求于我，都帮我做事了，为什么还要搞这一出？"

拿他微信撩妹，简直得罪死他了。

林蔻蔻回想昨天，心里也涌出了一股无来由的悲壮，幽幽道："一开始我也不想这样，可这些秘书小姐姐温柔体贴，我聊着聊着就……"陷进去了。

裴恕："……"

林蔻蔻摇头，又叹了口气，问："所以 RECC 那边，考虑去吗？"

裴恕冷笑："你说呢？"

林蔻蔻："……"

行，明白了，没钱不去。她不再说什么，也早猜到是这结果，尤其是在她昨天帮裴恕相完亲把人得罪死之后。

两人在陆金所下了车，直接进了旁边的咖啡馆。

工作日的下午茶时间，人不太多，环境尚算安静。张贤的前秘书乔薇已经准时到了。她三十四五年纪，打扮知性而成熟，待人温文有礼，聊起来一点也不费劲。

裴恕跟林蔻蔻坐下之后，简单寒暄两句，就直接说明了来意。

乔薇听说他们是想通过她打听张贤，不免有些惊讶，沉吟了片刻后，竟问："你们找张总是为了……？"

她是个谨慎的人，当然不会随意向两个陌生人吐露信息。

林蔻蔻和裴恕一点也不意外。

裴恕道："我们都是猎头，找张总自然是为了挖他出山，有一家刚拿到投资的潜力公司在找 CEO，开出的条件很丰厚，我们认为张总很合适。"

乔薇看着他们，似乎考虑了一会儿，然后便笑起来："对不起，如果是这样，我可能帮不到你们。我毕竟已经离职很久了，并不知道张总现在的行踪。"

裴恕瞬间皱了眉。乔薇不是一开始就说自己不知道，而是询问过他们一番，考虑过后，才跟他们说的不知道，这也就意味着她其实知道，只是不想说。他跟林蔻蔻对望了一眼。

林蔻蔻斟酌了片刻道："我们听说，乔秘书现在供职于一家药企，是老板的私人秘书，但工作很忙，前阵子好像还因为过度劳累进过医院。那位药企老板在业内风评不太好，我接触的一位秘书以前在他那边工作过，说这个人每天要养一条金鱼，但第二天就会让秘书扔掉换一条新的。有很多秘书受不了这一点，觉得老板变态，待不了几个月，就辞职了。"

乔薇面色微变。

林蔻蔻唇边却始终挂着浅浅的笑意，对她释放着自己的友善，道："其实我们找到乔秘书您，除了想打听张总的情况，也有着另一层考量。CEO 这种高位，肯定是要配备秘书的。但您也知道，秘书这种岗位都是为高层私人定制的，轻易不轮换，一个贴合心意，做事还妥当的秘书，简直打着灯笼都难找，更别说临时抓人。所以我和裴顾问今天也是想来问问您，如果我们能挖回张总，您愿不愿意跳槽过来，再次担任他的首席秘书？"

张贤还没退时，在业内风评极佳，体恤下属，关怀同事。在他手下当秘书的那段时间，虽然只有三年，可对乔薇来说，弥足珍贵。

老板突然换了秘书，难免挑三拣四；秘书突然换了老板，也未必就合心称意。

她盯着林蔻蔻看了很久，最终轻叹一声，摇了摇头："想挖张总没那么容易的，我劝你们还是趁早放弃，找别的候选人吧。"

这口风是松动了。

裴恕不是什么轻易放弃的人，只问："不试试怎么知道，我们都还没出马，乔秘书怎么就知道我们不能成？"

乔薇笑了起来："他要愿意回来，哪儿轮得到你们找？当年离开广盛集团之后，他就直接去了庙里，剃度出家了。你们难道还能去庙里把他挖回来？"

庙里出家？这节奏……

林蔻蔻眼皮一跳，下意识地问："哪座庙？"

乔薇记不太清了，竭力回想了一下："就国内很出名的那个，收了很多高才生和离退企业家的那个……"

裴恕突然道："清泉寺？"

乔薇轻轻"啊"了一声："对，是这个。你竟然知道？"

裴恕："……"

岂止知道，简直不要太耳熟好嘛。

这是撞到了他们枪口上，瞌睡时候来枕头啊。劝僧人还俗，这不是某人的拿手好戏吗？他目光闪烁，看向林蔻蔻，刚想说什么，然而，才转过头去，便发现她脸上的表情似乎不太对。

按理说，张贤就在清泉寺，她这个竞业期就在清泉寺搞事情的人应该高兴才对。可此时此刻，那一张白生生的脸上，却是三分喜，七分悲，悲喜交加，惨惨戚戚。

第二十章
航班延误

关于林蔻蔻之前失踪的一年都去了哪里这个问题，裴恕早在歧路头回见她的那一次，就已经有过试探，并且有了自己的判断。林蔻蔻想必也清楚。虽然双方都没明说，但他认为彼此都是心知肚明的。

所以见完乔薇往外走时，裴恕就笑了："这一单 case 简直是为我们量身打造的，要是歧路拿不下，全上海就没有一家公司能拿下了。林蔻蔻，我不介意重新跟你商谈分账的比例。强龙不压地头蛇，清泉寺是你的地盘，我愿意跟你五五……"

话说着一转头，却发现她仿若神游，心不在焉。

其实在刚从乔薇那儿打听到张贤的去向时，他就觉得林蔻蔻表情奇怪，此刻不免就想了起来，终于提出了先前当着乔薇的面没好问出口的问题："你到底怎么了？"

林蔻蔻此刻的心情就和她的表情一样，难以形容。忽然间有许多诗句冒了出来：风萧萧兮易水寒……出师未捷身先死……没有一句是好话。

她盯了裴恕足有三秒，像是下定了什么决心一般，断然道："钱我不要了，这单 case 我退出！"

退出?! 裴恕怀疑自己是耳朵出了问题："你说什么？"

林蔻蔻便飞快道："之前谈好的三成你不用给我，虽然这单我不会再跟进，但如果你怕在董天海那边不好解释，可以继续声称我实际上有参与，但我不会要你一分钱。之前我们谈的都当没有发生过！"

她竟然不是开玩笑。

裴恕无法理解："为什么？"

为什么？林蔻蔻心里险些骂出声来。不久前，她离开清泉寺那一天的场景还历历在目。最早她被开除之后，去了清泉寺开的禅修班，想要学学佛，缓解一下自己郁闷的心情。可没想到，进了班之后，发现班里面要么是高才生，要么是在企业里混得不如意的高管，或者是一些已经实现财务自由来追求心灵平静的老板。这对一个猎头来说意味着什么？那简直是鲨鱼进了大海，老鼠掉进米缸，怎么能忍得住呢？

在禅修班老老实实学了一个月，跟众人混熟之后，她的职业病就犯了。今天跟这位学员聊人生，明天跟那位学员谈前程。她甚至还义务帮一些混得不好的高才生和高管实现了下岗再就业，简直成了禅修班的风云人物，当选班长，是学员们公认的心灵导师。

山里空气好，生活节奏也慢。除了禅修班里有众多的候选人，清泉寺里厉害的人也比比皆是。林蔻蔻简直就是守着座金矿。时间一久，她都不想下山了，甚至考虑干脆在清泉寺门口开家猎头公司，想试试跟清泉寺官方搞个人才合作计划，把这里的人才往外推。

这点子一出，她都觉得自己是个不世出的奇才。前无古人，后无来者！为此，她熬了一个通宵，写了份计划书。

第二天一大早，她就上了山，准备跟寺里商量商量。可没想到，还没等跨进门，门口那脾气向来极好的扫地僧，竟然挥舞着笤帚，愤怒地将她赶了出去！

林蔻蔻当时惊呆了："赶我干什么？"

扫地僧咬牙："你干了什么自己不知道吗？"

林蔻蔻还真不知道。

于是扫地僧扳着手指头，数起了她的罪状："自从你来，禅修班里的人越来越少，寺院里的僧人纷纷还俗，这也就罢了，我们出家人慈悲为怀，不计较。可你，可你昨天——你昨天居然把我们的僧人介绍去隔壁当道士！"

林蔻蔻承认，自己是干过这种事。但她当时脑抽，没忍住反驳了一句："不是说信仰自由吗？"

扫地僧："……"

可想而知，当天她的行李箱便和那份计划书一起，被扫地僧扔出了寺门。

林蔻蔻哪儿是竞业期结束回的上海啊，她明明是因为被清泉寺赶出来，没地方待，才回的上海！

往事一幕幕，不堪回首。林蔻蔻现在想起来都觉得丢脸，又怎么好对裴恕解释？

她心梗了半天，死鸭子嘴硬："不想做就是不想做，我这个人做 case 看心情，没有为什么。"

裴恕完全不能理解，先前说得好好的，突然之间又变了卦。他的直觉告诉他，这里面藏着事。

只是还没等他开口问，外头迎面走来一个人，瞧见他们俩先是一愣，紧接着就朗声笑了起来，一副熟络惊喜的模样："啊呀，我没看错吧，上海也太小了，竟然在这儿遇到你们二位。怎么，最近有陆金所的 case？"

林蔻蔻听见这声音，便下意识皱了眉。抬起头来一看，果然是那讨人嫌的老东西——锐方猎头的黎国永。

他已经四十好几了，头发白了一小半，看长相是个忠厚慈和的人，似乎总是笑着。可那一双不大的眼睛眯起来，活脱脱一只老狐狸成了精，眼睛里闪烁着狡诈的亮光，仿佛随时要去哪里骗一只倒霉的鸡进锅似的。

业内与此人有关的传闻也非常多，林蔻蔻印象最深刻的便是此人达成的一项"成就"——曾在某一年里被十二位候选人告上法庭，平均每个月都要吃官司。这两年他坐镇锐方，基本不自己做单了，主要操持公司的管理。但跟四大里其他几家精心筛选猎头、严格把关准入门槛的公司不同，锐方接受了几笔来自金融机构的投资，已经处于对赌期好几年，过度追求规模与扩张，公司里早已是泥沙俱下，猎头良莠不齐，水平参差，是半点也不讲职业道德的。

林蔻蔻虽然自认为也不算什么讲职业道德的人，可跟锐方这边不时就要闹出来的诸如"陪睡候选人""收客户方回扣"这种行业丑闻相比，实在算得上高尚了。对锐方，她从来没喜欢过；对黎国永，她也一向敬而远之。

在认出他的瞬间，林蔻蔻便自动开启了警惕模式，笑起来道："差点都忘了，陆金所这一片一直都是锐方的地盘，毕竟你们公司就在附近。黎顾问这是来喝咖啡，还是来谈事？"

黎国永笑呵呵的："谈点事。"

话说着，他的目光便从林蔻蔻脸上往裴恕那边转了一圈，竟不由得摇了摇头："没想到，林顾问如今回来，竟然真的去了歧路。要不是上回姜上白那一单出来，我们私底下可没一个人能猜到呢。"

裴恕跟四大的人都不太熟，只看着没出声。

林蔻蔻不想跟他废话，道："我是什么选择，就不劳您老操心了，与其关注我的动静，不如思考一下锐方能不能过了这一轮对赌，还来得实际一点。"

这话要换了个人听，早就翻脸了。然而黎国永竟似完全不在意。他仍旧笑眯眯的，甚至还叹了口气："我只是有些意外，也有些可惜。毕竟大家都以为，林顾问就算回来，也应该是带着贺闯出来，自己开公司。没想到……前几天还看到他在群里为林顾问说话呢。"

群里？他们都在的群，只有 RECC 那个官方群了。

对方提起贺闯，难免让林蔻蔻心里不太舒服，先前春夜里那张少年的面孔倏忽从眼前闪过，她掩去了所有情绪，只淡淡回了句："是吗？"

黎国永说这话也不知是什么目的，说完又随便寒暄两句，说自己约人的时间到了，先告辞离去。林蔻蔻却是立在原地，久久沉默。想了半天，还是拿出手机，打开了 RECC 那个群，翻起了昨天的聊天记录。

裴恕打量着她，默不作声地往她边上靠了靠，瞅了她手机一眼："你们还有群呢？"

林蔻蔻修长的手指点着屏幕，头也不抬："你想进我拉你。"

裴恕一听笑了，不屑道："猛兽是单独的，牛羊则结队。"

鲁迅说的。

林蔻蔻却没有搭理他，因为屏幕上已经出现了她要找的东西。

昨天薛琳那番话出来之后，连白蓝都没办法反驳。大家和稀泥似的把消息刷了上去，试图揭过此事。眼看着话题都已经岔开了，可贺闯忽然冒出来，打了一串字。

贺闯：她去年业绩一点三亿，都是上半年做完的。至于下半年干什么去了，那就得问问群里某位航向新任猎头总监。薛顾问既然不想跟她比较，大可以要求杂志删改稿件，以为《猎头圈》这种杂志没有别人上过吗？何况她不是什么单都接的。

这话里藏着的嘲讽和火药味儿，简直不能再明显。但出人意料的是，薛琳都还没出来呢，同在一个群里的顾向东先恼羞成怒，跳了出来——毕竟贺闯话里的"航向新任猎头总监"不就是他吗？

顾向东：你的意思，难道是我们航向给她使绊子，不让她做事吗？

贺闯：是人是鬼自己心里清楚，别跳出来找骂。

…………

林蔻蔻以前就知道他们有矛盾，之前甚至在餐厅旁听过，可当时都是潜在水面下的，现在却是毫无顾忌地摆在了 RECC 的官方群里，谁也不顾及谁的脸面了。这意味着什么，再清楚不过。

她心绪忽然有些复杂，慢慢收了手机，忽然对裴恕道："车还没到吧？我去旁边的店里买点东西。"

裴恕看她一眼，也没细问，只道了一声"好"，便立在咖啡馆的门边上等待。

最近的便利店在附近商场里。林蔻蔻进去挺久没出来，他正想打个电话问问，可没想到，才拿起手机，便瞥见一道瘦长的身影从前面刚来的一辆车上下来，朝这边走来。

裴恕看见对方的同时，对方也看见了他，两个人是打过照面，认识的。于是脚步忽然停住。

贺闯今天穿了一身白，轮廓看起来清减了一些，明明是在春日，看着却给人一种冷淡之感，就像是冬天里发白的太阳，即便照着似乎也察觉不出太多的温度。在看见裴恕的瞬间，他那漆黑的眼底更是覆上一层冰。他没说话。裴恕却是瞬间想起了刚才进去的黎国永，以及他说的话，瞳孔骤然一缩："你是来见黎国永的？"

贺闯并不好奇他为什么会猜到，只冷淡道："跟你有什么关系？"话说着，他已经收回了目光，走向咖啡厅的门。

裴恕的眉却皱了起来，问他："你见黎国永，林蔻蔻知道吗？"贺闯的脚步再次停住。

这个名字显然触碰到了他心中某处尚未结痂的伤口，只一瞬间便被戳得血淋淋一片，以至于他深藏于心底的戾气，忽然丝丝缕缕地滋生出来，压都压不下去。贺闯忽然有种想要报复的心理。

他转过头来，凝视裴恕，忽然极轻地笑了一声，眼角眉梢甚至还带着点少年的清润，只道："她进歧路，跟你共事，我知道吗？"

听起来柔和的话语，却藏针带刺。

裴恕凝视着他，没有接话。贺闯也没有再说什么的意思，他与裴恕原本就跟陌生人差不多，目光一转，便径直推门进去了。

林蔻蔻回来的时候，什么都没看见，只有裴恕站在咖啡厅外面的窗玻璃下，一只手插着兜，一只手拿着手机，垂着头在看。午后的阳光洒落在他身上，神色却有些难辨。她一走过来，他就闻见了那一股残留着的、极淡的微苦烟味儿。

裴恕心里那股不痛快劲又上来了，凉凉地笑了一声，问："抽完了？"

林蔻蔻再度觉得他过于敏锐，以至于令人生厌。

她冷淡道："你既不是我爹，又不是我妈，话这么多干什么？"

裴恕心想，自己是管不着，毕竟大家只是同事罢了。他审视她片刻，没有再说什么。先前打的车已经到了，两人一块儿回了公司。

林蔻蔻进了自己的办公室处理事情。只是她没想到，刚过下午三点，裴恕忽然来敲她的门，竟然道："我订了五点钟的机票，去北省，你收拾一下我们出发。"

林蔻蔻没反应过来，愕然道："北省，我跟你？"

裴恕简短道："清泉寺。"

林蔻蔻这时才反应过来，清泉寺就在北省，他是让自己跟他一块儿去庙里挖人？可是……她皱眉看向裴恕："你是不是搞错了？我先前已经告诉过你，这单 case 我退出。"

裴恕道："我没有搞错，搞错的是你。这单 case 由我主导，我说了算，你单方面退出，我不接受。林蔻蔻，做人要信守承诺，要么一开始就别答应合作，要么就给我一个能让我信服的理由。"

林蔻蔻忽然无比烦躁。的确，case 都已经开始了，忽然之间跟别人说要退出，很不厚道。但她也是的确不想去。

"裴恕，那我也告诉你，这一单你带上我未必就比你自己去更好。而且都已经这个时间点了，上海去北省的这趟航线一直都是热门航线，你现在才通知我行程，我根本买不到票。"

说着林蔻蔻已经直接打开了购票软件，果然显示无票。

她直接翻过手机："不信你自己看。"

裴恕淡淡道："如果这是你的借口的话，那我只能告诉你，不用你操心，机票我已经买好了。"

林蔻蔻怔了片刻，随即意识到不对："买票需要我身份信息，你怎么会有？"

裴恕道："你的入职信息里什么都有。"说着他已经直接转身走回自己的办公室。

林蔻蔻整个人都不好了，她简直不敢相信这是裴恕能干出来的事："你给我买机票，用我的身份信息，经过我同意了吗？说严重点你这叫侵犯我的隐私！"

裴恕无动于衷，竟然直接从墙边的柜子里拉出了一只银色的行李箱，道："还到不了法律的范畴。但你就算是过几天去法院告我，今天也得先跟我一块儿出发。"

"你开什么玩笑？"林蔻蔻以为裴恕在跟她开玩笑，"到那边不是一天两天就能搞定的事吧？我什么东西都没收拾，一件行李都没有，你让我现在去机场？"

裴恕非常镇定，仿佛对她的一切反应都有预料，只冲她微微一笑："没关系，你可以到了那边再买。要是你说你没带钱，也没关系，我帮你付。"

林蔻蔻："……"

这是什么妖怪转世。

直到进了机场，过了安检，坐在头等舱的休息室里，林蔻蔻都还有种做梦般的不真实感。裴恕就坐她对面，刚去拿了两瓶水回来。

林蔻蔻盯着他："你这跟绑架没有区别，你知道吗？"

裴恕问："要我帮你报警吗？"

林蔻蔻："……"那倒也不必。

他递了一瓶水过来，她直接接过，拧开来喝了一口，想了一会儿，忽然问："裴顾问，之前你说我没带钱，你帮我付，真的假的？"

这一点裴恕倒没有开玩笑："董天海找这个职位也很急，行程我定得是比较仓促，这算我的责任，到那边所有开销算我的。"

林蔻蔻便笑了起来："那你知道我什么生活标准吗？"

裴恕扬眉看她："什么标准？"

林蔻蔻便冷笑一声，扳着手指头跟他算："我喝水最起码要依云，住酒店最起码也得是个五星级套房，吃不说山珍海味，那也得有些讲究……衣服也没带什么换洗的，到了那边还得买，什么 Hermes（爱马仕）、Chanel（香奈儿）、Dior（迪奥）都是最基本的……"

裴恕看她三秒，听明白了："你怎么不去抢呢？"

林蔻蔻摊手："我不想去，你逼我去，总要付点代价喽。你很贵，我也不便宜呀。"

裴恕心想，到北省就已经是晚上了，清泉寺远在某个偏远县镇的风景区里，要当天赶过去根本不可能去省会的市中心溜达，去什么购物中心基本免谈。机场里固然有一些奢侈品店，但入驻品牌有限，产品品类就更有限了，价格也离谱不到哪里去。就算林蔻蔻敢在机场扫货，他也不带怕的。于是他只说了一个字："行。"

现在已经是四点半，本是应该登机的时间，机场广播却迟迟没有通知。裴恕是个很有时间观念的人。他拿出手机一查航班情况，竟然就看见了延误的消息，紧接着机场广播里就来了通知，说五点起飞前往北省的这趟航班因为天气原因暂时无法起飞。隔着一条走廊的旅客也不知是不是这趟航班的，正在那边嘀咕："新闻说北省突降暴雨，这得延误到什么时候去？"

林蔻蔻一听就笑了："看来这清泉寺，是老天爷都不想我们去啊，我说裴大顾问，要不我们回去吧？这暴雨可是受台风影响下的，别说延误了，航班能不能飞还不一定呢。"

裴恕的眉心顿时拧得死紧。时间就是金钱。他之所以立刻定下去清泉寺的行程，为的就是尽快搞定这一单，结果现在偏偏被困机场。

"机场广播通知，说航班大概延误两小时，但北省天气预报显示降雨大概会持续到晚上十一点，也就是说，运气不好的话，我们要在机场待上整整六个小时。我们到机场后坐高铁去清泉寺所在的地级市，需要一个小时，再下高铁转车，又要四十分钟。如果在机场里面等的话，到那边应该已经凌晨了。"

裴恕迅速整理了自己手上的信息，得出了结论。他道："林顾问，我们走吧。"

林蔻蔻此刻正仰面窝在沙发里，成功与周围旅客保持了相同的"葛优瘫"画风，恨不能把"咸鱼"两个字贴在脑门上，一听他说走，却是眼睛都亮了起来，笑道："我就说嘛，在这边就是浪费时间，早说回去不好吗？"

裴恕放下水起身，直接道："我们不坐飞机，改乘高铁。"

林蔻蔻愣了一下："什么？"

裴恕迅速为她算了一笔账："如果我们不坐飞机，直接转高铁，清泉寺所在的地级市就有高铁站，可以直达，行程五小时。下高铁后去清泉寺只要四十分钟。有在机场干坐六个小时的工夫，我们坐高铁人已经在那边了。"

"你有病吗？"林蔻蔻简直惊呆了，这个人脑袋到底是怎么长的，"我现在人已经在机场了，你跟我说你要转高铁？裴恕，我希望你搞清楚，不是每个人都跟你一样精力充沛，是工作狂魔。我，林蔻蔻，体力废物，只要出差就是半个死人。坐高铁，可以，你去；至于我，就待在机场，哪儿也不去。"

裴恕还是头一次听见有人把"体力废物""半个死人"这种话挂在嘴边。他淡淡道："转高铁，我可以。但你留在机场，我信不过。"毕竟谁知道她什么时候就自己溜回去了呢？去清泉寺这种特殊的地方，他需要一个像林蔻蔻这样对环境很了解的人。

林蔻蔻瞬间无话可说。谈判直接陷入僵局。

裴恕看了一眼时间，道："给你五分钟，考虑清楚，我去拿点吃的。"

一会儿急着上高铁的话，未必有时间吃饭。休息室里提供的食物虽然难吃，但好歹能垫垫。

林蔻蔻忍不住再一次怀疑起来："我真的不是被绑架了？"她坐在位置上，气笑了。

过了一会儿，裴恕端了一碗面过来，还拿了一双筷子、几张餐巾纸，放在她面前："考虑得怎么样？"

林蔻蔻不客气，随便将手机往桌上一扔，便拿起了筷子："还没想好。去北省的高铁几点？"

裴恕道："半小时后，我们去高铁站最起码二十分钟。"

他瞥见她扔在桌上的手机，就险险落在桌边，一不小心碰到就会掉下去，不免皱了一下眉，拿起来帮她放到桌中间一点的位置。只是没想到，她刚才扔下手机的时候并未锁屏，裴恕手指无意间点按到屏幕，里面就传出了一道女声："天气不好，我航班延误……"

他手快，立刻重新点了一下停止播放，道："不好意思。"林蔻蔻的眉头却一下皱了起来。

裴恕以为她是不悦，解释道："我只是不小心碰——"

林蔻蔻打断了他，竟道："刚才那条语音，你再点一遍，我想听听。"

裴恕瞬间皱了眉，没明白她的意思。林蔻蔻便放下筷子，自己拿过手机来。界面上正是 RECC 那个群。

大会七月举行，现在已经开始填报相关资料。猎协的人在群里通知，众人都在回复。刚刚那条语音消息，正是途瑞那位猎头新人王薛琳发的。只是她刚发的时候林蔻蔻也没点开听，直到刚才裴恕点开……

林蔻蔻重新点开来听。

薛琳的声音再一次出现，这一次是完整的："天气不好，人还在机场，不太方便，资料可能得等明天再填写。"

林蔻蔻听完，表情突然变得严肃起来。

裴恕尚未听出端倪，问："怎么了？"

林蔻蔻却没回答，转头看向了休息室里显示机场航班信息的屏幕，在搜寻着什么。

裴恕眼皮突地一跳，意识到了什么。他拿过林蔻蔻手机，自己点开听了一遍，神情也渐渐变得冷峻起来。

这条语音，单独听薛琳的声音，并没有什么问题。无非就是航班延误，不方便现在填写参会资料罢了。然而只要再仔细一点，就能听见人声背后嘈杂的背景音里，夹杂着一道机场广播的声音：前往北省的旅客请注意，您所乘坐的×××次航班，由于天气原因，不能按时起飞……赫然是机场的航班延误通知！

而更重要的是……裴恕也看向那面显示机场航班信息的屏幕，很快也找到了那条航班信息——整座机场，由于天气原因延误的航班，只有去北省的这一趟。而薛琳说，她是天气不好，航班延误。

"她跟我们，在同一座机场，坐同一次航班。"林蔻蔻心头凛然，道出了结论，然后慢慢看向裴恕，"这恐怕不算什么好消息……"

同是猎头，还要前往同一个目的地。让人很难不多想。

裴恕静了片刻，问："你跟陆涛声应该很熟？"

林蔻蔻知道他的意思，看他一眼，想了想道："我给他打个电话。"说完便拿手机走出了休息室。

裴恕就看着那碗没人吃的面，坐在原处等待，慢慢思考。陆涛声是途瑞的猎头总监，薛琳为人高调，攻击性极强，必然对陆涛声的位置造成威胁，就算陆涛声是个老好人，二人之间的关系也不会太和谐。

只过了五分钟不到，林蔻蔻回来了。

她先前还算轻松的表情早已消失不见，取而代之的是一种冰冷的肃杀，修长的天鹅颈与漂亮的脊背之间绷出了一条凌厉的直线，整个人气质已然大变。

裴恕不用问便知道答案："看来真是撞上了。"

他看着林蔻蔻这姿态，不免笑了一声："虽然说长江后浪推前浪，可不过区区一个薛琳罢了，你林顾问这一年又没闲着，要解决她就算费点功夫也不难吧？何况是你我二人合作，倒也不必这么如临大敌？"

林蔻蔻的目光落在他身上，只说了一句："薛琳这单 case 是帮施定青做。"

先前还慵懒笑着的裴恕，眼角顿时微微抽搐了一下，唇边挂着的弧度也似封冻了一般，表情渐渐凝重。

"我问老陆，薛琳最近接了什么单，他没告诉我。"陆涛声和薛琳的关系再差，也都是途瑞的猎头，不至于背后捅刀，林蔻蔻心知肚明，"但挂电话之前，他犹豫了一下，跟我说，施定青前几天去了一趟途瑞，拜访薛琳。"

薛琳的消息，是途瑞的消息，陆涛声不能讲；但施定青的消息，却跟途瑞无关。她去年开除林蔻蔻的事情各大猎头都看在眼里，尤其是跟林蔻蔻关系好的那些，比如陆涛声这样的，难免对施定青有些看法。所以提醒林蔻蔻一句，也不违道义。

一时间，休息室里这个角落，显得有些沉默。

裴恕突地笑了一声："不是冤家不聚头。"

林蔻蔻彻底收起了先前懒散的神态，道："你跟施定青有什么仇怨，我不想打听，但我跟她不会善罢甘休。虽然薛琳的目标未必就跟我们一样，但施定青毕竟也投了在线教育这个领域。不怕一万，就怕万一。"

裴恕道："看来我们得通力合作一把了。"

林蔻蔻简短道："五五分，我正式加入。"

裴恕向她伸出一只手："那合作愉快。"

林蔻蔻看了他骨节分明的修长手掌一眼，一声嗤笑，直接从他身边经过，朝外面走："都什么时候了，别浪费时间了，再不走赶不上高铁了。"

裴恕无言，看着自己那空落落的手掌，怔了片刻，笑出声来。

林蔻蔻这个女人可真是……冷酷。

他拉了行李箱走在后面。两个人疾步出了机场，站在外面等车。

天色已暗，夕阳已沉。

微冷的风将林蔻蔻一头微卷的长发吹起，深邃的眼底却不起半分波澜，静谧而幽冷。此时此刻的她，像极了森林里的猎人，在即将到来的夜色掩盖之下，悄然端起了猎枪，施展开自己一身本事。任何企图趁着黑暗从她眼皮底下溜走的对手，都将被这黑洞洞的枪口无情狙击，不会有哪怕一人生还。

裴恕一转头看见她，便觉得心脏剧烈地跳了一下，发出一阵震颤的喧响，令他止不住为之悸动。

第二十一章
意外碰面

　　一辆出租车停在路边，两人上了车。

　　裴恕考虑了一下，道："如果按先前的算法，我们转高铁，她不改变策略，继续留在机场的话，肯定不会比我们早到，甚至滞留到第二天也是有可能的。你觉得薛琳是会等，还是会改？"

　　林蔻蔻道："我们在暗她在明，她不知道可能存在我们这个竞争对手，至少转乘高铁的想法不会比我们迫切。"

　　裴恕眼珠一转："你有没有想过做点什么？"

　　林蔻蔻看他："能做什么？"

　　裴恕只问："你在那个群里，有信得过的朋友吗？"

　　林蔻蔻瞬间想起了白蓝那个喷子。

　　她问："你想做什么？"

　　裴恕简单说了一下自己的想法。

　　林蔻蔻瞬间陷入沉默，用一种看禽兽的目光看着裴恕。

　　裴恕道："太缺德了？"

　　林蔻蔻深深望了他一眼，道："我认为你这辈子投胎成人，对畜牧业而言是一次重大的损失。"

　　裴恕："……"

　　怎么还带拐着弯骂人的呢？

　　林蔻蔻说完，却是立刻拿出了手机，给白蓝发消息。

机场登机口附近的一家小咖啡店外面，薛琳频繁刷新着手机上的航班状态，再精致的妆容也压不住她眉目里渐渐滋生的烦躁，越发显得冷厉不好接近。

施定青的那单 case，她最终还是接了。倒并非因为对方话术有多高明，或者这一单本身有多吸引她，薛琳感兴趣的，无非两件事——一是利，二是名。

学海教育 CEO 这个职位，薪酬不少，猎头费也不低，她接这一单不亏；但更重要的是跟施定青合作，只要这单一成，她势必能吸引来全行业的目光。毕竟她号称是能将林蔻蔻踩在脚下的最强新人王，如今再跟林蔻蔻旧日的合伙人施定青合作，话题度绝对能爆。

现如今的猎头行业，早不是当年在熟人之间推来推去了。酒香也怕巷子深，包装很重要。只要有知名度，就会有人源源不断地找上门来。所以薛琳从不在乎毁誉。届时不管是夸奖还是谩骂，对她来说都是热度和关注。然后，她会用实力向所有人证明，她不仅能碾压林蔻蔻，还能碾压整个行业！

"舒甜，你再查一下北省那边的天气情况，"薛琳自己刷得烦了，索性吩咐这回跟着她一块儿出差的助理，"顺便算算我们到那边多久，然后去给我买点吃的回来。"

名为"舒甜"的助理，身形瘦弱，巴掌大的小脸倒是有些圆，长得其貌不扬，看着像是那种才出社会没多久的大学生，眉目有些青涩。整个人的状态非常紧绷。薛琳一叫她名字，她立刻抬起头来，认真地听完，然后开始查询。

薛琳则喝了一口面前的咖啡，有些百无聊赖，再次点进了昨天刚加进去的 RECC 大会的群。昨天那一场争执，已经消弭于无形。她刚才发了那条语音后，有不少人都出来关心她的情况，猎协那边的负责人更是亲自出面说让她不用着急，明天交也来得及。薛琳不免得意。

只是还没得意多久，下面就有个碍眼的熟悉头像冒了出来。

白蓝 - 嘉新：滞留机场就不能填资料了吗？可真忙啊。北省暴雨，你要是因为这趟航班延误，估计要等到明天去了，大家都等你一个人吗？

薛琳紧抿着嘴唇，胸腔里便有一股火气升腾上来，填资料晚一天怎么了？这个女人无非就是看她不爽故意找碴儿罢了。她几乎立刻想反唇相讥。

但下面紧跟着就是另一位群成员发的消息：啊，经常飞北省的是北航吧？如果是中型客机的话不用太担心，起飞再晚都会准时到达的，我坐过好多次了。就是有点吓人……不知道以前是不是开战斗机的，那速度跟俄罗斯人的飞机有一拼。

同时，那边的舒甜也已经估算出了这趟行程的情况，小声汇报："北省天气状况不佳，如果我们乘坐航班的话要接近八小时之后才能抵达清泉寺。您要调整行程吗？我看到高铁……"

薛琳没在意："换乘太麻烦了，我看人说这趟航班路上会飞很快，等着吧，反正也不赶时间。"

这趟航班路上飞得很快？舒甜微微咬唇，隐约觉得哪里不对，打开软件查看了一下这趟航班的准点率，竟然在70%以下。她略略抬头，迟疑地看着薛琳。

薛琳一看她还坐在位置上不动，不由得皱起了眉头训斥："刚才说了查完就去给我买点吃的回来，你还愣在这儿干什么？是听不见记不住话吗？"

在林蔻蔻与裴恕"开不死就往死里开"的催促下，出租车司机一路飞驰，总算赶在检票进站前八分钟将二人送到。他们一路奔走，踩着点登上了车厢。

买票的时候已经没有卧铺了，裴恕买的是两张挨着的商务座。两人都坐下来，才有时间梳理接下来要做的事情。

林蔻蔻先问："你订的哪家酒店？"

裴恕报了个名字，然后道："当地的度假酒店，号称五星级，不过我看装修已经是十多年前的事，估计环境不会很好。"

林蔻蔻没管，直接在购物软件的地址栏上填了酒店的地址，然后便返回了购物界面，将各种她需要的且能用最快时间送达酒店的各种东西加入购物车。

现在的物流很方便。很多东西就算不从各大购物平台上买，从外卖APP（应用程序）上也能找到一些同类替代，顶多质量不那么好，但应急是足够了，基本当天就能送到。

裴恕扫了一眼她购物车页面，才意识到她刚才问酒店不是为了打听住宿情况，而是在采买所需，不由得笑道："不用我付账？"

林蔻蔻眼皮子都不抬一下："你当我很穷？"

裴恕在心里算了一笔账：林蔻蔻入行多年，在航向掌管猎头部，还曾是航向股东，自己又做case，可以享受更高的分成比例，何况航向规模比歧路可大多了。这女人，保不齐比他还有钱。他微微一笑："算我僭越了。"

林蔻蔻活得其实很随性，对物质的要求没那么高，先前说什么衣食住行都要很讲究，也不过就是坑着裴恕玩。关键时刻，她也讲究效率。高铁开出去还没半小时，她已经把自己需要的东西全部买好了，她到酒店的时间差不多就是这些东西送到的时间。

到北省要整整五个小时，就算有商务座也显得难熬。林蔻蔻放平座椅，披了乘务员提供的毛毯，躺下来睡了一觉。只是这一觉睡得不太好。模模糊糊总听到高铁迅速运行的声音，梦里还出现一些影影绰绰的画面，恍惚竟回到一年之前。

冰冷得发白的会议室，一圈高管围坐在对面，注视着她的目光里，什么情绪都有：嘲讽、厌恶、怜悯……又或者从头到尾不在乎。

他们把一份早已经签好字、盖过章的协议扔到她面前，居高临下地通知她："林蔻蔻，你被开除了，从今天开始，你不再是航向猎头部总监。这是为期一年的竞业协议，你签署一下。"

她坐在另一头，竟一点也不生气。一种巨大的茫然侵袭而来，她不由自主地盯着落地窗外飘过去的阴霾云气，看了许久，然后才笑了一声问："施定青呢？"

航向副总程冀那张中年发胖的肿脸，由模糊而清晰，带着几分刻毒的快意冲她冷笑："这字你不认识吗？施总签的。别以为你当年跟施总关系匪浅，今天就能为所欲为。开除你罢了，施总难道还要亲自出面？"

开除你罢了，施总难道还要亲自出面？

梦境从这一刻开始变得纷乱，一会儿是骤然得知施定青同意航向被收购时，她满心冰冷，打电话过去听到的那一串机械的、电话拒接的忙音；一会儿又是更早以前，施定青站在她面前，带着温温和和的笑向她伸出手，邀请她加入……梦里似乎有大水漫灌下来，林蔻蔻置身其中，被卷入漩涡，又浮上水面，犹如一片身不由己的树叶。

直到她感觉到，有人拍了拍她。

一双眼睁开，是车厢里已经幽暗下来的灯光。列车在漆黑的平原上飞驰，轨道上产生的巨大摩擦声灌入耳膜，终于渐渐震得人清醒了。林蔻蔻缓了一会儿，才想起自己是在出差北省的路途中。转过头一看，裴恕就坐在她旁边，正凝视着她。

昏沉的夜色浸透了他深静的眼眸，里面藏着一点探究，但他没有说其他，只是淡淡道："还有十五分钟到站，要准备下车了。"

林蔻蔻坐起来，道了一声谢。

列车很快停靠到站，二人出站打车，在晚上十一点左右抵达酒店，办理了入住。

清泉寺是建在北省一座名山风景区里，酒店确如裴恕所言是度假型的，虽然装修看起来有些老旧，但他真按着先前林蔻蔻说的给她订了一间套房，还是视野极好能观山景的那种。两人房间在同一层。林蔻蔻进了房间，稍做一番休整后，先给手机充上电，然后便拿了房卡出门。

裴恕刚放好行李，正要出来找她，迎面撞上，便问："要下去拿东西？"

林蔻蔻先前买的东西都已经送到了酒店大堂里。她点了点头。裴恕便道："应该不少，我下去帮你拿吧。"

下楼的电梯里，他查了下从上海到北省的那一趟航班的情况，便一挑眉道："两个小时前，航班宣布取消了。"

林蔻蔻大致一算时间："如果当时没有立刻换乘的话，他们应该赶不上了。"

多想一步，谨慎为先，总好过错失先机。尽管不知道薛琳跟他们是否是同一目标，但对方要能晚到一天，对他们来说自然再好不过。

只是万万没想到，电梯门才一开，他们刚走出来两步，就看见大堂的沙发上坐了个眉目精致的女人，满面冰冷地看着手机，却头也不抬地催促："还没办好吗？"

前台处，一个瘦弱的小姑娘，身边是两个比她还大一圈的行李箱，挎了大包小包，手上还拿着一件明显不属于自己的风衣外套，正在跟酒店办理入住登记的人员交涉。听见声音，她忙回头："对不起总监，马上就好。"

那坐在沙发上的女人不耐烦地拧眉："早知道就不会带你出差，这点小事都笨手笨脚！知不知道多少人想跟着我都没机会……"

林蔻蔻眼皮登时就跳了一下。这架势、这声音、这长相……不是他们先前谈论中可能要明天才能到的薛琳，又是谁？

裴恕也认出她来，两个人同时停下了脚步，远远看着，没有再往前面走。

面对顶头上司的责难，舒甜是半个字也不敢多说。毕竟这一路过来，的确遇到了太多的意外，而她缺少处理这些事情的经验，很多时候都要薛琳从旁指点，才能摸着头绪。她加紧跟前台沟通，总算办理好了登记，拿到了入住的房卡，回头跟薛琳说了一句："总监，好了。"薛琳这才施施然起身来，走向电梯。

她们入住的是另一楼层，电梯并不在同一处，恰好要从另一头绕个弯过去，因此并没有跟林蔻蔻、裴恕二人打上照面。那小助理略显艰辛地拖着行李箱跟在后面，到电梯前还腾出一只手来按了电梯。薛琳全程不拿东西不动手。她只挎着自己那只昂贵的铂金包，时不时看一眼手机，似乎在思索什么。

"航班已经停运，高铁如果是跟我们同一班，那应该跟我们相同时间到站，差不多的时间到酒店，而不是现在。下一班高铁是在明天了。"算算时间他们办理入住，上楼收拾了下来，前后也得有半个多小时。林蔻蔻眼看着薛琳二人进了电梯，神情却变得凝重："既没有航班，也不是高铁，薛琳是怎么到这儿的？"

这感觉简直是石头缝里蹦出来个人，糟透了。裴恕脑袋里其实掠过了几个可能性，但这些都没有意义。无论如何，薛琳今天到了是个事实。他们必须得重新思考一下接下来的计划。

两个人先一块儿去大堂把林蔻蔻先前买的东西都带上了楼，打电话叫了两份酒店的夜宵，让人送上来，然后便在林蔻蔻那间套房的客厅里坐下。房间光线明亮，照着二人的表情，都不轻松。

裴恕两道眉一皱便有了股冷峻的意味，首先道："薛琳带了助理，显然不是来这边旅游的。她的目标跟我们不一致还好，大家互不干涉；如果她的目标跟我们一致，情况就对我们很不利。"

张贤在清泉寺的消息固然少有人知道，可既然他们能打听到，薛琳怎么说也是这一年里风头最劲的猎头，凭什么就打听不到？他们是为董天海挖人，而众所周知，张贤当年就跟董天海闹掰了；薛琳却不一样，如果陆涛声没说假话，她十有八九是帮施定青挖人，施定青在在线教育这个领域和董天海算对手。

一个是昔日闹掰的人，即便不能划进仇人的范畴只怕也相差无几；一个却是昔日仇人的对手，同样向他伸来橄榄枝。按照常理来推断，张贤如果要出山，选哪一边的可能性更高，简直一目了然。

裴恕问："如果我们不能抢占先机的话，胜率恐怕不高。这边的情况，你了解多少？"

林蔻蔻理了理："寺庙差不多修在山顶上，上山有两段路。从山下到山门算第一段，可以选择步行爬山，也可以选择坐大巴。但爬山大概需要两小时，任何时间都可以，大巴虽然不到二十分钟就能到山门，但早上八点之前是不开的。第二段是从山门到山顶，这里就没有大巴了，只能靠爬山或者坐缆车上山，这段爬山也要两个小时，缆车几分钟就到，但也是九点之后才开始运营。"

裴恕迅速计算了一下，道："寺庙是早上九点开始对游客开放。也就是说，如果我们想明天第一时间赶到清泉寺，看起来比较靠谱的是夜爬……"

全国各地所有名山风景区都差不多，多的是游客去看日出，而且很有仪式感，得自己爬上去，所以一般都会选择凌晨出发。这种活动有个专门的词，叫"夜爬"。夜爬黄山，夜爬泰山，夜爬华山……

像裴恕这种人，一向都是光鲜体面追求效率的，能走 VIP 通道就绝对不会买普通票。林蔻蔻虽然没有这么夸张，但平时也是绝对不可能选择要消耗这么大的体力，如此没有效率且不讨好的上山方式的。但此时此刻，裴恕嘴里冒出了"夜爬"两个字。林蔻蔻抬起头来幽幽地看了他一眼。

裴恕说出这两个字后，也不免心梗了一下，顿了片刻，才道："凌晨五点出发，两段山路四个小时到山上，刚好是寺庙九点开放的时间。"

林蔻蔻考虑了片刻："我们这样想，薛琳肯定也一样。虽然委托白蓝去群里放了烟幕弹，但她今天出现在这儿就证明她可能已经察觉到事情不对。这个人说不定比我们想得还要难搞。而且……"

裴恕看她。

林蔻蔻叹了口气："我说四个小时从山上到山下，是平均用时，你看我像四个小时就能爬完的人吗？"

五月的天气不冷不热，她穿着一件雪白宽松的衬衫，配了条雾霾蓝的裙子，现在脚底下随意地踩着酒店提供的一次性拖鞋，能清晰看见她露出来的脚踝，纤细瘦弱。哪里像是那种经常运动的人？裴恕第一次发现，林蔻蔻说这话时的表情，就差没把"我是菜鸡"四个字顶在脑门上了。

他忍不住笑了，但笑完神情又慢慢严肃下来，道："一不做二不休，无论如何，我们不能比薛琳晚，三点半出发吧。"

林蔻蔻看了一眼时间，现在已经是凌晨一点三十五分。

她平静道："那今晚是不用睡了。"

毕竟距离定下来的出发时间已经不到两小时，何况今天还出了这么多事，心里也未必平静，只怕睡也睡不好。

裴恕起身，从桌上拿了两瓶矿泉水和两包酒店提供的速溶咖啡，直接开始烧水，问她："咖啡喝吗？"

他穿着一件黑衬衫，背对着沙发这边，从这个角度刚好能看见他线条有力的肩颈，还有因为挽起袖子而露出的一截精瘦的小臂。分明感觉是个高高在上、不食人间烟火的祖宗，这会儿却在张罗着冲速溶咖啡。林蔻蔻忽然有种说不出的奇妙感觉。

平时她一般也就喝点茶，对咖啡没什么嗜好，只不过今天这状况，不喝恐怕也顶不住。她道："喝一点吧。"

水开之后，裴恕先翻了两只咖啡杯出来烫了一遍，然后才冲了咖啡，端过来递给林蔻蔻一杯。就算是套房里提供的咖啡，也一样透着一股劣质的味道。林蔻蔻在高铁上多少是睡过一会儿的，其实也不算太困；裴恕却是没有睡过，此刻坐在林蔻蔻对面，两手端着咖啡杯，注视着里面飘出的袅袅水汽，眸色晦暗，似乎心事重重。

林蔻蔻盯着裴恕看了好半天，再回味一下此时此刻的心境，不由得笑了出来："要换了几年前，来个人跟我说，我有一天会跟你在这个时间点坐在一块儿，一起为了某一单 case 熬夜，我是不相信的。"

裴恕道："我也不信。"

但事情就是这样发生了。而他们彼此心知肚明：区区一个薛琳，还不值得他们这样如临大敌。一切都是因为薛琳背后的施定青，这才是他们真正的对手。

两个人都不再说什么话，任由静谧蔓延。套房的客厅外，是一整面落地窗，正对着黑夜里起伏的山峦。远离了都市的喧嚣，连灯火都很稀疏。只有几个星子稀疏地挂在墨蓝的天幕，一轮缺月静静地悬在树影之间，又慢慢移向天边。

北省已经算是北方，清泉寺又在山里，一入了夜便是寒风彻骨，更别说是凌晨，夜爬的话肯定是越往上越冷。凌晨三点的气温，只有七摄氏度。林蔻蔻之前也没想到会有夜爬这种事发生，在当地买的衣服不够厚。还好景区这边有夜爬的传统，所以酒店也提供羽绒服出租。

只不过林蔻蔻拿到羽绒服的时候，旁边裴恕就把眉头皱了起来，并且伸出他矜贵的爪子捏了两下，道："看上去质量不太好的样子，酒店这边租羽绒服是几天洗一次？"

林蔻蔻无语："祖宗，都这时候了就别嫌这嫌那了吧，我穿又不是你穿。"

裴恕是带够了行李的。他静静地看了林蔻蔻一眼，犹豫片刻，直接从她手里把那件羽绒服夺下来，扔到一旁去，道："大衣我有带多的，给你找一件，别穿这个了。"

林蔻蔻顿时一愣。

这人说完却直接回了自己的房间，没过两分钟就把一件黑色的呢料大衣拎了进来，往林蔻蔻身上一比画，道："你够高，能穿。"

林蔻蔻却没动，只看着他。

裴恕自己解释："放心，我不是发善心，只不过你是这儿的地头蛇，看上去又菜得一阵风都能吹倒，你要因为夜爬感冒或者病倒，倒霉的是我。穿上吧，不用谢。"

林蔻蔻第一次发现，这人竟然还有点口是心非的别扭。只是她略略一笑，看破不说破。收回了探究中带着点戏谑的目光，她从善如流地接过了那件大衣，穿在了自己身上。

能入裴恕眼的，自然都是好东西。黑色的大衣剪裁线条干净简约，修长而服帖，虽然是男款，穿在林蔻蔻身上有些显大，大衣的下摆垂到了脚面上一点，反倒衬得她身形更加纤细，正好把她整个人都裹在里面。

先前把大衣递过去时，裴恕还没什么感觉；此刻看见她穿上，眼皮却陡然跳了一跳，心里面忽然冒出一句：不该的，不该把这件衣服递给她。

林蔻蔻自己拽了拽袖子，还挺满意："不愧是裴大顾问的眼光，够暖和。"

裴恕有些不自然地移开了目光，道："那出发吧。"

他抢先一步走在前面，林蔻蔻却是慢吞吞地走在后面，一面走一面将一些零碎的东西都揣进大衣的衣兜里。

酒店里大都是游客，但去夜爬的都是为了看日出，早在半夜就出发了，所以他们下到大堂时，冷冷清清一片，一个人也没瞧见。裴恕便道："看来是多虑了，薛琳没比我们早……"只是他话音尚未落地，前面一道身影便骤然扎进了他的视野，生生将他没说完的那几个字噎了回去。

酒店大门口，薛琳穿着一身颇显专业的运动装，微微抬着下颌站立，正活动着自己的手腕。助理舒甜抱着她的厚外套走过去。她看也不看一眼，只一伸手，舒甜便毕恭毕敬地将外套递给了她。

薛琳转眸看见裴恕，眉梢挑了一下，但似乎也并不太惊讶，甚至笑了一声，拖长声音："竟然是裴顾问。不过好像也不太意外，听说董天海经常找你合作，他投了千钟教育，你出现在这儿也正常。"

裴恕的眉瞬间皱得死紧。

薛琳见状却有些得意，她最喜欢欣赏的就是对手那错愕的神情，这能让她有一种将人玩弄于股掌之上的快感，只笑道："姜上白那一单，都怪周飞不争气，被你们歧路截走了。不过还真是令我惊讶，凭叶湘的水平，竟然能把这一单做成，运气很不错嘛……"

上回姜上白的单子，她只知道是歧路那边一个女猎头做的，所以下意识便猜是叶湘，倒也没有往别的方向想。此刻提这茬儿，还说叶湘是"运气不错"，自然是在说叶湘本事不行，挑衅裴恕。

然而出乎她意料，先前骤然看见她还有几分忌惮惊诧的裴恕，在听完她这一番话之后，竟然露出了一个十分古怪的表情。轻视、嘲讽、同情，甚至还有点怜悯……

他重复了一遍："叶湘？"

薛琳对他人的眼神十分敏感，几乎立刻感觉到了不舒服，同时生出来的，还有一股莫名的不安。因为裴恕竟然移开了目光，转向一旁。

他笑一声，冲着后面走过来的人道："居然有人猜姜上白那单是叶湘做的，你反省一下，一年没回来你这业务水平是不是下降得太厉害了？"

薛琳瞳孔剧缩，顺着裴恕目光看去，才看见后面慢吞吞走过来的那个人。

她宽松的大衣裹得紧紧的，仿佛生怕漏进来一丝风似的，连领子都竖了起来，遮住大半张脸，只露出一双漂亮的眼眸，看上去十分不扛冻的样子。她似乎是笑了一下，眼睛半眯起来犹如弯月。倒没有什么敌意，只是随口回撑了裴恕："别趁机阴阳怪气，那一单你也有份，跟姜上白谈的时候你出什么力了？"

说完了，她才转回头来，看向薛琳："不好意思，敝人林蔻蔻，可能的确是一年没在行内，业务水平有所生疏，让薛顾问见笑了。"

林蔻蔻?! 薛琳脸色大变。

第二十二章
坐车上山

　　林蔻蔻本人，薛琳是没见过的。但前些年她还在行内的时候，曾多次登上《猎头圈》杂志，各种照片登得到处都是，薛琳又怎么可能不知道她的长相？即便立起的衣领遮了眼前这女人大半张脸，可眉眼依旧是那眉眼。

　　这一刻，薛琳说不出到底是林蔻蔻本人毫无预兆地出现在她面前带来的震撼更大，还是林蔻蔻与裴恕方才这两句对话里所透出的信息量带来的骇然更多。林蔻蔻竟然回来了，还跟裴恕合作了！

　　她眼角微微抽搐，险些失态。站在她身后两步远的舒甜见状，却是迅速上前一步，不大的圆脸蛋上挂了一抹甜笑："难怪昨天群里会有那样的消息。总监昨天就纳闷为什么白顾问会突然出来发言，当时就有些猜测，今天果然在这儿遇到林顾问。只不过没想到您三点半出门，来得这样晚……"

　　林蔻蔻和裴恕几乎瞬间看向她。

　　薛琳听了这话也立刻反应了过来：面前可是两位强劲的对手，自己怎能失态？输人不输阵，就算是预判出错被对方打了个措手不及，也不能表现出来，让人看了笑话！

　　她脸上的表情，迅速调整过来。眨眼过后，薛琳又是那个高傲镇定的薛琳，笑了笑道："真是没想到，我竟然能有幸在这种小地方目睹两位同时出现。林顾问竟然跟裴顾问联手合作了，传出去怕要震惊整个猎头圈吧。"

　　林蔻蔻眨眨眼，看着她没说话。裴恕眼底的怜悯却更深了，只道："倒也震惊不了整个行业，毕竟该知道的早知道了，能猜到的也都猜到了。薛顾问现在才知道，人脉好像不太行啊。"

冷淡的口吻，漫不经心的嘲弄。

林蔻蔻回上海且进了歧路的消息，在姜上白那一单之后就有不少人知道了，虽然航向那边不会主动宣传此事，毕竟顾向东败给林蔻蔻并不光彩，甚至恨不能将消息捂住，可天底下哪儿有不透风的墙？消息肯定会泄露出去。光裴恕这边就有一些相熟的好友来探过他的口风，问他怎么会跟林蔻蔻合作；林蔻蔻那边更是在姜上白那一单 case 结束的当晚，就收到了来自四大金牌猎头顾问的关切。但作为这一年来行内风头最劲的"新人王"，作为四大猎头公司之一的途瑞的副总监，薛琳竟然什么也不知道，也没有人告诉过她。这岂止是人脉不行，人缘都很成问题。

薛琳自己显然也是想到了这一点，方才强行绷出来的镇定，终于退了下去，一张脸沉了下来，双目冰冷。

林蔻蔻对这个人倒是没有什么好恶。刚入行，嚣张一点正常。只不过在施定青公然发表过那番轻视猎头的言论之后，作为业内一名颇具分量的猎头，薛琳还愿意为她效力，帮她挖人，从林蔻蔻个人的角度来看，也实在很难说喜欢。

她淡淡笑了笑，只道："初次见面，往后请多指教了。"

薛琳狠狠盯了她一眼，却是冷哼一声："姜上白那一单是周飞犯蠢输了，这回鹿死谁手还不一定呢。既然是对手，就不要这么虚伪了，我们山上见！"说完直接招呼了舒甜，掉头就走。

度假酒店就建在景区山脚下，在进山的路口上，薛琳往前走上不远，就是上山的山道，一级级台阶蜿蜒往上。这个点夜爬的人很少，山道上只零星闪烁着夜爬者手电筒发出的光。

林蔻蔻盯着薛琳的背影，一张脸上渐渐没了什么表情，慢慢道："白蓝说得没错，这个人真的很嚣张……"

裴恕问："要追吗？"

林蔻蔻裹着那件大衣，瑟缩在风里，顿了半晌，陡然一声冷笑，竟道："追个屁。"

裴恕一愣。

林蔻蔻从兜里摸出了手机："追也只不过是跟人差不多时间到罢了，我这个人，不喜欢落在后面。到我的地盘还这么挑衅，老虎不发威，真把你爸当病猫了……"

后面一句虽然是嘀咕，但咬着牙说声音也不小。裴恕听了个清清楚楚。这个女人，画风实在是有点清奇……

他幽幽看了她一眼："你的地盘？"

林蔻蔻终于找到了那个号码，只斜了裴恕一眼，淡淡道："爸爸在山上有人。"

裴恕："……"啧，你这个自称是不是太占我便宜了？

他眼皮跳了一下，紧接着才反应过来："你在山上有人，刚才在酒店里商量的时候怎么一个字也不提？"

林蔻蔻听见这话，沉默了半晌，紧接着便扬了声音，十分不满："人脉不用维护的吗？人情用一个少一个，我这叫把人情花在刀刃上，你懂什么？"

裴恕："……"

林蔻蔻给那个号码发了一条信息，便气定神闲地道："行了，等几分钟就有人来接，爸爸带你坐车上山。"

坐车上山？这个点大巴是不开的，景区也禁止私家车进入，林蔻蔻竟然能搞到一辆车来接他们？是山上出家修行的大佬，还是景区这边的高层管理？

裴恕不禁浮想联翩，暗想自己这回强行绑架林蔻蔻上山来做这一单，实在是明智之举。以林蔻蔻的本事，肯定满山都是熟人，遍地都是人脉，别说他们未必就落在薛琳后面，就算是不小心让薛琳占得先机，他们也未必就会输！他脑海里已经想象出薛琳在那儿兢兢业业爬山，而他们却轻轻松松坐在开着暖气的轿车里不费吹灰之力就提前抵达山顶的场面。

然后，五分钟过去，一辆垃圾车从夜色里驶了过来，停在路边。

林蔻蔻说："走，上车。"

裴恕抬起头来，看了一眼，惊呆了。

这什么？裴恕简直瞳孔地震：山上修行的大佬？景区这边的高管呢？

他眼皮抖动，颤巍巍地抬起手来，指着那辆遍布划痕、喷漆都要脱完了的垃圾车，声音都走了样："你说的带我坐车上山，就是这个垃圾车？！"

林蔻蔻鄙夷地看向他："小轿车是车，垃圾车就不是车吗？也只有这种车，半夜还能上山。人家原来是辆大货车，现在又没有垃圾，而且这是景区垃圾车，每天都洗，指不定比你脸还干净。"

裴恕感觉自己脑袋都要冒烟了："你想让我坐这个？"

林蔻蔻道："有就不错了，你还想要什么车？"

裴恕深吸一口气，指着自己身上那件昂贵的大衣："你觉得我这一身行头，会是跟你坐垃圾车的人？"

林蔻蔻幽幽看着他没吱声。

十分钟后，裴恕面无表情地坐在垃圾车的车斗里，刮面的寒风从身旁呼啸而过，他的心也跟这山里的温度一样，惨戚戚、冷冰冰的。林蔻蔻坐在他旁边，笑得东倒西歪。裴恕却是坐得笔直，唯恐沾上点脏东西，见了她这一点良心都没有的德行，恨得咬牙："林蔻蔻，你个垃圾！"说什么带他坐车，根本是21世纪最离谱的诈骗！

林蔻蔻回想起刚刚他上车时铁青的那一张脸，现在都觉得可乐："我就当你是夸我了。垃圾嘛，坐垃圾车也正常。咱俩都在车上，彼此彼此喽。"

裴恕险些被她气歪鼻子。他简直一万个想不通：林蔻蔻在这山上混了一年，认识山上修行的大佬也好，认识景区的高层管理也罢，都在情理之中。可她认识这给景区开垃圾车的大哥，还熟得打成一片，是不是有点毛病？

一路坐车上山，裴恕就跟个锯嘴葫芦似的，自己闷头搁那儿生气，也不说一句话。

垃圾车上山，一路横无阻挡。凌晨四点半，天还没亮，两人就已顺利上到了山顶，来到了那座赫赫有名的清泉寺门口。

当此之时，明月疏淡，山花尚开，清泉寺那块飞起来的檐角钩着一片墨蓝的天幕，人只要往里面一走，便仿佛能挣脱烦恼，得其自在。但前提是它现在开着门。

眼前的清泉寺固然漂亮，可此时此刻两扇大门紧闭，外面为排队所设的围栏里一个人也没有，只有边上立了块告示牌——

本寺开放时间：9:00—17:00

两个人跟傻子似的，站在台阶下头，这时才意识到：上山早有什么用啊，寺庙根本没开！

一阵寒风吹来，卷起几片落叶。林蔻蔻心底忽然一片苍凉。

裴恕盯着那块告示牌，感觉自己悟了，木然道："佛门清净之地，内卷果然没有好下场。"

为了跟薛琳争个高下，拼死拼活坐垃圾车赶上山来，结果却忘了寺庙这个点根本不开门，这换谁敢信？

距离九点还有四个半小时……萧瑟寒风中，两人跟鹌鹑似的，缩坐在寺庙前的台阶上，一同陷入了对人生的怀疑之中。

薛琳从山下一路夜爬上来，从四面漆黑爬到晨光熹微，早已是气喘吁吁，腿脚酸软。舒甜个子小，还要多背个包，更是浑身冒汗。眼看着山顶近在眼前，薛琳却忍不住频繁地往身后看去。

这个时间，也有一些出发晚的夜爬者，或者半道上爬不动了的人，落在后面，在山道那一级级台阶上慢慢地走着。无论她将目光往远处放多少，也不见林蔻蔻与裴恕的身影。这两个人从一开始似乎就没有跟上来。怎么可能？薛琳在酒店门口与他们可有过一番交锋，看他们刚出来时那架势，说不是去夜爬的都没人信。

心底的不安，隐约浮了上来。薛琳冷着一张脸，咬牙屏住一口气，快步往上走去，几分钟后总算是登上了山顶。

清泉寺就在山顶东侧。近处则是一片铺了石板的平地，山上的游客虽然还不多，但挤满了各式各样的小商贩，有低价回收登山杖的，有吆喝着为游客拍纪念照的，还有一些卖饮品水果小吃的……俨然是个规模不大的集市了。

薛琳在酒店里虽然吃了一些东西，但上山之后体力也消耗得差不多了，正想找个地方坐下来，使唤舒甜去给自己买点吃的。没想到，旁边响起了一道有些耳熟的笑声："哎呀，薛顾问可算是上来了。你这满头的汗，该不会是自己爬上来的吧？"

薛琳瞬间感觉自己头皮炸了一下。她转过头去，竟然看见林蔻蔻跷脚坐在旁边一个卖早点的摊位上，一边剥着手里热腾腾的茶叶蛋，一边冲她笑："厉害啊，从山下到山上，薛顾问这是爬了四个多小时，体力真好啊。累坏了吧，坐下一起吃个茶叶蛋啊。"

林蔻蔻身侧就是裴恕。他看上去同样是眉目清淡，气定神闲。仿佛他俩不是今早从下面上来的，而是原本就住在山上，现在只不过是出来遛个弯随便吃顿早饭似的。

薛琳哪儿有心情吃什么茶叶蛋，一张脸几乎瞬间变得铁青："你们怎么上来的？"

林蔻蔻露齿一笑："当然是坐车啊。"

薛琳神情近乎扭曲："不可能，那个时间根本没有车能上山！"

林蔻蔻只能一耸肩："你不知道不代表没有喽。"

薛琳说不出话。

裴恕在边上轻描淡写地补刀："我们林顾问还是有点人脉在的。"

薛琳听了这话，脸色更差。她不敢相信，这才刚刚上山，也就跟林蔻蔻打了个照面，才交手一个回合，自己竟然就已经落了下风。林蔻蔻和裴恕则是对望了一眼，悄悄在桌子底下相互比大拇指——大家的演技都不错。

唯有旁边卖茶叶蛋的老板，怪异地看了他们一眼，心说个把小时前这俩人来时也不这样啊，哆哆嗦嗦，脸色难看，不知道的还以为家里死了一窝人呢，坐下来话也不讲。怎么一眨眼还装起来了？

老板哪里知道，头可断血可流面子不能丢！林蔻蔻跟裴恕哪个放出去不是业内响当当的大猎？要是让别人知道，尤其是让薛琳这种对手知道，他们一早上来在山上吹了几个小时的冷风，面子往哪儿放？他们也是要脸的。只可怜薛琳不知真相，完全被这两人的表演唬住，蒙在鼓里，心里已经生出一种这单恐怕不大顺利的预感。

上午九点，寺庙准时开放。林蔻蔻、薛琳两方早就在外面等久了，清泉寺工作人员前来开门时，两人相互望了一眼，紧接着都二话不说往里走，唯恐落在人后。裴恕发现林蔻蔻在进门的时候，竖起衣领挡住半张脸，低着头走了进去。但这时他还没多想。

清泉寺历史悠久，是那种几百年的老庙了，规模不小，分为前院和后山两个部分。前院是寺庙的主体建筑，作为景区的景点开放给所有游客；后山则是庙里修行之人的住所，一般不对外开放。张贤在庙里修行，自然在后山。

林蔻蔻进了这座寺庙就跟回了自己家一样，闭着眼睛都知道往哪里走，一抬脚便穿过重重殿宇直奔后山。她原以为自己能凭借地利甩开薛琳，可万万没想到，薛琳竟然也是做过完整的攻略来的，一张寺庙地图拿在手上，所走的方向竟然跟她分毫不差。林蔻蔻心里骂一声：真是遇到对手了。

穿过好几道门，右边便是一座小楼，看装修的风格就知道是近代才建起来的。一座楼梯直通到二楼去，下面楼梯口的位置却立了块告示牌，上面写着"非工作人员止步"的警告。林蔻蔻直接无视，从告示牌旁边绕了过去，上了楼；薛琳先是一愣，紧接着有样学样，也直接绕了过去，紧随在林蔻蔻之后。

她一面走一面笑："林顾问对这地方很熟悉嘛。"

林蔻蔻头也不回地道："你的攻略做得也不错。"

嘴上相互恭维，脚步却是互不相让。

按理说要从这栋楼后面出去，才是他们要去的后山。可在经过二楼走廊时，忽然有十多个人三三两两地从另一头一个房间里走了出来，大多数人表情不满，还有人唉声叹气。

"钱到底用哪儿了谁也不知道……"

"我早说基金会不能这么搞，现在出事了吧。"

"清泉寺这边迟早得拿个解决方案啊。"

…………

几个人正好从林蔻蔻他们边上经过，看见他们，倒也没有在意，只念叨着刚才开会时的一些问题，从二楼下去。

林蔻蔻听见，脚步便是一停，一下看向了前面他们出来的那个房间。没记错的话，那是一间会议室。她犹豫了一下，竟然掉转了方向，忽然朝着那边走去。

裴恕一直跟在她后面，见状不由得一愣。薛琳也没想到，不知道她搞什么鬼。只是她眼珠子一转，心道林蔻蔻不急自己也不急，干脆将手里做过攻略的地图一收，直接跟在了她后面。

林蔻蔻一回过头来就看见她，不由得道："我走到哪儿你跟到哪儿，薛顾问不太讲武德啊。"

薛琳毫不羞愧："知己知彼，百战不殆。"

林蔻蔻冷笑一声，懒得看她，很快便到了那间会议室外面。

现在大多数寺庙也是现代化管理模式，僧人们的文化水平有时候比外头名校毕业生都高，玩得了手机电脑，打得了英雄联盟，闲着没事还能来个朋克学佛，摇滚念经，比外头人时髦多了。此刻的会议室里就摆着两台笔记本电脑。几名穿着黄色僧袍的僧人满面凝重，或站或坐，其中还有两个戴着眼镜，正听最中间一个灰衣老和尚说话。

那老和尚长得也不高，矮矮壮壮，满脸皱纹，眉毛粗得像扫帚，看上去其貌不扬，像极了外面扫地的环卫工人。可林蔻蔻在看见他的瞬间，眼皮陡然一跳。一股发毛的感觉立时从心里生了出来，她下意识就往后退了一步，想要脚底抹油先溜，可没想到这一退恰好踩到了后面的薛琳。

薛琳顿时叫了一声："你小心点！"

这一叫，整间办公室都安静了，几名僧人，连着那老和尚的目光都转了过来，齐刷刷地落在他们身上。林蔻蔻正正好与那老和尚四目相对。

别说她现在只是竖着大衣的衣领，还露出了半张脸，就是她化成灰装进盒子里，老和尚也认得！仅仅两秒之后，他已经咬牙切齿："林蔻蔻，又是你?!"

就这么被认出来了。林蔻蔻一点准备都没有。天知道她一路小心，被谁认出来都不怕，就怕被这老和尚逮住——毕竟上个月就是这老和尚赶她出门！她一时忍不住在心里狂骂薛琳，踩她一脚叫那么大声，没事干吗站在别人后面，净坏人事。她肠子都悔青了。只是这会儿要跑已经晚了。

林蔻蔻心想，退无可退，不如试试，都说出家人慈悲为怀，都是上个月的事了，老和尚不会那么计较吧？她硬着头皮，放下了立领，挂起了自认为十分亲和的微笑："智定法师……"

老和尚绷着一张脸："你想干什么？"

林蔻蔻小心翼翼道："喀，也没什么事，就是我最近接了一单 case，候选人正好在寺里修行。我想跟您打听打听，你们这儿是不是有个人以前叫张贤？如果有的话……"

"张贤"这名字一出，老和尚的两道扫帚眉就皱成了一道，直接道："没有！"

林蔻蔻一愣。

老和尚却是看着她就来气，直接指着她道："把她给我赶出去！"

林蔻蔻惊呆了。

薛琳也万分诧异，不知林蔻蔻是哪里得罪了人。但紧接着她就笑了出来，敌人倒霉不就等于自己走运吗？她难免幸灾乐祸，压低声音道："林顾问，看来你人缘也不怎么好嘛，放心出去，这一单我帮你做完。"

那几名穿着黄衣服的僧人一点也不意外，直接朝她走了过来，一路"请"她出去，顺便连跟她一起来的裴恕都"请"了出来。不仅"请"下了楼，干脆直接"请"出了寺门。

两个人被好几个僧人围着出来，一路上简直惹人注目，不停有游客朝他们看来，指指点点，不知道的还以为他们是在庙里干了什么坏事，才搞出这么大的阵仗。

仅仅十分钟后，林蔻蔻已经重新站在了寺庙的台阶下，心里一片苍凉。几名僧人都是认得她的，其中一个还跟她很熟，临走时语重心长对她道："苦海无边，回头是岸。智定师伯上回差点被你气得心血管堵塞，你真的别再来了。"

林蔻蔻是没想到自己这么倒霉，头天进寺庙就遇到"扫地僧"，简直算得上"出师未捷身先死"，都被禁止入内了，这单 case 还要怎么做？

裴恕则是目瞪口呆。直到现在，跟林蔻蔻一块儿被"请"了出来之后，他才反应过来出了什么事，一时没忍住用一种极难形容的眼神看向林蔻蔻。这叫"爸爸在山上有人"？怕不是有满山的仇人吧！

裴恕张了半天嘴，才组织起语言，慢慢道："进了庙都能被赶出来。林蔻蔻，你这一年在山上，到底干了些什么？"

林蔻蔻抬起头来望望天："早跟你说了，这单最好不要带我。你自己偏要绑架我来……现在好了吧，为人做嫁衣，输给薛琳喽……"

她还有心情说风凉话？裴恕隐隐感觉自己血压往上升，还准备细问两句。可没想到，还没开口，就看见刚才离开的那几名僧人去而复返——先前还幸灾乐祸、满心得意的薛琳，竟然也被"请"了出来，同样是一头雾水、一脸蒙，完全没明白发生了什么。

第二十三章
合作与分歧

双方四人八只眼，一时间你看看我，我看看你，气氛尴尬而诡异。

薛琳感觉自己都还没反应过来，怎么就被赶出来了？

林蔻蔻被"请"出去之后，她觉得自己机会来了，拿出了自认为有史以来最亲和的笑容，信心百倍地开了口，准备先来段自我介绍。可谁想到，她刚说自己来自途瑞，是个猎头，那老和尚瞬间垮了脸，直接手指着她，声音竟然比之前赶林蔻蔻还要愤怒："把这个也给我赶出去！"然后薛琳就出来了。

别说她，就是林蔻蔻见了都不免惊讶，只是紧接着便似笑非笑道："这不是薛大顾问吗？刚才不是说这一单你帮我做了，怎么这么快就出来了？"

薛琳脸色发青："老和尚不识好歹！"

她回想起先前的细节，百思不得其解，不由得将狐疑的目光移到了林蔻蔻的身上："林顾问，你以前得罪过清泉寺吗？"

林蔻蔻顿时挑眉："跟我有什么关系？"

薛琳越回想越觉得不对劲："那老和尚一听说我是猎头，二话不说就赶我走。你刚才跟他说话明显是认识的样子，还把人得罪得不浅。我之所以被赶出来，根本就是受你牵连吧？"

林蔻蔻一听，心都凉了半截——好家伙，现在寺庙已经从"林蔻蔻与狗不得入内"，变成了"猎头与狗不得入内"吗？薛琳铁定是被她连累的啊。只是是个人都不会蠢到自己出来背这口锅，林蔻蔻立刻撇清关系，冷笑一声："自己不行就别怪天怪地了，人家和尚庙不要 KPI（关键绩效指标）的吗？我先前说自己来挖候选人都被赶出去了，你说你是猎头，那不也是来人家庙里挖人的

241

吗？不赶你出去还有天理？"

薛琳总觉得哪里不对，但一时半会儿也说不上来到底是哪里不对。她心情极差。

总而言之，现在的局面简直是糟得不能再糟：谁能想到，在场四人中有三位都是圈内鼎鼎大名的猎头，眼下竟然被一座小小的清泉寺拒之门外，别说挖候选人了，就是连候选人的面都见不着！

裴恕问："那老和尚是什么人？"

林蔻蔻道："简单来说，你可以当他是这座庙的隐藏 boss（领导），法号叫'智定'，平时不管什么事，就拿把笤帚在庙里洒洒水、扫扫地，但其实辈分很高，资历很深，说话分量很重。"

薛琳听得心里发冷："那他不让我们进，这庙我们就不能进了？"

林蔻蔻点头："目前来说是这样。"

寺庙门前，一时安静。

林蔻蔻垂眸思索，念头百转，目光在薛琳身上逡巡了一圈又一圈，忽然道："要不我们合作吧？"

薛琳一愣，没反应过来。裴恕则是瞬间眉头皱紧，看向薛琳。连旁边的助理舒甜都微微张大了嘴巴，对林蔻蔻脱口而出的这句话倍感意外。

林蔻蔻却有着自己的考虑："门都进不去，就别说什么做单了。我们与其搞对立，互相拖对方的后腿，不如合作一把，先看看能不能想办法进去，或者另辟蹊径见到张贤，后面才能说挖人的事。"

薛琳冷哼："你果然也是找张贤！"

林蔻蔻淡淡道："考虑下，合不合作？"

薛琳审慎地看着她，没说话。

但这时一道微冷的声音忽然插了进来："林蔻蔻，你过来。"

林蔻蔻一怔，回过头去。

裴恕单手插兜立在她身后，面无表情，直接伸出一只手将她一扯，把她拽到一旁："跟她合作干什么？"

林蔻蔻不解："合作能最快解决问题，为什么不合作？"

裴恕道："她是施定青的人。"

林蔻蔻看着他："所以？"

裴恕眼底冰冷："我以为林蔻蔻在业内全凭喜好做单，谁的面子也不给，有脾气有坚持，没想到竟然也会委屈自己，跟仇家合作，跟自己不喜欢的人合作。"

林蔻蔻只道:"施定青才是我要的结果,其他人都只是达成这个结果的手段。"

裴恕道:"所以就要与虎谋皮?"

林蔻蔻道:"所以你不想合作?"

裴恕道:"我不跟施定青的人合作。"

薛琳远远地看着,听不清他们讲了什么,只能看见裴恕说了句什么,林蔻蔻凝视他,摇头回了一句,裴恕便冷笑一声,把手一揣不说话了。片刻后,林蔻蔻走了回来。

薛琳的目光在裴恕的身上晃了一圈,发现裴恕此刻正冷冷地注视着自己,不由得挑了眉,笑问林蔻蔻:"没商量好?"

林蔻蔻只道:"不用你操心。考虑得怎么样?"

薛琳凝视着她,意味深长地笑起来:"强强联手,共破难关,这有什么需要考虑的,我当然答应。"

至于进了寺庙,见了张贤之后怎么样,到时候再说也不迟。这种生意,虽然与虎谋皮,但做一做也不亏。毕竟见不到张贤的话一切都白搭,见到张贤这一切才有后续的可能。薛琳自问是个清醒的决策者,绝不会为个人的好恶而蒙了眼。

林蔻蔻直接伸出手:"那合作愉快。"

薛琳也伸手同她一握:"合作愉快。"

此时此刻,山顶上日光高照,她们的目光落在彼此身上,便有种看似平和实则暗流汹涌的感觉。唯有裴恕,冷眼旁观,一语不发。

薛琳问:"接下来怎么办?"

林蔻蔻道:"先找个地方坐下来研究下对策吧。"

薛琳环视四周:"这山上恐怕没有什么适合谈事的地方。"

林蔻蔻道:"有的。"

她拿着手机发了条短信出去,把手机一揣,两手一抄,便直接朝着清泉寺旁边的一条路上走去,随口道:"跟我走吧。"

薛琳顿时有些疑惑,下意识地看了一眼自己所带的地图:林蔻蔻去的这条路前面是一片空白,地图上根本没画。为什么感觉她对这儿很熟……拧眉思索片刻,薛琳干脆把地图扔给了舒甜,也一抄手,跟在了林蔻蔻后面。

裴恕立在原地,半天没动。舒甜愣愣地抱着那张做满了攻略的地图,看着薛琳与林蔻蔻的背影眨了眨眼:以前总听人把薛总监跟林顾问比较,她还不明白为什么，可刚刚薛总监抄手的那个动作，跟林顾问真的好像……

寺庙旁边这条路夹道都是青松翠柏，显得十分幽静，只有零星的游客在这条路上拍照留念。林蔻蔻熟门熟路，走在前面。转过几道弯，便能看见前面有几栋三五层高的小楼，树下摆了桌椅，有人坐在那儿喝茶，有人坐在那儿下棋。

薛琳跟在她后面，往前一看，是万万没想到这路转过来还别有天地，不由得道："你对这边还挺熟？"

林蔻蔻道："一般般。你们是怎么知道张贤在这儿的？"

薛琳道："一开始也不知道，只是想来清泉寺挖人。听说这座寺庙有很多高才生、离退高管出家，最近一年出了不少新闻，有很多人从庙里还俗出来创业或者再就业了。所以想从这边看看人选，没想到意外打听出张贤也在这里……"

林蔻蔻忽然看她，面色古怪。

薛琳还以为她是没听懂，一愣之后，便颇带几分傲气地笑了一声："哦，忘了，林顾问竞业一年，可能都没关注新闻，更何况是这种隐藏信息。我相信，看完清泉寺相关新闻后能想到来这儿挖人的，在业内一只手都数得过来。"

林蔻蔻："……"

薛琳还以为自己这话成功地打击了林蔻蔻，不免自得，假惺惺地开口宽慰："这种事林顾问不知道也正常，不用往心里去……"

她话才刚说完，前面树下喝茶的一个人，无意间一抬头看见了林蔻蔻，忽然站起来惊叫一声："蔻姐？"

其他下棋喝茶的人听见，先是诧异地回头看他一眼，然后顺着他视线往前看去，便纷纷看见了林蔻蔻。一时之间，众人惊的惊，喜的喜，更有人朝着楼里大喊一声："林顾问回来了！"

"林顾问回来了？"

"我老班长这就回来了？不会吧，难道在外面混不下去了？"

"林顾问，我们想死你了！"

…………

气氛一下变得热烈起来，连楼上都有人打开窗户朝着下面看，远远地跟林蔻蔻挥手。

薛琳惊呆了，完全不知道这是什么情况。跟在后面走过来的舒甜也大感意外。唯有林蔻蔻本人，万分镇定，随便举起手朝楼上喊的那几个人挥了挥，然后便向着最先认出她来的那个在树下喝茶的青年走了过去："高程，禅修班现在人没满吧？"

那青年，也就是高程，剃着个寸头戴着副眼镜，看起来是个精神小伙，连忙站了起来，笑着道："蔻姐，你才走没半个月呢，禅修班哪儿这么快就满了？现在这是……"

他将疑惑好奇的目光移向了林蔻蔻身后。

薛琳等人都一头雾水地看着他们。

林蔻蔻不解释，只道："我回来办点事，这几个是跟我一块儿的，禅修班没满就好，给我留几个位置，我在这边住几天。"

回来办点事？高程秒懂，立刻露出个心领神会的表情，道："蔻姐你回来，哪儿能没位置？就算没有我们也给你挪出来。"说完他头前引路，带林蔻蔻他们进去。

薛琳从外头进门时才发现，门旁边就挂着一块牌子，上头赫然写着"清泉寺禅修班"！再看沿路上碰到的人，瞧见林蔻蔻都是惊喜地打招呼，有叫"林顾问"的，有叫"蔻姐"的，还有一些甚至叫她"班长"……

班长？还能是什么班长？薛琳忽然倒吸了一口凉气，想起了先前自己说是从新闻上各种还俗消息关注到清泉寺时，林蔻蔻回头看她的那个古怪表情，还有林蔻蔻对此地的熟悉，先前庙里那老和尚对林蔻蔻的态度……一种从未考虑过的可能性，从心中浮现。

她眼角微微抽搐了一下，霍然看向林蔻蔻："这一年来，清泉寺那些还俗的新闻，都是你搞出来的？"

林蔻蔻转头看她，并未回答。

边上的高程不知她二人关系，异常热情，答得飞快："那可不，除了我们蔻姐，谁还有这本事？去年禅修班里几十号人跟她聊过之后都想通不出家了，我们蔻姐还免费帮忙介绍了工作。这叫什么，这就叫'功德无量'！"

竟然真的是她！这一刻，薛琳脸上跟打翻了调色盘似的，无比精彩。毕竟谁能想到，刚才还在别人面前夸耀自己从清泉寺新闻里发现机会的敏锐，一转眼竟发现这些新闻根本就是人家搞出来的？这简直是班门弄斧，在关公面前耍大刀——丢人丢到家了！

而且薛琳随即便意识到了更严重的问题：这一年林蔻蔻要是都在清泉寺，那该积累了多恐怖的人脉？自己来到清泉寺简直是来到了人家的地盘，强龙压不了地头蛇，她面对着这样一个林蔻蔻，能有几分胜算？一股冷意突地涌上心头。她看着林蔻蔻的眼神，片刻间由惊愕到羞恼再到忌惮，已是几经变化。

林蔻蔻不用猜也知道薛琳现在内心绝不平静，只是也并不关注，反而思考起自己从昨天开始就存在着的一个困惑来："薛顾问，之前在酒店遇到你，我就想问了，上海到北省的航班那天取消了吧，高铁深夜也没班次，你是怎么到的这边？"

薛琳沉着脸没说话，似乎还沉浸在自己的情绪里。

舒甜迅速地看了她一眼，心知薛琳是无论如何都不肯在场面上输给别人的人，于是连忙笑了起来，道："到北省的航班的确是取消了，但薛总监以前认识的一位客户正好有私人飞机，当晚从上海飞到北省另一个城市，那边正好有高铁到清泉寺，可以转过来。"

"裴恕，你说我俩混得是不是有点太行啊？"

作为国内知名寺庙，清泉寺常年开设禅修班招收学员，所以在这边划了块地方专供禅修班使用，高程为他们安排了几间房，林蔻蔻拿着房卡跟裴恕一块儿上楼的时候，便没忍住嘀咕起来。

"人家都坐上私人飞机了……"

薛琳、舒甜在二楼，他们在三楼。林蔻蔻和裴恕的房间正好门对着门。

裴恕自从她跟薛琳定下要合作开始，一路上就没有说过一句话，此刻脸上更是半点表情都没有，只道："便宜的三五千万就能搞一架，你想要可以自己买。"话里的漠然，再明显不过。

林蔻蔻停下脚步，转过头来，凝视他半晌："你真不跟薛琳合作？"

裴恕直接耷下眼帘，取出房卡开门，语气冷淡道："你想合作，就跟她合作好了。你用你的手段，我找我的办法。你我各做各的，谁也别干涉谁。"

话说完，房门打开，他直接走了进去。林蔻蔻立在走廊里，看着那扇关上的房门，眉头慢慢皱紧。

她是真的没想到，认钱不认人的裴恕，为达目的不择手段的裴恕，在业内向来也没有什么好名声的裴恕，在明知道暂时与薛琳合作是目前收效最大的方案的情况下，只因为薛琳是施定青的人，就拒绝与对方合作。可他跟施定青能有什么仇怨呢？她跟施定青认识那么长时间，从未听她说过有什么仇家……

薛琳跟舒甜的房间也是挨着，把东西放下略做收拾之后，薛琳便带着舒甜下了楼。先前林蔻蔻跟她们约定在楼下见面。这下头几张桌子错落地摆在树下，禅修班那些学员不是在喝茶就是在下棋，落在薛琳眼中，简直跟周末的公园没两样，甚至有点像老年人活动中心。

只不过这里的人，明显都不那么普通。有的是气定神闲的白发老头儿，有的是眉头紧锁的严肃青年，有好几张脸晃过去，薛琳都隐隐感觉到眼熟。其中更有个坐在凳上剥橘子的老头儿，分明是前几年屡屡出现在新闻上的财经大佬！

这哪里是什么清泉寺禅修班，分明是放眼全国都未必能凑起来的顶级EMBA（高级工商管理硕士）大师班！

在认出那老头儿的瞬间，薛琳的心便微微一颤，下意识让舒甜拿出一张名片，想走上去结识一番。可没想到，她才迈步，那老头儿就站了起来，脸上也挂起了笑容。薛琳先是一愣，紧接着才意识到老头儿所朝的是另一个方向。她随之转头，便看见林蔻蔻从那个方向走了过来，面带笑容，十分自然地同那老头儿寒暄了一阵。

连这种大佬她都能随意交谈……清泉寺这禅修班，和她家里有什么区别？

薛琳远远看着，攥紧了手里那张名片，神情越发严峻，对林蔻蔻的防备，也更深一层——她再厉害，也只是个才入行一年的猎头；再能做单，所能交到的人脉也很难跟在这行里混了多年的林蔻蔻相比。时间所造成的差距，是最残酷也最难追平的。与虎谋皮固然能得到一时的利益，可也未必不会为他人做嫁衣，平白让人捡了便宜。

林蔻蔻寒暄完便走了过来。

薛琳看见她就一个人："裴顾问没下来吗？"

林蔻蔻道："他不来。"

薛琳顿时皱起眉头。

林蔻蔻笑了笑，直接在近处一张石桌旁坐了下来，道："提出要跟你合作的是我，但不包括裴恕。他想自己琢磨自己的办法，我们就别管他了吧。"

薛琳自然想起了先前在清泉寺门口，裴恕把林蔻蔻拉去说话，事后二人似乎不太对付的样子，对林蔻蔻此刻的解释倒也不太惊讶。她坐到了她对面："现在聊聊张贤的事？"

林蔻蔻点了点头。

既然是合作，两人首先交换了各自掌握的张贤的信息。作为前广盛集团的创始人，张贤今年已经四十二岁；在当年集团上市后，此人便抛售了自己手里所有的股票，所得金钱全部捐给了慈善基金会，自己则隐退江湖直接进庙出家。两人都有张贤的照片，但谁也没见过张贤本人。林蔻蔻没有从秘书那里打听到张贤现在的法号，薛琳那边却知道，张贤出家之后的法号叫"慧贤"。

薛琳忍不住问："你之前一年都在山上，难道就没见过这个人一面，听过这个人的名号？"

林蔻蔻竭力回想，却摇了摇头。她道："和尚的法号乱七八糟，不好记，听过可能也忘了；但我敢肯定，这个人我在山上从来没有见过。"

薛琳不禁有些怀疑："怎么会？"

林蔻蔻的脑筋迅速转动起来，表情也多了冷肃，道："有两个可能，第一，我们消息错误，张贤可能已经不在清泉寺，或者根本就没来过；第二，这个人深居简出，大部分时间都待在清泉寺后山，极少往外面走动，甚至不参加寺庙活动。如果我之前在这边待了一年都没见过这个人，光凭现在短短几天，想要见到他，恐怕比登天还难。"

薛琳感觉到了棘手："我记得他有老婆孩子在美国，可以从那边入手吗？"

林蔻蔻想了想："他把钱捐给基金会，当年就跟家里闹翻了，前妻跟他离婚，女儿跟着前妻去了国外，要联系恐怕不容易……"

薛琳又道："能找到他以前的联系方式吗？直接通过电话询问呢？"

林蔻蔻摇头："打过了，打不通。"

薛琳静默，好半晌才道："那个扫地老和尚，是真的搞不定？你就不能再去试试？"

林蔻蔻幽幽地看她一眼："我要能搞定，会跟你合作？"

千言万语瞬间卡在喉咙口，噎得薛琳一个字也说不出来。

两个人陆续提出了一些方案，但不是耗时太长，就是不切实际，很快都被否定。这也不行，那也不行。一坐两小时，竟是一筹莫展。

舒甜全程坐在旁边记录会议，可记录着记录着，就发现一张桌上变得安静下来。不管是自家总监，还是那位传说中的林顾问，脸色都不大好看。薛琳是单纯的烦躁，黑着一张脸。林蔻蔻烦躁之余，却还带着点疲倦，毕竟昨晚就没怎么睡过，现在难免困意上涌，不停打哈欠。

薛琳见状道："要不歇会儿，换换脑子，晚点再继续想。"

林蔻蔻赞同："我出去买杯咖啡醒醒神，顺便给你带一杯？"

薛琳一怔，看她一眼："谢谢了。"

林蔻蔻直接起身，溜达出去。

风景区毕竟常年有游客，高级的手磨咖啡没有，但一般的速溶咖啡还是能在一些开在山顶的连锁快餐店或者饮品店买到。在山上住过一年，这里的路她闭着眼睛都能走，很快便找到了以前常去的那家饮品店。只不过人多，需要排队。林蔻蔻只好站在了队尾，一面抬头看着店里最近有没有出什么新饮品，一面想着怎么见张贤的事，神思恍惚，忽然听见前面有人说："清泉寺这回摊上的事可不小，基金会出这么大娄子，还不知道怎么收场……"

"买个咖啡要这么久吗？"

眼见着大半个小时过去，林蔻蔻还没回来，薛琳不禁看了一眼自己手机上的时间，这一刻想起的竟然是公司里某些带薪蹲马桶的混子下属。

"这女人不会是想等我想出办法了她再回来吧？"

话音刚落，林蔻蔻拎着咖啡的身影忽然出现，竟是脚步极快地走了回来，来到她们面前，一杯咖啡递给薛琳："忘了问你喝什么，买了杯美式。"然后还顺手扔了一杯给旁边的舒甜。

舒甜接住，顿时愣了，抬起头来看着她，一时竟有些不知所措：作为助理，她习惯了帮别人买咖啡，这还是头一次收到别人带的咖啡……

林蔻蔻却已经坐下，表情严肃，瞳孔里隐隐带着一丝亢奋，明显心思根本不在咖啡上："我刚刚排队买咖啡的时候，听见了一桩有趣的八卦。"

薛琳意识到她有突破口了："什么？"

林蔻蔻问："你还记得我们之前闯进寺里，在那间会议室外面看到一群人出来，他们在聊什么吗？"

薛琳当时的注意力根本不在那边，记忆非常模糊，回忆了半天，也只回忆起几个关键词："好像是什么基金会？"

林蔻蔻打了个响指："对！我刚刚去买咖啡，正好听到人在聊这个。他们应该都是基金会的人。清泉寺前几年成立过一个慈善基金会，一方面用于各种慈善活动，一方面还会投资帮扶一些需要帮助的公司，主要是由寺庙跟一些基金会的出资人义务管理。但前几天，基金会管理账目出现了问题。"

薛琳心头一跳："这基金会跟张贤有关系？"

林蔻蔻道："张贤出家前就成立了慈善基金会，现在都还在运作。要说清泉寺这边有基金会，但他没有捐一分钱，我是不相信的。"

薛琳突然明白了她刚才回来时的那种亢奋从何而来，直接转头向舒甜道：

"快，查一下清泉寺这个基金会相关的信息，看看是什么情况。"

舒甜还看着那杯咖啡出神，听见薛琳这一句，她才反应过来，连忙放下咖啡，打开电脑开始检索资料。

林蔻蔻则道："所以我现在有个不太成熟的想法。"

薛琳瞬间有了猜测："利用基金会？"

林蔻蔻目视着她，眸底锐光忽闪，笑了："对。张贤在庙里深居简出，大概率是不想出来的。可如果我们逼他，让他不得不出来呢？"

"基金会这边既然存在账目和管理问题，而且到现在也没解决，需要清泉寺这边给一个交代，那他们必然需要一个有能力解决这次事件的人。张贤当年执掌广盛集团，从能力上看绝对足够。但一来清泉寺未必想让他出面，他自己也未必想出面；二来这次的事情可能还没有大到这个程度，毕竟目前双方看起来还在商谈。所以我想……"

林蔻蔻顿了顿，凝视薛琳。

"我们不如想办法找找人，煽风点火，把事情搞大，大到必须由张贤出面来解决！"

饶是薛琳早有准备，这时也被林蔻蔻这话惊得不轻："我以为你会说我们顺手帮清泉寺解决基金会的难题，获得他们的好感，好让他们允许我们见张贤。结果你——"

简直语不惊人死不休！不仅不想着"大事化小，小事化了"，这个女人竟然还想着把事情搞大？

她眼皮都跳了起来，禁不住用一种看神经病的目光看林蔻蔻："你就没有想过，万一这事不成，被清泉寺那边知道我们这么搞，我们会是什么下场？！"

林蔻蔻道："能有什么下场？最差也不过就是和现在一样见不到张贤罢了。成还有希望，不成这单 case 就黄掉。"

薛琳深深皱起了眉头。

林蔻蔻扫她一眼："你不会在犹豫吧？号称是这一年来风头最劲、手段最狠的猎圈新人王，连这点胆气都没有？"

薛琳冷冷道："不是人人都跟你一样疯。"

林蔻蔻睨视她："干不干？"

薛琳险些被她这一句话哽死，死死瞪了她半天，恶狠狠道："你最好是有成事的把握。"

这就是答应了。

林蔻蔻顿时轻松地笑了起来，开始分配起任务。要把事情闹大，还要推张贤出来收拾局面，自然就要分头行动。因为林蔻蔻早在清泉寺那边挂上号了，所以游说鼓动清泉寺让张贤出面这件事，就交给了薛琳；林蔻蔻则负责联系基金会这边，尽量把事情搞大。

"届时正好看看，张贤在庙里这么多年，还有多少能力，能不能把这次的事情处理妥当。"林蔻蔻的算盘扒拉得啪啪直响，"再者，久不在世俗里的人，忽然出面处理危机，力挽狂澜，又能感受到那种处于他人目光中心、权柄在握的感觉，也可以试探试探他还有没有欲望……"

毕竟当年的张贤，是何等风光？如果让他重温当年的感觉，说不准能让他脱离寺庙清修那种清心寡欲的感觉，一旦对俗世有了欲望，那再要挖他出山，不是手到擒来的事情吗？何况事情如果成了，她们还能见到张贤。这简直是个一箭三雕的好计策。

两人你一言我一语，没多一会儿便分工完毕，确定了接下来的工作步骤。舒甜作为唯一的助理，现在归二人共用，负责协调辅助。调查基金会，确定相关联络人员名单……种种细节也颇花费时间，等整理出来，已经过了下午四点。

林蔻蔻坐了一下午，脖子酸痛，浑身僵硬，忍不住展开双臂，伸了个懒腰，抬起头来，才发现夕照已斜，余晖洒遍。禅修班众人早已经跑去上晚课，这会儿楼下冷冷清清的，几乎看不见什么人。

她忽然想起什么来，朝着三楼看了一眼——奇了怪了，整整一个白天，姓裴的进屋之后好像就没出来过。不是说要单干吗，人哪儿去了？

第二十四章
流氓行径

裴恕前一天晚上基本没合眼，加上心情不大好，关起门来便睡了一觉，一直到黄昏时才起来。睁开眼一看手机，林蔻蔻给他发过几条消息。

下午四点：醒了没？人在哪儿？要出去吃饭吗？

下午四点零五分：喂。

下午四点十一分：敲门也没人应，那我去蹭薛琳的饭了，晚饭你自己解决吧。

裴恕看了一会儿，没有回复，只是洗漱一番，醒了醒神，然后才换上衣服出门，直奔清泉寺而去。

此刻已经快到景区关闭的时间，游客稀少。落日的余晖铺满，山上的风也开始凉起来，显得格外冷清。寺庙里的一些僧人正在收拾洒扫，还有景区的工作人员拿着吸铁石把游客们投进香炉里的硬币都吸出来。裴恕便找他们随便聊了聊。

作为猎头，学会用各种渠道收集自己想要的信息是最基本的，裴恕平时虽然已经不怎么需要亲自做这种工作，但真要做时也是一点都不含糊。他可没忘记自己要单干。从目前来看，这一单 case 最大的阻力无非是他们今早见过的那个扫地僧，林蔻蔻得罪对方太狠，肯定会选择迂回的方式绕过此人去见张贤；所以裴恕的策略就非常简单了——他要正面攻略此人，直接从扫地僧智定这里获得入场券。

寺庙里的僧人今早见过他的是少数，更别说记得了，所以当他自称是一名游客、香客、信徒，开口咨询起寺庙里的事时，没有一个人起了防备之心。他陆续聊了几个人，最后挑中了一个在偏殿门口收拾香炉的僧人，他看上去比较年轻，不像是什么有城府的人。

这一次，他假装人生失意，说自己做生意失败，妻子也因此抛弃了他。年轻僧人哪儿懂他套路多深，连忙出言安慰。裴恕就深深叹气，顺势说自己想要出家，早些年来这边拜佛的时候曾听过智定法师讲经，不知道他还收不收弟子？

那扫地僧既然在庙里有一定权威，知道他的人自然不少。但这老和尚似乎不收徒。裴恕怎么问，那年轻僧人也是这说辞。直到眼看着他脸上流露出失望的神色，那僧人才动了恻隐之心，跟他说智定师叔每天傍晚事情结束，都会跟人去山顶白云亭下棋，他要真想拜师，可以去那边碰碰运气。

高人都喜欢下棋，还在亭子里？简直像是武侠小说里的剧情。裴恕得到这信息时都觉得有些荒诞，一算时间差不多，正好去白云亭看看情况。

这座亭子也是山上的一个景点，距离清泉寺也就五六百米，修在山边上，左侧是登山看日出的长道，右侧却是峭壁凌空，云海翻腾。只是他到的时候，亭子里的情况，和他想象中的高人下棋……完全两样！跟高人根本扯不上半毛钱关系！

原本已经是景区快要关门的时候，游客都走得差不多了，可这一座不大的亭子里，却是乌泱乌泱围了十几号人，有的穿着朴素，像禅修班学员；有的手持登山杖戴着墨镜，像是还未下山的游客；还有的干脆穿着制服，胸前挂着牌子，赫然是已经下班的景区工作人员！而今早裴恕见过的那个扫地僧老头儿，就坐在中间下棋。下的还不是围棋，而是公园里那种上了年纪的老大爷经常下的象棋，连围观人群的架势都跟公园里一模一样。

裴恕瞧见这场面时，眼角着实抽搐了一下，接着就听见坐那扫地僧对面的一位白发老人家催促："都想半天了你到底下不下？"

白天赶人出去时还气势十足的扫地僧，这会儿却是讪讪地笑着，两手搁在膝盖上，不住地摩挲，只劝对方："少安毋躁，你也老大不小了，心血管不太好，要沉住气嘛，多让我想想怎么了？下个棋，胜负心不要那么强。"

对面的老头儿气得瞪眼。

围观下棋的人们却好像都习惯了，闻言小声笑起来，也有人笑着调侃："太阳都要落山了，你们这盘不会下到晚上去吧？"

扫地僧一声哼："瞧不起谁呢？我这叫长考，为的就是三招之内分出胜负，保管叫你们心服口服！"

然后下了一手，又下了一手……连下十几手。

太阳落山了，扫地僧的棋非但没下完，而且眼看着就陷入了劣势，就算是不懂象棋的人看了也知道他这一局必输无疑。

三招之内分胜负？隔着观棋的人群，裴恕深深看了最中间坐着的扫地僧一眼，感觉一言难尽。高手个屁。这分明是臭棋篓子，人菜瘾还大！

差不多晚上七点半，这一局才磨磨蹭蹭地下完。众人散去。裴恕瞧着那扫地僧收拾棋盘时恋恋不舍还有点不服气的样子，心里已经有了计较，暂时没有行动，只是跟着众人散去。

在路过商店时，他停下来买了桶泡面，便拎着回了三楼自己的房间。对面林蔻蔻的屋子漆黑一片，没有开灯，应该是还没回来。

裴恕直接关上房门，洗了个澡，换上浴袍出来，头发都还没来得及吹呢，就听见外头有人敲门："在不在？"

是林蔻蔻的声音。

他站在原地想了一会儿，还是走过去开门。

林蔻蔻手里拎着几个饭店的打包盒，抬起头来一看，便看见他裹着件浴袍，一只手捏着门把手，站在屋里，满头凌乱的黑发湿漉漉地垂下来，连棱角分明的脸上都还带着几分水汽，显然是才洗了澡。

裴恕问："有事？"

林蔻蔻晃晃手里沉甸甸的打包盒，道："顺便给你带了点吃的回来。"

裴恕看她片刻，接了过来："谢了。"说完就要关门。

可没料想，林蔻蔻伸出手来，一把压在门上，竟是似笑非笑地看着他。

裴恕回头："你还有什么事？"

林蔻蔻手指直接指向他身后房间里桌上放着的那桶泡面，道："下午你出去过了？"

那并不是房间里应该有的东西。

裴恕也回头看了一眼，只问："有问题？"

林蔻蔻目视着他，目光却如刀光一般，笑笑道："我知道，你肯定是去搞定那个老和尚了。在山上一年，他什么德行我清楚。裴恕，你真不想跟我谈谈吗？"

他初来乍到，林蔻蔻对这里却是了如指掌。裴恕在衡量，站着没动。林蔻蔻便不请自入，十分自然地绕过了他，直接走进他屋里，还背着手踱步，打量了一圈。

禅修班的房间自然难以跟山下度假酒店的套房相比，也就是简单的一张床、一张写字桌，窗边上置着一张茶座两把椅子，桌上甚至还放着一尊小小的弥勒佛，整体是中式风格，完全符合禅修班的调性。看得出裴恕这人习惯很好，屋子里物品摆放整齐，连换下来的鞋都端正地摆在鞋柜下面。

她直接走到窗边的椅子上坐下，拿起桌上那桶方便面看了一眼，懒洋洋道："白云亭前面那个商店买的吧？老板胖胖的，看着憨厚老实，但店里面卖的东西普遍比别的地方贵两成。这桶方便面，要比山腰上的店里贵十块。"

裴恕是真没遇到过这种反客为主的类型。他盯着她看了半晌，到底还是反手把门关上了，道："说吧，要找我谈什么？"

林蔻蔻放下那桶方便面，只觉得无聊，随手拿起桌上那尊弥勒佛来把玩，结果就看见那弥勒佛后面竟然贴着张字条，上头写着两个大字——科学。墨痕尚新，尤其是这笔迹的感觉，怎么有点眼熟？

她忽然想起了之前裴恕在 mapping 报告上的批注字迹，嘴角顿时抽了一下，回头看向他。

裴恕走过来，从她手里拿过那尊弥勒佛，淡淡解释："我信仰科学。"

林蔻蔻："……"

裴恕无视她的眼神，只坐到她对面："你跟薛琳合作得不应该很好吗，来找我干什么？"

林蔻蔻道："强强联手，我们合作得当然很好。不过她毕竟是为施定青工作的，我们客户不同，所以我跟她在一块儿也不过就是逢场作戏罢了，最终不还是要回到裴顾问你这里来吗？"

裴恕听着这话术，莫名有点耳熟。他若有所思地看了林蔻蔻片刻："你以前是经常脚踩两条船吗？"

林蔻蔻一愣："什么？"

裴恕拿起了一旁的毛巾擦头发，道："不然这种渣男语录怎么张口就来？"

所有出轨的男人都会说，在外面就是图一时的新鲜刺激，逢场作戏罢了，最终还是要回归家庭，爱的还是自己的妻子。

林蔻蔻原本还没意识到，被裴恕这一说，才发现的确有点那味儿：自己是个渣男，薛琳是外面的小三，所以她是勾搭小三冷落了家里的正宫？她抬起头来一看，裴恕正凉飕飕地看着她。这一刹的代入感，简直强烈到无以复加，让她深深恶寒了一把，莫名打了个冷战。

她连忙摇了摇头，赶紧将这种诡异的感觉驱散，只道："别扣帽子了，裴恕，我们有共同的敌人，最终合作的肯定还是我们。如果你想从老和尚那边搞定，我可以提供一些我知道的信息帮助你，可以避免你做无用功，早日成事。"

无论喜不喜欢对方做事的风格，在这一单 case 里他们都是捆绑的利益共同体。林蔻蔻自始至终都很冷静。她不希望因为薛琳与裴恕产生隔阂，毕竟跟薛琳只是与虎谋皮，如果她和裴恕产生了隔阂，就很有可能被薛琳利用，各个击破，导致失败。而那并不是她想要看到的局面。

裴恕不可能不懂她的策略，也不可能不明白她的想法。只是有些原则，他不会轻易妥协。

他耷拉着眼帘道："需要的信息我会自己去打听，用不着你来帮忙。再说，你的信息真的有用吗？"

林蔻蔻皱眉，听出了他话里隐约的挑衅。果然，下一刻便见裴恕抬眸看着她，淡淡道："要是知道信息就能办成事，你在山上能混成这人嫌狗憎进门都被人赶出来的惨样？"

人嫌狗憎，进门都被人赶出来……林蔻蔻从未想过，这人嘴能毒到这程度，眼皮一跳便站了起来："我那是——"话将出口，却突然卡壳。

裴恕挑眉："是什么？"

当然是怪自己职业病犯了，不仅"遣返"了禅修班大部分生源，还帮助清泉寺降低了人口负担，"劝退"了寺内大量出家僧人，甚至把人家的僧人介绍去隔壁道观当道士……可这理由又能光彩到哪里去？

林蔻蔻还没蠢到把自己的丑事说出来给人当笑话听，当下冷笑一声："什么原因关你屁事，不想谈就不谈吧，没你我就做不了这一单了？"说完转身就要走。

只是没想到，她走时正好从裴恕面前经过，而裴恕也正要站起来，她一脚踩中了他垂到地上的浴袍腰带，于是在裴恕站起来的瞬间……

唰啦——

腰带散了。

浴袍开了。

屋内忽然变得无比安静，两个人的动作仿佛都被人按下了定格键，僵硬地静止下来。

坦白地说，林蔻蔻的脑袋有那么几秒钟的空白。毕竟这么尴尬的场面她也是头回遇到，完全没有处理的经验，何况还是身为此次事故的"肇事者"？但很快，她就反应了过来——只要我不尴尬，尴尬的就是别人！

林蔻蔻从上到下认真地把裴恕看了一遍，然后镇定自若地点了点头，做出客观评价："嗯，身材不错，不去拍点颜色杂志可惜了。"就好像在评价盘子里的猪肉一样。

裴恕先还有点蒙，听见这一句，竟然生出了一种被臭流氓调戏的感觉，眼皮登时一跳，恶狠狠地咬牙："林，蔻，蔻！"

这一刻，林蔻蔻溜得比兔子还快，连裴恕表情都不敢看一眼："太晚了，我先走了，早睡晚安！"

话说完，人已经闪到了门外。然后"砰"的一声，门关上了。屋里于是只剩下一个裴恕，黑着脸立在原地，差点没被气死。

"真是，大男人这么忸忸怩怩，男德班出来的吗？"第二天一早起来，林蔻蔻打着哈欠去找薛琳的路上，还忍不住吐槽，"杂志上尺度大的我见多了，就这都排不上号，看两眼跟要了命一样……"

当时那种情况，当然是大大方方看一看比较不尴尬，只是看姓裴的那架势好像很生气的样子，她倒是一点也没放在心上。晚上回了自己房间后，她还加班处理了一点工作上的事。现在正好去找薛琳聊聊。

禅修班这边也有会议室。为了接下来谈事方便，林蔻蔻特意跟高程那边说了，借了个二楼的小会议室，用作自己跟薛琳这段时间的"临时作战室"。约好的时间是上午十点。

但显然，人家薛琳没有睡懒觉的习惯，更没有迟到让人等的习惯，一早就已经候在那儿了。林蔻蔻到时，舒甜甚至已经买好了咖啡回来。她刚在薛琳对面坐下，一杯热咖啡就已经递到了她的手里。

林蔻蔻先顺口道了声谢，低头一看才发现咖啡杯上用马克笔写着"半糖摩卡"，不由得有点小讶异："居然正好是我喜欢的口味……"

她回头看了舒甜一眼。舒甜个子小小，正抱着笔记本电脑，眼观鼻鼻观心地站在薛琳旁边，好像没听到。

薛琳手里也拿着一杯咖啡，听了林蔻蔻的话后，却是转过脸来瞪了舒甜一眼。

舒甜没太明白："我有让他们多放一份奶，总监这杯是味道不对吗？"

薛琳顿时无语，翻了个白眼，懒得跟她说了。

助理的工作，毕竟就是这些琐碎小事，会议前买好咖啡是再正常不过的事。虽然正好买成了林蔻蔻喜欢的口味，但这也没什么好指摘的，难道还能骂她工作做得太"到位"吗？

薛琳问："你那边怎么样？"

林蔻蔻捧着咖啡，惬意地喝了一口，整个人的状态异常舒坦，甚至透着一股子慵懒："我出马，没意外。"

怎么说她也是地头蛇，她负责的是鼓动基金会这边把事情闹大，所以昨晚就找了禅修班的人了解情况。没想到，禅修班里竟有不少人曾捐钱给基金会。这不就给林蔻蔻撞上了吗？在山上一年，她可不是白混的。虽然跟清泉寺那边，尤其是跟那扫地老和尚关系不好，可禅修班这边她简直是如鱼得水，还曾经被大家选为禅修班的"班长"，要找人问点事，再鼓动大家聚集几个人，过几天去寺庙讨说法，那还不简单？

"人已经安排好了，在联络，三天后等人来齐，我们就去找清泉寺那边讨个说法。"林蔻蔻说着，便笑了起来，眯起来的眼缝里亮晶晶的，完全一副看热闹不嫌事大的架势，只道，"到时候，我们就起哄，要他们限时给处理方案和处理结果，还要对他们的人事安排提出质疑，必须要一个足够服众的人出来，我们才答应。要是不能让我们满意，我们就堵门，再损点可以通知电视台的记者过来……"

清泉寺在全国可都算是知名寺庙了，也是要脸的。要是真把电视台请来，那不得搞出个大新闻？饶是薛琳，在她提出要借基金会的事情搞大之后，就已经对她剑走偏锋的风格有所领教，可此时仍是忍不住倒吸了一口凉气——狠，狠到家了。

舒甜更是诧异，因为从表面上看，林蔻蔻似乎不具有什么攻击性。尤其是在上山之后，大部分时候她都呈现出一种懒洋洋没骨头似的状态，要是放在上海那些全是拼命十三郎的公司里，妥妥的一条消极怠工的咸鱼。可说出的话、做出的事，却是没一句不毒、没一件不狠！这种皮相带来的表面印象和真实行事风格的巨大反差，仿佛在这个人身上罩了一层影影绰绰的面纱，让人看不真切，反而越发好奇，越想要看个究竟。

林蔻蔻也知道自己缺德，但当初她被老和尚赶出寺门的事才过去没多久，原本以为回了上海就再也没机会报仇了，谁能想到裴恕一单 case 给自己拉了回来，还正好碰到这种千载难逢的好机会。要不趁机给那老和尚找些麻烦，岂不辜负了上天的眷顾？

她想着便愉悦地喝了一口咖啡："我这边万事俱备，只欠你那边的东风了。寺庙那边联络了吗，给他们做好暗示了？"

给那扫地老和尚找麻烦，也就是顺便玩一回罢了，真正的目的还是张贤。基金会有人搞事，他们得让寺庙那边推张贤出面解决问题。所以薛琳负责的是联络寺庙这边的人，看能不能用巧妙的方法跟他们暗示张贤的能力，在他们心里埋下"张贤一定能解决这种问题"的种子，等到事情出了的时候，就会自然而然地想到张贤，让这人出面来解决问题，免得她们再大费周章。

只是没想到，薛琳竟皱起了眉头："人我已经找了，话我也已经说了。但这种暗示，未必能起到效果。我还是觉得不保险，毕竟我们都没有接触过张贤，不知道他是一个什么样的人。如果他的确清心寡欲，就算别人想起他，他也不想出面呢？"

林蔻蔻看向她："你的想法是？"

薛琳沉默片刻，决然道："我想直接从张贤那边下手，比如通过寺庙里一些认识他的和尚，对他进行游说，劝他管一管这次的事情。"

林蔻蔻只问："游说，用什么理由呢？"

张贤又不是基金会的理事人，在寺庙里也没挂什么职务，除非是寺庙里有需求，找到他，他才有可能帮忙。平白去游说，找什么理由呢？

林蔻蔻道："而且我认为这样做很冒险。如果你游说不成，反而会暴露我们鼓动基金会闹事的目的所在，到时候寺庙赶我们出去事小，在张贤那边坏了印象事大，很有可能鸡飞蛋打，什么也捞不着。"

薛琳绷着一张脸，突然就不想说话了。这还是她头一次为联系候选人发愁，毕竟以前只要挂出途瑞的招牌，就算是 CEO 也不会轻易挂断她的电话，可现在连见候选人一面都要处心积虑。而且她为求稳妥提出来的方案，竟然还被林蔻蔻当面反驳！

她往座椅上一靠，将手里的钢笔扔到了桌上："做都没做就在分析后果，你鼓动基金会闹事就没考虑过败露的后果吗？"

林蔻蔻感觉到了她的不爽，只镇定一笑："那你有更好更快的方案吗？"

薛琳瞬间说不出话。

两人原本就说不上对付，迫于形势合作这一把，还遇到分歧，小会议室里的气氛，忽然就变得沉凝起来。

作为一名小小的普通助理，甚至都算不上助理顾问，舒甜在旁边看得胆战心惊，目光从薛琳的身上移到林蔻蔻身上，又从林蔻蔻身上移开，咬了咬嘴唇，似乎有什么话想讲，但又似乎很犹豫，不敢讲。

林蔻蔻看见，问："舒助理怎么了？"

舒甜吓了一跳，下意识地回道："没，我只是在想您说的方案，张贤先生现在是个出家人，如果按出家人的方式跟他谈呢？"

薛琳扭头看她。

林蔻蔻第一时间没反应过来："出家人的方式？"

舒甜原本就不大的胆子这下更小了，脸都红了一片："佛学不是讲'我不入地狱，谁入地狱'吗？如果找个人用谈佛经讲佛理的方式劝张先生出面，会不会有一点胜算……"

同时被这身为业界大佬的两人注视着，她紧张死了，越说声音越小，到后面干脆听不见了。

可林蔻蔻脑袋里的灵光已经乍然闪现，怔神片刻后，几乎是眼放异彩地看向舒甜："可以嘛，没看出来，你平时不声不响的，竟然还是个小天才。"

薛琳也颇感意外。

林蔻蔻不由得有些艳羡："薛顾问身边可真是卧虎藏龙啊，小小一个助理都能提出这么新奇的点子……"

薛琳的脸色有些微妙，再次深深看了舒甜一眼，扯扯嘴角，颇有点皮笑肉不笑的味道，好像并不为自己手底下人的出色而欣慰或者骄傲，只是冷言问林蔻蔻："如果用这个方案，就可以？"

林蔻蔻道："虽然也有风险，但我觉得可以一试。"

尤其是舒甜刚才说的那句"我不入地狱，谁入地狱"，讲的就是佛家牺牲自己普度众生，换到张贤身上，那就是道德绑架他出面替清泉寺、替基金会解决问题。他要是答应，愿意出面，那她们就可以顺利见到他；他要是不答应不愿意出面，证明这人也没有多少学佛的觉悟，还是个世俗的人，要挖他出山只要肯动脑筋，想必也不太难。

"所以现在只要能找到一个靠谱的人当你的说客，就可以去试试了。"林蔻蔻看向薛琳，"这方面你那边找得到靠谱的人吗？"言下之意是你要没有合适的，我能帮你介绍。

但薛琳没有领情，极其冷淡地道："这就不用林顾问费心了，我已经跟一个想要还俗的和尚说好了，我帮他介绍离开清泉寺之后的工作，他帮我游说张贤。"

"哦。"林蔻蔻感觉出她的冷淡，却是半点也不在意，片刻后便重新笑起来，

"你有办法就最好，那我等你好消息了。"

两人又随便谈了点细节问题，这次会议就差不多结束了。

十一点半的样子，林蔻蔻端起那杯还没喝完的咖啡先行离开，临走时还不忘拍了下舒甜的肩膀，鼓励这个看上去还怯生生的小姑娘，道："还挺敢想的，是块当猎头的料，以后大有前途。"

舒甜又惊又喜，脸都憋红了，连忙低下头："谢谢林顾问，都是总监平时教得好。"

林蔻蔻不由得看了薛琳一眼，嘴上没说什么，心里却已经开始酸了——做事周到，还这么会说话的助理，随便夸她一句她都归功于自己的上司……怎么就没叫她遇到呢？越咂摸越不是滋味，林蔻蔻最终还是摇了摇头，心情复杂地走了。

只是她走之后，小会议室里的气氛却变得古怪起来。薛琳看着舒甜，不知在想什么。

舒甜原本还处于自己竟然被林蔻蔻夸了的兴奋之中，一抬头触到薛琳的眼神，面色却不由得白了一白："总监……"

薛琳竟笑了起来，只是那笑声里没什么温度，反而让人觉得冷："被人夸两句，不会真就以为自己可以了吧？"

舒甜连忙道："没有，我……"

薛琳笑意瞬间收敛，声音已厉，直接打断她："在歧路那种小公司，或者她以前待的航向，你这样的或许的确能算不错，毕竟林蔻蔻没有真正地混过四大，也不知道途瑞是什么用人标准。但你自己在途瑞待这么长时间，应该知道。"

舒甜顿时像被针扎一样，抖了一下。

薛琳冷哼一声："这个世界是讲运气的。当初把你录进来，不过是我一时心软，看你可怜，被别人排挤，并不是真的觉得你比那几个同级的校友好多少。我助理的这个位置，你要是不能好好干，公司里多的是想取代你的。你就算想要当猎头，现在也还差得远。你懂我跟你说这话的意思吗？"

舒甜深吸一口气道："知道，薛总监都是为了我好，在途瑞、在您身边的机会，我会好好珍惜，绝不让您失望。"

薛琳这才满意地点了点头，站起来道："行了，住在山上没有酒店里方便，我房间现在乱得很，你去给我打扫一下吧。"

舒甜点头道："好。"

薛琳交代完，便拎起自己的包，直接离开，准备去完成接下来的工作。舒甜留在原地，却半天没动。她个子不高，垂着头，隐约能看见有泪珠从她脸上滚下来掉到地上。

正对着这间会议室的楼梯拐角处，因为忘了拿东西去而复返的林蔻蔻，静静地注视着这一幕。薛琳刚才那番话，她都听见了。只是此刻看着那忍不住咬唇哭泣的小助理，她终究没有走上去，只是站在这不太容易被人注意到的楼梯拐角，慢慢皱起了眉头。

舒甜似乎是流了一会儿眼泪，平复了一下情绪，连忙胡乱地抹了两把脸，重新打起精神，把会议室里都收拾干净之后，便拿着房卡，去了薛琳的房间。

会议室里，终于不见一个人。林蔻蔻这时才从楼梯上踱步下来，低眸看一眼自己手里那杯半糖摩卡，唇角却挂起一抹嘲讽："什么年头了，还搞PUA……"

就因为她刚才随便夸了人两句，就要训狗一样把人训到这个程度？还途瑞的标准……途瑞现在的标准难道就是周飞那种货色吗？林蔻蔻冷笑一声。

原本她对薛琳的印象，虽然算不上好，可也算不上坏，什么杂志拉踩、群里 diss，在她看来都不算什么，甚至觉得薛琳至少业务水平过硬。毕竟新人刚入行，年轻气盛，也需要一个渠道来出名，就算不是她林蔻蔻，也可能是别人，某种意义上她还要感谢薛琳为自己增加了曝光度和知名度。可眼下这一出……身为猎头连基本的同理心和共情能力都没有，完全一副上位者、资本家嘴脸，实在让人有点倒胃口了。她忽然觉得，裴恕先前骂薛琳，是一点没骂错。能接施定青 case 的，能有几个好货色？

考虑再三，她拿出手机，给那位已经被自己得罪狠了的大顾问发了条消息：喂，气消了没？

第二十五章
白云亭赌局

　　手机振动了一下，有新消息提醒。裴恕拿起来看了一眼，嘴角便微微一抽：昨晚上的账都还没算呢，又来问他气消没？黄鼠狼给鸡拜年，没安好心！他一寻思，懒得搭理，干脆没回，只把注意力放回了眼前。

　　"下不下啊，你还要想多久？我们中午还要回去吃饭的。"

　　"是啊。"

　　"再想想……我下这儿，啊不，我下这儿……"

　　白云亭里，老和尚智定还在拉人下棋。只是他仍旧是昨天的老毛病，一步棋要想上半天，等得人脑袋大。上山的游客都去山顶转一圈下来了，他还举着棋在那儿琢磨。棋盘对面的棋友换了有七八个，都因为受不了他这种老牛拉破车的下法找借口溜走了。

　　眼下坐对面的，是个满头白发的老人家。看得出他大概是有这方面的信仰，言语间对智定老和尚颇为尊重，一口一个"法师"，一口一个"您"。只是此刻智定这一手棋，想了有十几分钟了。

　　老人家悄悄看了一眼手表上的时间，心里暗自叫苦，已经萌生了退意，试探着开口："智定法师，您这一手棋还要想多久啊？"

　　智定沉浸在思考中，下意识道："不急。"

　　不急？您不急我急啊！老人家终于意识到，这根本就是个深坑：难怪寺庙里能人辈出，可作为高僧的智定法师想要下棋却只能出来找路人下。就这下棋的德行，谁能忍啊！

　　他眼皮挑着，小心打量着智定，心生一计，咳嗽了一声："那要不您慢慢想，我先去趟洗手间？"

裴恕一听，立刻看了他一眼。仅剩下的几名围观群众，也心照不宣地对望：这戏码，他们可太熟了，短短一个上午可已经上演过七八回了……然而这一切的始作俑者——智定老和尚——对此还浑然不觉，随口道："没事，你去吧，等你回来我肯定已经想好了。"

对面的老人家立刻松了一口气，一得到智定首肯连忙就站了起来，赶紧溜之大吉。没一会儿，山上就不见了他的身影。

又十来分钟过去，智定老和尚终于想出自己应该下哪儿了，可等他把棋子一落，一看对面却空空荡荡的，先前说去上厕所的棋友还没回来。他不由得纳闷："怎么回事，今天这么多人上厕所，都掉茅坑里了吗？上了就不回来了……"

裴恕站旁边，幽幽看了他一眼，一时竟不太确定：这老和尚到底是真不懂，还是装不懂？大家都是被他一步棋下十几分钟的德行搞傻了，全部找借口溜了啊，能回来才有鬼了！

"这年头，下棋都不讲信誉了吗？"智定等了半天没见人，看着眼前的棋盘，心痒难耐，忍不住就抬头看向边上早已所剩无几的围观群众，"哎，你们有人会下棋吗？来帮他接着下两手吧，咱们继续啊。"

众人一听，几乎齐齐头皮一麻，赶紧往后退了一步。有人说，天不早自己应该上山了；有人说，中午了自己要去吃饭了……只有裴恕，立在原地，目光微微一闪，竟然往前站了一步，笑着道："智定法师要不嫌弃，我来陪您下两盘？"

智定闻言，先是一喜，可等抬起头来看见他，眉头顿时皱得死紧："你？"年纪虽然大了，可他记性还没废，眼睛还没瞎。在认出裴恕的瞬间，他就警惕了起来："你不跟林蔻蔻待在一块儿，跑来这边下棋？她想干什么？"

裴恕没想到，老和尚的防备竟然深到这个程度，几乎是一秒从棋痴的状态中脱离出来，目光锐利，仿佛要将他一眼看透。难怪林蔻蔻会直接放弃正面攻略这个老和尚……的确不是很好搞的样子。

他略一思索，却是不惊不乱，镇定自若地坐在了智定对面，只道："您误会了，我来是自己想来，跟林顾问没有关系。"

没关系？我信了你的邪。

智定在过去的一年里，患上了一种学名"林蔻蔻 PTSD（创伤后应激障碍）"的病，但凡跟林蔻蔻混在一块儿的人在他这里都被贴上了"一丘之貉""狼

264

狈为奸""不是好东西"的标签，怎么可能轻信裴恕？

他冷笑一声："别白费心机了，想从我这儿找办法见张贤，做梦。你趁早让她死了这条心。上个月我就跟她说过了，要再让她从这寺里挖走任何一个人，我智定法号倒着写，这几年和尚干脆别当了！"

上个月不就是林蔻蔻回上海的时候？

裴恕忽然好奇："您这么恨她，看来她在山上待着的时候，业绩很不错？"

业绩……眼前这个人竟然用了"业绩"这两个字！智定眼皮抖动，嘴唇微颤，恨不得把手里那枚象棋棋子捏碎了塞进他嘴巴里！

林蔻蔻那叫"业绩"？叫"业障"还差不多！

如果要问智定这些年在山上修行，最后悔的一件事是什么，一年之前，他或许会端起一副高人的姿态，说一句"不念过去，不畏将来，没有什么后悔的"；可在一年之后，要再问这个问题，他的答案有且只有一个，那就是收了林蔻蔻进禅修班！

智定至今想起来还忍不住磨牙，只道："她干过的好事，她自己清楚。你别坐这儿，这棋我不跟你下。"

裴恕却坐着不动："如果我现在跟林蔻蔻不是一伙的呢？"

智定不由得看向他："不是？"

裴恕毫不犹豫出卖了林蔻蔻："实不相瞒，我跟林蔻蔻拆伙了。本来我们是一家公司，那个薛琳是另外一家的，我们双方是竞争关系。可自打上回被您赶出寺，林蔻蔻就说要跟薛琳合作，要一块儿想办法先见到张贤。我不同意，就跟她掰了。"

智定怀疑地看着他。

裴恕道："我知道我说这话您可能不信，但没关系。要不我跟您打个赌吧？"

智定问："跟我打赌？"

裴恕便指着面前这盘残棋，道："赌这一盘棋的输赢。我要跟您下棋，赢了您也不用带我去见张贤，我会自己想办法，只要您答应我不阻拦我去见就行。"

智定嗤了一声："这盘棋我找谁下不成，有什么必要跟你赌？"

裴恕微微一笑："这山上还有人愿意陪您下？"

智定："……"

这年头来他们山上的猎头都这么嚣张吗？打人专打脸，揭人光揭短！

裴恕连着看了两天，早已经看了个门儿清，这老和尚在山上或许是名高僧，但臭棋篓子的恶名早已经传遍了，不然也不至于沦落到在这儿到处抓路人下棋。

他拿起了一枚棋子，径直落在棋盘上，接着便道："而且我承诺，如果我输了，不仅我自己放弃这一单 case 直接下山去，而且会带林蔻蔻一块儿下山。"

智定瞳孔一缩，顿时惊讶地抬头："凭你？"

裴恕淡淡一笑，谦逊道："哦，差点忘了，还没跟您做过自我介绍。在下裴恕，歧路猎头的合伙人之一，这一单是董天海先生亲自找我们公司做的。"

也就是说，作为合伙人，他既然能答应接这一单，也就能答应拒绝这一单——这个赌注，他绝对能兑现。

智定顿时定定地看向他，似乎在思量他这话的真假。裴恕也不催促，只是气定神闲地坐在对面。过了足足有五分钟，智定才看向眼前的棋盘，提醒他道："这个赌约，对你来说可不公平。这盘棋大局已定，我优你劣，你胜算不大。"

想也知道，智定这一盘棋从早上下到中午，每一步都是深思熟虑才下的，为此甚至熬走了七八位棋友，局面自然一片大好。反观裴恕那边，七八个人换着下，一会儿走这儿一会儿走那儿，每个人思路都不一样，看上去就是一团乱，漏洞百出，跟筛子似的，赢面实在不大。

然而裴恕非常确定："我只知道，如果不能搞定您，这一单 case 谁也别想做成，所以胜算再小，我也一定要赌。"

智定看着他的目光里，竟不由得多了几分欣赏："年轻人，胆气足，口气也不小啊。"

裴恕只一摆手："请。"

白云亭里，有风吹过，二人分坐对弈，开始了一盘赌局。

林蔻蔻一条微信发出去如石沉大海，半天没见回音，心里便想：这姓裴的小肚鸡肠，就那点破事还耿耿于怀，竟连消息都不回一句。她从来不是那种爱倒贴的。既然人家不搭理，她也就不上赶着了，一整个下午都在禅修班里联络基金会那边的人，商讨着后天怎么去清泉寺闹事。

直到下午四点，她才忽然收到一条消息，来自裴恕，是回复她上午发的那条消息的：有事说事。

光看这四个字都能脑补出裴恕那张没有表情的死人脸。

林蔻蔻咬牙，深吸一口气，打字：我跟薛琳订了计划，后天借基金会的乱子逼张贤出面。你那边呢？

　　裴恕看着这条消息，回头望了一眼。老和尚智定还傻愣愣地坐在里面，瞅着棋盘，半天都没回过神。他眼珠一转，便竖起手机拍了一张，然后发给林蔻蔻。

　　林蔻蔻：？？？

　　林蔻蔻：！！！

　　林蔻蔻：我天，你跟那秃驴下棋了？！他竟然愿意跟你下棋？结果呢？你们谁赢了？！

　　不用亲眼所见，就这一串标点符号，已经足够表现林蔻蔻此刻的震惊。然而这时候，裴恕那股贱劲起来了。念及昨晚上的旧仇，他心头暗恨，此刻故意发过去两个非常招人恨的字：你猜。

　　那两个字出现在手机屏幕上的一瞬间，林蔻蔻险些没心梗，顿生出一种拉黑此人的冲动。但那张照片，实在令人浮想联翩。

　　她在山上一年，怎能不知道老和尚爱下棋？只是她哪儿会下象棋，会个五子棋、飞行棋就不错了。再说智定熟知她秉性，根本不可能跟她下。所以就算她曾想投其所好，攻略这道做单路上的难关，也苦无门路。可现在裴恕竟然就跟智定下棋了？距离他们上山才过去多久？老和尚不可能认不出他来啊，竟然还答应跟他下棋？是脑袋被门夹了，还是年纪大了，老年痴呆了？

　　林蔻蔻攥着手机，琢磨半天，实在被裴恕吊足了胃口。看消息发送时间，还有照片上太阳投落的影子，应该是刚刚才发生的事。于是她一蹙眉，干脆收了手机，径直往外走，准备自己去白云亭看情况。

　　从白云亭到禅修班，一共也就几百米路，早在林蔻蔻还盯着那照片思考的时候，裴恕就已经一手揣在兜里，优哉游哉地顺着山道回来了。禅修班没电梯，都是楼梯上下。他房间在三楼，从左边的楼梯上去。只是没想到，才上了二楼，就听见旁边的阳台上有人打电话。女声，拿着点腔调，有些耳熟。是薛琳。裴恕听了出来，他本没有什么听人墙脚的习惯，脚步一转便要上楼去。然而就在这时，薛琳话里突然提到一个熟悉的名字，他不由得停下了脚步。

　　"施总放心，她的风格路数我已经摸清楚了。"薛琳站在二楼的阳台边上，俯视着远处的云雾与山峦，话里是胸有成竹的漫不经心，"您先前提供给我的那些案例和资料，我都仔细研究过了，这一仗保管让她身败名裂，不挡着您将来的路……"

早在航向做姜上白那一单被林蔻蔻狙击之后，施定青就已经注意到了她的回归，从姜上白那一单的做派上就能看出林蔻蔻对她余恨未消。这次投资学海教育要挖CEO，她最忌惮的就是林蔻蔻故技重施，跟她作对，坏她好事，所以未雨绸缪，先找到了薛琳。没想到，还真遇上了。

所以昨天凌晨在酒店门口撞上之后，薛琳就给施定青发了一条消息。施定青当天便让人整理了林蔻蔻在航向时做过的一些case的情况，发给了薛琳，供她充分研究对手。所以此时此刻的薛琳，十分自信。这通电话，便是她打给施定青，跟她沟通最新情况的。

但施定青听完后，声音里却没有半分喜色，只问："昨天你说'撞到林蔻蔻他们了'，用的是'他们'，还有谁跟她一起？"

薛琳眼底真正的对手就林蔻蔻一个，所以昨天给施定青发消息时倒没有注意强调同行的裴恕，没想到施定青却如此在意。她刚想开口说话，可身子一侧，余光一晃，一下就看见了楼梯口站着的裴恕。未出口的话，瞬间收了回去。

薛琳对着电话那头道："回头再跟您细说，我这边有点事，先挂了。"

裴恕静静站在那边，看她收起了手机。

薛琳笑起来："我怎么没听说，裴大顾问竟然还有偷听别人讲电话的习惯呢？"

裴恕表情淡淡："你站在那里打，我站在这里听，光明正大。要不想被人听到，你不知道关起门来打吗？"

他本就长了一张不那么好伺候的祖宗脸，这会儿一只手插着兜，一副说笑不笑的表情，要多嘲讽有多嘲讽，言语间的轻看和不喜更是半点也不遮掩。

薛琳还从未遇到过有人对她这种态度。自打她在这个行业闯出名以来，就算是不喜欢她的人，多少也得在表面上敷衍一点；不愿意敷衍的如白蓝那种，也多半是气急败坏。裴恕这种近乎高高在上的轻蔑，她还是头回见。

瞳孔微微缩紧，薛琳嗤笑一声："算了，听去就听去吧，就算你告诉林蔻蔻，我也不怕。"

裴恕道："看来薛顾问稳操胜券？"

薛琳挑眉，多少是有几分自信在手，只道："我还不至于那么嚣张。毕竟我这单case的对手可不止林蔻蔻一个。比起她来，我更忌惮的是裴顾问这样的人……"

裴恕突然皱眉，看向她。

薛琳对他竟十分了解，走到他近前，拖长声音："四万员工说开就开，跳楼的高管都有三个，裴顾问当年帮别家公司做裁员的时候可是心狠手辣，半点情面不留。可没想到，你竟然会跟林蔻蔻当搭档……"

裴恕突然觉得有意思："论业绩、论名声，她在业内都是当之无愧的一流，我凭什么不选？"

薛琳轻蔑："她是很厉害，可弱点更致命。"

看过林蔻蔻在航向做过的那些 case 之后，她自问对林蔻蔻已是了如指掌："她在航向多年，业绩固然不错，可这个人坏就坏在太清高，还心软，有时候感情用事。以她的地位，做过的单子里年薪在五十万以下的竟然占了五个百分点，甚至不止一次拎不清自己的位置，为了候选人得罪了自己的客户……"

猎头可是拿客户的钱去找候选人的，客户就是"爸爸"，可林蔻蔻竟然敢为候选人跟客户翻脸……这岂止是拎不清？简直是本末倒置，脑袋有毛病，狂得连自己姓什么都不知道了！

薛琳叹气："这样的人，实在是……"

说着，她竟笑一声，摇了摇头，俨然已是没有把林蔻蔻当成对手了。相反，她战意熊熊的目光只落在裴恕身上："你们搭档，也挺好。假如这一仗，你们二人联手都败给我，想必是个上杂志的好噱头。"

裴恕眉眼淡漠，竟没怎么生气，甚至还跟着笑了一声："那祝你美梦成真。"

乍听是祝福，细听却是嘲讽。完全是没把她这个对手放在心上，也不把她的挑衅当真！薛琳双目转冷，也不跟他废话，只一句"走着瞧"，便径直从他身旁走过，从楼梯下去。

裴恕在原地站了片刻，方才平静的面孔才渐渐失去温度，犹如覆上了一层薄冰，笼上一层阴霾，竟有种令人心惊的寂然。他跟薛琳方向相反，是朝楼上去。可他没想到，当他走到楼梯中段，一抬头，竟然就看见林蔻蔻手扶着栏杆，站在从二楼到三楼的楼梯上，正似笑非笑地盯着他。

裴恕顿时一怔。

林蔻蔻却是饶有兴味地踱步下来，绕着他走了一圈，啧啧感叹："以前真没看出来啊，裴大顾问对我的评价还蛮高嘛。"

裴恕眼皮立刻跳了起来，问："你来多久了？"

林蔻蔻完全不搭理他，自顾自地道："其实我一直觉得自己是二流啦，人嘛，要谦逊一点。没想到，论业绩、论名声，裴顾问都把我排在第一流啊……"

要是别人夸也就罢了，她一般都当耳旁风，听听就过了。可这是裴恕，是跟她对着干了多年的死对头啊！有什么赞誉能比得上对手的称赞呢？林蔻蔻也是凡人，也会虚荣，现在看着裴恕便秘一样的表情，心里都要爽翻了，岂能不趁这机会多调侃他两句？

反观裴恕，一张脸都已经黑了下来，咬牙道："不过是看在同事的情分上，不好意思落你面子罢了。"

林蔻蔻只一挑眉："是吗？"

她眉眼带笑，促狭又明媚，说话时那清透的目光直直投入他眼底，竟让人有些不敢直视。

裴恕头回恨自己长了一张嘴，也恨自己太过客观、良心未泯，不然刚才怎么会在薛琳面前夸林蔻蔻？他就该把她往差了贬损，也免得她现在竖起尾巴在他面前嘚瑟，就等着看他笑话。

裴恕没好气道："人家就差没把你切片研究了，都放出话来要打你个落花流水，你现在就关心这？"

林蔻蔻两手一抄，笑了出来："你转移话题的伎俩也太生硬了吧？再说了，人家说的可是要打败我们俩，带我们上杂志呢，别光说我啊。"

裴恕道："她背后是施定青，你别忘了。"

在猎头这个行业，林蔻蔻可说是鲜有敌手；可如果从职业生涯的角度来看，她绝对不能算是一个赢家。败走航向、被开除、被竞业……哪一样算得上光彩？而这一切的始作俑者，就是施定青！

林蔻蔻静默了片刻，却是定定地看着裴恕："你不是拒绝跟我合作吗？现在这么关心我，怕我输？"

裴恕一滞，抬步就走："我是怕丢单，别自作多情了。"

林蔻蔻笑出声来。

裴恕听了，莫名着恼，要从她身边绕过去。然而林蔻蔻轻轻一伸手，松松拽住他左边袖子，懒懒散散地"喂"了一声。

裴恕皱眉，回头看她。

林蔻蔻就站在低一级的台阶上，侧转着身，略略仰头望他，颜色浅淡的唇瓣勾出一抹笑："大顾问，一天了，气该消了吧？"

说着，她竟向他伸出了手，一如在机场那天，他向她伸出手。

裴恕盯着她，没说话。

林蔻蔻不闪不避地回视他："我相信你已经搞定了那个老秃驴，我需要你。"

裴恕听出来了："我要没搞定那老和尚，你恐怕都懒得搭理我吧？"

　　林蔻蔻坦然道："我是业界一流，我的搭档当然也得是业界一流。裴顾问不用自卑，你配得上。"

　　裴恕气笑了。他觉得别人的评价还是失之偏颇：就薛琳那点子浮于表面的狂，跟林蔻蔻这种漫不经心理所当然的狂，差得岂止一星半点？但他凝望林蔻蔻半晌，终于还是将他那只矜贵的手伸了出去，同她一握："要是输了，以后都别干这行了。"

　　他的手掌宽阔而干燥，她的却是纤细而微凉。两手交握之时，林蔻蔻脑海里响起的却是先前薛琳那一番狂言。

　　于是她淡淡一笑，道："当然。"

　　区区一个薛琳，他们要是联手都能输，不如回家种红薯。

　　从闹掰到和好，拢共也就一天工夫。握完手之后，林蔻蔻便忍不住嘀咕："姓裴的看起来是个难伺候的祖宗脾气，没想到哄起来还挺容易？"

　　裴恕没听清："你说什么？"

　　林蔻蔻回神，连忙摇头，扬起明媚的笑容："啊，没什么，就是想说我们接下来可以交换一下情报了。"

　　毕竟在他们短暂闹掰的这段时间里，是各自分头行动，如今重新回到合作关系，自然要再沟通。比如林蔻蔻，就迫切需要知道他是怎么搞定老和尚的。两人才上三楼回到房间，她关起门来就直接问了。

　　裴恕淡淡道："投其所好啊。"

　　林蔻蔻顿时笑了一声："不可能。"

　　裴恕看向她。

　　林蔻蔻道："智定这老秃驴是什么德行，我在山上待了一年还不清楚吗？投其所好这么简单的办法，你能想到我就想不到？"

　　在山上这一年，她"战绩斐然"。不仅帮禅修班的学员介绍工作，还敢把手伸向已经在清泉寺里出家的僧人！智定得知此事之后自然是大为光火，恨不能把她皮给扒了，从那以后防她跟防贼似的。

　　林蔻蔻当然也想过很多办法，试图扫清障碍。比如，在打听到老和尚嘴馋之后，去山下请过名厨做过一桌全素的饕餮盛宴；又如，在听闻老和尚在为寺庙佛像重塑金身筹集资金后，她直接慷慨解囊捐了十万；再如，在看见老和尚爱好下棋之后，她还抽空学了一手，试图跟老和尚对弈交流感情……但，无一例外，全部失败！做好菜请他，他不来；慷慨捐钱，他退回账户；下棋就更离谱了，人家直接对她视而不见，根本不搭理！

"我为了搞定他，甚至连《金刚经》都专门找人去学过，就为了跟他有共同话题，跟他搭上几句话！结果你猜他说什么？"林蔻蔻回忆往昔那一幕幕屈辱的血泪史，恨得牙关紧咬，"他居然说我心术不正，朽木不可雕！"

岂有此理！林蔻蔻自问除了在做单的时候不太讲所谓"职业道德"，但"好人"两个字简直是明晃晃地贴在自己脑门上的标签。老和尚竟然骂她心术不正！

她深吸一口气，转向裴恕："你在行内的名声比我还差，也不是什么好东西，别跟我说老和尚看你顺眼就被你征服了，那是把我当傻子。"

裴恕听完，道："我跟他下棋，用输赢打赌。"

林蔻蔻下意识地摇头："不可能，这办法我试过。老秃驴精明得很，根本不上当，生性也并不好赌。"

裴恕深深看她一眼："你为什么不问问赌注是什么？"

林蔻蔻："……"

裴恕扯开唇角，异常惬意地一笑："我跟他说，他要能赢我，我就把你带下山去。"

林蔻蔻："……"千言万语涌上心头全变成了脏话。

裴恕还嫌她脸色不够难看，火上浇油，揶揄道："林蔻蔻，你以前在这座山上到底都干过什么伤天害理的事情，以至于人家这么嫌弃你，就为了一点赶你下山的可能，不惜跟我打赌……"

她是孙猴子大闹了天宫吗？不然很难想象，一个普通的禅修班学员，怎么就能拉到这么深的仇恨？

林蔻蔻幽幽看了裴恕一眼，阴森森道："过两天你就知道了。"

裴恕于是想起她先前在消息里说起的基金会的事，正待细问，没想到，林蔻蔻手机忽然响了。

她拿起来看了一眼，原本没太在意，瞧见来电显示上的"白蓝"两个字时，却不由得挑了一下眉，犹豫片刻才接通。

根本没等她说话，白蓝那边已经劈头盖脸一通斥责："林蔻蔻，你是真的飘了啊，半天不回消息！"

林蔻蔻奇怪："你给我发什么了？"

她翻出微信看了一眼，嘴角顿时一抽。也不过就是三分钟之前给她发了一串消息，她刚才都在跟裴恕说话，没看到。就这能说是"半天不回消息"？

白蓝却不管那么多，满腹怨气："我就知道，近朱者赤近墨者黑，你加入歧路，跟那个姓裴的一块儿，只会变本加厉！"

林蔻蔻不由得看了裴恕一眼。就算她手机没开免提，白蓝大声控诉的声音也经由听筒在这安静的房间里传开。裴恕自然也听见了。他坐在椅子上，悠悠然看着林蔻蔻的手机，翘起一边唇角，竟露出似笑非笑的表情来。

林蔻蔻顿时在心里为白蓝点了一支蜡：姓裴的小肚鸡肠，一看这表情就是记上仇了。如果她没记错的话，以前这俩人似乎也不太对付。白蓝除了喷她，也经常连带着一块儿喷裴恕。虽然一直没搞明白为什么，但只要知道这一点就能明白，接下来如果要在 case 上遇到，姓裴的绝不会对白蓝留手。

她心情突然变得复杂，不由得对白蓝生出了几分同情，难得放软了口气问："别抱怨了，你找我什么事？"

白蓝那边骂咧咧，这才转回正题，问："也没什么，就是听说贺闯从航向离职了。蔻儿，是你干的吧？"

她这话轻描淡写，但其实已经很肯定了——毕竟这行里谁不知道贺闯跟林蔻蔻的关系，也都猜到贺闯先前之所以还留在航向就是为了等林蔻蔻回来。如今林蔻蔻回来，他离职，自然是跟着林蔻蔻去歧路，水到渠成理所当然的事。可没想到，电话那头竟是一片沉默。

林蔻蔻攥着手机，立在窗前，浓长的眼睫微微颤动了一下，在听见这个名字的时候，脑海里便浮现出那天晚上，少年犹带着伤怀痛彻的目光凝望她，却嘲弄地笑出声的神情。

已经离开航向了吗……

她竟一点也不意外，笑起来，却轻耷了眼帘："你问错人了。"

白蓝顿时愣住："什么？"

林蔻蔻淡淡道："不是我挖的他。"

这时候，白蓝才终于反应过来她说了什么，一时不敢相信："开什么玩笑？不可能啊。他离开航向的消息才一出来，我们几大猎头公司就跑去联系他了，他说自己已经找到下家跳槽了啊。不是你还能有谁？"

已经找到下家了吗？这下林蔻蔻倒是有点意外，静默了半晌，也在思索。裴恕在听见她们的对话之后，却是眸底暗光一闪，忽然抬起头来，观察着林蔻蔻的表情。

她考虑了很久，才道："我不知道。"

白蓝那边简直震惊："那是贺闯啊，居然还有你不知道的事？你们——"

林蔻蔻非常坦然："闹掰了。"

白蓝："……"

不科学，这不科学！谁不知道贺闯在外面或许是头孤狼，可回到林蔻蔻身边他就是忠心耿耿的一条狗，说他会跟林蔻蔻闹掰，那简直跟火星撞地球一样概率渺茫！

她险些没能找回自己的舌头："不可能，你别逗了。贺闯怎么可能跟你闹掰，除非——"

话到这里，白蓝眼皮突地一跳。林蔻蔻却是忽然发现，裴恕架着那两条笔直的长腿，坐在茶桌边上，正用一种若有所思的目光看着她。

电话那头，白蓝已经倒吸了一口凉气："你，林……林蔻蔻，不会是你喜新厌旧把人家一脚踹了吧?!"

林蔻蔻："???"

她承认，所谓跟贺闯的"闹掰"，有极大一部分原因的确是自己故意为之，可"一脚踹了""喜新厌旧"是什么形容？

林蔻蔻眼角都抽搐了起来："我那是——"话说一半忽然看见裴恕，不知为何，声音便戛然而止。

"那是什么？说啊。"白蓝追问，可林蔻蔻那边半天没声，她忽然意识到什么，小声道，"你那边，有别人在？"

林蔻蔻还看着裴恕。她本意是让这人识相点自己出去，可没想到，这人似乎完全没看懂她眼神，竟懒洋洋地开口："当然有。"

白蓝："……"

这个声音?! 过去几年林蔻蔻跟裴恕是王不见王，从没打过照面，可白蓝跟裴恕是见过面也打过交道的，哪儿能听不出这声音来？

她感觉自己有点不好："刚才他一直都在？"

林蔻蔻还在考虑怎么说，裴恕替她先回答了，悠悠道："一直在。"

白蓝："……"

林蔻蔻蹙眉看向裴恕。裴恕向她一摊手，竟是一脸无辜的表情，仿佛在说：她在问，我只是如实回答啊。林蔻蔻看懂了，顿时无语。

电话那头，白蓝的心态却是已经崩了，新仇旧恨一齐涌上心头，直接隔着电话喷了起来："我问你了吗，是在跟你说话吗？我跟她打电话你插什么嘴，知不知道'礼貌'两个字怎么写？别以为林蔻蔻现在在你们歧路你就很了不起，我跟她认识可比你早多了！"

裴恕："……？"

他知道白蓝一向看自己不爽，可据他所知，她喷林蔻蔻不向来比喷自己更狠吗？曾有一阵他以为白蓝跟自己同仇敌忾，想邀请她一块儿对付林蔻蔻，没想到被白蓝严词拒绝，还骂他跟林蔻蔻一样狼心狗肺、一丘之貉。怎么现在……骂他比骂林蔻蔻还狠就不说了，还一副正宫娘娘训诫小三、宣示主权的口吻？

不知怎的，他突然就想起林蔻蔻上次用他微信去撩漂亮女秘书的事，裴恕终于品出了一点味儿来，幽幽看了林蔻蔻一眼：男女通吃，你可真行啊。

林蔻蔻莫名其妙，暂时没理他，只赶紧打断白蓝，头疼道："行了，隔着电话就别喷了，话费不要钱吗？贺闯的事我不清楚，也不想管。你还有别的事吗？"

白蓝道："你加入歧路的事，现在外面已经有人在传了。"

毕竟这消息太劲爆，林蔻蔻可是跟昔日的死对头结盟了。天底下哪儿有不透风的墙？就算她低调，裴恕也并未向外传扬，可姜上白那单一做，人多口杂，不传出去是不可能的。

林蔻蔻对此早有准备，倒不怎么惊讶，只道："传就传吧。"

白蓝那头欲言又止："可……"

林蔻蔻问："怎么？"

白蓝咬了咬唇，道："这两天我听人说，施定青有一单 case 找了薛琳合作……"

因为对林蔻蔻离开航向的内情，她并不十分清楚，对"施定青"这三个字在林蔻蔻那里会引出什么反应，也全无把握；所以，在说这话时，她其实带着几分小心。可万万没想到，林蔻蔻那边一片平静，竟道："我们知道。"

白蓝顿时错愕："知道？"

林蔻蔻却是玩味地思索起来，忽然问："平白无故给我通风报信，白蓝，你这真的不叫担心我吗？"

"担心？谁担心你了？"这一瞬间，白蓝下意识地否认，声音都抬高了，不屑地嗤笑，"我等着看你笑话呢，人家强强联手，你可别输得太难看！"说完，也不知是否出于心虚，立马就把电话挂了，只是挂完了才回过神来："不对啊……"

"打完了？"座中一名戴着眼镜、长相斯文的男人，听见这一声骂，不由得转过头去，问了一声。

这是一家咖啡厅的雅座，此刻有三人在内。除了斯文男人，对面还坐着一名混血日耳曼人长相的男人，轮廓深刻，金棕色的头发，瞳孔深碧，正一脸陶醉地啜饮着咖啡，倒是没太注意到白蓝在说什么，直到听见这问，才转头看向白蓝。但凡有个对猎头行业稍有了解的人在，只怕都能一眼认出——这三人在业内都不是什么寂寂无闻之辈，正是四大顶尖猎头公司其中三家的金牌猎头！

来自嘉新的白蓝自不用说；长相温和、打扮斯文的，是途瑞的陆涛声；金发碧眼、英俊非凡的，是同辉国际的 Eric Wu。他们与林蔻蔻都算熟识，也都知道白蓝是给林蔻蔻打电话。

这时白蓝紧皱着眉头，从边上走过来坐下："我跟她说薛琳、施定青的事，她竟然跟我说，他们知道了。"

Eric Wu 顿时惊讶地扬了眉，一口流利的中文："知道？她怎么会知道？"

陆涛声坐旁边没说话。消息自然是那天林蔻蔻打电话来时他透露出去的，但在这里没必要讲出来，也不应该讲出来。只是他注意到了白蓝话里另一个细节："他们？"

白蓝立刻道："对，他们。她跟我说的是'我们知道'。老陆，你是不是也觉得奇怪？除了她还有谁，谁跟她是'我们'？而且她回答我的时候太平静了……好像早有准备，知道得比别人还多一样……"

突然间，一个不可思议的想法浮上心头。她瞪圆了眼睛，没忍住爆了粗口："靠，不会吧？"

陆涛声和 Eric Wu 都看向了她："怎么了？"

白蓝道："你们还记得董天海那单 case 吗？"

陆涛声和 Eric Wu 对望了一眼。

Eric Wu 首先反应过来："在线教育，你是说？"

白蓝点了点头："有没有可能，施定青和薛琳，林蔻蔻和裴恕，在同一个领域，撞上了？"

董天海千钟教育那单是先找过了四大猎头公司的，只是大家都没能找到令董天海满意的人，而且他们都知道，董天海真正"御用"的猎头公司，是歧路。他再去找歧路、找裴恕，是再正常不过的事。那么再落到林蔻蔻那边，就理所当然了。

陆涛声知道的信息其实还多一些。毕竟林蔻蔻当初虽然没说为什么给他打那个电话，但猜也知道不会是闲着没事来打听。他深思起来："如果真对上，那就有看头了……"

白蓝哼了一声，攥紧小拳头："让林蔻蔻打爆她狗头！"

陆涛声笑了一笑，耷拉下眼帘时，却有些凝重。

Eric Wu平时看着言行举止夸张，在某些细节上却分外敏锐，轻易便注意到了陆涛声此刻的沉默，挑眉看向他："陆，你好像有些担心？"

白蓝一怔，也看向陆涛声。

陆涛声面带犹豫，慢慢道："蔻的能力我们都清楚，但你们可能并不了解薛琳，她绝非什么好对付的庸才。"

白蓝与Eric Wu顿时有些惊诧：听陆涛声这意思，竟然是不太看好，甚至担心林蔻蔻在交锋中吃亏？

"真是，喜欢我干吗不承认？"

被挂断电话，林蔻蔻心情非但不坏，反而极好，甚至忍不住笑了一声，回头看向裴恕。

"我加入歧路的消息传出去了，薛琳跟施定青合作的消息也传出去了，这回是真的要拼本事了，我们要输了恐怕真得丢脸到回家种红薯了。"

裴恕却只是抄着手坐那边冷静地看着她："听白蓝那话的意思，贺闯应该是已经跳槽了，你不打电话去问问他找了哪家？"

林蔻蔻觉得奇怪："为什么要问？"

她直接收起了手机走回来，只道："对我来说，只要他离开航向就好。无论最终去哪儿，都是他的选择和自由，跟我没有关系。"

裴恕看她一眼，想起那天在陆金所咖啡馆的偶遇，心道等你真知道他去了哪家恐怕就不这么想了。只是此事毕竟与自己无关，说太多容易越界。

他想想还是没有多说什么，只把因为白蓝电话打断的话题续上："你跟薛琳，准备用什么方法见到张贤？"

林蔻蔻把计划一说。

裴恕听后，沉默了良久，慢慢道："你今天还能活着站在清泉寺的地盘上，真的是生命的奇迹。"

他已经开始同情那位只同自己下过一盘棋的老和尚了。

在寺庙里已经修行了许多年的智定，还不知道自己即将面临什么。自打那天下棋输给裴恕后，他便悔恨不已。怎么能因为对方赌注的诱惑就轻易答应了打赌呢？人家敢跟他打赌，肯定是有备而来，且有一定把握的。现在好了，棋输了，林蔻蔻这头旧豺没赶走，又引进来一头新狼……

"唉，冲动是魔鬼啊……"

距离下棋打赌已经过去了两天，智定想起来还叹气，手里拿着大剪刀"咔嚓"一剪子就剪掉了院子里一棵大树斜出的枝丫。

"不过还好，这个姓裴的倒没有那么坏，比林蔻蔻有分寸多了。"

他正自嘀咕，安慰着自己，外头一名年轻的小和尚忽然慌慌张张地跑了进来："不好了，智定师叔，不好了！林……林蔻蔻，她又来了！"

"这么快又来？"智定大惊失色，立马把手里的大剪刀朝天一扬，怒道，"这有什么可慌的？别管她，赶她出去！"

"可，可……"小和尚结巴起来。

智定道："赶紧去啊，愣着干什么？"

小和尚咽了口口水，战战兢兢道："可……可这回她不是自己一个人来的，她是跟基金会那边的一大帮人一块儿来的。"

"什么，跟基金会?!"智定大惊，手里的大剪子"啪嗒"掉在了地上。

第二十六章
二桃杀三士

上午十点，正是山上游客多的时候。基金会这边一行小二十号人，早已经在清泉寺门口集聚好，禅修班这边的负责人高程打头，举了一杆基金会的旗子，就往里面走。

这一行人看起来浩浩荡荡的。周围路过的游客见了，只以为是哪家旅行团，毕竟前头还举着旗子；可寺里的知客僧一看见那旗子，便面色微变，再一看一帮人里不仅有几个前阵子来过的熟面孔，更可怕的是里面竟然还混了个林蔻蔻！她一脸微微的笑意，仿佛有多良善。

知客僧立时倒吸一口冷气，哪里还顾得上接待游客，二话不说先让人去通知寺里，一时间兵荒马乱；自己则赶紧跑过来沟通，先把这一帮来意不善的家伙请离游客区域，供到后面游客止步的办公室里。

和林蔻蔻相熟的高程走在最前面，林蔻蔻跟在后面半步，身边则是薛琳和她的助理舒甜。裴恕也来了，但没在前面，只是静悄悄地混在队伍末尾。那知客僧在前面引路，走着走着还时不时回头看林蔻蔻一眼，眼神里有惊有惧有怒，似乎想问什么又不敢开口，一路上都憋着。

薛琳见了，不由得想起他们第一天来寺里时被赶出去的遭遇，心情复杂道："寺里随便来一名和尚，见了你都跟见了上灶台的老鼠一样，我第一天怎么敢跟在你后面一块儿进来？"

自己当时不明显是被林蔻蔻连累了吗？如果不跟林蔻蔻一块儿进来，也许就不会被赶出去，不会上了寺庙的黑名单，这一单 case 也不会忽然就变成了地狱难度，还需要他们大费周章鼓捣出基金会的事情才能名正言顺地进来。

林蔻蔻此刻正享受着竟能光明正大进入清泉寺的嘚瑟，闻言斜了她一眼，从鼻子里轻轻哼出一声，凉凉道："现在反悔也来得及哟。"

眼看着就能见到人了，现在让她反悔？

薛琳瞪她："你当我傻吗？"

说话间，地方已经到了。刚巧，正是他们前几天闯入寺庙时遇到智定老和尚的那间办公室。知客僧忙请大家入内坐下，张罗茶水。

林蔻蔻就自己一个人，简单洒脱。薛琳身边却是带着助理，摆足了排场。她自己慢吞吞地在后面走着，前面却有舒甜紧走两步，先为她拉开了椅子，她才施施然走到，正好坐下。

林蔻蔻在边上看得静了片刻。

舒甜一转头看见她，巴掌大的小圆脸上扬起了一抹笑意，下意识想帮她拉椅子。只是手才伸出去一半，便像是想到什么，面上笑意一僵，目光变得躲闪，又慢慢把手收了回去。薛琳转头看见，满意地一挑眉。

林蔻蔻收回打量舒甜的目光，扫了薛琳一眼，心道"有点意思"，自己随手拉了椅子坐下，只淡淡道："基金会这边是成了，剩下的就全看薛顾问那边给不给力了。"

薛琳骄矜地一扬下颌："你放心，那什么张贤，我早已经拿下了。"

林蔻蔻一怔："这么确定？"

薛琳不无得意道："我看最开始是林顾问你对形势判断错误，过高地估计了这件事的难度。我那边委托了一个人过去，本来以为他很难搞，没想到把话说完，他很通情达理就答应下来。"

"通情达理，还直接答应了？"

林蔻蔻听得皱了眉，下意识觉得哪里不对。但她还没来得及细问，一阵怒骂声就远远从外面走廊上传过来："一而再，再而三，欺人太甚！林蔻蔻——"

"砰"的一声，原本就开着的门被推得撞到墙上。才修剪过院中草木，身上还沾着几片树叶的智定，提着大剪刀就杀了进来，直接把那剪刀往桌上一拍："说，你想干什么？"

基金会众人哪里见过这场面，齐齐吓了一跳：妈呀，他们都还没来得及闹事呢，这就准备动刀子了？就算是薛琳都没忍住抖了一下。

唯独林蔻蔻，听见这动静也就多抬了一下眼皮，气定神闲："大早上的，智定师父就已经修剪完草木了吗？真快。不过这回你可误解我啦，不是我想搞事。高程？"说着便抬了抬自己线条精致的下颌，示意旁边坐着的高程。

高程既是禅修班的负责人，同时也处理基金会的一些事务，因此被推举出来，当了此次向清泉寺要说法的代表。他闻言连忙站了起来，向智定解释："智定师父，我们是代表基金会来的，这次是想跟寺里商量一下慈善基金的账目问题，还有以后的监督管理——"

"这我早就知道了，不用你说！"智定压根懒得听完，直接出声打断，瞪着眼睛，一指林蔻蔻，"基金会是基金会，你跟基金会有什么关系，来干什么？"

林蔻蔻微微一笑。

高程抹了一把冷汗，连忙补充："智定师父，林蔻蔻小姐也有向基金会捐资，有资格作为捐款者代表参与到基金会的事务当中……"

智定脸皮都涨红了，怒视林蔻蔻："捐款……你，你捐了多少？"

林蔻蔻道："昨晚上刚捐了二百。"

智定一听鼻子都气歪了，转头就喷高程一干人等："二百！才二百你们就给她一个席位，到底是被她拿什么收买了？就这还干基金会？有没有一点坚持！"

他本就是寺内高僧，平日里颇受敬重，基金会众人都是知道他的，可从来没见他发过这么大的火，一时竟都噤若寒蝉。当然，主要是因为桌上还放着那把剪子……

二百这数，的确是有点寒酸了。可林蔻蔻当初受了老和尚一堆气，正愁没法子气他呢，此刻脸不红心不跳，笑眯眯道："我这不是下山才开始工作没两天嘛，手头不宽裕。二百也是一份心意嘛，善款有多少，善心无大小，无非是为我们佛教慈善事业略尽一份绵力罢了。您要想让我多捐点那也简单，高抬贵手行行方便，让我这一单 case 做成了，别说二百，二十万我都捐。"

智定想也不想："你做梦！"

基金会的事原本与林蔻蔻无关，她却掺和进来，为的是什么，简直是司马昭之心路人皆知！这是想"逼宫"啊！

林蔻蔻劝他："智定师父，基金会善款账目不清的事情也不是一天两天了，管账的人都失踪到国外去了，这么严重的事情捅出去不会影响清泉寺的声誉吗？我也是看在在禅修班待过一年的分儿上，才好心居中撮合，召集大家，想坐下来把问题解决了……"

智定最烦她这一张嘴，白的能说成黑的，一摆手道："别念了，没用，基金会的事可以谈，你们这帮乱七八糟的人必须先给我滚！"

薛琳眉头一皱："大名鼎鼎的清泉寺遇到事就先赶人吗？"

高程也站了起来："智定师父，这恐怕……"

但智定已经直接叫人来赶人了。

基金会这边可都是跟林蔻蔻商量好的，关键时刻也不能袖手旁观，一时间不少人都站了起来。场面眼看着就要失控。裴恕见状眼皮一跳，生怕这帮人控制不住打起来，赶紧明哲保身，想要先退出"战场"，作壁上观。可没想到，才一退，忽然看见外面来了个穿黄衣的年轻僧人。

他看着也就二十来岁模样，唇红齿白，就算没头发，看着也面容清秀，看起来脾气很好，斯斯文文的。他脚步徐徐，来到门口，瞧见裴恕正在看他，先友善地回了一笑，然后才走进了门内。

此时门内众人脸红脖子粗，已然是争吵不休。这年轻僧人进来，谁也没注意到他，直到他叫了一声"智定师叔"，正指着薛琳鼻子痛骂的智定不耐烦地回过头来，瞧见他却是骤然一愣，顿时停了下来。林蔻蔻一直观察着智定的情况，见状也不由得向门口看去。那年轻僧人竟正好向她转过目光来，向她双手合十，也微微一笑："林施主。"林蔻蔻不由得一愣。

会议室里其他人纷纷注意到情况，都停了手，疑惑地看向门口。

那年轻僧人竟道："大家好，慧贤师兄听说了基金会的事，非常关心，专程托我来一趟，带句话。"

慧贤，那不正是张贤现在的法号？其他人或许一时还没反应过来，智定和林蔻蔻却是立刻关注到了，屏住了呼吸。

薛琳先是微怔，紧接着就朝林蔻蔻递了个得意的眼神，仿佛在说：看吧，我就说张贤没那么难搞。然而林蔻蔻的目光落在眼前这年轻僧人身上，却觉得不太对劲：张贤如果有意帮寺庙解决基金会的事，自己为什么不来，要委托这年轻的僧人？

下一刻，那年轻僧人便转向了她，道："林施主、薛施主鼓动基金会的人来，是为了什么，慧贤师兄说，他都清楚。"

林蔻蔻眼皮登时一跳。薛琳心中打了个突，更是面色骤变！

年轻僧人语气淡淡，笑意和缓，竟道："基金会的事涉及方方面面，既关系到善行善款，又关系到寺庙的声誉，只是寺庙苦无专业的人来处理，因此效率缓慢，才使大家不满。慧贤师兄不管俗事已久，能力有限，所以想委托二位，看二位能否把此事处理妥当，谁处理妥当，他愿当面致谢。"

林蔻蔻、薛琳："！！！"

他们带着基金会的人来闹事，张贤竟然反将这件事甩回给他们，让他们帮忙解决！而且当面致谢，意思不就是说，你们谁摆平这件事，谁就能见到我本人吗？

林蔻蔻与薛琳都不是傻子，一转念就明白了关键之处，相互看向对方，眼中却都多了几分防备，隐隐然火花四溅。

二桃杀三士，狠啊。

在听见年轻僧人那番话的时候，强如裴恕都没忍住在心里叹了一声。这位广盛集团昔年的掌舵者，人虽然还没露面，可姿态和手段已经显现出来。

会议室里的气氛突然陷入诡异的静寂。众人面面相觑。谁能想到，他们有备而来，竟然会被张贤这简简单单的一番话打了个措手不及？

怎么办？林蔻蔻心念急转，迅速分析局面。

肯定是薛琳上次找人去劝说张贤时，对方对他们的企图就已经了然。眼下这句话再明显不过，就是为了瓦解她和薛琳的联盟，还想顺带把她们当成免费劳动力，把基金会的问题解决。

按理说，她和薛琳都有理智，不应该这么简单就被分化瓦解，聪明的做法是假装没听到，继续借基金会闹事。可她们的目的都在张贤身上——这可是她们的目标候选人啊，谁敢冒着被候选人厌恶的风险继续搞事？再说了，就算她愿意相信薛琳，继续联手，可谁知道薛琳相不相信她呢？万一薛琳表面说着继续借基金会的事闹，背地里却悄悄帮忙把事平了，以获得见张贤的机会，林蔻蔻又找谁说理去？

只能同意，不能拒绝！

这八个字从心里冒出来的瞬间，林蔻蔻目光闪烁，已经有了决定，直接朝着基金会众人这边转身。薛琳想得也不慢，一见林蔻蔻动，立马也动了。两人几乎同时回到桌前。

林蔻蔻语速飞快："我人脉广，不就是算几个亿的账吗？包在我身上！"

薛琳不甘示弱："舆论方面都是小事，公关公司我认识一票，安抚人心我最拿手！"

基金会众人惊呆了，可这还不算完。

边上的裴恕瞧见情况，忽然转头问那年轻僧人一句："小师父，见你慧贤师兄的人数有限制吗？"

那年轻僧人对此似乎早有准备，回头一笑："善无大小，慧贤师兄说，帮过忙都行。"

裴恕道了一声谢，紧接着便掉转脚步，竟然也向会议桌这边走来，毛遂自荐："基金会出问题是因为管理制度不合理，'头痛医头，脚痛医脚'固然也能奏效，可从根本上治才能防微杜渐。我在金融圈人脉不错，正好认识不少基金会的，可以请人来专门帮你们建立一套完善的制度。"

林蔻蔻、薛琳："???"

这本来就已经战况激烈、你争我夺了，半路还杀出来个程咬金？

林蔻蔻转头怒视裴恕。裴恕递过去一个疑惑的眼神：瞪我干吗，我俩不是一伙的？

林蔻蔻："……"差点忘了。

她连忙咳嗽一声，掩饰尴尬，却换来旁边薛琳如临大敌、万般警惕的审视。

在刚刚同时开口时，她们脆弱的联盟就已经自动瓦解了；而一直拒绝与薛琳合作的裴恕则自动回到了林蔻蔻这边，恢复他们先前的合作关系。所以现在，是二对一！至少从表面上看，薛琳不占半点优势。

原本是一场来清泉寺要说法、要解决方案的声讨大会，突然间变成了这三位大猎头的竞标大会，这谁能想到？他们在圈里哪个不是鼎鼎有名的大猎？就算是薛琳入行时间短、资历浅，结交的人脉也有一条黄浦江那么宽广，更遑论是林蔻蔻、裴恕这种混迹已久的王牌！有他们在，别说是小小一个清泉寺慈善基金会，就算是全球 500 强公司的破产清算都能给你整得明明白白。

虽然张贤说"善无大小""帮过忙都行"，可要不要接受他们的帮助，却得清泉寺和基金会两边共同决定。

不久前，林蔻蔻等人还为了要见张贤一面孤注一掷，扬言要挟；如今张贤递了台阶来，他们便仿佛前面那些狠话都没说过一样，嘴巴一个赛一个地甜，就想哄着赶紧把基金会的事平了。场面忽然充满了一种荒诞的胶着感。

基金会这边原本就是他们劝着来的，自然不会为难他们。智定虽然觉得这几个人变脸比翻书还快，不愧是山下来的"白骨精"，可一来这是张贤那边说的话，想必他心里有数了；二来基金会的事处理起来的确麻烦，凭清泉寺自己处理还不知猴年马月能解决，这伫劳动力一个比一个高级，不好好利用一下简直是对不起自己，所以想了想，也就同意了。

接下来的流程，快得像是坐了火箭。

三个人坐在会议桌旁，当场就打起了电话，开始着手物色基金会这边诸多事宜的处理团队。林蔻蔻在审计方面人脉广，直接帮他们找了个注册会计师，负责账目方面的清算；薛琳则兑现了自己的承诺，不惜用自己的人情帮基金会约了一家靠谱的公关公司，不仅低价帮他们出具舆论处理的方案，还白送一套宣传营销方案；裴恕更没有吹牛，一个电话过去，有能力帮助基金会重新搭建制度的专家明天就"打飞的"过来。

什么叫效率？这就叫效率！

清泉寺与基金会两边的人都直接看傻了眼：前后也就花了一个多小时，一套完整的、覆盖方方面面的、让他们挑不出半点错处的解决方案就已经摆在面前，而且人员靠谱、费用极低！就算是智定有心想要为难林蔻蔻，鸡蛋里挑不出骨头也想挑几片蛋壳，可听完她出具的方案和选择的人员之后，愣是半天没说出话来。

林蔻蔻说得口干舌燥，完事了抬头问："怎么样？"

基金会这边原本就对她颇为认同，此刻更是佩服得五体投地。

智定哑然，终究还是轻哼了一声："算你厉害。"

这就算是过关了。

薛琳忌惮林蔻蔻与裴恕重新联手，生怕自己落在下风，完事后立刻抢先开口问那年轻僧人："目前的处理方案已经拿出来了，可要具体等到各项事务落实肯定不是一天两天的事，说不准都要半个月一个月以后了。我带着我的助理远道从上海过来，为的就是见慧贤法师一面，公司里也还有一大票事等着处理，不可能真让我们等到那时候吧？"

林蔻蔻与裴恕自然也这么想，纷纷看向那年轻僧人。

年轻僧人的脸上似乎永远不会出现惊讶的神情，他温文尔雅地道："这一点慧贤师兄也有交代，自然不能耽搁几位的时间，正好快到中午斋饭的时间，几位要不嫌弃，可以随我过去。"

这谁能嫌弃？别说是吃斋饭，就是上刀山、下油锅他们都会去！林蔻蔻等人立刻答应下来。

年轻僧人转身头前引路，他们便要跟上。可才走两步，另一边的智定老和尚突然回过味儿来了，眼瞧着林蔻蔻那大摇大摆的架势，立刻一拍大腿："不对啊，我还没同意呢！"

早前他可是放过话了，狗能进寺庙，林蔻蔻都不能进！他直接站起来拦人："林蔻蔻你站住，他们能去，你不能！"

林蔻蔻脚步一停。前面的薛琳微怔，紧接着便眼现喜色，一副幸灾乐祸的看戏表情："这可真是天助我也！"

寺庙这边谁不知道林蔻蔻当初在禅修班时的"丰功伟绩"？简直像那孙猴

子，就差没把天捅破。就算能放别人见慧贤，对林蔻蔻也该万般警惕，绝不能轻松让她去了。

智定老和尚那两道发白的眉毛竖起，俨然一副金刚怒目之相。然而这时，林蔻蔻身后忽然有人轻轻咳嗽了一声。智定顿时一愣，向他看去。

裴恕就静静立在林蔻蔻身后半步远的地方，高高瘦瘦，姿态悠然，唇畔还挂一抹优雅狡诈的微笑："智定法师，我们之间的赌约……？"

智定当然记得，道："那不是只答应了不阻拦你去见吗？她林蔻蔻——"

林蔻蔻此时连忙后退一步，竟是站到了裴恕后面，恬不知耻地道："裴顾问是我们公司的合伙人，您别看我跳得高，在这单 case 里我只是裴顾问的助手，是裴顾问的附带，不能视作一个完整的个体！"

人薛琳都带助理，总不能裴恕就不带吧。

智定简直被她脸皮的厚度惊呆了，手抬起来指着林蔻蔻鼻子就要骂。然而裴恕又在后面假模假样地咳嗽了一声。

智定脸色一变，回想起自己那天输的棋，裴恕现在又跟林蔻蔻联合了，再拦人是有点不合适。说出去的话，泼出去的水，该信守承诺。

他深吸一口气，忽然闭上眼睛，金刚怒目瞬间转为菩萨低眉，竟是强行咬牙，先自己默念了一番"冲动是魔鬼""莫生气，气坏身体没人替"之类的话，然后才抬起头来，脸上挂起礼貌的微笑，摆手道："阿弥陀佛，你们去吧。"

话说的是"你们去吧"，可要单单看那咬牙切齿的表情，简直像是在说"你们滚吧"之类的暴躁话。林蔻蔻差点没笑死。裴恕倒是装模作样，一句"感谢理解"便迈出门去，她于是跟在后面狐假虎威，从老和尚身边经过时还故意"嗯哼"了一声，气得智定差点拿桌上那剪刀铰她脖子。

薛琳、舒甜、裴恕、林蔻蔻，总共四个人，离开了会议室，从这边二楼下去，跟在年轻僧人后面走着，便转入了寺庙的后山。后山建筑虽然没有前山那么多，可占地面积更大，是僧人们平时生活的地方。

年轻僧人先是领他们去食堂吃了一顿斋饭。清泉寺做的斋饭味道很不错，可座中谁都没心思认真吃，相互间并不交流，俨然是各自提防警惕到了极点。而且众人心中都不免疑惑：最初听这年轻僧人的话，还以为是张贤要请他们吃一顿斋饭，以为能在饭桌上见到，没想到现在似乎是要请他们吃了斋饭再请他们去见。这……

吃完饭又跟着年轻僧人从食堂离开的时候，林蔻蔻忍不住向裴恕道："你觉得这算什么？"

裴恕懂她："看似先请客人吃饭尽礼数，其实是给了个下马威。"

林蔻蔻叹："是啊，见他一个人跟见皇帝似的……"

就这一番折腾，让他们这样见多识广的人都生出几分忐忑来了。

裴恕道："董天海投过这样的人，难怪对后面其他人都不满意了。"

林蔻蔻无比赞同。

一行人从食堂出来，又顺着后山那弯弯曲曲的走廊转了有十来分钟的样子，才到了一栋小楼前面，这栋小楼虽然是现代建筑，但整体还是仿古的风格；没什么人进出，院子里栽了几棵树，地上铺着落叶，似乎有人扫过，但没扫完，扫帚就斜斜靠在边上。

众人到台阶前面，里面似乎是一间茶室。年轻僧人在门前停步。薛琳问："小师父，慧贤法师就在里面吗，我们哪边先进去？"

林蔻蔻立刻看了她一眼，薛琳也不甘示弱地回了她一眼。谁都不是傻子，见张贤的先后顺序太重要了。在谈判中，先见的有先发的优势，后见的也未必不能制人，这考验的是经验和谈判策略。双方的气氛瞬间紧绷。

可万万没想到，那年轻僧人尚未回答，茶室里却传来带着点沙哑的成熟嗓音，慢吞吞地说："不分先后，既然来了，就一块儿谈吧。"

这是……林蔻蔻瞳孔骤然一缩，几乎瞬间便明白里面说话的这个是张贤了。可这话里的意思？

别说是她和裴恕，就连薛琳和舒甜都惊呆了！天底下竟然有候选人要同时见两家猎头？这……想看他们竞标？不斗个你死我活、互相拆台才怪！

这一瞬间，几个人心里冒出来的念头竟是一般无二：这张贤完全不做人，有毒！

第二十七章
大猎姿态

怎么办，进不进？茶室门口，众人突然陷入诡异的沉默。

不管双方原本是什么打算，可绝不会有任何一方想过要与另外一方一起见候选人。不是说怕不怕的问题，而是没这行规。但凡有点脑子的候选人也不会这么干。可偏偏，这是张贤。一个身家曾过百亿，找都很难找到，更别说挖的大佬！

门前四人一时犹豫，都站着不动，在思索考量。然而也没想多久，里面那道声音很快又传了出来："茶快凉了，不想喝也可以走。"

林蔻蔻、薛琳一听，齐齐在心里骂了一声：这是直接给他们下最后通牒了。要是不一起进去见，那就不用见了。这谁还敢不答应？

他们今天哪里是"逼宫"来了，简直是被逼上梁山！憋屈，太憋屈了。从业这么多年，谁被候选人搞到过这种境地？

进去之前，林蔻蔻跟薛琳对望了一眼，两人眼底竟然有相似的神光在闪烁。

林蔻蔻敏锐地察觉到了，压低声音对薛琳道："你也觉得不爽吧？"

薛琳被张贤从头戏耍到尾，尤其是张贤那边先答应出面，最终却摆了他们一道的事，让她面上无光，对这个施定青点名要的候选人自然没有什么好印象。

她冷淡道："你想说什么？"

林蔻蔻道："要不君子协定，进去之后无论发生什么，我俩不要互相拆台，别让候选人看了我们猎头的笑话。"

薛琳摇了摇头："恐怕进去之后的情况由不得你我掌握。"

这张贤绝非什么善茬儿，她心里已经确定。林蔻蔻一听，也觉得有道理，只好叹了一声，不再说什么，跟着年轻僧人走了进去。

茶室的装修非常雅致。木质的茶台，点燃的檀香，窗边上挂着有佛教著名典故的卷轴。但烧水用电磁炉，照明用 LED（发光二极管）灯，墙边还趴着个扫地机器人，机器人背上还画着清泉寺的莲花图案，可以说混搭得非常时髦。张贤就坐在茶台前泡茶。

他还真是出了家，剃了头，看得出上了一些年纪，脸上横生一点皱纹，但眉宇间依稀得见往日的威重端严，戴着副黑框眼镜，像个老先生。抬起头来打量人的时候，目光非常平静，整个人简直看不出任何情绪起伏，就好像一片水镜似的湖面。但总给人一股子冷意，不苟言笑得很。然而落在林蔻蔻与薛琳眼底，这人怎么看怎么狡诈深沉，不像善类。

他人坐在位置上，都没有起来的意思，只是随意点了点对面的座位，悠闲道："请坐，就当是回了自己家吧。"

林蔻蔻等人迟疑了一下，依次落座。

张贤给他们倒了茶。他们先道过了谢，正在心里斟酌一会儿要怎么开口说事。没想到，张贤先开了口："你们是来自两家不同的猎头公司？"

他看了看几个人的座次。林蔻蔻和薛琳坐在中间，舒甜在薛琳左首，裴恕在林蔻蔻右首，两边泾渭分明。

薛琳闻言，先自报家门："是的，您一眼就看出来了。我叫薛琳，来自上海途瑞，是猎头部副总监，专程为了您来的。"

林蔻蔻这边也道："我们是歧路猎头……"

她话还没说完，张贤忽然抬头看了她一眼："你就不用介绍了，我知道你。"

林蔻蔻："不用？"她一时没忍住露出了个疑惑的表情。

张贤平静地道："去年你在禅修班就很出名，智定来蹭我的茶喝时，讲过你很多次。"

林蔻蔻端着茶杯的手一抖，心里忽然一片惨淡。

裴恕早在听见张贤那句"你就不用介绍了"时，心里便生出了一种不妙的预感，果然接下来就听见了张贤的解释，没忍住深吸一口气，用力地扶了一下自己的额头。就连本该幸灾乐祸的薛琳，都没忍住抽了一下嘴角。林蔻蔻做这一单最大的阻力，竟然是她自己当年造的孽，这谁能想到？

林蔻蔻本人都没想到，强行挂出一抹微笑来："喀，您竟然知道，那也正好，省了工夫介绍。"

张贤便问："你们雇主是谁？"

态度坦然，主动发问，感觉得出他的从容和镇定，完全是那种习惯于掌控一切事态的人。

薛琳似乎知道点什么，似笑非笑地看了林蔻蔻一眼，抢先做出了回答："我这边的雇主是学海教育，是一家在线教育公司，投资人施定青女士您可能没听说过，但在最近的资本市场颇受看好，希望能挖到一位合适的掌舵人。"

张贤听完点了点头，又看向林蔻蔻。

林蔻蔻瞬间感觉压力迫到头顶。就算是对此刻的局面早有预料，可她没想到来得这么快。说什么？说我们的雇主是董天海，多年前跟你闹掰的那个，而且我们今天来找你还没告诉他？这不找死吗！

她心念急转，斟酌着用词，暂时没开口。然而张贤静静地打量她的神情，又看了看旁边裴恕同样深觉棘手的皱眉表情，再想想最近听见的风声，心里一掂量也就有数了。

他一语道破："你们这边的雇主，是董天海？"

林蔻蔻心头狠狠一跳，抬眸与这位广盛集团前掌舵人对视片刻，终究是没忍住泄露了一缕震撼与佩服："厉害，您一下就猜出来了。"

张贤道："也没那么难猜，我这人不太爱结仇，数一数老死不相往来的就那么几个，大部分混得都不好。他们一来不会心血来潮和我讲和，过来挖我；二来也未必请得起你们，尤其是他——"话说着，竟指了一下裴恕。

林蔻蔻转头扫了裴恕一眼，瞬间懂得张贤的意思：他这一身行头，就连衬衣上的袖扣都得大几千，贵得要死，不来个资本大鳄，请得动他亲自上清泉寺才有鬼了。

裴恕对自己的奢侈不以为耻，反以为荣，谦逊地微笑了一下："敝人裴恕，歧路猎头的合伙人，的确很贵，一般人请不动，谢谢您对我的肯定。"

薛琳在旁边翻了个白眼。

林蔻蔻却差不多已经习惯了，只是道："广盛集团现在仍旧是国内市值排名前列的上市公司，主营业务庞大，但您当年一手打造出来的视频内容平台，依旧是集团的拳头产品。董先生投的千钟在线教育，本质上也算平台，而您绝对有操盘的能力。我们也是多方衡量之后，才斗胆找上门来的。"

张贤打量她，目中精光一闪，竟难得笑了一声，只问："董天海知道你们找我来了吗？"

林蔻蔻和裴恕二人心情复杂：就算你是纵横商场的老江湖，如今隐居在寺庙里不见人，锋芒不应该都被磨平了吗？为什么眼光还这么毒，说话还这么狠！

的确，作为猎头，他俩自作主张，董天海现在还什么都不知道呢。林蔻蔻深吸一口气，试图跟张贤解释。然而张贤笑完就没搭理她，竟是收回了目光，极其平淡地道："既然正好都是在线教育，那你们分别说说情况吧。"

这架势，知道的他是在向猎头了解雇主情况，不知道的怕还以为他是在听下属汇报工作。林蔻蔻心里着实佩服。

薛琳则从他们方才的对话中清晰地判断出此刻的形势对己方极其有利，顿时也顾不得先前被张贤戏耍的那一点不爽了，先行开口介绍起学海教育的情况："现在全社会对教育的重视程度越来越高，尤其是小孩子的教育。学海教育主打的就是中小学生教育，引入人工智能技术辅导名师教学，概念在整个市场里很新，目前还没有哪家做类似的产品，有绝对的竞争优势。"

林蔻蔻也道："千钟教育，我想张先生是听过的，以前主要是做线下辅导班，在传统教学领域就很有名，受众主要覆盖的是中学到大学，有多年积累，还有极其完备的师资力量。只要平台搭建得当，比起其他在线教育平台将具有极大的领先优势，一路滚雪球下去，有希望成为行业的龙头。"

薛琳看了她一眼："领先归领先，但这种已经有基础的公司请一个CEO回去大概率只是当工具人。学海教育就不一样了，属于初创公司，可以大展拳脚，愿意分给合伙人的股份占比很大，从长远来看效益更高。"

林蔻蔻笑了："可以大展拳脚的意思不就是问题很多、困难很大、加班加到死、公司什么都没有吗？"

薛琳黑了脸。

林蔻蔻向来就不是吃素的人，还击了薛琳刚才踩的那一脚之后，便淡淡补充起千钟教育的优势来："相反，千钟教育基础雄厚，现在的估值就很高，将来的市值也不会差。"

她们是不可能不互相拆台的，毕竟双方猎头坐在这里争夺同一个候选人，不拆台难道还哄着对方不成？就算林蔻蔻在门口提过君子协定，进来也知道不可能了——张贤让双方分别说说情况，打的不就是这个主意吗？你一言我一语，你夸两句我损两句，两家公司的基本情况和优势劣势就已经一目了然。

整体来看，董天海作为资本大鳄，投的公司当然要比施定青投的好，再加上林蔻蔻也不是什么省油的灯，经验老到、口齿清晰，稳稳地维持住了自己的优势，总结道："君子不立危墙，良禽择木而栖，虽然慧贤师父可能也不太在乎钱了，可在大平台才能真正大展拳脚，真正获得大成就。"

张贤一直默不作声地听着，听到这儿似乎觉得有道理，微微点了一下头。薛琳一看，顿时感觉情势不妙，可不能再任由林蔻蔻这么施展下去了。

她用睫毛膏细细刷过的眼睫压下来，遮住了眸底一闪而逝的晦暗幽光，突地笑了一声。

林蔻蔻不由得皱眉看她。

薛琳也不看张贤了，反而转过头来，泰然凝视她，竟问："可信任呢，信任问题怎么解决呢？"

林蔻蔻瞳孔顿时剧缩，裴恕也瞬间看向薛琳。茶室里的气氛突然紧绷。张贤倒是始终平静，只默不作声地看着这争斗的双方。

林蔻蔻问："你什么意思？"

薛琳一声冷笑："大家都不是什么刚入行的小白兔，就别装了吧？就算你说的全部都是真的，千钟教育有千好万好，可这家公司是董天海投的。谁不知道张贤先生当年就跟董天海分道扬镳了，要真想合作还能等到今天？"

林蔻蔻早有准备："不试试怎么知道呢？"

薛琳眉一挑，话中却是辛辣的奚落："林顾问竞业一年回来，为什么不试试和施定青冰释前嫌呢？"

林蔻蔻搭在茶桌边的纤细手指，线条忽然绷紧，她霍然抬头，直视薛琳，一股冷气从背脊后面蹿了上来，目光如雪刃一般锋利。

然而薛琳只是若无其事地向她一笑，眉目间颇有一种刺痛了对手的嘚瑟。能在短短一年间闯出名头，她岂是个善茬儿？

通往胜利的道路有两条：一条是直奔目标，赢得候选人；一条是击败对手，对手都没了，目标还不是手到擒来吗？鲜有人知道，她最擅长的不过四个字——杀人诛心！

像林蔻蔻这样的人，优势和弱点都一样明显。

薛琳微微笑着，优雅地耷下眼帘："假如林顾问连自己都无法说服，又凭什么来说服候选人呢？"

张贤对这答案似乎也很好奇，看着林蔻蔻。

这一刻，往事千头万绪，如潮水一般朝着林蔻蔻涌来。她如海上的一块礁石，矗立不动，却时而被淹没。直到有一只温热干燥的手掌，轻轻从旁边伸来，悄然覆盖在她垂于桌下的右手上。她面无表情地抬眸。裴恕却像是什么都没做一样，一脸若无其事，只是平静地端起旁边的公道杯，为林蔻蔻那已经快见底的茶盏续上一点茶。

琥珀色的茶水，注入杯中，有细细的声响，慢慢拉回了林蔻蔻出窍的神思。她看裴恕，裴恕却没看她，倒完茶便放回了公道杯，桌下覆住她手背的那只手也不动声色地收了回去。

不知为什么，薛琳忽然察觉到了一种难以形容的危险，似乎自己挑起了什么不应该的话题，而自己还一无所觉。

林蔻蔻转眸淡淡看她："你要跟我谈施定青？"

薛琳警惕："我说得难道不对？"

林蔻蔻似乎剥离了自己的情绪，显得无比平静："我同施定青的确是颇有渊源，但之所以因为航向分道扬镳，理念之争只是表面，谎言欺骗才是真正的原因。施定青道貌岸然、虚伪狡诈，谁要知道这一点还跟她合作，是与虎谋皮、引狼入室、脑子真的不太清醒。"

这话骂的是谁不要太明显！

薛琳顿时着恼："你！"

林蔻蔻却已经移开目光，看都懒得看她一眼了，径直转向张贤："相反，我跟董天海的渊源颇深。早年他曾投过一家公司，但被我挖垮了，我带走了他大半个核心团队，跟他结了大仇。可这单 case 董天海仍旧不计前嫌，点名要我加入进来。商人为利，本来无可厚非。阴谋诡计明明白白摆上台面的真小人，总好过某些口蜜腹剑、笑里藏刀的伪君子吧。张先生以为呢？"

话题又绕回了张贤那边。

林蔻蔻和薛琳最不一样的地方，就在于她最重视的永远不是打败对手，而是搞定候选人。打败对手只能提高赢的概率，搞定候选人却是百分之百的赢。至少在这一刻，她所展现出来的，是真正久经江湖的大猎姿态。

薛琳有心想要反驳，却忽然发现，自己不仅不了解施定青，也不了解董天海，如果贸然开口，极有可能被抓住错处一顿攻击，失掉先前的优势，以至于竟只能闭口不言。

林蔻蔻说完，便端起了裴恕刚才倒的那盏茶来喝。茶室里静得只能听见她细微的饮水声。

最终还是张贤若有所思地看了林蔻蔻一眼，也不发表任何意见看法，只笑笑道："你们聊得差不多，茶也喝得差不多了，快到我午睡的时间，就不留几位了。"

什么话都没说，竟然就让他们走？薛琳顿时皱起了眉头，心底有些不满。林蔻蔻也有些没想到。但既然人家已经下了逐客令，他们该说的又已经说完了，不该说的也的确不敢当着对手猎头的面说，所以还真没什么能说的，于是只好相继起身告辞。

一行四人谁也没说话，从茶室出来，顺着走廊返回。只是才往前走没两步，先前带他们来的那年轻僧人竟追了出来，叫住了林蔻蔻。林蔻蔻顿时一怔。

那年轻僧人来到她面前，合十微笑，竟道："慧贤师兄说，请你明天傍晚再来喝茶。"

明天傍晚再来喝茶？林蔻蔻花了一会儿工夫才反应过来：张贤这是，明天还想跟她聊聊？

薛琳听见这话，心却是沉进谷底，一种不妙的预感生出，她犹带几分不甘地问："他没有交代别的话了吗？"

年轻僧人凝望着她，摇了摇头。

薛琳的脸色瞬间变得难看，心里甚至有种被人甩了一巴掌的难堪：候选人在见了两家猎头后，只选择继续跟林蔻蔻接触，说明了什么？说明这一单 case 她大概率已经输了！简直是奇耻大辱。她甚至觉得自己站在这里都是一种笑话，当下竟冷着脸，直接厉声叫了舒甜，转身就走。

林蔻蔻看着她的背影，慢慢收回目光，却不知为什么，也没流露出什么高兴的神色，只是同样十分礼貌地回了一句："谢谢小师父，那我明天再来。"

年轻僧人冲她一笑："叫我慧言就好。"

林蔻蔻微微一愕，道了一声好。那年轻僧人再次合十为礼，返回茶室去了。

裴恕若有所思道："这个张贤，真的有点奇怪。"

他大 case 也不是没做过，大人物也不是没接触过，张贤这样的实在少有。手段和人心拿捏到位，言语却少得可怜，轻易判断不出他的态度。就连说请林蔻蔻明天再来喝茶，也并不能因此肯定他会答应。

他看向林蔻蔻，想听听她的看法。可没想到，林蔻蔻似乎有些出神，并没有对他这话做出什么反应，只是耷下了眼帘，道一声："走吧。"

两人从禅院后山出来。此时正是午后，春夏之交的阳光有些慵懒，僧人们闭门不出，游客们也大多去吃午饭了，寺院里面竟呈现出一种难得的清静。

古朴的院落里，松柏苍青；碑林的石碑上，字迹陈旧。脚下因为常年有人行走而被踩出了坑的石板缝隙里，偶尔撒着几点深绿的青苔。

两人从那高大的松柏之间走过，被树枝树叶切割出的斑驳光影，便如碎金一般落在他们肩头。林蔻蔻寂然无言。裴恕轻而易举地察觉到，她情绪似乎不太好。

有一只小小的鸟雀从枝头飞过，她抬眸追寻着它振翅时掠过的轨迹，眸底渺渺似烟："清泉寺禅院墙内有一百零八棵树，从最东走到最西是三百五十四步，从前面那片台阶到这儿，铺了六百三十片砖，其中有两块在检修管道的时候被人不小心砸碎，勉强拼一块儿放在了原地。"

裴恕微怔，顺着她的话语向四面看去。

林蔻蔻抄着手，款步往前走着，似乎是要借由这些言语梳理清楚自己心里的某种情绪："碑林里的石碑按记载曾有四十九座，但后来被毁了不少，现存完整的只有十七座，大多刻的是佛经。但在东南最靠近墙角的那一座，上面有明代人仿拓的《快雪时晴帖》……"

裴恕听着，终于意识到了什么。他不再去看寺庙中这些建筑，而将目光移回了林蔻蔻身上，却见她伸手轻轻扶了一把路边树干粗壮的柏树，又带着几分感触，松松撒手，继续往前。

这一刹，分明是寻常的情景，却忽然在裴恕心底荡起了层层波澜，犹如打翻了染料，溶入水里，斑斓里刻上了一缕隐痛。

太熟悉了，她对这座寺院太熟悉了。可她本不该如此熟悉。她是林蔻蔻，是数年来制霸上海滩的大猎，风起云涌的商业战场上，总有她背后筹谋活动的身影。她该光鲜靓丽，出入那些觥筹交错、衣香鬓影的会所，或是在上千人聚集的大会上谈笑风生、挥洒自如……猎就是她的战场。可因为施定青，她离开航向，签下了竞业协议，这整整一年的时间，她是怎么熬过来的？

也许在那些游人散去的午后，她便像此时此刻一般，从寺庙这些松柏、石板、碑林中走过……数着这些树、这些砖、这些石碑的时候，她又是什么心情？裴恕竟无法想象。他有心想要问一点什么，可话到嘴边，竟也不知该怎么开口。

林蔻蔻却好像已经习惯了，甚至重新走在这片自己待了一整年的地方时，感到了一种久违的怀念与宁静，但也有一种难以忽视的强烈情绪翻涌上来。

施定青……

走到台阶前，她看着头顶碧蓝的天幕，忽然笑了一声，回头问裴恕："想喝酒吗，我带你下山逛逛？"

裴恕心想，这问的哪里是他想不想喝酒，分明问的是：我想喝酒，一块儿下山去吗？他凝视林蔻蔻片刻，点头道："山下还有地方喝酒？"

林蔻蔻道："那可多了去了，不过无论山上还是山下，饭馆是一家赛一家地难吃，好吃的找不出几家来。你运气好，遇到我这地头蛇，我带你去一家好吃的。"

裴恕便跟着她走。

从寺庙出来，一路穿过已经渐渐熙攘起来的游人，二人先向山顶的缆车站点而去。现在算是旅游旺季，售票窗口前排起了长龙。有工作人员在旁边维持秩序。

裴恕一看这人头攒动的场面，就忍不住叹气，道："要不你去找地方坐着，我来排队买票吧，这看着还不知道要排多久……"

排队？林蔻蔻向前看了一眼，这才反应过来，眼底隐约掠过什么，只淡淡笑了一声："不用。"

裴恕有些疑惑。

林蔻蔻拿出手机找电话，本想跟他解释两句，但还没来得及开口，不远处那名维持秩序的工作人员忽然就看见了她，辨认片刻后，惊喜地叫了一声："林顾问?!"

林蔻蔻抬头，看见他，也有些惊讶："汪斌？"

那名叫汪斌的工作人员见她还记得自己，露出了满脸的笑容，直接朝着她走来："是我。林顾问你一个月前不是下山去了吗，这么快就回来了？"

林蔻蔻跟他似乎也算熟稔，随口道："有点事要办。"

汪斌顿时笑起来："那寺里的师父们又要头疼一阵了。你们这是要坐缆车下山吗？"他说着有些好奇地看了裴恕一眼。

林蔻蔻道："溜下山去喝酒，这我同事。"

汪斌于是了然：看来这回都不自己单打独斗，还带同伙，啊不，带同伴了，别人怎么样不知道，智定师父肯定要气得脑袋冒烟了。

他偷笑两声，忙道："林顾问来了还排什么队，领导前两天还念叨你呢，走走走，我带你们去。"说着便头前引路，分开排队的人群，带着林蔻蔻和裴恕往里面走。

排队的游客不免有些质疑，汪斌就笑着解释："不好意思大家，去年这条缆车索道修建的时候遇到了一些突发技术难题，就是这位林顾问帮我们请来了一位国外专家，才解决了问题，让这条索道能如期完工，投入运营。所以领导交代过，她来不用排队。"

众人一听，不由得看向林蔻蔻，倒是有点肃然起敬那味儿了。要在索道建设期间做出这么大贡献，插个队不排队，实在是无可厚非的事。很快人群便自动往两边让开。

只是有人瞧见了跟在后面的裴恕："前面的是那什么顾问，后面这个呢？"

有人小声嘀咕："可能是家属吧。"

裴恕经过时听见，忽然转头看了那人一眼，那人顿时不说话了。直到他走过去一段路，那人才小声向同行的人抱怨："还看我一眼，长这么帅还跟在后面走，万一是养的小白脸……"

裴恕："……"

在上海他名声再坏好歹也是行内一朵常开不败的奇葩，到了这山上竟然被人默认为林蔻蔻的附庸，家属也就罢了，小白脸是怎么个形容？群众的想象可真是具有惊人的破坏力。他深深叹了口气。

有工作人员带着不排队，效率的确非常高，汪斌带着他们直接走员工通道，很快就送他们上了缆车。景区的缆车一般有两个功能，一是节省步行上下山的时间，另外一个就是供游客居高临下看风景，所以四面都有透明的观景窗户。林蔻蔻也没坐，就立在正前方。

缆车顺着缆绳往下降，午后的山岭间雾气已散，或耸峙或逶迤的轮廓，都变得无比清晰。甚至能远远看见开遍山野的雪白槐花，以及偶尔从断裂的山岩上流泻而下的泉水。风景很美。可裴恕没看风景，只是看她："你在山上，似乎干了不少事。"

上山时，有那开垃圾车的对她态度熟络的司机；到山上，是以智定为代表的，见了她宛如见了仇人的僧人们，还有禅修班里一票欢呼着"班长回来了"的学员；就连现在下山，都有索道售票处的工作人员与她相识……这座山上，好像人人都知道她。

林蔻蔻弯腰，手肘撑在前方的座椅靠背上，只望着前方的景色。缆车透气的孔隙里有风吹进来，撩动她微卷的长发，让她看上去有一种难以形容的安然。

她只淡淡道："要不给自己找点事干，不得疯掉吗？"

稀松平常的口吻，仿佛在说一件无关紧要的事。

裴恕自问从来不是什么共情能力强的人，这一刻却感到了一种强烈的不舒服，堵得慌。林蔻蔻却不说什么了。

缆车下山速度很快，到出站也没用十分钟。从中段下山的路，林蔻蔻却是带着裴恕走下去的。从下午走到黄昏，夕雾满山，落日熔金。到处是拿着登山杖呼喝的游人，他们俩却都是轻装简从。

山脚那边就有半条街，林蔻蔻一来就带着裴恕往街末尾走。那里斜斜长着一棵大树，边上开了一家不太起眼的小店。外头支了几张桌子，放了几个塑料小凳。一名系着围裙的微胖中年妇女，满面挂着热情洋溢的笑，端着刚做好的面或者烧烤，里里外外进出忙碌。

林蔻蔻俨然是熟客了，走过来就自己先坐下，高声叫了一嗓子："杨嫂！"

正在店里给烤串刷酱的杨嫂抬起头来，瞧见她，喜得忙将手里的事放下，擦着手往外头来："林顾问，你竟然回来了！"

裴恕发誓，这句话他前不久一定听过。

林蔻蔻随口道："回来混口饭吃，还是老一套吧，多给我烤个茄子。对了，要两个人的量——"话说到这里，才想起什么，看向边上的裴恕。

她打量打量他那身价格昂贵的行头，点点自己边上那廉价的塑料小凳，笑着问："人均不过百的大排档，能吃吗？"

裴恕看了她一眼，又看了看那小凳，也没说什么，直接坐了下来。只是他人长得高，腿也长，在这小地方难免有些施展不开。林蔻蔻看着他难得不端什么架子，莫名笑了一声。

裴恕问："这家就是你以前常来吃的？"

林蔻蔻点了点头："对。"

然后想起什么，回头问杨嫂："我烟还在吗？"

第二十八章
台阶上下

人才刚刚坐下，话没两句就问烟——一点烟鬼的自我修养罢了。

杨嫂似乎已经习惯了，笑着道："在，在，都给你留着呢，我给你拿出来？"

林蔻蔻点了点头。

裴恕在边上却是听出味儿来了："别人去场子里喝酒存酒，你以前下山来吃饭还存烟？"

林蔻蔻道："山上是和尚的地盘，而且怕山火，酒不能喝，烟不能抽，那有什么意思？只不过也不是每天都往山下来，跑来跑去太累，心情不太好的时候才下来。"

裴恕问："所以你现在心情不好？"

林蔻蔻斜睨他一眼："你现在心情好吗？"

裴恕突然静默，有一时想说自己心情没什么好也没什么不好，可将开口时，脑海里却瞬间闪回在茶室里的那一幕，薛琳用施定青的事来攻击林蔻蔻，质问她为什么不跟施定青冰释前嫌。

林蔻蔻看着他的表情，笑了出来，走到里面的冰柜前，自己拿了几瓶罐装啤酒出来，扯了拉环开了一罐，放到他面前，只道："下午的事，谢了。"

她指的是在茶室里，薛琳以她和施定青的事为武器攻击她时，裴恕摁住了她，并且以给她倒茶的行为，暂时打断了她连贯的情绪，也让她得以有喘息思考的空隙，避免了一时上头，在张贤面前做出什么不理智的发言。

裴恕看了一眼那罐冰啤，倒不居功："我是多余担心罢了，林顾问大风大浪都经历过，那种情形下不至于被激怒。"

林蔻蔻嗤笑一声："不必这么虚伪。当时要不是你摁我一下，我可能不仅把她骂得狗血淋头，连手里那点茶都得泼她脸上。"

龙有逆鳞，她现在最忌讳的名字就是施定青。

裴恕想过她当时可能会有反应，可没想到会有这么狠，静默了片刻，问："我一直想问，你跟施定青，到底……"

杨嫂又来了，递给林蔻蔻一包烟，顺便给他们端了盘炒花生来。烟盒扁平精致，是她以前抽的那种细细的女士烟。旁边还搁了只打火机。她先把烟放在一旁没抽，只是埋着头，捡起两粒花生米，吃得刁钻，要把外面那层深红的花生衣搓下来再吃，眼帘都不抬一下道："我对你和施定青的仇怨，也好奇很久了。"

裴恕看着她。林蔻蔻却是说完了，才抬起头，与他对视。夕阳已沉，山间迅速暗了下来，杨嫂在远处把外头的灯打开，几个裸露的灯泡亮了，照着外面简陋的几张桌子，也照着此刻不言的两人。

过了很久，裴恕才道："你先说。"

林蔻蔻摇头："不，你先说。"

裴恕想了想，直接把手机扣在了桌上，道："那玩个小游戏，我们谁也不看，等一会儿猜时间，谁最接近，谁赢，输了的那个先说。"

每个人对时间流逝的感知程度是不同的，有时候专心致志，时间过得很快，有时候无聊至极，度秒如年，但几乎没有人对时间的感知是完全准确的。

林蔻蔻想了想，道："好。"

她吹干净纤细手指上沾着的花生衣，拆了烟盒，叼出一根烟来，用手拢着火，耷着眼帘点上，向他道："等我这根烟抽完？"

裴恕眉心微蹙，但没有多说什么，两只手抄着，点了点头。林蔻蔻于是开始吞云吐雾。

杨嫂专门去拿了个装了水的水杯过来给她充当临时烟灰缸，见了直念叨："年轻人嘞，还是少抽一点嘛，我家那口子上回去医院体检完回来都戒了……"

隔着一层烟气，林蔻蔻笑着，漫不经心地应声："知道，知道。"

杨嫂便知道劝也没用，嘀嘀咕咕摇着头去了。

裴恕便隔着那层烟气看她，偶尔拿起一粒花生米吃，但吃了两粒就没有再碰。

一根烟抽得快还是慢没人知道。总之在手里那根烟燃完之后，林蔻蔻轻轻松手将烟蒂投入水杯，听见"刺啦"一声火星被水浸灭的声响后，便道："晚上七点十八分吧。"

　　裴恕道："我猜七点二十一分。"

　　林蔻蔻问："你多久之前看过时间？"

　　裴恕道："没看过，但我们下山的时候正好日落，这个季节日落的时间大概可以算。"

　　林蔻蔻服气："行，看看吧。"

　　裴恕把手机翻了过来，屏幕上的时间是晚上七点二十二分。林蔻蔻的猜测差四分，他的只差一分，胜负一目了然。林蔻蔻看了，不由得静默。

　　裴恕道："你先说？"

　　林蔻蔻拿起桌上的冰啤自己喝了一口，道："时间太久了，一时不知道从什么时候说起。"

　　她在这边惯常吃的是烤串，羊肉猪肉鸡肉烤肠土豆玉米茄子……不仅要刷酱，还要刷辣。杨嫂先烤好了一些给他们端过来，说烤茄子比较费工夫，还得等会儿。

　　裴恕把那放了烤串的盘子挪到正中间，便看见林蔻蔻的手分外熟练地伸了过来。他想了想，道："你是航向的大功臣，施定青和你合作了好几年，最后却让你签了竞业协议。她是商人，让人签也就罢了；你是猎头，不会不清楚竞业协议的厉害，竟然还签了。我想不出，到底是什么理由，让你答应签这份协议。"

　　作为猎头，到处挖候选人以及和客户接触的时候，各种职场上的手段都见多了，想避开竞业协议自然有各种各样的办法。越是能力强、有手腕的高管，越是能体面离开，避免签署竞业协议。林蔻蔻却签了。这不免让人猜测，背后有什么更深的原因。

　　林蔻蔻张口就想说，施定青不仁，我不能不义。事实上以前她就是这么回答的，也对很多人回答过。只是此刻她抬起头来，触到裴恕凝望自己的目光，到底是把这十分流于表面的答案咽了回去，很花了一会儿工夫，才改口道："你知道，她是我大学时候的老师吗？"

　　裴恕在心里道，知道，怎么会不知道。以前他春节时回国，偶尔会在家里的饭桌上听见施定青谈起她有个很不错的学生，叫林蔻蔻。只是此时此刻，他并未有任何表露，只淡淡点头："听说过一点。"

林蔻蔻怪异地看他一眼，笑："这一点知道的人很少，你竟然听说过，跟她，或者跟我的仇，可不是一般地小。"

裴恕避开了她的试探，只道："这跟你签竞业协议有什么关系？"

林蔻蔻拿筷子夹起一片烤得金黄的肉片，放嘴里吃完了，才道："我大一的时候家里出事，差不多请了两个月的假，再回来是想休学的，是她劝住了我，并且帮我申请了全额奖学金。有时候人在悬崖边上，就要往下跳了，有人拉你一把，还是很难得的。"

裴恕忽然就想起了在上海喝的那顿酒，众人散后，她醉醺醺地坐在外面台阶上，蒙眬着两眼，半开玩笑似的说出的那句"还债"。有心想要深问，可那并不属于这次讨论的范围，林蔻蔻也不像是会告诉他的样子。

裴恕并非真像自己表现的那样，是个脾气很坏、懒得顾及他人看法的祖宗。相反，能到他们这种位置的，没有一个不精于刺探人心，缜密地把握自己和别人之间关系的尺度的。

他没有去刺探林蔻蔻的隐私，而是接着问："后来呢？"

林蔻蔻道："我毕业之后打算当猎头，接的第一单 case 就是一个公司的人事管理岗，我那时虽然会打 cold call，也会搜寻候选人，可脑袋里面冒出来的第一个人选，就是她。"

裴恕的手指搭在那一罐冰啤上，听见这一句，微微捏得有些紧了。他抬头喝了一口，盖住了眸底流过的情绪，放下来时，才若无其事地问："根据业内的传闻来推测，看来你干了一票大的？"

林蔻蔻说自己的事时不喜欢看别人，她低着头喝酒，也就没注意到裴恕这一刻的异样，只笑了起来，耸耸肩："是，那是我为了 case 不惜拆散别人家庭传言的开始。"

裴恕道："我记得你说自己真的做过。"

下午是一路从山腰走到山下的，林蔻蔻精力本就不算特别旺盛，这会儿松下来有种倦怠感，便一只手撑在桌上，懒洋洋地支着自己的脑袋，道："是做了。"

裴恕问："为什么？"

林蔻蔻有些奇怪，抬眉看他："有什么为什么？她是我的专业课老师，有多少能力我很清楚，她本来有机会在外面开创一番自己的事业，却被困在家庭里。她之所以留在学校教书，都是为了跟她先生一块儿。那对她来说，是个束缚。"

束缚。

裴恕慢慢咀嚼着这个词，觉出了一点深深的讽刺。他又喝了一口啤酒，才发现自己真的不喜欢这种口感——太苦。

他仿佛只是一个单纯的旁听者，尽职地提出自己的疑惑："所以后来，她离婚了，还辞去了教职。后来去了那家公司，渐渐做大，甚至获得了自己出来开公司的资本，然后回头来找你入伙航向，你也去了？"

林蔻蔻回想了一下："差不多是这样。"

裴恕道："可我听说你当时有开自己的公司。"

林蔻蔻拿着啤酒罐的手忽然一顿，抬眸看向了他，竟是慢慢皱起眉头，目光中带了几分苛刻的审视。

裴恕若无其事地问："怎么？"

林蔻蔻不明不白地道："所以你是知道的。"

裴恕问："知道什么？"

林蔻蔻道："我加入航向之前自己开的那家公司，叫'正道'。"

裴恕挑眉一笑："所以？"

林蔻蔻深吸了一口气："过去几年，你总跟航向对着干，我一度以为你是跟我有仇。想知道为什么吗？"

裴恕非常清楚，回视着她，不闪不避："因为我的公司，叫'歧路'，像是在骂你？"

林蔻蔻瞳孔微缩："你竟然知道。"

裴恕不答。

林蔻蔻便问："是故意的吗？"

裴恕也不答，反而问："所以人家叫你，你就放弃了一个完全受自己掌控的、前途大好的公司，跑去给人家打工。一干好多年，人家公司上市了，你卷铺盖滚蛋了。林蔻蔻，你脑袋里想的都是什么？"

林蔻蔻道："跟向一默一样，脑袋里装了一种名叫'天真'的糨糊吧。"

还算有自知之明。

裴恕淡淡做出评价："你是猎头，天天挖人跳槽，自己干得却不太聪明。她是学校老师，关心学生的情况，为学校留住一个好苗子，不过是她分内的职责。你却记了她的恩，不仅帮她打工，还昏了头，签了竞业协议？"

林蔻蔻道："当猎头，最重要的就是看人的本领。我蒙了心，瞎了眼，错看了人，又有什么资格再待在这一行？竞业一年，休息休息，想想清楚，也挺好。"

裴恕面上没了表情，就这么静静看着她。她说完似乎也不太舒服，避开了他的目光，静了片刻，有些烦躁地拿起旁边的烟盒重新拎出一根烟来，又径直将烟盒扔下，语气不善地道："姓裴的，不要以为你什么都知道。"

她点了第二根烟，酒量差，心情也不好，上头得有些快，面上有些发红。裴恕就保持着那种审视的目光看她。过了好一会儿，他慢慢道："林蔻蔻，你是个傻×。"

"……"

裴恕这人行事比较乖张，可说话一般很克制，少有吐脏字的时候，此时这句却是说得明明白白。别说是他边上的林蔻蔻，就是邻桌都能听得清清楚楚。

林蔻蔻细长的手指夹着细长的烟，抬眸盯住他，眼底有几分戾气闪过，但最后都慢慢敛了，只带了几分桀骜地笑一声："我是，又怎样？"

裴恕胸膛隐约起伏了一下，这一瞬间是有火气上来的。可在盯着林蔻蔻看了片刻后，他又将火气压了下去。

他发现自己的心绪也并不很好，把那罐啤酒放下了，不耐烦地向她道："烟给我一根。"

林蔻蔻阴阳怪气："好学生也要学抽烟啦。"

裴恕看着她不说话。

林蔻蔻喝得有点上头了，含混地笑了一声，毕竟不太爽他，有心戏弄，只把自己手里那根抽过的烟向他递："要吗？"

细细的香烟已经烧了一小截，火星在顶端明灭，末尾靠着她手指的烟蒂上留着一点淡淡的口红印。

裴恕看见，眼皮跳了一下："你知道自己在做什么吗？"

林蔻蔻奚落地一笑，挑眉："不抽？"

裴恕盯了她有三秒，然后在她将那根烟收回去之前接了过来，捏着烟蒂，往自己唇畔一送，只道："我希望你现在是清醒的。"

林蔻蔻支着脑袋看他："你这人真有意思。"

裴恕道："有意思？没在心里骂我？"

林蔻蔻一本正经地摇头："倒不至于，是真挺有意思的。"

裴恕瞄她一眼，抽了一口。就算是烟草里加了点薄荷，烟丝燃烧后顺着烟气进到唇齿间的味道，仍旧带着些微的苦涩。他长眉一皱，呛得轻轻咳了一声。

林蔻蔻听见，顿时发笑："既不抽烟，也不酗酒，你这样的人活着是不是也太无聊了一点？"

裴恕把那根烟放下，看了一会儿，摇了摇头："感觉似乎也没有那么好。"

他看她一眼，把烟递回。

林蔻蔻看了一眼，微怔。

这回换他似笑非笑："不要了？"

林蔻蔻瞳孔一缩，感觉到了来自这人小小的报复和戏弄，甚至隐隐觉得自己先前递半根烟给他的举动过于轻率。她几番犹豫，才接了回来，没忍住低声骂了一句什么。只是烟拿在手里，却跟拿着个烫手山芋似的，也不知还能不能抽、该不该抽。

裴恕饶有兴味地看着她，难得从她这张自带冷感的脸上看出了几分憋闷和纠结，于是拿手指敲了桌边一下，笑她："有贼心没贼胆，递给我的时候敢，接回去的时候就怂了？"

林蔻蔻冷冷看他："你敢接，我没想到。"

裴恕意有所指道："我胆子一向很大。"

林蔻蔻始终审慎地盯着他，过了好一会儿，才闷出一声笑，将那细细拉开的眉尾一挑，粉白的薄唇微启，雪白的牙齿轻轻咬住那根烟叼在嘴里，只道一声："行。"

她抽烟。裴恕也不说话，就看着她。一根烟从一个人手里，到另一个人手里，末了又转了回来。一趟来回，里头多少藏着点半真半假又或是逢场作戏的意思，只是大家都很克制，谁也不明着讲，仿佛谁明着讲谁就输了一样。

就这会儿工夫，天已经尽黑。霜白的月亮从山谷里升起，枝头林间只余下偶尔一些啁啾的鸟鸣，就连游人也差不多散干净了。邻桌的已经吃完离开。只剩下他们这一桌，也不赶时间，慢吞吞地吃菜，慢吞吞地喝酒，想起来就聊两句，想不起来就相对沉默。

林蔻蔻喝了有两三罐了，才想起来："你跟施定青什么仇呢？"

裴恕不回答。

林蔻蔻顿时皱眉："不讲？你不会是想要赖皮吧？"

裴恕竟道："是。"

林蔻蔻："？？？"

是？是你个头啊！

她不敢相信自己听到了什么："你在跟我开什么玩笑？"

裴恕却异常淡定，甚至还有闲工夫从脚边那一箱酒里拎出一罐来打开，帮她放到面前，理所当然一般道："跟你关系不大，你也没必要知道。"

更准确地说，或许她没必要知道，知道了未必就好。

林蔻蔻突然有些牙痒，发现这人在刚才短暂地正经了一段时间之后，那一股让人恨不得掐死的贱劲又上来了："那你问我干什么？你有病吧！"

裴恕情知理亏，接受辱骂："作为受害者，你还可以骂得更狠一点，别这么客气。"

林蔻蔻："……"

裴恕有些疑惑地看她："骂不出来？要不我帮你找点词，你发挥一下？"

林蔻蔻感觉先前喝的酒都在这一瞬间醒了，气的。

裴恕看着她的表情，却是笑了起来，甚至还带了点小计谋得逞的快意，只道："反正不管以前怎么样，现在你跟施定青也是仇人，我们俩就是一个阵营的。与其打听我的事，不如关心关心眼前这单 case……"

林蔻蔻道："你以为你不说，我凭本事打听不到？"

以前那是尊重别人隐私，那会儿对他也没什么兴趣，所以没去打听。可哪个猎头的人脉不跟八爪鱼似的？真想要打听点事，尤其还是本身就在圈子里的人，实在没有什么难的。

裴恕静静地看她："那你打听去吧。"

林蔻蔻又气得深吸了一口气，才道："还是不说？行，回上海我就打听。"

裴恕喝了一口酒："那也是回上海之后的事了。明天张贤要再约你喝茶，你觉得他什么意思？"

林蔻蔻静了片刻，忽然有些意兴阑珊："不知道。"

裴恕问："怎么了？"

林蔻蔻道："你先前在茶室门口那句话说得很对，这位张贤先生，真的很奇怪。他跟我们以前遇到的候选人都不一样，其实一般来说，这种层级的人不是随便就能接触到的。"

他们作为圈内的大猎，接触的固然都是高端猎聘领域，来来往往都是高管老总，可真正顶尖的那一圈大佬，其实是不需要猎头的。越是顶尖，圈子越小，大家就越熟。一些重量级的人才，用猎头去挖，既显得怠慢，效率也不高。大佬们往往喜欢自己出马，一则显示对目标人才的看重，二则打个电话就能见到的事，还能相互交流一下对行业的看法，何乐而不为？严格来说，张贤就是这个层次的人。

林蔻蔻道："他不是真的把我们当作可以对话的人，我认为就算他有意思，最终也得董天海自己出马，过来一趟，跟他对谈。但现在最大的问题出现了，我们知道他们当年为什么闹掰吗？"

这的确是一个很棘手的点。如果不知道他们当年闹掰的原因，也就无从衡量对方对重新跟董天海合作的看法，更无法预测这一单 case 最终的走向和结果。但……

裴恕道："或许明天去谈了就知道。"

林蔻蔻很久没说话。

裴恕道："你对这一单没有信心吗？"

林蔻蔻默然注视着他，或许是已经喝得有些多了，她微微仰着头，看着不远处那绕着灯泡乱飞的几只小虫，思绪却轻飘飘地回到了今天下午的茶室。薛琳那几句话……她低下头来，纤细的长指压住一侧太阳穴，谁也看不出她的情绪，只道："裴恕，你有没有想过，薛琳说得其实很对？"

裴恕："……"

林蔻蔻似乎有些困乏了，声音含混："我都没有跟施定青和解，自己都说服不了，凭什么说服张贤？"

这一瞬间，裴恕终于明白了她为什么要下这一趟山，喝这一顿酒，又为什么是眼下这种情绪。既不是因为薛琳的冒犯，也不是因为与施定青的过往……而是因为，她不自信。不自信自己不信的事能拿去说服别人。

同样是跟旧日的合伙人闹掰了，同样是老死不相往来，她凭什么去说服张贤再跟董天海合作，又用什么立场去说服？要是有人来替施定青当说客，拉拢她回去继续合作，恐怕她一早就赶人了。

林蔻蔻心下觉得嘲讽："我在张贤面前那番话，说得冠冕堂皇、义正词严，你听着竟没觉得虚伪吗？"

裴恕望着她蹙眉："薛琳是攻心之计。"

林蔻蔻道："我知道。"

裴恕道："明知道是计你也往下跳？"

林蔻蔻则道："谁也不是一座固若金汤的城堡，裴恕，我是有弱点的。"

做猎头这一行，于她而言，是一种信仰。无论如何，至少要对候选人无害。没有人能违背候选人的意愿去行事。她只做自己真正相信的事。何况……

她突地笑了一声，喝干净罐子里最后一口酒，将那空了的、干瘪的铝罐拿在手里，用力地捏了一下，发出"咔嚓"的一声响，就像是捏着某一灵魂出窍后的干瘪躯壳，淡淡叹道："我总觉得，张贤叫我明天去喝茶，不是真的对这单 case 有兴趣。"

说完，她轻轻松手。那只铝罐干巴巴地落在了桌面上，被远处大排档的灯光照得发白，晃两下，便不动了。

两人七点坐下，十点才结束。最后是裴恕结的账。因为林蔻蔻喝了不少，看起来已经不太清醒了，人坐在那边也只是冷淡地看着周遭，似乎对一切都没什么情绪反应。

这个时间无论是大巴还是缆车都已经停运，裴恕也没有那么神通广大的本领，能半夜直接叫一辆垃圾车来把他们俩运上山。所幸大排档就在山脚，再往下走一段就能到他们最初入住的度假酒店了。房还没退，能住。

他结完账回来向林蔻蔻道："不回山上，去住酒店？"林蔻蔻便站起来，"嗯"了一声。

杨嫂难免对林蔻蔻的状态絮絮叨叨，还装了一袋果子硬要裴恕拿着，说林顾问喜欢，让她带着吃。

裴恕大概能明白杨嫂为什么把这袋果子给自己，暗想她大概是误会了他和林蔻蔻的关系。但要解释时，又想起那根递了个来回的烟。似乎，也不算误会。

想了想，他终究没有解释什么，道过了谢，转身便想扶林蔻蔻走。但她觉得自己很清醒，挡开了他的手。两人一道离开，又回到前面山道上，顺着台阶一级一级往下，朝酒店的方向走。

月朗星疏，夜爬的也没几个。山道上夜风寒凉，异常安静，只听得见脚步落在一级一级台阶上的声音。裴恕担心她酒醉人昏走路摔倒，始终走在她边上。

林蔻蔻觉得好笑，忽然问："你其实作弊了吧？"

裴恕抬头，一时不明。

林蔻蔻埋着头往前走，只道："那个猜时间的小把戏。我对时间的估计是普通人水准以上，你却能猜得离正确的时间只差一分钟。你手搭在腕上，是在数自己的脉搏吧？"

正常情况下每个人一分钟的脉搏差不多是恒定的。

裴恕悠悠然反问："你不也知道自己抽一根烟的时间大概是多久吗？"

这就是没否认。

林蔻蔻看他一眼，冷哼一声："下贱。"

裴恕也不着恼："彼此彼此。"

他笑了一声，继续往前走，只是走得两步，忽然发现身边没人了。一回头，竟见林蔻蔻站在上一级台阶上，漆黑的眼珠深静，却以一种轻得像烟雾的眼神凝视着他。

远处有零星夜爬人，戴着的头灯，像揉碎的星光。她笔直地站着，影子细瘦的一抹，白皙的面庞上浸了一层月光，犹显出一种难言的冷寂。

林蔻蔻的声音很飘："裴恕，你有没有想过，在接触张贤这件事上，我可能赢不了？"

这一刻，裴恕心底忽然涌上一种说不出的烦躁。又或许，烦躁下面还藏着一些更幽微的、难以为人所道明的情绪，在他接触到林蔻蔻那静寂的目光时，全都翻了出来，一塌糊涂。

他想，他有点不理智了，慢慢道："我希望你现在闭嘴。"

林蔻蔻笑："不然呢？"

裴恕看着她，那张好看的脸一点一点绷了起来，忽然上前一步，一手扣在她脑后，迫使她靠近。他紧抿的唇线，贴近她微凉的唇瓣，然后便是一个忽然浓烈起来，却偏偏又带了几分克制的深吻。

血液伴随剧烈的心跳而躁动。裴恕慢慢放开她。两人在台阶上下，相对站着。

林蔻蔻自始至终都很平静，似乎对方的行为在她这里并未激起半分波澜，又或是早有预料。她只是垂眸用手指轻轻揩拭了一下自己的唇瓣，似笑非笑看向他："忍不住了？"

裴恕非常坦然："忍得住是圣人。"

林蔻蔻不得不解释："那根烟我的确不是有意的。"

裴恕道："这话你问心无愧？"

林蔻蔻不说话了。

有意和无心之间，其实就那么一个念头、一刹冲动的差别。不可否认，或许是因为这人长得好看，或许是因为在施定青的事情上多少有那么点同病相怜，也或许是他茶室里的举动背后所隐藏的善意……总之，就那根烟而言，她似乎不敢说问心无愧。

裴恕问："你是想谈恋爱，还是只想跟我玩玩？"

林蔻蔻想了想："我不想谈恋爱。"

裴恕："……"

月黑风高，荒山野岭，他怎么就忽然恶从心头起，想把眼前这女人挖个坑埋了呢？

第二十九章
败局之后

　　裴恕这时的心情过于复杂，以至于呈现到了脸色上。林蔻蔻看了直接笑出声来。

　　裴恕盯着她半晌，若有所思道："你多少是有点人渣属性在身上的。"

　　林蔻蔻不以为意："真想谈恋爱我找别人不好吗？"

　　毕竟当猎头，接触到人的机会实在太多了。

　　裴恕听了，望了她好一会儿，忽然笑了一下："比如贺闯？"

　　林蔻蔻唇畔的弧度有片刻凝滞，宛如水汽忽然遇冷在唇角凝成霜花；但也仅仅片刻，便恢复如常。只是裴恕能明显看到，她眼底已没了笑意。

　　林蔻蔻淡淡道："你越界了。"

　　裴恕当然知道自己越界了，早在林蔻蔻刚进歧路，一块儿聚餐的那晚，她就已经在贺闯的话题上表现出明显的抗拒与警惕，可在刚才那一刻，也不知是心底哪种情绪在作祟，他竟然没忍住，故意触犯了这个禁忌。在看见林蔻蔻忽然冷淡的神态后，那种作祟的情绪才慢慢平复下去。

　　他出奇地觉得心情不错，漫不经心道："是吗？那很抱歉。"

　　林蔻蔻深深看他一眼，不再多说什么。先前在两人中间紧绷着的、似有还无的暧昧，好像忽然凝滞了，被这山里的风吹淡了。接下来的一路，也没有人再讲话。两个人安静地回了酒店。

　　因为一开始谁也没想到今天只能住在山下，所以酒店的房卡都没随身带着，需要在前台提供身份证明重新开一张。林蔻蔻只带了手机，用的是电子身份证；裴恕倒是带了放着各种卡片的钱夹，拿出了自己的身份证。

林蔻蔻拿完自己的房卡，一转头就看见了他的钱夹，此时正因他拿身份证的动作打开着，露出了里面卡着的一张照片，也就是她曾在他办公桌上瞥过一眼但没看全的那张。这回能看全了。

边角陈旧，隐隐泛黄；照片上一眼能看见两个人，左边是年轻一些的裴恕，正望着镜头微笑，他左手伸过去揽着的则是一名面容温和的中年男人，那人面对着镜头时甚至有些腼腆不自然。中年男人的肩膀上搭了一只白皙、纤细的手掌，能看得出是只女人的手，因为隐约能看到那指头上戴着一枚绿宝石戒指。但也只能看见这只手掌，因为其余的部分被折了起来，压在照片的背面，似乎并不想让人知道，又或者是这张照片的主人自己不想看到。

林蔻蔻忽然发现，就算过去曾隔空交手过多次，进入歧路后也接触过一段时间，大概知道了对方的性情跟作风，但事实上她并不是真的了解裴恕，对他知之甚少。对候选人，他们往往愿意深入了解；对身边的同事，却是一种似近还远的关系，相互间保持着礼貌的克制和距离。

钱夹打开的时间不长，那张照片很快被盖上，看不见了。她若有所思地看了裴恕两眼后，也收回了目光。

裴恕从头到尾背对着她，并未发现异常，拿到房卡后便转身问："你今天喝酒的量算多还是算少，会宿醉吗？如果你明早没睡醒，我要不要叫你？"

林蔻蔻感受了一下自己此刻的状态。虽然有点微醺的晕乎，但意识很清醒，生活能够自理，倒不需要别人的帮助。于是道："宿醉应该不会，但早起大概率不能。张贤约的是下午见，我中午起也来得及。"

裴恕点点头："那要是中午还没起来，我叫你。"

林蔻蔻道了谢。

两人拿着房卡进了电梯上楼，但在各自刷开房门准备进去之前，裴恕忽然站定，回过头，隔着走廊说了一句："为虎作伥，终有代价。林蔻蔻，在你劝施定青离婚创业，而她也没什么犹豫就答应的时候，你就该知道她不是什么好人。"

离婚创业罢了，能看出什么好人不好人？林蔻蔻不太理解，但这不妨碍她领会了裴恕这句话的意思："好人不好人不知道，但我的确受了蒙蔽。所以薛琳那天说得不算错，作为猎头，我的弱点和优势一样明显。"感情用事，容易心软。

裴恕沉默了许久，走廊昏黄的灯映着他深邃的眼，最后轻轻道一声："晚安。"

林蔻蔻有些莫名，也道了一声："晚安。"

两人各自进屋。只是林蔻蔻转身关上门后，那因为酒精而变得迟缓的思维才运转起来，后知后觉意识到：今晚的裴恕，不太对劲。

其实从问她施定青的事时就开始了，这人向来有点乖张恣意的劲在身上，一张嘴谈判的本领有多少不知道，损人揶揄他排第一；喝酒时的交谈也好，回来的路上也好，他就算骂了人，在情绪上也是冷静克制的，甚至不像以前那样隐藏于内，还披一张毒舌散漫的皮，这回他是表现在外的冷静克制。为什么？平时是外表散漫内里冷静；今天外表冷静，那内里呢？

林蔻蔻进了洗手间，掬了一捧水泼到脸上，试图用凉意刺激一下自己已经开始昏昏然的大脑，但抬眸看向镜中，一双眼已然迷蒙，思绪像是被人搅乱了一般，竟理不出一根清晰的线头。

夜深的走廊，无人经过，一片静寂。对面的房间里，裴恕按开了窗帘，在那片巨大的落地窗前面站了许久，遥遥远望黑暗里幽伏的群山，只感觉自己是那群山中的一座。不言不语，潜藏秘密。

在过去很长一段时间里，他认为林蔻蔻与施定青是一丘之貉，沆瀣一气；直到孙克诚把林蔻蔻拉来歧路，他才发现她和自己想的完全不同，尤其是向一默那单 case；可今晚……裴恕第一次发现，自己有点看不清了。欣赏、同情、怜悯，甚至感同身受，都可以成为某一种情感即将开始的危险信号。而他也真的受到了蛊惑。

但这应该吗？

伸出手捏了一下有些发紧的眉心，裴恕思索着，转头看向了桌上放的那只钱夹。那张折过的照片，依旧静静躺在里面。他走过去，将其抽出，手指轻轻一翻，被折到后面的那部分就拼了回来，还原成一张完整的照片。

照片左边，是早几年的裴恕；中间是面对镜头表情不太自然但仍然掩不住笑意的男人，尽管上了点年纪，却仍旧透出几分书卷气；右边却是一张保养得宜的漂亮脸，气质不俗，姿态典雅，微微笑着，看上去分外得体。正是她伸出手搭着中年男人的肩膀，关系亲密。只是大约折得久了，一道深深的折痕压在照片中间，犹如一道鸿沟，又如一道不可弥合的伤口，将她与照片中其余两人割裂。

假若此刻林蔻蔻在这儿，只怕一眼就能认出，照片上这女人，不是别人，正是施定青——她大学时的老师、职业生涯第一单 case 的候选人、后来的合伙人、现在的仇人……

万般滋味，一时都涌上心头。裴恕看了好久，终于还是又将那张脸折回去，压回不见光的背面，连同钱夹一起，扔在一旁。

他深夜给医院打了个电话，值班的护士接了，笑着告诉他："您上回带来的那盆茉莉今天开了，裴教授看了好久，他晚上睡得很早，状况稳定，挺不错的。"

裴恕道了谢，却没笑出来，慢慢挂断电话。

林蔻蔻这一晚上睡得不大好，老做梦，早上困倦没醒，临近中午才睁开眼睛，抓起快没电的手机一看，微信上有裴恕的留言。他在二楼中餐厅订了位置，她要醒了可以直接下来吃午饭。要是十二点还没醒，他会托前台给她房间打电话叫她。

林蔻蔻不由得挑了一下眉，简短回了一句"好的"，洗漱完毕，换了套衣服，便下到餐厅。一进去，就看见裴恕人已经坐在餐厅最好的景观位上喝咖啡看杂志了。

他今天穿了一身白，有种雅致的倜傥。西装剪裁合体，两条长腿架起来时的线条流畅利落，像是漫画家拿尺比着画出来的。餐厅里一些用餐的女性时不时要往他那边看上一眼。长得好看，气质嚣张，在哪里都低调不起来。

林蔻蔻走过去，他就看见了，礼貌地打了声招呼，但两人都没说什么话。似乎两人都默认昨晚上什么都没发生过一样——成年人在装糊涂这件事上可能有相当一致的默契。

下午两点，两人结束用餐，从酒店出发，返回山上。这回不是凌晨夜爬时段，不必再坐寒酸的垃圾车。他们乘一辆大巴和其他游客一块儿上山，然后依旧在众人艳羡的目光中享受着坐缆车不排队的特殊待遇，仅用了半小时便到了山顶。大概是张贤打过了招呼，又或者是昨天的事大家都已经听说了，今天他们进寺门的时候无人阻拦，顺利到了禅院后山。

只是才上了走廊，都还没到茶室门口，林蔻蔻抬眸看见了一张熟悉的面孔，瞬间皱了眉："你怎么在这儿？"

薛琳冷哼一声："我像是那么容易就认输的人吗？"

她背靠着廊下一根圆柱，穿了一身时髦的职业套裙，精致的妆面更衬得她容光焕发，她拿着手机抄着手，却是一脸生人勿近的冰冷姿态。小个子的舒甜被她一衬，就更没存在感了，像面背景墙似的拎包戳在后面。而且除了她们，竟还有别人。茶室前的庭院里，原本倒放着的那把扫帚此刻正被一双手握住，老和尚智定就站在树下，脚边是一堆扫起来的树叶，一双眼却是虎视眈眈看贼似的盯住林蔻蔻。

只是猎头和候选人谈谈罢了，又不是什么能绑架张贤的持刀凶徒，用得着这样？林蔻蔻一眼扫过去，嘴角便抽了一下。

她回头看向薛琳，非常敷衍地称赞了两句："可以，坚持到底就有希望，难怪短短一年就能做到途瑞的副总监。"

薛琳闻言却狠狠皱了眉，她自认从来不输给林蔻蔻，又岂会轻易接受她的称赞，何况还是如此敷衍应付的称赞？

她直接道："我们本来就是水火不容的关系，不用这么虚伪，我今天只有一句话想问你——消息是不是你放出去的？"

林蔻蔻没明白："消息？"

薛琳紧盯着她的反应："不是你？可除了你，还会有谁？"

她怀疑的目光，投向了林蔻蔻身后。

裴恕不喜薛琳，连样子都懒得装，一手插在兜里，姿态冷淡，只道："什么消息，拿出来看看。"

薛琳便把手机递了过去。

裴恕站着不动。林蔻蔻接过来看，只扫上两眼便皱了眉，道："结果都没出的事，就算我行事嚣张，也还没狂到这种地步，你怀疑错人了。而且提前放消息这种事，看起来不更像是你的风格吗？"

那是一条发在某个社交平台上的帖子，标题就起得很搞事："保真，在线教育领域，新老两大猎头交上手了，歧路打途瑞，林蔻蔻对薛琳，开盘了，开盘了啊！"

昨晚上的帖子，今天已经有好几百回复。

"歧路打途瑞，真的假的？歧路猎头少，走高端精品路线，能跟途瑞打到哪里去？"

"什么，林蔻蔻？哪个林蔻蔻？以前航向那个？她回来了？"

"薛琳不是号称最强新人王吗？有好戏看了。"

"在线教育领域，施定青最近投了学海……"

"董天海还投了千钟呢。"

"见分晓的时候到了……"

…………

吃瓜群众不少，有见地、轻而易举分析出到底是哪一单的也不少。毕竟无论是董天海还是施定青，这阵子的动作都不少，业内消息灵通的人多的是，猎头行业就靠着人脉本事吃饭，能猜出来不意外。可谁闲着没事把消息发到网上去？

猎头从来都是幕后工作，许多人做完大单 case 之后大半年都未必会对外讲，更别说是这种还没关掉的职位，走漏风声是大忌中的大忌。林蔻蔻不可能犯这种错。

薛琳却不相信："昨天张贤说要见你，今天消息就传了出去，情况对谁有利还不明显吗？"

总不能是她明知自己处于劣势，还要自杀式爆料吧？现在是林蔻蔻胜算大，薛琳以己度人，认为林蔻蔻不是没可能借机报复她当初拉踩之仇。

林蔻蔻倒是没什么感觉，顺着薛琳的话一想，便笑："也是，好像是我嫌疑比较大。"

她随手把手机递了回去。薛琳下意识接过，却被她这副不甚在意的坦然态度给搞迷惑了：难道真不是她？

"不过我觉得，无论是我还是你，似乎都没有到这种昏头的程度。相反，在这一单 case 没落定的时候就爆出消息，事先张扬，对我们双方都有损害，甚至可能导致我们失去客户那边的信任，毕竟连保密工作都没做到位……"

林蔻蔻抬头看见前面茶室里慧言出来了，正站在那边看她，这意思是要请她进去，于是长话短说，道："所以这件事，你我嫌疑最小，外人搞鬼的可能性比较大。与其我俩窝里斗，相互怀疑，不如想想是哪个环节不严密走漏了风声，让外面的仇家有机可乘。"

薛琳顿时蹙紧了眉头，似乎在思量她这话的真假。林蔻蔻说完却没管她，向裴恕道："我先进去。"张贤只说要见她，没说要见别人，所以一会儿能进茶室的只有林蔻蔻一个。

裴恕心知肚明，点了点头，却看向还握着扫帚光明正大站在庭院里偷听的老和尚智定，还有树下摆着的一盘还没开始下的棋，唇角挂上一抹笑，道："好，你去聊正事，我来下闲棋。"

下闲棋？

林蔻蔻顺着他的目光向老和尚那边看了一眼，心里其实好奇他怎么跟这么个怪脾气的老东西相处，只是此刻也没办法留下来看。她收回目光，先向慧言走去。

慧言仿佛没听见他们之前的争论，一脸心平气和的模样，双手合十向她笑："慧贤师兄在里面了。"

林蔻蔻点头谢过，来到门前，却是少见地犹豫了片刻。张贤绝非等闲之辈，今天请她来喝茶，恐怕不是简简单单了解一下她手里这单 case 这么简单。这是张贤的地盘，张贤的主场。她作为外来者，又是有求于他的猎头，本身就已经处于劣势，如果在谈话中再表现得弱势，只怕希望渺茫。

进去之后，她最好先开口，占据谈话的主动权，尽量将话题往自己想要的方向引导。

想法浮上心头，做决定就在一瞬间。

门外众人的目光，都落在她身上，裴恕是一片平静，薛琳则是复杂又不甘。林蔻蔻背对他们，深吸一口气，推门走进去。张贤就坐在昨天的位置上，除了换了一身衣服，仿佛动都没有动一下，就连那泡茶的姿态都跟昨天一模一样。

他今天也很客气，将一盏茶放到对面，向林蔻蔻道："请坐。"

林蔻蔻打量他的表情。仍旧是一张情绪不显露于外的脸，什么深浅也看不出来。

她坐了下来，礼貌地问了声好，按着自己的计划，先开了口："慧贤法师，昨天有薛顾问在场，许多情况也不方便向您介绍得太清楚，毕竟可能涉及一些商业机密，不过现在只有我们两人，其实董先生投的千钟教育这边——"

可没想到，张贤竟然像昨天一样打断了她。

他上了年纪的脸庞抬起来，一双睿智的眼眸注视着她，忽然道："其实昨天你已经动摇了不是吗？"

林蔻蔻瞬间一愣，大脑有一刹的空白。

张贤继续道："在听见那位小薛顾问的话时，你就已经知道你无法说服我了，因为你还没能战胜自己的心，或者说，你也不想战胜。"

昨日记忆，倏然倒流。林蔻蔻瞳孔剧缩，一种被人完全看穿甚至冒犯的感觉令她张开了防御，看上去如临大敌。

沉默就是坐以待毙！她选择开口还击："我有没有战胜自己，其实并不重要吧？猎头就是个工具人罢了。重要的是，张先生你，有没有战胜自己的心，又想不想战胜。"

这一刻的林蔻蔻，锋芒毕露，也用一种雪亮似刀光般的眼神回视着张贤，分毫不退！

在经历上，他们其实是相似的，甚至都在清泉寺待过一段时间。

林蔻蔻终于又露出了自己充满棱角的那一面："您应该听说过，我在清泉寺待了一年。您到底为什么来到这座寺庙，潜修多年，我不清楚。但我知道，我之所以来到这里，最初为的是逃离，为的是放下，为的是解开心结。假若您也是这样，那我很想问，你逃离了吗，放下了吗，解开心结了吗？"

她说话的时候，张贤终于没有再打断她，而是静静地听着，在听见她最后近乎无礼的那句反问时，眼底终于流露出了几分赞赏之意。但他可不是那些轻易被人唬住的年轻人。

张贤没有回答这个问题，反而笑了一声，似乎换了一种稍稍轻松些的语气，问她："林顾问在猎头这行地位不低，想必见多识广，不知道你觉得，对一位老板来说，什么样的秘书，才是合格的秘书？"

突然转换的话题，让林蔻蔻有些猝不及防，甚至摸不着头脑。她下意识地思考道："当然是处事周全妥帖，会揣摩老板心思，而且嘴……"

声音戛然而止。她像是被人一下扼住了喉咙，后面那一个"严"字卡在嗓子眼里，竟是无论如何也吐不出来了。

秘书。

乔薇。

张贤的消息。

记忆里几个相关的片段电光石火一般闪过，最终停留在林蔻蔻脑海里的，竟然是她跟裴恕在陆金所附近的咖啡馆里见乔薇时，对方微笑而闪烁的神态……

她曾是张贤最得力的首席秘书，张贤也是她最满意的前任老板。

一股凛冽之感顿时从后脊骨升了上来，林蔻蔻指尖都微微发凉，在抬眸对上张贤那含笑的眼神时，她不禁轻轻抖了一下，前前后后所有事都串联了起来，串联成一条珠子。她不得不承认，自己道行还是浅了。

张贤只不疾不徐地饮了口茶，还是那么平静："我等你们很久了。"

林蔻蔻进入茶室后，慧言便在后面轻轻关上了门，隔绝了内外的视线。

薛琳见状，悻悻地哼了一声，接着才重新看向自己的手机，嘀咕起来："不是林蔻蔻，不是歧路……仇家，她的仇家，还是我的仇家？"

说实话，她这一年作风激进，仇家可不少。但在念叨到这一句时，骤然浮现在她脑海中的，竟不是自己的仇家，而是航向——林蔻蔻的仇家！

她有点记不清了，转头问舒甜："航向那边管事的现在是谁来着？"

舒甜先是一怔，紧接着立刻回答："副总裁程冀，猎头部总监是顾向东。有几次开会和沙龙，您跟他们见过面。最近一次是在德龙公司的竞标会上，您拿走了90%的职位，他们输得不轻。"

薛琳听着，觉得有点印象了："他们跟我竟然也有过节儿，那这不是一箭双雕，难道真是他们？"

裴恕从旁边走过，正好听见，不由得嗤笑一声："航向那两个，就算不聪明，也没蠢到这种地步。"

薛琳拧眉看向他，十分不悦。

裴恕却是一脸闲庭信步的悠然，看都没看她一眼，便下了台阶，只道："航向是施定青的公司，泄密就等于坏自己老板的事，程冀、顾向东都是趋炎附势的小人，没有胆子干出这种事来。"

这姿态，俨然没将薛琳放在眼里。薛琳惯爱摆排场，显示自己的地位和体面；裴恕这人也不低调，只是他摆的不是排场，是姿态——轻易不把人放在眼里，比起只摆排场的人，某种意义上来说，段位更高，也更招人恨。比如此时此刻。

就算理智告诉薛琳，裴恕分析得不错，可一种遭到蔑视之后的不爽，依旧迅速涌了上来，占据她的大脑，让她生出一种憋闷的厌恶，瞬间黑了脸。跟这姓裴的一张天生的嘲讽脸比起来，就连那目中无人的林蔻蔻都变得眉清目秀，可以忍受。

她瞪着裴恕。

裴恕却完全没看见，人已经下到庭院里，往智定老和尚扫出来的那堆落叶前一站，施施然道："智定法师，正好闲着，下一局？"

智定一时汗毛倒竖，脱口而出："下个屁，我不赌了！"

裴恕默默地看着智定："我没说要赌。"

智定瞬间意识到，自己刚刚说错话了，眼皮抖了一下，竟是下意识地看向了还在走廊屋檐下站着的薛琳，一副担心被人听见的心虚模样。

薛琳那边没反应，似乎正忙着思考她自己的事，只有旁边那脸蛋圆圆的小助理有些奇怪地朝这边看了一眼。智定这才松了一口气。紧接着，满腔的愤怒便倾泻在了裴恕身上："你这个人看上去人模狗样，心肠不比林蔻蔻干净多少！上回要不是你花言巧语哄骗我跟你打赌，我能上了你的当？"

裴恕心说，你当时答应跟我打赌的时候，可不像什么无辜的受害者，分明一副要借赌局一劳永逸把我们赶下山的架势。只是眼下嘛，也没必要拆穿。

他想跟老和尚下棋，自然也不是没目的，但他并不表露，还貌似好脾气地笑道："您说得对，上次是我太不做人了。这回不打赌，就陪您下下棋。他们还不知道什么时候能谈完呢，在外头守着不无聊吗？正好杀一盘。"

自打上回跟裴恕赌棋输了之后，智定就一直待在寺里自我反省，都没脸出去下棋了，这几天不提下棋倒好，现在一提起来，他都觉得自己快憋坏了。攥着扫帚，臭棋篓子有点意动。

裴恕直接在树下那棋盘边坐下，加了把火："要不这回我先让你三手？"

老和尚眼睛瞬间一亮："真的？"

裴恕意味深长地看向他。

智定立刻意识到刚才那话太有失自己的高僧风范，立刻将手轻握成拳，凑在嘴边咳嗽了一声，正色道："是真的我也不会接受。我智定难道是下棋还要占人小便宜的那种人吗？"

裴恕开始摆棋："来一盘？"

智定把扫帚往边上一扔："那就来一盘。"

他直接在裴恕对面坐下了，拿起一枚黑炮来，也开始摆棋，道："让三手不够，五手吧，五手怎么样？"

裴恕："……"

原来这就叫不占"小便宜"？的确，变成大便宜可不就能占了！

他盯着智定看了半晌，忽然觉得，这位清泉寺的高僧，之所以能跟林蔻蔻掐起来，水火不容，多少是有点道理的——一山不容二虎啊。都一样的狗德行，可不得相互看不顺眼，斗成两只乌眼鸡？

智定浑然没觉得自己的要求有多过分，现在有人陪他下棋，还让几手，他乐得找不着北，甚至还有闲心问问八卦："她在那儿纠结什么呢？"说着向走廊那边的薛琳努了努嘴。

裴恕看了一眼，不关心："可能还在想是谁走漏了这单 case 的消息吧。"

"走漏了消息？"智定摆棋盘的手忽然顿了一下，表情竟有点说不上来的古怪，"你是说，你们来挖慧贤这件事的消息，传出去了？"

裴恕观察力向来敏锐，听着智定的语气，就感觉出有些微妙，再抬头一看他的神情，心思便转过了几道弯，笑着道："是吧，被人发到了网上，传得到处都是。也不知多少公司会收到消息，到时候说不定来清泉寺挖人的猎头得排到山下去……"

智定那两道乱糟糟的扫帚眉顿时皱了皱。他下意识地向茶室的方向看了一眼。慧言正向这边走来，似乎是对他们的棋局感兴趣，要来观战。

裴恕状若寻常地说完那话后，便一直不动声色地观察着智定的表情，瞧见他目光飘去的方向时，第一时间是迷惑。提到泄密的事，老和尚的反应不太对，像是知道点什么。可为什么要看向茶室？一念及此，他心里忽然打了个突，有一种不太妙的预感。

茶室里，林蔻蔻久久没有说话。张贤那话一出，她还有什么不明白？等他们很久了……他果真是一早就知道他们会来！

乔薇既曾是张贤最得力的秘书，自然优秀且合格，怎么会在不征询张贤同意的情况下就告知他们张贤真正的去处？所以乔薇告诉他们张贤在清泉寺出家，根本就是张贤的授意！只是她和裴恕彼时都以为己方占据主动，而且对乔薇进行了一番引导说服，又怎么会想到，其实那根本就是"自投罗网"呢？

如此一来，先前的一些疑惑也都能解释得通了。比如薛琳让人去请张贤时，他为什么那么平静地就接受了，转头却以"二桃杀三士"的设计，把他们当成免费劳动力利用；甚至昨天还专门把她和薛琳凑了一张桌上，慢吞吞喝着茶看她们掐架……

等等，当初她问薛琳怎么知道张贤在这儿时，薛琳怎么说来着？林蔻蔻头皮都麻了一下。一个先前从未预料过的设想，浮上心头，让她眼皮跟着一跳，开口问："薛琳能打听到你在这儿，也是你故意放的消息？还有昨晚……"

张贤终于微微一笑，目中的赞赏更甚："不愧是挖垮过董天海一家公司的顶级猎头，林顾问触类旁通，想得很快。"

这就是承认了。

林蔻蔻心头巨震，尽管面上平静，脑袋里却是诸般念头交杂闪过——为什么？张贤这样有本事的人，只要他愿意，去哪里都是被人供起来的，为什么要引她跟薛琳，甚至还有裴恕，来到清泉寺，来到他面前？想出山直接出不就行了？除非……

林蔻蔻垂眸看着自己端着的那盏茶，因为刚才张贤所透露的消息太惊人导致她手抖，茶水溢出一些，顺着她虎口，往侧面手背上滑落。她心底五味杂陈，难以想象自己竟然遇到了这种事——多久？多久没遇到过这种事了？

林蔻蔻没忍住叹道："亏我还是猎场上一员老将，入了您的局，竟然一点警觉都没有，到现在才发现。姜，还是老的辣，佩服。"

张贤平静地品了一口茶，并不接话。

林蔻蔻便将自己的推测尽数道来："薛琳是途瑞的副总监，猎头这行近一年来风头最劲的新人王；裴恕作为歧路的合伙人，一向非高端职位猎聘不接，是行内一流的常青树；而我，虽然败走航向，竞业一年，但话题度高，噱头十足……行内三大猎头齐聚清泉寺，只为请张先生一人出山，足可传为佳话了。而且……"

张贤笑笑："而且什么？"

林蔻蔻讽笑一声："我和裴恕代表的是董天海，薛琳代表的是施定青，两家都在您的谈判桌上，而且是相互竞争的关系。那么您就成为唯一的审判者，可以待价而沽，引导我们双方竞争出价，从而占据完全的主动，让您看上的那家给您开出足够的条件。"

这种情况，猎头们都是经常遇到的。比如好不容易找到候选人，候选人那边却有别的公司在联系，拿 A 公司开出的 offer 条件去跟 B 公司或者自己原本的公司谈判，以获取更高的薪酬，或者更好的待遇。只是这些手段常见于都市白领高管精英之中。在这座山中，在这座庙里，能遇到这种情况，实在不在林蔻蔻预料之中。更何况，谁能想到已经出家数年的张贤，竟然并不清心寡欲，反而野心勃勃，甚至做得比一般人更过分呢？

林蔻蔻自愧不如："我做了这么多年的猎头，自以为是猎人，没想到今天当了猎物，成了别人谈判桌上的筹码。"

张贤却不由得赞叹："你要是不当猎头，去别的行业也能混得风生水起。"

林蔻蔻没笑："您不必抬举我，我不过是个被您耍得团团转的跳梁小丑罢了。"

张贤不置可否，反而问："你怎么知道你只是谈判桌上的筹码，而不是被我选中的合作者呢？"

林蔻蔻淡淡道："如果是被你选中的合作者，这会儿应该在外面坐冷板凳，绞尽脑汁地想怎么才能见你一面才对。"她说的明显是薛琳了。

张贤击掌大笑："哈哈，太聪明了，这都能看透。比起外面那个，我其实更想和你合作。只可惜，你是代表董天海来的……"

林蔻蔻沉默地注视着他，终于从这句话里窥知了些许真假，心绪有些难平："所以您和董天海之间，果然是有一些难解的恩怨吗？"

张贤面上的皱纹里带着几分风霜之色，只道："我不喜欢跟别人讲故事。"

林蔻蔻道："但我喜欢听故事。"

张贤老辣的目光落到她身上，带着一种上位者的审视。然而林蔻蔻分外坦然，甚至随手把茶杯扔回了桌上，有点破罐子破摔的架势了，睨他一眼，理所当然道："筹码也有资格知道自己为什么输的。张贤先生接下来还要利用我们去谈判，上刑台还给顿断头饭呢，请您讲讲以前的故事，不算过分吧？"

林蔻蔻从茶室里出来的时候，裴恕与老和尚刚下完一盘棋，准备开第二盘。自打注意到智定的异样之后，他便有些担心茶室里的情况，心神分出去，有一搭没一搭地跟老和尚随便拣禅修班、清泉寺的话题聊着，却没怎么注意对局的情况，一不留神便把老和尚杀了个片甲不留，老和尚一脸乌云密布。余光瞥见人出来，裴恕立刻罢了手，站起身。

众人也全都看向了林蔻蔻。

早已等得不耐烦的薛琳，这时竟有一种说不出的紧张，目光黏在她脸上，似乎想看出点什么东西；方才还为棋局愤怒的老和尚，两道扫帚眉一皱，却是难得浮现出了几分复杂的纠结，带着几分谨慎打量她的神情。然而林蔻蔻非常平静。

她精致且带着几分冷感的脸上看不出什么情绪起伏，只对着走过来的裴恕道："下完了？"

裴恕点了点头："随便下下。"她什么时候出来，他什么时候下完。

于是林蔻蔻叫上他走。

薛琳原本百无聊赖地靠在廊柱上，这时一看急了，下意识地站直了问道："你们聊完了，他答应了你们那边？"

林蔻蔻回头看了她一眼，但什么也没说。她跟裴恕一块儿离开了。

薛琳留在原地，只觉得一股火气在胸膛里冲撞："赢了就赢了，对手下败将就这么盛气凌人，连说句话都不屑吗？"

从头到尾，张贤就没表示过对薛琳的任何兴趣，今天又专门约了林蔻蔻喝茶，是个正常人都知道自己落在下风。所以对自己即将面对的败局，薛琳是有所预料的，在看到林蔻蔻出来后更是不作他想，只想求个痛快。可林蔻蔻不搭理她。她心里烦躁，下意识以为是林蔻蔻嚣张，目中无人，更认为她刚才那一眼充满蔑视。

然而舒甜一直旁观，心思却更细腻一些，纠结了片刻，咬了咬嘴唇，小声道："如果赢了，会这样吗……"

望着林蔻蔻与裴恕并肩走远的背影，回想起刚才那张平静的脸庞，舒甜的感受与薛琳截然不同。不知怎的，她觉出的，竟是一种沉肃。只是那位自打她入行以来便总在听说的猎头顾问，表现得分外克制，也分外体面。

薛琳闻言，先是用一种格外严厉的眼神扫了舒甜一眼，眼看着她如受惊小鹿一般立刻低下头去，才重新抬头。

没赢吗……可，怎么可能？她拧紧了眉头，看着林蔻蔻与裴恕二人背影消失在拐角，才重新看向那门扇虚掩的茶室，只觉得心中笼罩的迷雾不仅没散，反而更加浓重。

回去的路上，林蔻蔻一句话也没有讲。裴恕走在她身边，既不问，也不说，就这么一路陪她走回禅修班。

楼下有学员聊天喝茶，见了他们都打招呼。林蔻蔻只简单答应了两句。裴恕倒好像这阵子跟众人混熟了，难得没端那一副矜贵架子，笑着跟众人寒暄一阵。

二人上了楼。楼道里再无旁人，楼下隐约传来的谈笑声，更衬得走廊上有些清冷沉寂。西边落日的红光斜斜铺到走廊一角。

林蔻蔻走到自己房间前面，拿着门卡开门。

裴恕看见她刷了两次才把门打开，问了一句："要紧吗？"

林蔻蔻平直的声线毫无起伏，只道："我想一个人待会儿。"

裴恕悄然皱了眉。林蔻蔻却没回头看他，眼帘一敛，直接走进去，关上了房门。

房间里稍显凌乱，窗帘拉了一半，光线有些昏暗。她随意脱了鞋，走到桌旁，把窗户打开，在旁边的椅子上坐下来，一条腿屈起来踩在椅子上，然后便摸出了烟——昨晚下山喝酒时没抽完的。只是也不知是不是此刻心情不佳，连打火机都跟她作对，摁了好几回也没冒出半点火星，直到第五次，才顺利点着。然后她将打火机扔回桌面，砸得"啪"的一声响。

她埋头就着手里这根烟，深深吸了一口，感受到微苦的烟气缓缓进入肺部，扩散开的尼古丁便仿佛有了奇效，从茶室里出来一路都"嗡嗡"震响着的大脑，终于犹如浸入了冷水中一般，慢慢镇静下来。纷乱的杂念，渐次退去。最终存留在脑海，渐渐浮上来的，是她将离开茶室时，张贤轻飘飘的那一番话……

"如果你觉得当年我是对的，为什么最后功成名就的人是董天海？如果你觉得当初你是对的，为什么现在如鱼得水的人是施定青？

"世上有黑白对错，不过是普通人的幻想罢了。

"你在清泉寺待了一整年，难道还没想明白吗？"

她站在门前，手搭在门边，尚未将门拉开。回头看去，只对上张贤那一双已经有了几分风霜之色的眼眸，仿佛看见了一片随时能将人吞没的深渊。那是经年累月无法化解的仇恨。

对于自己很可能无法说服张贤这件事，林蔻蔻早有预感，可没料到，自己不仅输了，还输得这么"别致"，竟沦为他人的筹码，甚至被人如此辛辣地追问！

那一刹，她几乎想脱口而出——世上当然有黑白对错！就算当年错的是董天海，如今他选择施定青，又与当年的董天海有什么分别？可话在嘴边，被张贤那平静的眼眸望着，她竟像哑巴了，一句也说出不来。

假如董天海与施定青并无分别，他选择尚未与自己结怨且还有共同敌人的施定青，有什么问题呢？而她厌憎施定青，却为董天海工作……又跟选了施定青的张贤有什么区别？

这一刻，林蔻蔻心中竟然生出了一种巨大的荒谬之感，只觉自己仿佛是站在舞台中妆容滑稽的小丑，被一束聚光灯打着，穷尽浑身解数地表演，也只不过是引人发笑。

燃烧的烟气，缭绕着纤细的手指。她像是被困在了烟气里，一动不动地坐着，只抬头望着窗户外面渐渐沉下的落日。

晚上七点十五分，太阳终于落了，天边的霞光也渐渐消退。寺庙敲响了晚钟，群山随之隐入黑暗，走廊里也亮起了灯。

六点的时候，裴恕来敲过一次门，里面没声；六点半他微信上留言叫林蔻蔻出来吃晚饭，她也没回；现在，他从自己房间里出来，再看着她那扇紧闭的房门，终于觉得耐心耗尽。裴恕下了一趟楼，再上来时，身边便多了一个负责管理禅修班日常事务的高程。

年轻的高程，手里拿着那张能刷开所有人房门的房卡，站在林蔻蔻门前，却是声音发抖，两腿打战，哆哆嗦嗦连话都要不会说了："裴……裴哥，这……这不太好吧？"

林蔻蔻什么脾气，禅修班谁不知道？心情好时言笑晏晏，就是把她骂个狗血淋头她也不跟你生气；可要心情差了，别说你开罪了她，就算是什么也没干站在她面前，都仿佛是一场错误！甚至根本不需要说话，她就那么瞅你一眼，你都觉得自己不该存在。

高程是真敬重林蔻蔻，可心里也是真发怵，无论如何也不敢在不经同意的情况下，拿房卡刷开她的门。

裴恕长身而立，惯常带点笑意的脸上，此刻浑无半点表情。他只道："出了事你负责？"

高程心说不至于吧，愣在那里。裴恕不耐烦再等，直接从他手里拿过房卡，上前一步，"嘀"的一声刷开了门，握住门把手，便将门推开。

"喀……"一股深浓苦涩的烟味儿，在门打开的瞬间，便弥散开来，呛得他咳嗽了一声，下意识皱了眉，才向房间内看去。

房间里一盏灯没开，漆黑一片，只有窗户开了半扇，能借着外头墨蓝天幕里透进来的一点光，隐约看见有个人坐在椅子里，手里夹了根还在燃的烟，赤红的火星虽然幽微，却仍在明灭。听见开门的动静，她头都没回。裴恕原本就皱着的眉顿时皱得更深，强忍住心里忽然升腾起来的那一股怒意，将灯按开，屋内瞬间变得一片明亮。

得亏没装烟雾报警器，灯光一照，屋里的烟气简直跟起了雾一样，就算开了半扇窗，有风进来都没吹散，不知道的怕还以为这屋里烧了什么东西。桌上拿来当烟灰缸的茶杯里满是烟蒂。空了的烟盒随意扔在一旁。一眼看去，简直一片狼藉。

光线骤然由暗而明，人眼不大适应。林蔻蔻终于拧了眉，扭转头来，看向门口。

高程在她转头的瞬间，立刻冒出来一句："我还有事我先走了！"然后一转身溜得飞快。门前便只剩下了几乎铁青着一张脸的裴恕，语气冷硬："出来。"

出来？林蔻蔻这会儿谁也不想搭理，看见是他甚至有些厌烦："我说过我想一个人待会儿。"

裴恕冷笑："一个人待会儿，就是坐在屋里抽了几个小时的烟？我要不要再给你叫几箱酒上来，让我们林顾问借酒浇愁，喝个痛快？"话里已是尖锐的嘲讽。

然而林蔻蔻浑当听不出来，竟答道："好啊。"说着甚至还笑了一声，而后那浓长的眼睫耷拉下，便捏着那根已经烧了一半的烟，又抽了一口。

只是根本没等她抽完，她这副倦怠冷淡的姿态，已经彻底点燃了裴恕隐忍的怒火。他走进来，劈手将烟夺下，摁灭在烟灰缸里。

林蔻蔻蹙眉，掀了眼帘："管天管地管人抽烟，姓裴的，你管得是不是太宽了一点？"

裴恕轮廓分明的脸上不带半点表情："我叫你跟我出来。"

林蔻蔻看他："你都不问我跟张贤谈了什么吗？"

裴恕道："看你这样我还用问？"早在林蔻蔻从茶室里走出来的那一刻，他就已经知道了全部的结果。

林蔻蔻闻言却更不耐烦了："既然知道，还来找我干什么？张贤会选施定青，这一单 case 我对你已经没有用处，不要再来烦我。"

裴恕气笑了："大名鼎鼎的林蔻蔻，就这点胆量，这点骨气？"

林蔻蔻面若冰霜，直视着他。

裴恕的话语却似尖刀一样将她剖开："当年为了做成一单 case 敢拆散别人家庭，劝人离婚，今天不过吃了一场败仗，就躲在屋里抽烟，不敢见人！林蔻蔻，你太让人失望了。"

她张口想骂"你懂个屁"，然而话到嘴边，看着裴恕脸上冰冷而愤怒的表情，却又觉得说什么都没有意义，于是静默了良久。

林蔻蔻低下头，擦去指甲盖上沾着的烟灰，淡淡道："如果让你失望了，我很抱歉。"

裴恕不为所动："道歉有用的话，要猎头干什么？"

林蔻蔻忽然觉得不是自己不正常，而是面前这人有点不正常："你有病？"

裴恕自始至终都很清醒："我没病。"

他直接替她拿起了放在桌上的手机，朝着门外走去，道："跟我出来。"

林蔻蔻皱眉："干什么？"

裴恕回过头看她："这一仗还没有结束。你跟施定青的恩怨，我不插手，但从我踏进猎头这一行开始，就没想要她好过。林蔻蔻，这一单 case 你要分走我 50% 的酬劳，你有义务为我工作。我不管你现在是要死还是要活，只要你还有一口气在，就给我走出来。"

第三十章
葛朗台

　　林蔻蔻差点没反应过来。自打她进入猎头行业以来，要么单打独斗，要么身居高位，向来只有她指挥别人的份，哪儿有别人命令她的时候？更不用说在山上待这一年，就算是想合作也找不到人。现在姓裴的竟然教她做事？

　　她瞅他半晌，只好奇："如果我就是不出去呢？"

　　裴恕也没生气，淡淡道："那我只好把工作都搬进你房间来了。"

　　林蔻蔻："……"

　　裴恕侧身斜睨她："山不来就我，我便来就山。过程不重要，你在哪儿工作也不重要，我只看结果。"

　　言下之意就是：就算你被车撞了，躺在ICU（重症监护病房）里，都得替我工作！

　　林蔻蔻听懂了，静默良久后，道："你叫'裴恕'太浪费了，改个名叫'葛朗台'吧。"

　　裴恕难得愉悦地笑出了声："多谢夸奖。现在你可以出来了吗？"

　　林蔻蔻无言，知道今天是躲不过了。她抬眸，视线穿过那已经渐渐淡去的烟气，与他交会到一块儿，终究是迈步从房间里出来，淡声道："你对施定青的恨，比我深多了。"

　　裴恕不置可否，只道："我是比你清醒。"

　　他将手机递还给她。林蔻蔻接过，却不由得皱了皱眉头，没明白他这话的意思。

　　裴恕便漠然道："世上当然有对错、有黑白，但如果这一切只能用强弱与成败来衡量，那我选择打败一切我认为是错的人。"这里面，自然包括施定青。

林蔻蔻不由得怔了片刻。裴恕说完，却径直转身，朝着自己房间走去。

比起习惯散漫的林蔻蔻来，裴恕无疑是个爱收拾的人，屋里一切整齐得能让强迫症都挑不出毛病来。林蔻蔻跟进来，还有些茫然。

裴恕直接走到桌前，在那台开着的笔记本电脑键盘上按了一下，竟是朝着电脑屏幕道："好了，人都齐了吗？"

在他手指摁到键盘的瞬间，原本已经暗下的电脑屏幕亮了起来，清晰的视频会议画面紧接着出现在屏幕上。那竟是远在千里之外的上海，歧路猎头的会议室！

以孟之行、叶湘为首的一、二组精锐猎头悉数就位，分别列坐于会议桌两旁，严阵以待。窗户外面是城市高空绚烂的夜景。这么晚的时间，孙克诚竟没回去，也跟众人一块儿待在会议室，此刻就又着手站在会议室角落，旁边不远处就是压抑着激动的袁增喜。

林蔻蔻骤然看见，不由得一愣。

那头的孟之行却是反应不慢，立刻回道："都到齐了。"

裴恕语速飞快："行业调研做完了，mapping 的结果出了吗？"

叶湘迅速将一份文件调入视频会议界面："根据老大的要求，已经大致对在线教育的情况做了一次摸排，千钟教育并非行业最早的入局者，合适的人才已经被其他公司搜罗。所以我们在做人才地图的时候主要是两个方向：一是其他在线教育公司里适合千钟 CEO 这个位置的人，另一种就是跨行业搜索。目前能达到基本要求的候选人大致有十三位……"

这是……林蔻蔻眼皮一跳，还有什么不明白？这竟然是在重新搜罗候选人！

叶湘依次将那些候选人的简历翻出，做着简明扼要的介绍，裴恕没坐，就站在电脑前面拧眉听着。林蔻蔻却不由得将目光投向了他。

裴恕听完后似乎并不满意，眉头拧得更紧了，只问："没有别的人选了吗？"

叶湘一愣，立刻意识到刚才这些人选裴恕都不满意，连忙去翻另一批简历，道："次选也有一些，老大稍等。"

裴恕便暂时没说话。

他余光一晃，这时方才注意到林蔻蔻的目光，淡淡道："张贤那边不答应，便趁早放弃幻想，重新做 mapping，定位合适的人选。"

林蔻蔻眼神复杂地望着他："这一单你还想争？"

"这一单不是想不想争的问题，而是我必须赢。"裴恕说这话时，顺手在视频会议界面静音了自己的麦，"你跟我联手都要输的话，不仅是没脸在行内混那么简单。"

最重要的是歧路——合伙人的失败，必然带累公司声誉，届时受影响的岂止他们两个人？传出去别人只会说歧路的合伙人裴恕和准合伙人林蔻蔻联手都打不过一个途瑞的薛琳。

"高端职位猎聘是我们的金字招牌，歧路规模不大，全靠每单case远远高于同行水准的猎头费，才能在业内站住脚跟。如果在原本擅长的领域都输给别人，那就不要说什么'脚踩航向，剑指四大'了。"说这话时，他的神情格外冷静，甚至冷峻。平淡的口吻，似乎仍旧如往日一般轻慢，然而此刻就站在他身旁的林蔻蔻，却能清晰地感觉到，这是一个不一样的裴恕。

她心底深处，忽然有种难以形容的情绪慢慢流溢而出，充塞四肢百骸。她转头看向屏幕。远在上海歧路会议室的众人，谁也没听见裴恕方才那番话，只是迅速将准备好的另一份候选人名单拿了出来。

这回换了孟之行说话："CEO是高管职位，考虑到更多是要管战略层面的事，所以非教育相关行业出身，但对这行有了解并且有可能胜任的名单，我们也有收录，筛选出了八人。"说话间，八人的简历已呈现在屏幕上。

裴恕直接将屏幕往林蔻蔻那边一转，道："看看？"

林蔻蔻看向他。

裴恕挑眉："葛朗台叫你上班了。"

林蔻蔻久久没说话。

视频会议对面的众人，也不知是不是听说了什么消息，表情都带着几分谨慎，只通过墙上会议画面的投影，打量林蔻蔻。孟之行很能藏得住情绪，什么也没讲。叶湘却一向是林蔻蔻的拥趸，见此情形哪里还忍得住，拍了桌子便道："林顾问你别怕，一个薛琳算什么？现在咱们又不是单打独斗，大家都站在你和老大后面呢。不管加多少班，我们这回非把他们打扁不可！"

众人皆是一副同仇敌忾的神色。分明隔着屏幕，可那股齐心协力的战意，却仿佛能熊熊燃烧到人的心里。林蔻蔻不由得为之怔忡。

会议室那边已经七嘴八舌地说起来。

"老虎不发威当我们是病猫吗？论做单的成功率，我们歧路什么时候输过？"

"林顾问以前可是我们老大的对手啊，怎么轮得到他们来踩？"

"我看那什么张贤也是沽名钓誉……"

…………

角落里的袁增喜最为愤慨，拳头都攥紧了，跟着道："就是，做一单 case 罢了，职业道德都不要了，到处乱放消息。这种人，简直是行业毒瘤，必须铲除！"

在航向时，她是说一不二的林总监，一向都是她罩着下属，指点他们，在他们遇到困难时为他们加油鼓劲。包括贺闯在内，不会有任何人这样义愤填膺地站出来维护她。因为他们知道，林蔻蔻足够强大——她总是睿智冷静，能处理好自己所面临的一切难题，不需要任何人的帮助。可此时此刻……

她眼睫微颤，忽地耷了一下眼帘，似乎想要掩去眸底某种突然上涌的情绪，然后才问："姓裴的，你都跟他们说了什么？"

裴恕不解："嗯？"

林蔻蔻问："乱放消息？"

裴恕似乎这才明白她说的是什么，"哦"了一声，微微一笑："网上那些跟这单相关的消息啊，我跟他们说了。不是薛琳放的，难道还是我们？"他唇畔那一点笑弧，分明有种狐狸般的狡诈！

林蔻蔻看得分明，静默了好半晌，终是哑然失笑——难怪大家都这么生气。她幽幽道："你可真是个好上司。"

薛琳恐怕都没明白自己怎么就成了全歧路的眼中钉、肉中刺吧？

然而裴恕却是脸不红心不跳，只是拿手指轻轻敲敲电脑屏幕："现在能干活了？"

林蔻蔻不得不承认，这人有一套。一通操作下来，纵使她原本有再郁结、再愤怒的情绪，这会儿好像也找不回来了。

她低声骂了一句什么，懒得回姓裴的半句，直接拉开椅子坐了下来，先把歧路那边众人传过来的候选人资料都看了一遍。裴恕也拉了椅子坐她旁边。只是一通看下来，结果并不理想。

裴恕问："没有比张贤更强的？"

林蔻蔻闻言，先是下意识回了一句："没有。"

紧接着，她才意识到裴恕问的是什么，瞬间怀疑自己是耳朵出了问题："你还想找一个比张贤更强的候选人？！"

开什么玩笑！张贤放到如今大部分行业、大部分领域，都是可遇不可求的战略级高管人才，跟他同级别的打着灯笼都找不到几个，他竟然还问比张贤更强的！难道从茶室出来，她没疯，姓裴的先疯了？

面对着林蔻蔻如此强烈的疑问，但凡是个心里有数的人，这会儿都应该在反省自己是不是异想天开了。岂料，裴恕非但没反省，反而用一种奇怪的眼神看林蔻蔻，竟道："为什么不想？"

林蔻蔻："……"

在她进入正常工作状态后，裴恕先前的那种冷厉与严肃，便好似一场短暂的错觉般，从他身上消失得干干净净。当着林蔻蔻的面，他毫无负担地换了个十分惬意的姿势，又恢复成往日那种漫不经心、万事不挂怀的祖宗德行。她眼皮没忍住一跳。

姓裴的却是一副理所当然的口吻："张贤有什么了不起吗？他故意放消息引业内知名猎头来这里请他，为的不过是抬高自己身价，借你的存在在施定青那边要个好价钱。我们之所以中计，不过是因为没想到他这个级别的人也会用这种不入流的小伎俩罢了。他用了这种手段，就不再是什么高人了。更何况……"

这番话，不是没有说服力的。在感觉到被人算计的愤怒之余，林蔻蔻也不是没有同感，只是现在被裴恕明白地说出来罢了。

她道："还有何况？"

裴恕转头，冲她一笑："何况，不跟我们合作的，都是有眼无珠，似乎该一律分到垃圾的类别里？"

林蔻蔻久久地注视着他，终于跟着笑了一声："姓裴的，你可真是……"渐渐开始对她胃口了。

对猎头来说，无法合作的候选人，不具有任何价值。选择了施定青的张贤，再优秀，于他们而言，也已经与垃圾无异。他们需要一位全新的候选人。

这回裴恕跟林蔻蔻说话时没静音，歧路会议室那边都能听见。早已熟悉他们老大风格的众人，在听见那句嚣张得没边的话时，大多羞耻地埋下了脑袋，想当作没听到，装作不认识。要是平时也就罢了，这可是对着林顾问啊——业内出了名的"HR公敌"，敢给客户当爸爸的女人，一向站在候选人的立场的人。他怎么敢当着林顾问的面说候选人是垃圾？

叶湘忍不住把脸一捂，几乎能预见接下来会发生什么了。然而，等了半天，没动静。她悄悄抬起脑袋来，竟瞧见视频会议画面的另一端，林蔻蔻难得用一种欣赏认同的目光看着裴恕……

等等！欣赏？认同？这是她能在林顾问脸上看到的对自家老大的情绪？她

听见刚才那句话之后竟然没有直接开喷?!

叶湘一瞬间怀疑起自己的眼睛和耳朵，思考自己对世界的认知是不是出了什么问题。众人也有一些意外。唯有孙克诚，隔着屏幕瞅着那边的情形，露出了一脸高深莫测的表情。

林蔻蔻那边倒是没有关注到这么多。她真是第一次觉得姓裴的说话如此顺耳——毕竟谁遇到张贤这种候选人能没点火气呢? 纵然她一向愿意站在候选人的立场考虑，可被人算计，被人蔑视，被人挑衅，就是泥人还能有三分气呢，何况原本脾气就不算很好的林蔻蔻? 她很难不认同裴恕的话。

"那就找一个比张贤更强的候选人吧。"林蔻蔻斗志也回来了，只是点了点那份候选人名单，道，"不过目前的候选人名单达不到要求，比张贤更强的人并不好找，我认为我们得调整一下 mapping 的方向。"

裴恕也道："越是高级的人才越是拥有触类旁通的跨界能力，尤其是管理和战略两个层面，能力迁移对他们来说易如反掌。都找 CEO 了，领域就不要太局限……总之扩大范围，有可能比张贤好的人都圈一下，能不能猎到到时再说。"

视频会议那头，众人都是听从惯了指挥，完全没有质疑的意思，下意识就点了头。只是叶湘跟孟之行点完了头，才后知后觉意识到：他们接的这单case，最开始不是帮董天海找一个合适的 CEO 就行了吗? 现在一眨眼忽然就变成要找一个比张贤更强的了……自家老大发疯那是经常事了，不值得奇怪;可现在居然连林顾问都跟着他变得不清醒起来!

裴恕在业内本就是臭名远扬的一朵奇葩，平日里意想不到的操作就不少，而林蔻蔻虽然恶名在外，但在做单这一条上向来是稳扎稳打，公司管理方面也极有建树。众人本以为，他俩以前不大对付，林顾问进了歧路想必会为公司带来一阵新风，至少裴恕也许会变得靠谱一点。可现在……效果不是 1+1>2，是1-1=0 啊!

这两人先前不是还有点互相看不惯吗? 怎么现在就成了一个风格，不仅没正常，还越来越奇怪呢?

孟之行与叶湘两人作为一、二组组长，此时都有种说不上来的复杂感，转过头对望一眼，彼此心里都只有一个感觉：麻了。老板发疯，他们打工人有什么办法呢? 玩命加班干就是了。

孟之行迅速想了一套全新的 mapping 方案，跟裴恕探讨，只是末了没忍住问了一句："只不过候选人再优秀，要考虑的前提也得是让董先生满意。我们始终有一个点没搞清楚，就是以前张贤跟董先生到底是为什么分道扬镳……"

给客户找候选人，客户的喜好和忌讳是非常重要的。正如姜上白那单，冯清最初无论如何不要属马的，董天海跟张贤这一桩恩怨里，也许就隐藏着什么重大雷点，必须先摸清楚。毕竟他们时间紧迫，CEO级别的候选人也都是有架子的，不可能跟寻常求职者一样，一个个送到董天海面前试错。

裴恕闻言皱起了眉头。虽然上山也有好些天了，可这点他始终没搞明白。但林蔻蔻听到这儿，却道："我知道。"

视频会议那端，众人顿时齐齐看向她。

裴恕也转头，投去诧异的目光："你打听到了？"

林蔻蔻却是淡淡一耷眼帘，颇带几分嘲讽地笑一声："人虽然没挖成，但该打听的事一样没少，再摆烂我也有职业素养在好吗？"

在发现张贤不过是在设局利用他们之后，她第一时间想到的就是打听他跟董天海的恩怨——毕竟张贤是候选人，董天海是客户。对单个case来说，候选人随时可以更换，客户却是固定不变的。

张贤当时盯了她半天，颇为凌厉地吐出来一句："你的态度，作为猎头顾问来说，过于嚣张。"

林蔻蔻不甘示弱地回了一句："张先生的行为，作为候选人来说，也过于狡诈。"

她发誓，那一刻她能感觉出张贤是想把她赶出去的。但良久的对峙之后，对方却忽然笑了起来，竟道："我现在明白，智定为什么每回提起你，都咬牙切齿了。"

林蔻蔻淡淡回他："过奖。"

之后不知出于什么目的，张贤的确向她简单讲述了他当年与董天海的恩怨。

"广盛集团虽然是个巨无霸，但当年最核心的产品只有如今广为人知的'TT'内容平台，就像现在很多互联网内容平台一样，在首页，有一个面向用户的内容推荐机制。张贤跟董天海，当时就是在这个推荐机制上产生了分歧。"

林蔻蔻尽量说得简明扼要。

"平台内容推荐机制一般依赖于算法，主要有两种方向：一种是欲望算法，不看你是否对内容点赞、收藏或者评论互动，只用大数据分析你在内容上停留的时间，给你推送相似或者相关内容；另一种和欲望算法相反，更看重你点赞、互动甚至分享出去的内容，根据这些更直观的用户行为来进行推送。董天海坚持前者，而张贤坚持后者。"

这两种算法和内容推荐机制，针对的其实是人的两种不同需要。比如在现在的一些视频平台中，有些内容你自己看过了，却不会想分享到朋友圈，甚至不想让人知道自己看过；但有一些内容，是你未必那么喜欢，但觉得分享出去很合适的。人的欲望犹如一处幽暗的深渊。人们在私底下和在社交中，所展现出来的一般都是两种面貌。

众人都听得聚精会神，也迅速明白了当年张、董二人分歧的焦点在哪里："如果采用欲望算法，那 TT 约等于今天的抖音；如果采用行为算法，那 TT 可能会发展成今天的 B 站。"

林蔻蔻点头："欲望算法针对的是人的底层欲望，而没有人能摆脱自己的底层欲望，从商业的角度来说是立于不败之地。但张贤认为采用这样的算法来推送内容是不够有担当的，做平台应该更有社会责任感。一个平台不能同时有两种发展方向，所以当时的张贤基本被董天海架空，不再有实权。但他接受董天海投资的时候签了对赌协议，协议期内不能离职，所以是到公司上市之后，才直接分道扬镳，走了人。"

众人恍然大悟。

林蔻蔻顿了片刻，非常审慎地补充道："至少张贤自己是这样说的。"

裴恕回想了一下，道："这听着倒像是董天海一贯的作风，张贤应该没有冤枉他。"

商人嘛，重利。行为算法固然不错，但欲望算法才能抢占最多的用户时间，占据更大的市场。

林蔻蔻表示认同，抄着手淡淡道："所以我们为董天海筛候选人，可能得挑不那么正派的。不过能做到 CEO 这个级别的，基本都是资本打手，正派不到哪里去。我们尽管筛人，踩雷的概率应该不大。"

她说到"资本打手"这四个字时，难免透出点嘲讽。裴恕笑着回头看她一眼。

林蔻蔻懒得搭理他，只道："董天海自己就是干投资的，我建议往金融投行领域找找，一是容易跟董天海有共同语言，想法相近；二是他们接触的领域广泛，全局观不错，极有可能有对 K12 在线教育也很了解的人选。"

这一点裴恕非常赞同，直接拍了板，大家于是调整战略，重新分配任务，开启了新一轮的人才搜索。裴恕则开始检索自己的人脉网络，看能不能从以前合作过的候选人那边下手。只是他完全没安排林蔻蔻的工作。

她有点疑惑："葛朗台不是喊我来打工吗？"

裴恕"哦"了一声，仿佛这才想起来，直接拿过桌上几个文件夹递给她，笑着道："差点忘了，看看这个吧，你的老本行，想必得心应手。"

老本行？他说这几个字时，狡黠地向她眨了一下眼，林蔻蔻不明其意，直到接过那文件夹翻开一看……里面有一份表格，竟然是禅修班学员名单表！旁边还贴着一枚 U 盘，上面标注有"学员简历"四个字。

"这是什么？"林蔻蔻眼皮上跳了起来，几乎不敢相信自己看见了什么，"你搞禅修班学员的简历干什么？不对，你，你……你什么时候搞到这些的？"

裴恕先回答了她第二个问题："你在山上忙，我在山上也没闲着啊。到了禅修班这种地方，但凡是个合格的猎头都不可能忍得住……"

林蔻蔻在业内是个大猎，他裴恕也不差啊。更何况他是跟林蔻蔻一块儿来的，禅修班众人对她都很熟悉，连带着对他也十分友善，没什么防备心。要搞来这些东西，轻而易举。

林蔻蔻顿时用一种看畜生的眼光看他："那你是想？"

裴恕微微一笑："放着这么一座金山在面前都不挖，不太符合我们的作风吧？正所谓贼不走空，咱们好不容易上山一趟……"

林蔻蔻第一次感觉到了心里一顿："你还想从这山上挖人走?!"

裴恕摊手，理所当然道："那不然呢？总得带点什么走吧。我想张贤没挖到，挖几个禅修班的大佬回去也不亏。"

林蔻蔻："……"

她之前一年在山上已经薅够了清泉寺的"羊毛"，距离她被赶下山也就个把月，现在回来转一趟，板凳都还没坐热呢，竟然又对人家禅修班的学员下手？就算清泉寺"羊肥毛厚"，那也禁不住这样薅啊！都快给人家薅秃了！

"我现在退出这份工作还来得及吗？"

林蔻蔻一瞬间化身"退堂鼓艺术家"——当猎头固然是她的信仰，可她更想活着从这座山下去啊！

图书在版编目（CIP）数据

物色：全二册 / 时镜著 . -- 长沙：湖南文艺出版社，2023.4

ISBN 978-7-5726-1078-3

Ⅰ . ①物… Ⅱ . ①时… Ⅲ . ①长篇小说－中国－当代

Ⅳ . ① I247.5

中国国家版本馆 CIP 数据核字（2023）第 036288 号

上架建议：畅销·青春文学

WUSE: QUAN ER CE

物色：全二册

著 者：	时 镜
出 版 人：	陈新文
责任编辑：	刘雪琳
监 制：	邢越超
策划编辑：	柚小皮
特约编辑：	白 楠 彭诗雨
营销支持：	文刀刀 周 茜
版式设计：	李 洁
封面设计：	有点态度设计工作室
插图绘制：	张皓熙 断 流 RABI
内文排版：	百朗文化
出 版：	湖南文艺出版社
	（长沙市雨花区东二环一段 508 号 邮编：410014）
网 址：	www.hnwy.net
印 刷：	三河市鑫金马印装有限公司
经 销：	新华书店
开 本：	640 mm×915 mm 1/16
字 数：	790 千字
印 张：	44
版 次：	2023 年 4 月第 1 版
印 次：	2023 年 4 月第 1 次印刷
书 号：	ISBN 978-7-5726-1078-3
定 价：	79.80 元（全二册）

若有质量问题，请致电质量监督电话：010-59096394

团购电话：010-59320018